中国学术名著丛书

蔡元培 石头记索隐
王国维 《红楼梦》评论
高语罕 红楼梦宝藏六评

吉林出版集团股份有限公司

图书在版编目（CIP）数据

蔡元培：石头记索隐/蔡元培著.王国维：《红楼梦》评论/王国维著.高语罕：红楼梦宝藏六讲/高语罕著.—长春：吉林出版集团股份有限公司，2016.7（2022.2重印）

（中国学术名著丛书）

ISBN 978-7-5581-1186-0

Ⅰ.①蔡…②王…③高…Ⅱ.①蔡…②王…③高…Ⅲ.①《红楼梦》研究 Ⅳ.① I207.411

中国版本图书馆 CIP 数据核字（2016）第 159339 号

蔡元培：石头记索隐　王国维：《红楼梦》评论
高语罕：红楼梦宝藏六讲

著　　者	蔡元培　王国维　高语罕
出版策划	杜贞霞
责任编辑	陈瑞瑞
封面设计	映象视觉
开　　本	710mm×1000mm　1/16
字　　数	232 千
印　　张	16
版　　次	2016 年 9 月第 1 版
印　　次	2022 年 2 月第 3 次印刷

出版发行　吉林出版集团股份有限公司
电　　话　总编办：010-63109269
　　　　　　发行部：010-63109269
印　　刷　众鑫旺（天津）印务有限公司

ISBN 978-7-5581-1186-0　　　　　　　　定价：49.80 元
版权所有　侵权必究

目录

蔡元培　石头记索隐

自序　对于胡适之先生《〈红楼梦〉考证》之商榷 / 3
《石头记》索隐 / 8

王国维　《红楼梦》评论

第一章　人生及美术之概观 / 45
第二章　《红楼梦》之精神 / 49
第三章　《红楼梦》之美学上之价值 / 54
第四章　《红楼梦》之伦理学上之价值 / 58
第五章　余论 / 63

高语罕　红楼梦宝藏六讲

开山白 / 69
一　一面镜子 / 74

二　贾宝玉　林黛玉　薛宝钗　史湘云附 / 97

三　王熙凤 / 128

四　几个奇女子 / 157

五　两个老太婆——贾母与刘姥姥 / 198

　　一、子孙满前的贾母 / 199

　　二、能富贵能贫贱的贾母 / 206

　　三、临终一幕 / 208

六　红楼梦的宝藏 / 222

蔡元培　石头记索隐

自序
对于胡适之先生《〈红楼梦〉考证》之商榷

余之为此索隐也，实为《郎潜二笔》（又名《郎潜纪闻》）中徐柳泉之说所引起。柳泉谓宝钗影高澹人，妙玉影姜西溟。余观《石头记》中，写宝钗之阴柔、妙玉之孤高，与高、姜二人之品性相合。而澹人之贿金豆，以金锁影之；其假为落马坠积潴中，以薛蟠之似泥母猪影之。西溟之热中科第，以走魔入火影之；其痖死狱中，以被劫影之。又以妙字玉字影姜字英字，以雪字影高字。知其所寄托之人物，可用三法推求：一、品性相类者；二、轶事有征者；三、姓名相关者。于是以湘云之豪放而推为其年，以惜春之冷僻而推为荪友，用第一法也。以宝玉曾逢魔魇而推为允礽，以凤姐哭向金陵而推为国柱，用第二法也。探春之名与探花有关，而推为健庵；宝琴之名，与孔子学琴于师襄之故事有关，而推为辟疆；用第三法也。然每举一人，率兼用三法或两法，有可推证，始质言之。其他若元春之疑为徐元文，宝蟾之疑为翁宝林，则以近于孤证，姑不列入。自以为审慎之至，与随意附会者不同。近读胡适之先生之《〈红楼梦〉考证》，列拙著于"附会的红学"之中，谓之"走错了道路"，谓之"大笨伯""笨谜"，谓之"很牵强的附会"，我殊不敢承认。或者我亦不免有敝帚千金之俗见。然胡先生之言，实有不能强我以承认者。今贡其疑于左：

（一）胡先生谓："向来研究这部书的人，都走错了道路……不去搜求那些可以考定《红楼梦》的著者、时代、版本等等的材料，却去收罗许多不相干的零碎史事来附会《红楼梦》里的情节。"又谓："我们只须根据可靠的版本与可靠的材料，考定这书的著者究竟是谁，著者的事迹家世、著书的时代，这书曾有何种不同的本子，这些本子的来历如何。这些问题乃是《红楼梦》考证的正当范围。"案考定著者、时代、版本之材料，固当搜求。从前王静庵先生作《〈红楼梦〉评论》，有云："作者之姓名（遍考各书，未见曹雪芹何名）与作书之年月，其为读此书者所当知，似更比主人公之姓名为尤要。顾无一人为之考证者，此则大不可解者也。"又云："苟知美术之大有造于人生，而《红楼梦》自足为我国美术上之唯一大著述，则其作者之姓名与其著书之年月，固为唯一考证之题目。"今胡先生对于前八十回著作者曹雪芹之家世及生平，与后四十回著作者高兰墅之略历，业于短时期间，搜集多许材料，诚有功于《石头记》，而可以稍释王静庵先生之遗憾矣。唯吾人与文学书最密切之接触，本不在作者之生平，而在其著作。著作之内容，即胡先生所谓"情节"者，决非无考证之价值。例如我国古代文学中之《楚辞》，其作者为屈原、宋玉、景差等。其时代在楚怀王、襄王时，即西历纪元前三世纪顷，久为昔人所考定。然而"善鸟香草以配忠贞，恶禽臭物以比谗佞，灵修美人以媲于君，宓妃佚女以譬贤臣，虬龙鸾凤以托君子，飘风云霓以为小人"，为王逸所举者，固无非内容也。其在外国文学，如Shakespeare之著作，或谓出Bacon手笔，遂生"作者究竟是谁"之问题。至如Goethe之著《Faust》，则其所根据之神话与剧本及其六十年间著作之经过，均为文学史所详载，而其内容，则第一部之Gretchen或谓影Elsässirin Friederike（Bielschowsky之说），或谓影Frankfurter Gretchen（Kuno Fischer之说），第二部之Walpurgisnacht一节，为地质学理论。Heleua一节，为文化交通问题。Euphorion为英国诗人Byron之影子（各家略同）。皆情节上之考证也。俄之托尔斯泰，其生平、其著作之次第皆无甚疑问，近日张邦铭、郑阳和两先生所译英人Sarolea之《托尔斯泰传》有云："凡其著作，无不含自传之性质。各书之主人翁，如伊尔屯尼夫、鄂仑玲、聂乞鲁多夫、赖文、毕索可夫等，皆其一己之化身。各书中所叙他人之事，莫不与其身有直接之关系……《家庭乐》叙其少年时情场中之一事，并表其情爱与婚姻之意见。书中主人翁既求婚后，乃将少年狂放时之恶行，缕书不讳，授所爱以自忏。此事托尔斯泰于《家庭乐》出版三年后，向索利亚柏斯求婚时，实尝亲自为之。即《战争与和平》一书，亦可作托尔斯泰之家乘观。其中老乐斯脱夫即托尔斯泰之祖，小乐斯脱夫即其父，索利亚即其养母达善娜，尝两次拒其父之婚者。拿特沙药斯脱夫即其姨达善娜柏斯，毕索可夫与赖文，皆托尔斯泰用以自状。赖文之兄死，即托尔斯泰兄的米特利之死。《复活》书中聂乞鲁多夫之奇特行动，论者谓依心理未必能有者，其实即的米特利生平留于其弟心中之一纪念。的米特利娶一娼，与聂乞鲁多夫大同也。"亦情节上之考证也。然则考证情节，岂能概目为附会而排斥之？

（二）胡先生谓拙著《索隐》所阐证之人名，多是"笨谜"，又谓"假使一部《红楼梦》真是一串这么样的笨谜，那就不值得猜了"。案拙著阐证本事，本兼用三法，具如前述。所谓姓名关系者，仅三法中之一耳，即使不确，亦未能抹杀全书。况胡先生所谥为笨谜者，正是中国文人习惯，在彼辈方以为必如是而后值得猜也。《世说新书》称曹娥碑后有"黄绢幼妇，外孙齑臼"八字，即以当"绝妙好辞"四字。古绝句"藁砧今何在？山上复有山。何当大刀头，破镜飞上天。"以藁砧当夫，大刀头当还。《南史》记梁武帝时童谣有"鹿子开城门，城门鹿子开"等句，谓鹿子开者，反语为来子哭，后太子果薨。自胡先生观之，非皆笨谜乎？《品花宝鉴》以侯石公影袁子才，侯与袁为猴与猿之转借，公与子同为代名词，石与才则自"天下才有一石，子建独占八斗"之语来。《儿女英雄传》自言十三妹为玉字之分析，非经说破，已不易猜。又以纪献唐影年羹尧，纪与年、唐与尧，虽尚简单，而献与羹则自"犬曰羹献"之文来。自胡先生观之，非皆笨谜乎？即如《儒林外史》之庄绍光即程绵庄，马纯上即冯粹中，牛布衣即朱草衣，均为胡先生所承认，（见胡先生所着《吴敬梓传》及附录。）然则金和跋中之所指目，殆皆可信。其中如因范蠡曾号陶朱公而以范易陶，因萬字俗写作万而以万代方，亦非笨谜乎？然而安徽第一大文豪且用之，安见汉军第一大文豪必不出此乎？

（三）胡先生谓拙著中刘姥姥所得之八两及二十两有了下落，而第四十二回王夫人所送之一百两没有下落，谓之"这种完全任意的去取，实在没有道理"。案《石头记》凡百二十回，而余之索隐尚不过数十则，有下落者记之，未有者姑阙之，此正余之审慎也。若必欲事事证明而后可，则《石头记》自言著作者有石头、空空道人、孔梅溪、曹雪芹等，而胡先生所考证者唯有曹雪芹；《石头记》中有多许大事，而胡先生所考证者唯南巡一事，将亦有任意去取、没有道理之诮与？

（四）胡先生以曹雪芹生平、大端考定，遂断定《石头记》是曹雪芹的自叙传，"是一部将真事隐去的自叙的书"。"曹雪芹即是《红楼梦》开端时那个深自忏悔的我，即是书里甄贾（真假）两个宝玉的底本。"案书中既云真事隐去，并非仅隐去真姓名，则不得以书中所叙之事为真。又使宝玉为作者自身影子，则何必有甄、贾两个宝玉？（鄙意甄、贾二字，实因古人有正统、伪朝……习见而起。贾雨村举正邪、两赋而来之人物，有陈后主、唐明皇、宋徽宗等，故疑甄宝玉影弘光，而贾宝玉影允礽也）若以赵嬷嬷有甄家接驾四次之说，而曹寅适亦接驾四次，为甄家即曹家之确证，则赵嬷嬷又说贾府只预备接驾一次，明在甄家四次以外，安得谓贾府亦即曹家乎？胡先生因贾政为员外郎，适与员外郎曹頫相应，遂谓贾政即影曹頫，然《石头记》第三十七回贾政任学差之说，第七十一回有贾政回京覆命，因是学差，故不敢先到家中云云，曹頫固未闻曾放学差也。且使贾府果为曹家影子，而此书又为雪芹自写其家庭之状况，则措辞当有分寸。今观第十七回焦大之谩骂，第六十六回柳湘莲道："你们东府里，除了那两个石头狮子干净罢了。"似太不留余地。且许三礼奏参徐乾学，有曰："伊弟拜相之后，与亲家高士奇更加招摇，以致有'去了余秦桧（余国柱），来了徐严嵩。乾学似庞涓，是他大长兄'之谣。又有'五方宝物归东海,万国金珠贡澹人'之对"云云。今观《石头记》第五十五回有"刚刚倒了一个巡海夜叉,又添了三个镇山太岁"之说。第四回有"贾不假,白玉为堂金作马。阿房宫,三百里,住不了金陵一个史。东海少了白玉床,龙王来请金陵王。丰年好大雪,珍珠如土金如铁"之护官符。显然为当时一谣一对之影子,与曹家无涉。故鄙意《石头记》原本,必为康熙朝政治小说,为亲见高、徐、余、姜诸人者所草,后经曹雪芹增删,或亦许插入曹家故事,要未可以全书属之曹氏也。

民国十一年一月三十日蔡元培

《石头记》索隐

《石头记》者,清康熙朝政治小说也。作者持民族主义甚挚。书中本事,在吊明之亡,揭清之失,而尤于汉族名士仕清者,寓痛惜之意。当时既虑触文网,又欲别开生面,特于本事以上,加以数层障幂,使读者有"横看成岭侧成峰"之状况。最表面一层,谈家政而斥风怀,尊妇德而薄文艺。其写宝钗也,几为完人,而写黛玉、妙玉,则乖痴不近人情,是学究所喜也,故有王雪香评本。进一层,则纯乎言情之作,为文士所喜,故普通评本,多着眼于此点。再进一层,则言情之中,善用曲笔。如宝玉中觉,在秦氏房中布种种疑阵,宝钗金锁为笼络宝玉之作用,而终未道破。又于书中主要人物,设种种影子以畅写之,如晴雯、小红等均为黛玉影子,袭人为宝钗影子是也。此等曲笔,唯太平闲人评本能尽揭之。太平闲人评本之缺点,在误以前人读《西游记》之眼光读此书,乃以《大学》《中庸》"明明德"等为作者本意所在,遂有种种可笑之附会,如以吃饭为诚意之类。而于阐证本事一方面,遂不免未达一词矣。阐证本事,以《郎潜纪闻》所述徐柳泉之说为最合,所谓"宝钗影高澹人,妙玉影姜西溟"是也。近人《乘光舍笔记》谓"书中女人皆指汉人,男人皆指满人,以宝玉曾云男人是泥做的,女人是水做的也",尤与鄙见相合。佐之札记,专以阐证本事,于所不知则阙之。

书中红字,多影朱字。朱者,明也,汉也。宝玉有爱红之癖,言以满人而爱汉族文化也；好吃人口上胭脂，言拾汉人唾余也。清制：满人不得为状元，防其同化于汉。《东华录》："顺治十八年六月，谕吏部：世祖遗诏云，纪纲法度，渐习汉俗，于醇朴旧制，日有更张。"又云："康熙十五年十月，议政王大臣等议准礼部奏：'朝廷定鼎以来，虽文武并用，然八旗子弟，尤以武备为急，恐专心习文，以致武备废弛。见今已将每佐领下子弟一名，准在监肄业，亦自足用。除见在生员举人进士录用外，嗣后请将旗下子弟考试生员举人进士，暂令停止。'从之。"是知当时清帝虽躬修文学，且创开博学鸿词科，实专以笼络汉人，初不愿满人渐染汉俗。其后雍、乾诸朝亦时时申诫之。故第十九回"袭人劝宝玉道：'再不许吃人嘴上擦的胭脂了，与那爱红的毛病儿。'"又"黛玉见宝玉腮上血渍，询知为淘澄胭脂膏子所溅，谓为带出幌子，吹到舅舅耳里，使大家不干净惹气。"皆此意。宝玉在大观园中所居曰"怡红院"，即爱红之义。所谓曹雪芹于悼红轩中增删本书，则吊明之义也。本书有《红楼梦曲》以此。书中叙事托为石头所记，故名《石头记》。其实因金陵亦曰石头城而名之。余国柱（即书中之王熙凤）被参，以其在江宁置产营利，与协理宁国府历劫返金陵等同意也。又曰《情僧录》及《风月宝鉴》者，或就表面命名，或以情字影清字，又以古人有"清风明月"语，以风月影明清，亦未可知也。

《石头记》叙事，自明亡始。第一回所云"这一日三月十五日，葫芦庙起火，烧了一夜，甄氏烧成瓦砾场。"即指甲申三月间明愍帝殉国，北京失守之事也。士隐注解《好了歌》，备述沧海桑田之变态，亡国之痛，昭然着揭。而士隐所随之道人，跛足麻履鹑衣，或即影愍帝自缢时之状。甄士本影政事，甄士隐随跛足道人而去，言明之政事随愍帝之死而消灭也。

甄士隐即真事隐，贾雨村即假语存，尽人皆知。然作者深信正统之说，而斥清室为伪统，所谓贾府，即伪朝也。其人名如贾代化、贾代善，谓伪朝之所谓化、伪朝之所谓善也。贾政者，伪朝之吏部也。贾敷、贾敬，伪朝之教育也。（《书》曰"敬敷五教"）贾赦，伪朝之刑部也，故其妻氏邢，（音同刑）子妇氏尤。（罪尤）。贾琏为户部，户部在六部位居次，故称琏二爷，其所掌则财政也。李纨为礼部（李礼同音）。康熙朝礼制已仍汉旧，故李纨虽曾嫁贾珠，而已为寡妇。其所居曰"稻香村"，稻与道同音。其初名以杏花村，又有杏帘在望之名，影孔子之杏坛也。（《金瓶梅》以孟玉楼影当时之礼部，氏之以孟，又取"玉楼人醉杏花风"诗句为名，即《红楼梦》所本也）

作者于汉人之服从清室而安富尊荣者，如洪承畴、范文程之类，以娇杏代表之。娇杏即侥幸。书中叙新太爷到任，即影满洲定鼎。观雨村中秋口号云，"天上一轮才捧出，人间万姓仰头看。"知为代表满洲也。于有意接近而反受种种之侮辱，如钱谦益之流。则以贾瑞代表之。瑞字天祥，言其为假文天祥也（文小字宋瑞）。头上浇粪手中落镜，言其身败名裂而至死不悟也（徐巨源编一剧，演李太虚及龚芝麓降李自成后，闻清兵入，急逃而南。至杭州，为追兵所蹑，匿于岳坟铁铸秦桧夫人胯下。值夫人方月事，追兵过而出，两人头皆血污。与本书浇粪同意。）叙姽婳将军林四娘，似以代表起义师而死者。叙尤三姐，似以代表不屈于清而死者。叙柳湘莲，似以代表遗老之隐于二氏者。

书中女子多指汉人，男子多指满人。不独"女子是水作的骨肉，男人是泥作的骨肉"，与汉字满字有关也。我国古代哲学，以阴阳二字说明一切对待之事物。《易·坤卦·象传》曰："地道也，妻道也，臣道也。"是以夫妻君臣分配于阴阳也。《石头记》即用其义。第三十一回："湘云说：'比如天是阳，地就是阴。比如一颗树叶儿，那边向上朝阳的就是阳，这边背阴覆下的就是阴。走兽飞禽，雄为阳，雌为阴。'翠缕道：'怎么东西都有阴阳，咱们人倒没有阴阳呢？'又道：'知道了，姑娘是阳，我就是阴。'又道：'人家说主子为阳，奴才为阴，我连这个大道理也不懂得。'"是男为阳，主子亦为阳；女为阴，奴才亦为阴。本书明明揭出清制，对于君主，汉（满）人自称奴才，汉人自称臣。臣与奴才，并无二义。（《说文解字》臣字象屈服之形，是古义亦然）以民族之对待言之，征服者为主，被征服者为奴。本书以男女影清汉以此。

贾宝玉，言伪朝之帝系也。宝玉者，传国玺之义也，即指胤礽。《东华录》："康熙四十八年三月，以复立皇太子告祭天坛文曰：'建立嫡子，胤礽为皇太子。'又曰：'朕诸子中，胤礽居贵。'"是胤礽生而有为皇太子之资格，故曰衔玉而生。胤礽之被废也，其罪状本不甚征实。康熙四十七年九月谕曰："胤礽肆恶虐众，暴戾淫乱，难出诸口。"又曰："胤礽同伊属下人等，恣行乖戾，无所不至，令朕赧于启齿。又遣使邀截外藩入贡之人，将进御马匹任意攘取，以致蒙古俱不心服。"又曰："知胤礽赋性奢侈，着伊乳母之夫凌普为内务府总管，俾伊便于取用。"又曰："朕历览史书，时深儆戒，从不令外间妇女出入宫掖，亦从不令姣好少年随侍左右。今皇太子所行若此，朕实不胜愤懑。"《石头记》三十三回叙宝玉被打，一为忠顺亲王府长史索取小旦琪官事，二为金钏儿投井，贾环谓是宝玉拉着太太的丫头金钏儿强奸不遂，打了一顿，那金钏儿便赌气投井死了。琪官事与姣好少年等语相关，忠顺王疑影外藩。长史曾揭出琪官赠红汗巾事，疑影攘取马匹事。相传名马有出汗如血者，故也。曰"暴戾淫乱难出诸口"，曰"赧于启齿"，曰"从不令外间妇女出入宫掖，今皇太子所行若此"，是当时罪状中颇有中冓之言，即金钏儿之事所影也。

胤礽之罪状，又有曰："近观胤礽行事，与人大有不同。昼多沉睡，夜半方食，饮酒数十巨觥不醉。每对越神明，则惊惧不能成礼；遇阴雨雷电，则畏沮不知所措。居处失常，语言颠倒，竟类狂易之疾，似有鬼物凭之者。"又曰："今忽为鬼魅所凭，蔽其本性。忽起忽坐，言动失常。时见鬼魅，不安寝处，屡迁其居。啖饭七八碗尚不知饱，饮酒二三十觥亦不见醉。匪特此也，细加询问，更有种种骇异之事。"又曰，"胤礽居撷芳殿，其地险黯不洁，居者辄多病亡。胤礽时常往来其间，致中鬼魅，不自知觉。以此观之，种种举动，皆有鬼物使然，大是异事。"十一月谕曰："前灼见胤礽行事颠倒，以为鬼物所凭。"又曰，"今胤礽之疾，渐已清爽。召见两次，询问前事，胤礽竟有全然不知者，深自愧悔。又言'我幸心内略明，惧父皇闻知治罪，未至用刀刺人。如或不然，必有杀人之事矣。'观彼虽稍清楚，其语仍略带疯狂。朕竭力调治，果蒙天佑，狂疾顿除。"又曰："十月十七日，查出魇魅废皇太子之物。服侍废皇太子之人奏称：是日废皇太子忽似疯颠，备作异状，几至自尽。诸宫侍抱持环守。过此片刻，遂复明白。废皇太子亦自惊异，问诸宫侍：'我顷者作何举动？'朕从前将其诸恶皆信为实，以今观之，实被魇魅而然，无疑也。"四十八年二月谕曰："皇太子胤礽，前染疯疾，朕为国家而拘禁之。后详查被人镇魇之处，将镇魇物俱令掘出，其事乃明。今调理痊愈，始行释放。今譬有人，因染疯狂，持刀砍人，安可不行拘执？若已痊愈，又安可不行释放？"四月谕曰："大阿哥镇魇皇太子及诸阿哥之事，甚属明白。"又曰："见今镇魇之事发觉者如此，或和尚道士等更有镇魇之处，亦未可定，日后发觉，始知之耳。显亲王衍潢等遵旨会议喇嘛巴汉格隆等咒魇皇太子情实，应将巴汉格隆、明佳噶卜楚、马星噶卜楚、鄂克卓特巴俱凌迟处死。皇长子护卫嵩楞雅突，明知大逆之事，乃敢同行。又雅突将皇长子复行咒魇。再此案内又有察苏齐引诱宗室格隆陶州胡土克图行咒魇之事。"

案《石头记》第三十三回："贾政斥宝玉道：'好端端的，你垂头丧气，嗌些什么？方才雨村来要见你，叫你半天才出来。既出来了，全无一点慷慨挥洒谈吐，仍是葳葳蕤蕤。我看你脸上一团思欲愁闷气色，这会又咳声叹气。'"九十五回："失玉以后，宝玉一日呆似一日，也不发烧，也不疼痛，只是吃不像吃，睡不像睡，甚至说话都无头绪。"与胤礽罪状中之居处失常、语言颠倒，及言动失常、不安寝处等语相应。第二十五回："宝玉汤了脸，有宝玉寄名的干娘马道婆向贾母道：'那经典佛法上说的利害，大凡王公卿相人家的子弟，只一生长下来，暗里便有许多促狭鬼跟着他。'"与胤礽罪状中鬼物凭之、时见鬼魅等语相应。又叙宝玉被魇，有云："拿刀弄杖，寻死觅活。"叙王熙凤被魇，有云："手持一把明晃晃钢刀，砍进园来，见鸡杀鸡，见狗杀狗，见人就要杀人。周瑞媳妇忙带着几个有力量的胆壮的婆娘，上去抱住，夺下刀来，抬回房去。"与胤礽所谓未至用刀杀人。及服侍之人称是日废皇太子忽患疯颠，几至自尽，诸宫侍抱持环守相应。

八十一回："宝玉道：'我记得病的时候儿，好好的站着，倒像背地里有人把我拦头一棍，疼得眼睛前头漆黑，看见满屋子里都是些青面獠牙拿刀举棒的恶鬼，躺在炕上，觉在脑袋上加了几个脑箍似的。以后便疼的任什么不知道了。'凤姐道：'我也全记不得，但觉自己身子不由自主，倒像有些鬼怪拉拉扯扯，要我杀人才好。有什么拿什么，自记原觉很乏，只是不能住手。'"亦与胤礽案所谓备作异状，全然不知持刀斫人等语相应。又说："马道婆破案，为潘三保事，送到锦衣府去，问出许多官员大户家太太姑娘们的隐情事来。把他家内一抄，抄出几篇小账，上面记着某家验过，应找银若干。"与胤礽以外复有皇长子及宗室等案，及所谓和尚道士等更有魔魅等事亦未可定等语相应，行魔魅者巴汉格隆等皆喇嘛，故以马道婆代表之，马与嘛同音也。八十一回又称，"马道婆身边搜出匣子，里面有象牙刻的一男一女不穿衣眼光着身子的两个魔王。"亦与相传喇嘛教中之欢喜佛相等。马道婆之代表喇嘛也无疑。《东华录》："康熙四十七年九月谕云：'胤礽幼时，朕亲教以读书，继令大学士张英教之，又令熊赐履教以性理诸书，又令老成翰林官随从。'"云云。《石头记》常言"贾政逼宝玉读书，"第八回"秦钟因去岁业师回南，在家温习旧课，其父秦邦业知贾家塾中司塾的乃贾代儒，（伪朝之儒也）现今之老儒。"第九回："贾政对李贵道：'你去请学里太爷的安，就道我说的，什么《诗经》古文，一概不用虚应故事，只是先把《四书》一齐讲明背熟，是最要紧的。'"第八十一回："贾政道：'前儿倒有人和我提起一位先生来，学问人品都是极好的，也是南边人。'"又道："如今儒大太爷虽学问也只中平，但还弹压得住这些小孩子们。"八十二回称贾代儒为老学究，又"宝玉讲'后生可畏'一章，讲到'不要弄到'，说到这里，向代儒一瞧，代儒说：'讲书是没有什么避忌的。'宝玉才说：'不要弄到老大无成。'"均与性理诸书老成翰林等相应。又熊赐履湖北人，张英安徽人，所谓南边人，殆指张、熊等。

胤礽以康熙十四年十二月被立为皇太子，四十七年九月被废，四十八年三月复立，五十一年十一月复废。自第一次被废以至复立，为时不久，而又悉归咎于魇魅。故《石头记》中仅以三十三回之笞责及二十五回之魇魔形容之。二十五回中言："宝玉虽被迷污，经和尚摩弄一回，依旧灵了。"即虽废旋复之义。至九十四回之失玉，乃叙其终废也。至和尚还玉事等，殆无关本事。

胤礽之被废，由于兄弟之倾轧。《东华录》所载主动者为胤禔、胤禩二人。《石头记》九十四回，于失玉以前先叙海棠既萎而复开，"贾母道：'花儿应在三月里开的，如今是十一月。'"三月及十一月，与复立复废之月相应。又"黛玉说花开之因道：'当初田家有荆树一颗，三个弟兄因分了家，那荆树便枯了。后来感动了他弟兄们，仍旧归在一处，那颗树也就发了。'"既说弟兄，又说三个，与胤礽、胤禔、胤禩三人相应。

《石头记》叙巧姐事，似亦指胤礽。巧与礽字形相似也。九十二回评女传，巧姐慕贤良，即熊赐履等教胤礽以性理诸书也。一百十八回《记微嫌舅兄欺弱女》，贾环、贾芸欲卖巧姐于藩王，即指胤礽为胤禔、胤禩所卖事。宝玉被打，由贾环诉说金钏儿事，宝玉被魇，由贾环之母赵姨娘主使，巧姐被卖，亦由贾环主谋，与胤禔之陷胤礽相应。其事又有亲舅舅王仁与闻之，《红楼梦曲》中亦云"休似俺那爱银钱忘骨肉的狠舅奸兄"，与胤礽案中有所谓舅舅佟国维者相应。《东华录》："康熙四十八年正月，上曰：'胤禩乃胤禔之党，胤禔曾奏言请立胤禩为太子，伊当辅之。'又曰：'此事必舅舅佟国维、大学士马齐以当举胤禩默示于众。'二月谕舅舅佟国维曰：'尔曾奏皇上凡事断无错误之处，此事关系重大，日后易于措处则已，倘日后难于措处，似属未便'等语。又曰：'因有舅舅所奏之言，及群下小人就中肆行捏造言词，所以大臣侍卫官员等，俱终日忧虑，若无生路者。中心宽畅者，惟大阿哥、八阿哥耳。'又曰：'舅舅前启奏时，外间匪类不知其故，因盛赞尔云：如此方谓之国舅大臣，不惧死亡，敢行陈奏。今尔之情形毕露，人将谓尔为何如人耶？'"《石头记》一百十八回："王仁拍手道：'这倒是一种好事，又有银子。只怕你们不能；若是你们敢办，我是亲舅舅，做得主的。'"第一百十九回：

"事败后，吓得王仁等抱头鼠窜的出来。"与《东华录》之佟国维相应。康熙四十八年四月谕曰："胤禔之党羽，俱系贼心恶棍。平日斗鸡走狗，学习拳勇，不顾罪戾，惟务诱取银钱。"故《石头记》亦有爱银钱的奸兄语。

林黛玉影朱竹垞也。绛珠影其氏也，居潇湘馆影其竹垞之号也。竹垞生于秀水，故绛珠草长于灵河岸上。"竹垞客游南北，必橐载十三经、二十一史以自随。已而游京师，孙退谷过其寓，见插架书，谓人曰：'吾见客长安者，务攀援驰逐，车尘蓬勃间'不废著述者，惟秀水朱十一人而已。"（见陈廷敬所作墓志）《石头记》第十六回："黛玉带了许多书籍来。"四十回："刘姥姥到潇湘馆，因见窗下案上设着笔砚，又见书架上磊着满满书，刘姥姥道：'这必定是那一位哥儿的书房了。'贾母笑指黛玉道：'这是我这外孙女儿的屋子。'刘姥姥留神打量了林黛玉一番，方笑道：'这那里像个小姐的绣房，竟比那上等的书房还好。'"以此。竹垞尝与陈其年合刻所著曰《朱陈村词》，流传入禁中。故黛玉与史湘云凹晶馆联句。竹垞入直南书房，旋被劾，镌一级罢，寻复原官。其被劾之故，全谢山谓因携仆钞《永乐大典》。竹垞所作《咏古》二首云："汉皇将将屈群雄，心许淮阴国士风。不分后来输绛灌，名高一十八元功。""海内词章有定称，南来庾信北徐陵。谁知著作修文殿，物论翻归祖孝征。"诗意似为人所卖。《石头记》中凤姐掉包事疑即指此。七十回宝钗、探春、湘云、宝琴均替宝玉临字，而于黛玉一方面，但云紫鹃送一卷小楷，疑影携仆写书事。

薛宝钗，高江村也（徐柳泉已言之）。薛者雪也。林和靖咏梅有曰："雪满山中高士卧，月明林下美人来。"用薛字以影江村之姓名也（高士奇）。

《啸亭杂录》曰："高江村家贫，鬻字为活。纳兰太傅爱其才，荐入内廷。仁庙亦爱之，遇巡狩出猎，皆命江村从。故江村诗曰：'身随翡翠丛中列，队入鹅黄带里行。'盖纪实也。江村性趫巧，遇事先意承旨，皆惬圣怀。一日上出猎，马蹶，意殊不怿。江村闻之，故以潞泥污其衣，入侍，上怪问之，江村曰：'适落马坠积潴中，未及浣也。'上大笑曰：'汝辈南人，懦弱乃尔！适朕马屡蹶，竟未坠。'意乃释然。又尝从登金山，上欲题额，濡毫久之。江村拟'江天一览'四字于掌中，趋前磨墨，微露其迹，上如所拟书之。其迎合类如此。"

《檐曝杂记》曰："江村初入都，自肩襥被，进彰仪门。后为明相国司阍者课子。一日相国急欲作书数函，仓卒无人，司阍以江村对。即呼入，援笔立就。相国大喜，遂属掌书记。后入翰林，直南书房，皆明公力也。江村才本绝人，既居势要，家日富，则结近侍，探上起居，报一事酬以金豆一颗。每入直，金豆满荷囊，日暮，率倾囊而出，以是宫廷事，皆得闻。或觇知上方阅某书，即抽某书翻阅，偶天语垂问，辄能对大意，以是圣祖益爱赏之。"郑方坤《本朝诗钞小传》曰："江村年十九，之京师，以诸生就京闱试，不利，落魄羁穷，卖文自给。新岁为人书春帖子，往往自作联句，用写其幽忧牢落之怀。偶为圣祖所见，大加击节，立召见。"案《石头记》写宝钗处处周到，得人欢心，自薛姨妈、贾母、王夫人、湘云、岫烟以至袭人辈，无不赞叹，并黛玉亦受其笼络。即所谓性趫巧善迎合之影子也。宝钗以金锁配宝玉，谓之金玉良缘；其嫂曰夏金桂；其婢曰黄金莺；莺儿为宝玉结络，以金线配黑珠儿线，皆以金豆探起居之影子也。宝钗最博雅，二十二回点《鲁智深醉闹五台山》，为宝玉诵《寄生草》曲词，宝玉赞他无书不知。第三十回："宝玉道：'姐姐通令博古，色色都知道。'"七十六回："湘云用'棔'字，黛玉说：'亏你想得出。'湘云道：'幸而昨日看《历朝文选》，见了这个字，我不知何树，因要查一查，宝姐姐说不用查，这就是如今俗叫作朝开夜合花。我信不及，到底查了一查，果然不错。看来宝姐姐知道的竟多。'"即其翻书备对之影子也。第一回称："穷儒贾雨村，一身一口在家乡无益，因进京求取功名。自前岁来此，又淹蹇住了，暂寄庙中安身，每日卖文作字为生"，即江村襥被进都鬻字为活之影子也。"贾雨村高吟一联曰：'玉在椟中求善价，钗于奁内待时飞。'恰值士隐走来听见，笑道：'雨村兄真抱负不凡也。'"即联句被赏之影子也。四十七回："薛蟠遭湘莲苦打，遍身内外滚的似泥母猪一般。"又说"那里爬的上马去。"即江村自称落马堕积潴中之影子也。

江村所作《塞北小抄》曰："二十二年六月十二日，扈跸出东直门云云。偶患暑气，上命以冰水饮益元散二碗方解。甲申，上曰：'尔南人，为何亦饮冰水？'士奇曰：'天气炎热，非冰莫解。'上曰：'朕闻南人殊不畏暑。'士奇曰：'南人从来畏暑，故有吴牛见月而喘之语。'上大笑。"案《石头记》第七回："宝钗对周瑞家的说：'我这是从胎里带来的一股热毒。'"又说癞头和尚所说的方叫做冷香丸。第三十回："宝玉道：'姐姐怎么不看戏去？'宝钗道：'我怕热，看了两出，热得很。要走，客又散，我少不得推身上不好，就来了。'宝玉笑道：'怪不得他们拿姐姐比杨贵妃，原也体胖怯热。'"与《塞北小抄》语相应。（《庄子》："早受命而夕饮冰，我其内热与？"所谓胎里带来热毒，亦兼热中之讽。）

《汉名臣传》云："康熙廿七年，法司逮问贪黩劾罢之巡抚张汧。因汧未被劾时，曾遣人赍报赴京，诘其行贿何人？初以分馈甚众，不能悉数抵塞，既而指出士奇。奉谕置勿问。士奇疏请归田，得旨以原官解任。廿八年，从上南巡。至杭州，驾幸士奇之西溪山庄，赐御书竹窗扁额。九月，左都御史郭琇疏劾之曰：'有植党营私，招摇撞骗，如原任少詹事高士奇、左都御史王鸿绪等，表里为奸。'又曰：'高士奇出身微贱，其始也徒步来京，觅馆为生。皇上因其字学颇工，不拘资格，擢补翰林，令入南书房供奉。'又曰：'士奇日思结纳，谄附大臣，揽事招权，以图分肥。凡大小臣工，无不知有士奇之名，'又曰：'久之羽翼既多，遂自立门户。结王鸿绪为死党，科臣何楷为义兄弟，翰林陈元龙为叔侄，鸿绪胞兄王顼龄为子女姻亲。俱寄以腹心，在外招揽。凡督抚藩臬道府厅县，以及在内之大小卿员，皆王鸿绪、何楷等为之居停哄骗。而夤缘照管者，馈至成千累万。即不属党护者，亦有常例，名曰平安钱。'盖士奇供奉日久，势焰日张，人皆谓之门路真，而士奇遂亦自忘乎其为撞骗，亦居之不疑，曰：'我之门路真。'又曰：'光棍俞子易，在京肆横有年，惟恐事发，潜遁直隶、天津、山东，洛口地方。有虎坊桥瓦屋六十余间，价值八千金，馈送士奇，求托照拂。此外顺成门斜街并各处房屋，总令心腹出名置买，何楷代为收租，打磨场。士奇之亲家陈元龙伙计陈季芳，开张缎号，寄顿贿银，资本约至四十余万。又于本乡平湖县置田产千顷，大兴土木，修整花园；杭州西湖，广置园宅。苏松淮扬，王鸿绪与之合伙生理，又不下百余万。'又曰：'圣驾南巡时，上谕严诫馈送，定以军法治罪，谁敢不遵。惟士奇与王鸿绪愍不畏死，即淮扬等处，王鸿绪招揽府厅各官，约馈黄金潜遗士奇，淮扬如此，则他处又不知如何索诈矣。'云云。得旨：'高士奇、王鸿绪、陈元龙俱着休致回籍。王顼龄、何楷着留任。'"《东华录》："康熙二十八年，吏部议：左副都御史许三礼奏参，原任刑部尚书徐乾学与高士奇招摇纳贿。查徐乾学与高士奇招摇纳贿之处，并无实据。许三礼又奏参乾学。有云：'乾学伊弟拜相之后，与亲家高士奇更加招摇，以致有五方宝物归东海，万国金珠贡澹人之对。'云云。"案《石头记》第四回："门子递与雨村一张护官符，上面皆是本地大族名宦之家的谚俗口碑，云：'贾不假，白玉为堂金作马；阿房宫，三百里，住不下金陵一个史；东海缺少白玉床，龙王来请金陵王；丰年好大雪，珍珠如土金如铁。'"即许三礼疏中五方万国之对之影子也。门子又道："这四家皆连络有亲，一损俱损，一荣俱荣，扶持遮饰，皆有照应的。今告打死人之薛，就是丰年大雪之雪也。不单靠三家，他的世交亲友在京在外省，本亦不少。"此即郭琇疏中死党义兄弟叔侄子女姻亲及许疏中亲家等种种关系之影也。第四回称："薛公子亦金陵人氏，家中有百万之富，现领着内帑钱粮采办杂料。虽是皇商，一应经纪世事，全然不知，不过赖祖父旧日情份，户部挂个虚名，支领钱粮。其余事体，自有伙计老人家等措办。"又云："自薛蟠父亲死后，各省中所有的买卖承局总管伙计人等，便趁时拐骗起来。京都几处生意，渐亦消耗。"又云："薛蟠要亲自入都，销算旧账，再计新支，因此早已检点下行装细软，以及馈送亲友各色土物人情等类。"第十三回："秦可卿死后，薛蟠表弟因见贾珍寻好板，便说：'我们本店里有一副板，叫作什么樯木。'"第四十八回：

"各铺面伙计内有算年账要回家的，内有一个张德辉，自幼在薛蟠当铺内揽总，说起'今年纸扎香扇短少，明年必是贵的。明年先打发大小儿上来，当铺照管照管，赶端阳前我顺路贩些纸扎香扇来卖。'薛蟠心下忖度，不如也打点本钱，和张德辉逛一年来。"第六十六回："薛蟠说：'我同伙计贩了货物，自春天起身往回里走，一路平安。谁知到了平安州地方，遇见一伙强盗，已将东西劫去。不想柳二弟从那边来，方把贼人赶散，夺回货物，还救了我们的性命。'"第六十七回："管总的张太爷差人送了两箱子东西来，薛蟠说：'特特的给妈妈合妹子带来的东西。'一箱都是绸缎绫锦洋货等家常应用之物，一箱却是些笔墨纸砚各色笺纸香袋香珠扇子扇坠花粉胭脂等物。外有虎丘带来的自行人酒令儿，水银灌的打筋斗小小子，沙子灯，一出一出的泥人儿的戏，用青纱罩的匣子装着。又有在虎丘山上泥捏的薛蟠小像。薛姨妈将箱子里的东西取出，一分一分的送给贾母并王夫人。宝钗将那些玩意儿一件一件的过了目，除了自己留用之外，一分一分的配合妥当，使莺儿同着一个老婆子跟着送往各处。宝玉到黛玉处，见堆着许多东西，知道是宝钗送来的，便取笑说道：'那里这些东西，不是妹妹要开杂货铺啊。'"第五十七回："邢岫烟把绵衣服当了，宝钗问当在那里，岫烟道：'叫做甚么恒舒，是鼓楼西大街。'宝钗笑道：'闹在一家去了。伙计们倘或知道了，好说人没过来，衣裳先到了。'岫烟听说，便知是他家的本钱。"第四十五回："黛玉对宝钗道：'你如何比得我。你这里有地上买卖，家里又仍旧有房有地。'"均与郭琇疏中所谓房屋田产园宅缎号资本及馈送等事相应。薛蟠在平安州遇盗，与平安钱相应。

探春影徐健庵也。健庵名乾学。乾卦作☰，故曰三姑娘。健庵以进士第三人及第，通称探花，故名探春。健庵之弟元文入阁，而健庵则否，故谓之庶出。然许三礼劾健庵，一则曰"胆恃胞弟徐元文钦点入阁"，再则曰"伊弟拜相之后，与亲家高士奇更加招摇，以致有'去了余秦桧（指余国柱），来了徐严嵩；乾学似庞涓，是他大长兄'之谣。又有'五方宝物归东海（徐氏），万国金珠贡澹人'之对。"是健庵虽不入阁，而其时亦有炙手可热之势。故《石头记》第五十五回："凤姐儿道：'好个三姑娘，我说不错，只可惜他命薄，没托生在太太肚里。'平儿笑道：'他便不是太太养的，难道谁敢小看他，不与别的一样看待？'"又"凤姐病中，王夫人命探春会同李纨协理，又请了宝钗来。他三人一理，更觉比凤姐当权时倒更谨慎了些。因而里外下人都暗中抱怨，说刚刚倒了一个巡海夜叉，又添了三个镇山太岁。"此即影射"去了余秦桧，来了徐严嵩"一谣也。

韩慕庐所作《徐健庵行状》有云："吴中文社故盛，公为之领袖。"又云："壬子主试顺天，以独赏为公鉴，往往怜收既落之才。即遗卷中有一佳言迥句，咨嗟吟讽，以失之为恨。"又云："公故负海内望，而勤于造进，笃于人物，一时庶几之流，奔走辐辏如不及。山林遗逸之老，不远千里乐从公。后生之才进者，延誉荐引无虚日。"案《石头记》有"秋爽斋偶结海棠社"，指此。又二十七回："探春属宝玉道：'这几个月我又攒下有十来串钱了，你还拿了去，明儿出门逛去的时候，或是好字画，好轻巧玩意儿，替我带些来。'又道：'怎么像你上回买的那柳枝儿编的小篮子，真竹子根挖的香盒儿，胶泥垛的风炉儿，这就好了。"即以表其延揽文士之故事也。

《行状》又云："尝请崇节俭辨等威，因申衣服之禁，使上下有章。"案《石头记》第二十七回："探春嘱宝玉带轻巧玩意儿，拣那朴而不俗、直而不拙的。又道：'我还像上回的鞋做一双你穿，比那双还加工夫，如何呢？'宝玉道：'那回穿着，可巧遇见老爷，说何苦来虚耗人力，作践绫罗。'……赵姨娘抱怨的了不得，正经兄弟鞋踢拉袜踢拉的。……探春道："什么，我是做鞋的人么？环儿难道没有分例的？衣裳是衣裳，鞋袜是鞋袜。"盖影射此事。

《憺园集》有"赐览皇太子书法，奏称皇太子历年亲写所读书本及临摹楷法，共大小八箧有奇。"案《石头记》七十回："探春每日临一篇楷字与宝玉。"影此。

健庵迭被弹劾，于康熙二十九年回里，许以书局自随，僦居洞庭东山。《石头记》一百回至一百二回,历叙探春远嫁。第五回:"画着两人放风筝,一片大海,一只大船,船中有一女子掩面泣涕之状。诗曰:'清明涕送江边望,千里东风一梦遥。'"皆指此。(《行状》曰:"再疏乞骸骨,上允所请。时已仲冬,命且过冬行。二十九年春抵家。"诗中清明字指此)

　　王熙凤影余国柱也。王即柱字偏旁之省,國字俗写作国,故熙凤之夫曰琏,言二王字相连也。(楷书王玉同式。)国柱曾为户部尚书,故贾琏行二,且贾氏财政由熙凤管理。国柱曾为江宁巡抚,故熙凤协理宁国府。《汉名臣传》云:"康熙二十八年三月,给事中何金蔺疏言:'凡解职解任官仍居原任地方,例有明禁。余国柱曾为江宁巡抚,浲陟大学士,不思竭忠图报,黩货无厌,秽迹彰闻,荷恩放归里。乃被黜后,挟辎重往江宁省城,购买第宅,广营生计,呼朋引类,垄断攫金,借势招摇,显违禁例,乞饬部严议。'事下两江总督傅拉搭察讯,以留恋原任地方,购买第宅,并设立钱店典铺覆奏。刑部拟杖折赎,诏免罪赶回籍。寻卒于家。"《石头记》第五回,有金陵十二钗正副册,正册中有一片冰山,上有一只雌凤,其判语有云:"哭向金陵事更哀。"五十四回:"女先儿说书,说:'残唐之时,有一位乡绅,本是金陵人氏,名唤王忠(忘忠),曾做两朝宰辅,如今告老回家,膝下只有一位公子,名唤王熙凤。'"第一百一回:"散花寺神签,正面写看王熙凤衣锦荣归。大丫头道:'奶奶最是通今博古的,难道汉朝的王熙凤求官的一段事也不晓得?'签文云:'去国离乡二十年,于今衣锦返家园。蜂采百花成蜜后,为谁辛苦为谁甜?'大丫头道:'奶奶自幼在这里长大,何曾回南京去了?如今老爷放了外任,或者接家眷来,顺便还家,奶奶可不是衣锦还乡了?'宝钗道:'据我看,这衣锦还乡四字里头,还有缘故。'"第一百十四回《王熙凤历劫返金陵》:"王夫人打发人来说,琏二奶奶没有住嘴,说些胡话,要船要轿的,说到金陵归入册子去。"皆指被黜后仍居江宁也。第一百五回《锦衣军查抄宁国府》:"赵堂官说:'贾赦、贾政并未分家,闻得他侄儿贾琏现在承总管家,不能不尽行查抄。'"又云:"有一起人回说:

'东跨房查出两箱房地契文,一箱借票,都是违例取利的。'王爷道:'番役呈禀有禁用之物并重利欠票。'两家王子问贾政道:'所抄家资内有借券,实系盘剥,究是谁行的?'贾琏忙走上跪下禀道:'这一箱文书既在奴才屋内抄出来,敢说不知道么?'"第一百六回:"贾政问贾琏道:'那重利盘剥,究竟是谁干的?况且非咱们这样人家所为。'"又:"凤姐对平儿说:'虽说事是外头闹得,我若不贪财,如今也没有我的事。'"皆与何疏相应也。

  国柱曾于康熙二十七年为御史郭琇所劾,称其"在内阁票拟,承顺大学士明珠指麾,轻重任意,与尚书佛伦等结党把持。督抚藩臬缺出,展转援引,总揽贿赂。保送学道及科道内升出差,率皆居功要索"云云。《石头记》中叙凤姐逢迎贾母王夫人,无微不至,而营私弋利等事,亦层见叠出。例如三十六回:"且说王凤姐自见金钏儿死后,忽见几家仆人常来孝敬他些东西,又不时来请安奉承,自己倒生了疑惑,不知何意。这日又见人来孝敬他东西,因晚间无人时笑问平儿。平儿冷笑道:'我猜他们女儿都必是太太房里的丫头。如今太太房里有四个大的,一个月一两银子的分例,下剩的都是一个月只几百钱。如今金钏儿死了,必定他们要弄这一两银子的巧宗儿呢。'凤姐听了笑道:'……也罢了,他们几家的钱也不能容易化到我跟前,这是他们自寻的。送什么来我就收什么,横竖我有主意。'凤姐儿安下这个心,所以只管耽延着,等那些人把东西送足了,然后乘空方回王夫人。"云云。十六回:"贾琏的乳母赵嬷嬷替两个儿子求事情道:'……倒是来和奶奶说是正经。靠着我们爹,只怕我还饿死了呢。'"又"凤姐忙向贾蔷道:'我有两个在行妥当人,你就带他们去办,这倒便宜了你呢。'贾蔷忙陪笑道:'正要和婶娘讨两个人呢,这可巧了。'贾蓉悄悄的向凤姐道:'婶娘要什么东西,分付了开个账儿给我兄弟带去,按账置办了来。'"二十四回:"贾芸见了贾琏,因打听可有什么事情。贾琏告诉他道:'前儿倒有一件事情出来,偏生你婶娘再三求了我,给了贾芹了。他许我说,明儿园里还有几处要栽花木的地方,等这个工程出来,一定该你就是了。'"又"贾芸送香料后,凤姐道:'……

怪道你叔叔常提起你来。……'贾芸问道：'原来叔叔也常提我的？'凤姐见问，便要告诉给他事情管的话，一想又恐被他看轻了，只说得了这点香料儿便混许他管事了，因又止住，且把派他种花木工程等事都一字不提。至次日，凤姐上车，见贾芸来，便命人唤往，隔窗子笑道：'芸儿，你竟有胆子在我跟前弄鬼，怪道你送东西给我，原来你有事求我。昨日你叔叔才告诉我说你求他。'贾芸笑道：'求叔叔的事婶娘休提，我这里正后悔呢。早知这样，我一起头就求婶娘，这会子也就完了。谁承望叔叔竟不能的。……'凤姐冷笑道：'你们要拣远路儿走，叫我也难，早告诉我一声，什么不成了。多大点事儿，耽误到这会子。那园子里还要种树种花，我只想不出个人来，早说不早完了。'贾芸笑道：'这样明日婶娘就派我罢。'凤姐半响道：'这个我看着不大好，等明年正月里的烟火灯烛，那个大宗儿下来再派你罢。'贾芸道：'好婶娘，先把这个派了我罢。果然这件办的好，再派我那件。'凤姐笑道：'你倒会拉长线儿！罢了，若不是你叔叔说，我不管你的事。……你到午初时候来领银子，后来就进去种花。'"又十五回，"凤姐到水月庵中，老尼说张金儿退婚事道：'……我想如今长安节度使云老爷与府上相契，要求太太与老爷说声，发一封书，求云老爷和那守备说一声，不怕他不依。若是肯行，张家连倾家孝顺也都情愿。'凤姐笑道：'这事倒不大，只是太太再不管这样的事。'老尼道：'太太不管，奶奶可以主张了。'凤姐笑道：'我也不等银子使，也不做这样的事。'……凤姐道：'……凭说这么事，我说要行就行。你叫他送二三千两银子来，我就替他出这口气。……我比不得他们扯篷拉纤的图银子，这三千两银子不过是给打发去说的小厮们作盘缠，使他赚几个辛苦钱，我一个钱也不要。便是三万两，我此刻还拿得出来。'……凤姐便将昨日老尼之事悄悄的说与来旺儿，旺儿心中早已明白，急忙进城，招着主文的相公，假托贾琏所属，修书一封，连夜往长安县来。不过百里之遥，两日工夫，俱已妥协。那节度使名唤云光，久欠贾府之情，这些小事岂有不允之理？给了回书。"皆与郭琇所劾相应也。

国柱在江宁巡抚任，曾疏请增设机房四十二间，制造宽大缎匹。得旨："宽大缎匹非常用之物，何为劳民糜费。"斥所奏不行。案《石头记》第三回：黛玉初到时，"熙凤道：'刚才带了人到后楼上找缎子，找了半日也没见昨日太太说的那样，想是太太记错了？'王夫人道：'有没有，什么要紧！'因又说道：'该随手拿出两个来给你妹妹裁衣裳的，等晚上想着，再叫人去拿罢。'熙凤道：'倒是我先料着了，知道妹妹这两日到的，我已预备下了，等太太回去过了目，好送来。'"七十二回："凤姐道：'昨儿晚上梦见一个人找我，说娘娘打发他来，要一百匹锦。'"均影此。

国柱于康熙十八年礼科掌印给事中任内，劾浙江水师提督常进功年老耳聋，非大声高呼不闻一语，恐秘密军机因之泄露，所关匪细。疏下部察议，罢进功任。案《石头记》第五十四回："凤姐儿笑道：'再说一个过正月节的。几个人拿着房子大的炮仗往城外去放，引了上万的人跟着瞧去。有一个性急的人等不得，便偷着拿香点着。只听见扑嗤的一声，众人哄然一笑，都散了。这抬炮仗的人抱怨卖炮仗的干的不结实，没等放就散了。'湘云道：'难道本人没听见？'凤姐儿道：'本人原是个聋子。'……凤姐儿笑道：'咱们也该聋子放炮仗，散了罢。'"又第二十七回："凤姐又笑道：'林之孝两口子，都是锥子扎不出一声儿来的。我成日家说他们倒是配就了的一对夫妻：一个天聋，一个地哑。'"皆影此。

国柱于顺治九年成进士，然其文辞不多见。其同时诸人著作中，唯陈其年骈文有大冶余国柱一序。案《石头记》中，王熙凤不甚识字。如四十五回："探春等要请凤姐做监社御史，凤姐笑道：'我又不会做什么湿的干的。'……探春道：'虽不会做，也不要你做。'"五十回："凤姐儿道：'既这样说，我也说一句在上头。'……李纨将题目讲与他听，凤姐儿想了半日，笑道：'你们别笑话我，我只有一句粗话。'"七十回："凤姐因理家常久，每每看帖看账，也颇识得几个字了。"四十二回："宝钗笑道：'幸而凤丫头不认得字，不大通，一概是市俗取笑。'"大约因国柱非文学家，故以不识字形容之。

史湘云，陈其年也。其年又号迦陵，史湘云佩金麒麟，当是其字陵字之借音。氏以史者，其年尝以翰林院检讨纂修《明史》也。名以湘云，又号枕霞旧友，当皆以其狎紫云故。蒋永修所作《陈检讨迦陵先生传》曰："尝娶歌童云郎。云亡，睹物辄悲。若不自胜者。"又蒋景祁所作《迦陵先生外传》曰："先生寓水绘园，欲得紫云侍砚，冒母马太夫人靳之，必得梅花百咏乃可，雪窗一夕走笔遂成之。"可以见其年与紫云之关系矣。

徐健庵所作《陈检讨维崧墓志铭》："京师自公卿下，无不借其年名倾慕愿交者。然其年所居在城北市廛，庳陋才容膝。蒲帘土锉，摊书其中而观之。歠菽啖饭，沉思经籍。有余无问所从来，时时匮乏，困卧而已。……君修髯，美丰仪，风流倜傥。……君门阀清素，为人恂恂谦抑，襟怀坦率，不知人世有险巇事。"又徐健庵作《湖海楼集序》曰："其年检讨，阳羡贵公子，与余相识在戊亥之间，尝下榻憺园，流连欢剧。每际稠人广坐，伸纸援笔，意气扬扬，旁若无人。"案《石头记》常写史湘云之爽直。如第五回《红楼梦曲》（《乐中悲》）云："幸生来英豪阔大宽宏量，从未将儿女私情略萦心上。"二十回："只见史湘云大说大笑。"三十一回："迎春笑道：'我就嫌他爱说话，也没见睡在那里，还是咭咭呱呱的笑一阵说一阵，也不知那里来的那些诓话。'"三十二回："袭人道：'云姑娘，你如今大了，越发心直口快了。'"四十九回："史湘云极爱说话的，那里禁得香菱又请教他谈诗，越发高兴了，没昼没夜的高谈阔论起来。"六十二回："史湘云笑着道：'这个（拇战）简断爽利，合了我的脾气。我不行这个射复，没得垂头丧气闷人，我只猜拳去了。'"百八回："宝玉心里想道：'我只说史妹妹出了阁，是换了一个人了。……如今听他的话，原是和先一样的。'"皆与其年相应。

《墓志铭》曰："京师自公卿下，凡人事往来，贺赠宴饯颂述之作，必得其文以为荣。其年辄提笔缀辞，益与酬酢不休。"又曰："君所作歌，随处散落人间。"《传》曰："辛卯壬辰间，吴门云间常润大兴文会，四郡名士毕集，觞酌未引，髯索笔赋诗，数十韵立就。或时作记序，用六朝俳体，顷刻千言，巨丽无比。诸名士惊叹以为神。"案《石头记》

极写湘云诗思之敏捷。如第三十七回:"湘云初到,李纨罚他和诗。湘云一心兴头,不待推敲删改,一面只管和他人说着话,心内早已和成。"五十回:"芦雪亭联句,湘云那里肯让人,且别人也不如他敏捷。"皆是。

《墓志铭》曰:"遇花间席上,尤喜填词。兴酣以往,常自吹箫而和之,人或指以为狂。其词至多,累至于余阕,古所未有也。"《传》曰:"所作词尤凌厉光怪,变化若神,富至千八百首。"《石头记》七十回《史湘云偶填柳絮词》:"湘云说过,咱们这几社,总没有填词,明日何不起社填词。"与其年好为词相应。

《别传》曰:"先生尝自中州入都,同秀水朱竹垞合刻一稿,名《朱陈村词》"《石头记》七十六回:"凹晶馆,湘云黛玉联句。"殆影此。

《传》曰:"髯贫无子。先是游商邱,买妾。妾父母闻其世家,游装都雅,意其富,许之。举一子,名狮儿。岁三周,载与俱归。妾父母暨妾始知髯贫,且老诸生耳。未几,狮儿竟夭。髯寻遣妾去。去二年,髯拔起荐辟,官检讨云。然髯自得官后,贫益甚。储孺人卒于家,生死不相见,益悼痛不自聊赖。壬戌患头痛,遂不起。"《墓志铭》曰:"授翰林院检讨后四年,年五十八而病作,积四十余日卒。"《石头记》(《乐中悲》曲):"襁褓中,父母叹双亡。纵居绮罗丛,谁知娇养。"三十二回:"宝钗道:'为什么这几次他(湘云)来了,他和我说话儿,见没人在眼前,他就说家里累得很。我再问他几句家常的话,他就连眼圈儿都红了,口里含含糊糊待说不说的。想其情景,自然从小没了爹娘的苦,我看他也不觉伤起心来。'"三十六回:"史湘云穿得齐齐整整走来,辞说家里打发人来接他。……那史湘云只是眼泪汪汪的,见有他家人在跟前,又不敢十分委屈。……还是宝钗心内明白,他家人若回去告诉了他婶娘,待他家去,又恐怕受气。"所以写其未仕以前之厄运也。《红楼梦曲》又云:"……好一似霁月光风耀玉堂,厮得个才貌仙郎,博得个地久天长。准折幼年时坎坷形状,终久是云散高唐,水涸湘江。"百九回:"史姑娘哭得了不得,说是姑爷得了暴病,大夫都瞧了,说这病只怕不能好,若变了痨病，还可挨过四五年。"百十回："史湘云想到自己命苦，刚配了一个才貌双全的男人，性情又好，偏偏得了冤孽证候，不过挨日子罢了。"百十八回："王夫人道：'就是史姑娘，是他叔叔的主意。头里原好，如今姑爷痨病死了，你史妹妹立志守寡，也就苦了。'"皆所以写其既仕以后之厄运也。其年出于明之世家而入清，故以父母早亡喻之。

《别传》曰："相传先生为善卷山中诵经猿再世，故其性情萧淡，不耐拘检。疾革时，吟'山鸟山花是故人'句而逝。"《石头记》四十九回："一时史湘云来了，穿着贾母与他的一件貂鼠脑袋面子、大毛黑灰鼠里子、里外发烧大褂子，头上戴着一顶挖云鹅黄片金里大红猩猩毡昭君套，又围着大貂鼠风领。黛玉先笑道：'你们瞧瞧，孙行者来了。'……只见他里头穿着一件半新的靠色三镶领袖，秋香色盘金五色绣龙窄褃小袖掩襟银鼠短袄，里面短短的一件水红妆段狐嵌褶子，腰里紧紧束着一条蝴蝶结子长穗五色宫绦，脚下也穿着鹿皮小靴，越显得蜂腰猿背，鹤势螂形。"五十回《暖香坞巧制春灯谜》："湘云想了一想笑道：'我编了一支《点绛唇》。'……便念道：'溪壑分离，红尘游戏真何趣。名利犹虚，后事总难提。'众人都不解，想了半日，有猜是和尚的，也有猜是道士的，也有猜是偶戏人的。宝玉笑了半日道：'都不是，我猜着了，必定是耍的猴儿。'湘云笑道：'正是这个了。'众人道：'前头都好，末后一句怎么样解？'湘云道：'那一个耍的猴儿不是剁了尾巴去的？'"皆影射山猿再世之传说也。众人猜为和尚道士，而猜着者又为将做和尚之宝玉，皆影诵经猿。所谓"后事总难提"，所谓"剁了尾巴"，则影其殁后无子云。

《墓志铭》曰："口蹇讷，下善持论。"《石头记》二十回："黛玉笑道：'偏你咬舌子爱说话，连个二哥哥也叫不上来，只是爱哥哥爱哥哥的。回来赶围棋儿，又该你闹幺爱三了。'宝玉笑道：'你学会了，明儿连你还咬起来呢。'……湘云笑道：'我只保佑着明儿得一个咬舌儿林姊夫，时时刻刻，你可听爱呀厄的去。'"即影此。

妙玉，姜西溟也（从徐柳泉说）。姜为少女，以妙代之。《诗》云：

"美如玉，美如英。"玉字所以影英字也。（第一回名石头为赤霞宫神瑛侍者，神瑛殆即宸英之借音。）

全谢山所作《翰林院编修姜先生宸英墓表》曰："常熟翁尚书者，先生之故人也。是时枋臣方排睢州汤文正公，而尚书为祭酒，受枋臣旨，劾睢州为伪学，枋臣因擢之副詹事，以逼睢州，以睢州故兼詹事也。先生以文斥责之，一日而其文遍传京师，尚书恨甚。枋臣有子多才，求学于先生，枋臣颇欲援先生登朝。枋臣有幸仆曰安三，势倾京师，欲先生一假借而不可得。枋臣之子乘间言于先生曰：'家君待先生厚，然而卒不得大有欲助，某以父子之间亦不能为力者，何也？盖有人焉。愿先生少施颜色，则事可立谐。'……先生投杯而起曰：'吾以汝为佳儿也，不料其无耻至此！'绝不与通。"又方望溪记姜西溟遗言曰："徐司寇健庵，吾故交也，能进退天下士。平生故人，并退就弟子之列，独吾与为兄弟称。其子某作楼成，饮吾以落之曰：'家君云，名此必海内第一流，故以属先生。'吾笑曰：'是东乡，可名东楼。'"《墓表》又云："尝于谢表中用义山点窜尧典舜典二语。受卷官见而问曰：'是语甚粗，其有出乎？'先生曰：'义山诗未读耶？'"案《石头记》中，极写妙玉之狷傲。第十八回："王夫人道：'这样我们何不接了他（妙玉）来？'林之孝家的回道：'若接他，他说侯门公府，必以权势压人，我再不去的。'王夫人道：'他既是宦家小姐，自然要傲些，就下个请帖何妨。'"四十一回："妙玉忙命将成窑的茶杯别收，搁在外头去罢。宝玉会意，知为刘姥姥吃了，他嫌肮脏，不要了。黛玉因问：'这也是旧年的雨水？'妙玉冷笑道：'你这么个人竟是大俗人，连水也尝不出来。'……黛玉知他天性怪僻，不好多话，亦不好多坐。……宝玉道：'那茶杯……不如就给了那贫婆子罢。'……妙玉点头说道：'这也罢了。幸而那杯子是我没吃过的，若是我吃过的，我就砸碎了也不能给他。……你只交给他快拿了去罢。'宝玉道：'自然如此，你那里和他说话去，越发连你都肮脏了。'……宝玉又道：'等我们出去了，我叫几个小幺儿来，河里打几桶水来洗地如何？'妙玉笑道：'这更好了。只是嘱咐他们抬了水只搁在山门外头墙根下，别进门来。'"六十三回："岫烟笑道：'我找妙玉说话。'宝玉听了诧异，说道：'他为人孤僻，不合时宜，万人不入他的目，原来他推重姐姐，竟知姐姐不是我们一流俗人。'……宝玉将拜帖取与岫烟看，（拜帖写'槛外人妙玉恭肃遥叩芳辰'）岫烟笑道：'他这脾气竟不能改，竟是生成这等放诞诡僻了。从来没见拜帖上写别号的。……他常说，古人中自汉晋唐宋以来，皆无好诗，只有两句好，说道：纵有千年铁门槛，终须一个土馒头。所以他自称槛外之人。又常赞文是庄子的好，故又或称为畸人，他若帖子上是自称畸人的，你就还他个世人。畸人者，他自称是畸零之人，你谦自己乃世上扰扰之人，他便喜了。如今他自称槛外之人，是自谓蹈于铁槛之外了，故你如今只下槛内人，便合了他的心了。'"八十七回：'宝玉悉把黛玉的事（抚琴）述了一遍，因说：'咱们去看他。'妙玉道：'从古只有听琴，再没有看琴的。'宝玉笑道：'我原说我是个俗人。'"九十五回："岫烟求妙玉扶乩，妙玉冷笑几声说道：'我与姑娘来往，为的是姑娘不是势利场中的人，今日怎么听了那里的谣言，过来缠我。……'岫烟知他脾气是这么着的。"一百九回："妙玉来看贾母病，岫烟出去接他，说道：'……况且咱们这里的腰门常关着，所以这些日子不得见你。'妙玉道：'……我那管你们关不关，我要来就来，我不来，你们要我来也不能啊。'岫烟笑道：'你还是那种脾气。'"又第五回《红楼梦曲》（《世难容》）云："天生成孤僻人皆罕，你道是啖肉食腥膻（西溟不食豕，见下条），视绮罗俗厌。"皆是。

西溟性虽狷傲，而热衷于科第。方望溪曰："西溟不介而过余，以其文属讨论，曰：'吾自度尚有不止于是者，以溺于科举之学，东西奔迫，不能尽其才，今悔而无及也。'"朱竹垞《书姜编修手书子后》云："予尝劝罢乡试，西溟怒不答。平生不食豕，兼恶人食豕。一日，予戏语之曰：'假有人注乡贡进士榜，蒸豕一盘，曰食之则以淡墨书子名，子其食之乎？'西溟笑曰：'非马肝也。'"《石头记》八十七回："宝玉一面与妙玉施礼，一面又笑问道：'妙公轻易不出禅关，今日何缘下凡一走？'妙玉听了，忽然把脸一红，也不答言，低了头自看那棋。……宝玉尚未说完，只见妙玉微微的把眼一抬，看了宝玉一眼，复又低下头去，那脸上的颜色渐渐的红晕起来。……重新坐下，痴痴的问着宝玉道：'你从何处来？'……妙玉坐到三更过后，听得屋上咯碌碌一片瓦响。……忽听房上两个猫儿一递一声厮叫，那妙玉忽想起日间宝玉之言，不觉一阵心跳耳热。自己连忙收摄心神，走进禅房，仍归禅床上坐了。怎奈神不守舍，一时如万马奔驰，觉得禅床便恍荡起来。……大夫道：'这是走火入魔的原故。'……外面那些游头浪子听见了，便造作许多谣言，说这样年纪，那里忍得住！况且又是很风流的人品，很乖觉的性灵，以后不知飞在谁手里，便宜谁去呢！……惜春因想妙玉虽然洁净，毕竟尘缘未断。"皆写其热衷之状态也。

　　西溟未遇时，欲提挈之者甚多，忌之者亦不鲜。《墓表》曰："凡先生入闱，同考官无不急欲得先生者，顾俛得俛失。"又曰："当是时，圣祖仁皇帝润色鸿业，留心文学，先生之名，遂达宸听。一日谓侍臣曰：'闻江南有三布衣，尚未仕耶？'三布衣者，秀水朱先生竹垞，无锡严先生耦渔及先生也。又尝呼先生之字曰：'姜西溟古文，当今作者。'……会征博学鸿儒，昆山叶公与长洲韩公相约连名上荐。叶公适以宣召入禁中浃月，既出，则已无及矣。新城王公叹曰：'其命也夫！'……先生累以醉后违科场格致斥。……受卷官怒，高阁其卷，不复发誊（因先生斥其未读义山诗）。遗言曰：'翁司寇宝林用此（刊布责翁文）相操尤急，此吾所以困至今也。'"李次青《姜西溟先生事略》曰："始睢州典试浙中，叹息语同事：'暗中摸索，勿失姜君。'竟弗得。嗣后每榜发，无不以失先生为恨者。"《曝书亭集》有《为姜宸英题画诗》，孙注曰："案己未鸿博试，据其乡后进云，以厄于高江村詹事不获举。"《墓表》又曰："康熙丁丑，年七十矣，先生入闱，复违格。受卷官见之叹曰：'此老今年不第，将绝望而归耳。'为改正之。遂成进士。"《石头记》第五回《红楼梦曲》（《世难容》）云："好高人共妒，过洁世同嫌。可叹这青灯古殿人将老，辜负了红粉朱楼春色阑。……又何须王孙公子叹无缘。"百十二回："妙玉说道：'我自玄墓到京，原想传个名的，为这里请来，不能又栖他处。'"八十七回:"怎奈神不守舍。……身子已不在庵中,便有许多王孙公子要求娶他,又有些媒婆扯扯拽拽扶他上车。"五十回:"李纨说:'可厌妙玉为人,我不理他。'"皆写其不遇之境也。

《墓表》曰:"以己卯试事,同官不饬箧簏,牵连下吏,满朝臣僚,皆知先生之无罪,顾以其事泾渭各具,当自白,而不意先生遽病死。新城方为刑部,叹曰,'吾在西曹,使湛园以非罪死狱中,愧何如矣!'"方望溪曰:"己卯主顺天乡试,以目昏不能视,为同官所欺,挂吏议,遂发愤死刑部狱中。……平生以列文苑传为恐,而末路乃重负污累。然观过知仁,罪由他人,人皆谅焉。而发愤以死,亦可谓狷隘而知耻者矣。"《石头记》百十二回:"有人大声的说道:'我说那三姑六婆,是最要不得的。……那个什么庵里的尼姑死要到咱们这里来。……那腰门子一会儿开着,一会儿关着,不知做什么。……我今日才知道是四姑奶奶的屋子,那个姑子就在里头,今日天没亮溜出去了,可不是那姑子引进来的贼么?'……包勇道:'你们师父引了贼来偷我们,已经偷到手了,他跟了贼去受用去了。'"百十五回:"地藏庵的姑子问惜春道:'前儿听见说栊翠庵的妙师父,怎么跟了人去了?'惜春道:'那里的话!说这个话的人,提防的割舌头。人家遭了强盗抢去,怎么还说这样的坏话。'那姑子道:'妙师父为人怪癖,只怕是假惺惺的罢。'"五回《红楼梦曲》曰:"到头来依旧是风尘肮脏违心愿,好一似无瑕白玉遭泥陷。"皆写其受诬也。百十二回:"妙玉自己坐着,觉得一股香气透入囟门,便手足麻木不能动弹,口里也说不出话来,心中更自着急。……此时妙玉如醉如痴,可怜一个极洁极净的女儿,被这强盗的闷香薰住,由着他摆布去了。"写其以目昏而为同官所欺也。百十二回又云:"不知妙玉被劫,或是甘受污辱,还是不屈而死,未知下落,也难妄拟。……惜春想起昨日包勇的话来,必是那强盗看见了他,昨晚抢去,也未可知。但是他素来孤洁得很,岂肯惜命?"百十七回:"恍惚有人说,是有个内地里的人城里犯了事,抢了一个女人下海去了,那女人不依,被这贼寇杀了。众人道:'咱们栊翠庵的妙玉,不是叫人抢去?不要就是他罢?'"贾芸道:'前日听见人说他庵里的道婆做梦，说看见是妙玉叫人杀了。'"皆写其瘐死狱中也。

西溟祭纳兰容若文有曰："兄一见我，怪我落落，转亦以此赏我标格。……我蹶而穷，百忧萃止。是时归兄，馆我萧寺。人之狋狋，笑侮多方。兄不谓然，待我弥庄。……梵筵栖止，其室不远。纵谈晨夕，枕席书卷。余来京师，刺字漫灭。举头触讳，动足遭跌。兄辄怡然，忘其颠蹶。数兄知我，其端非一。我常箕踞，对客欠伸。兄不余傲，知我任真。我时谩骂，无问高爵。兄不余狂，知余疾恶，激昂论事，眼睁舌挢。兄为抵掌，助之叫号。有时对酒，雪涕悲歌。谓余失志，孤愤则那。彼何人斯？实应且憎。余色拒之，兄门固扃。"《石头记》中写妙玉品性均与之相应，而萧寺及梵筵云云，尤为栊翠庵之来历也。

惜春，严荪友也。荪友为荐举鸿博四布衣之一，故曰四姑娘。荪友又号藕渔，亦曰藕荡渔人，故惜春住藕榭，诗社中即以藕榭为号。

《池北偶谈》："公卿荐举鸿博，绳孙目疾，是日应制仅为八韵诗。"朱竹垞《严君墓志》："晚岁有以诗文画请者，概不应。"《石头记》三十七回："惜春本性懒于诗词。"殆指此。

《墓志》曰："君兼善绘事。"李次青《严荪友事略》又称其尤精画凤。《石头记》惜春之婢名入画。第四十回："贾母指着惜春笑道：'你瞧我这个小孙女儿，他就会画。等明儿叫他画一张如何？'"第四十二回："李纨笑道：'四丫头要告一年的假呢。'黛玉笑道：'都是老太太昨儿一句话，又叫他画什么园子图儿，惹得他乐得告假了。'"五十回："贾母道：'倒是你四妹妹那里暖和。我们到那里，瞧瞧他的画儿，赶年可能有了不能。'众人笑道：'那里能年下就有了，只怕明年端阳才有呢。'贾母道：'这还了得！他竟比盖这园子还费工夫了。'……只问惜春画在那里，惜春因笑道：'天气寒冷了，胶性皆凝涩不润，画了恐不好看，故此收起来了。'"皆借荪友绘事为点缀。其所云请假一年，明年才有，及天寒收起等，则晚岁不应之义也。

《墓志》曰："君归田后，杜门不出，筑堂曰'雨青草堂'，亭曰'佚亭'。布以罍石、小梅、方竹，宴坐一室以为常。暇辄扫地焚香而已。"《事略》曰："既入史馆，分纂《隐逸传》，容与蕴藉，盖多自道其志行云。"《石头记》七十四回："惜春年幼，天性孤僻，任人怎说，只是咬定牙，断乎不肯留着（入画）。又说道：'不但不要入画，如今我也大了，连我也不便往你们那边去了。况且近日闻得多少议论，我若再去，连我也编派。……我一个姑娘，只好躲是非的，我反寻是非，成个什么人了！……我只能保住自己就够了，以后你们有事，好歹别累我。……状元难道没有糊涂的？……怎么我不冷？我清清白白的一个人，为什么叫你们带累坏了？……你这一去了，若果能不来，倒也省了口舌是非，大家倒还干净。'"八十七回："惜春想：'我若出了家时，那有邪魔缠扰。一念不生，万缘俱寂。'想到这里，蓦与神会，若有所得，便口占一偈云：'大造本无方，云何是应住。既从空中来，应向空中去。'占毕，即命丫头焚香，自己静坐了一回。"百十五回："惜春道：'如今譬如我死了似的。放我出了家，干干净净的一辈子。'"皆写其杜门不出扫地焚香之决心也。

宝琴，冒辟疆也。辟疆名襄，孔子尝学琴于师襄，故以琴字代表之。

辟疆有姬曰董白，其没也，辟疆作《影梅庵忆语》以哀之，有曰："壬午清和晦日，姬送余至北固山，舟泊江边。时西先生毕令梁寄余夏西洋布一端，薄如蝉纱，洁比雪艳，以退红为里，为姬制轻衫，不减张丽华桂宫霓裳也。偕登金山，山中游人数千，尾余两人，指为神仙。"又曰："余家及园亭，凡有隙地，皆植梅。春来早夜出入，皆烂缦香雪中，姬于含蕊时，先相枝之横斜，与几上军持相受，或隔岁便芟剪得宜，至花放，恰采入供。"《石头记》四十九回："湘云又瞧着宝琴笑道：'这一件衣裳，也只配他穿，别人穿了实在不配。'"五十回："贾母一看四面粉妆银砌，忽见宝琴披着凫靥裘，站在山坡背后遥等，身后一个丫鬟抱着一瓶红梅。……喜的忙笑道：'你们瞧这雪坡上，配上他这个人物，又是这件衣裳，后头又是这梅花，像个什么？'众人都笑道：'就像老太太房里挂的仇十洲画的《艳雪图》。'贾母摇头笑道：'那画的那里有这件衣裳，人也不能这样好。'……这是已许配梅家了。……把他许了梅翰林的儿子。"四十九回："薛蝌因当年父亲已将胞妹薛宝琴许配都中梅翰林之子为媳，"皆与《影梅庵忆语》中语相应。

张公亮所作《冒姬董小宛传》："小宛，秦淮乐籍中奇女也。……徒之金阊。……住半塘。……自西湖远游于黄山白岳间者将三年。……自此渡浒墅，游惠山，历毗陵、阳羡、澄江，抵北固，登金、焦。"《石头记》五十回："薛姨妈道：'他从小儿见的世面倒多，跟他父亲四山五岳都走遍了。他父亲带了家眷，这一省逛一年，明年又到那一省逛半年，所以天下十停走了有五六停了。'……宝琴走来笑道：'从小儿所走的地方的古迹不少，我如今拣了十个地方古迹，做了十首怀古诗。'"五十一回："宝琴十首怀古绝句，为赤壁、交趾、钟山、淮阴、广陵、桃叶渡、青冢、马嵬、蒲东寺、梅花观十处。"虽地名不皆符合，然彼此足相印证。

辟疆之别墅曰水绘园。《石头记》五十二回："宝琴说曾见真真国女子。"盖用《闻奇录》中画中美人名真真事，以影绘字。此女子所作诗，有曰："昨日朱楼梦，今宵水国吟。"上句言其不忘明室，下句则即谓水绘园也。

古人尝以千里草影董字，后汉童谣"千里草，何青青"是也。《石头记》五十回："李绮灯谜，以萤字打一个字。宝琴猜是花草的花字。黛玉笑道：'萤可不是草化的？'"殆亦以草字影董字也。相传董小宛实非病死，而被劫入清宫。草化为萤，疑即指此。萤与荣国府之荣同音也。

刘姥姥，汤潜庵也（合肥蒯君若木为我言之）。潜庵受业于孙夏峰凡十年。夏峰，之学，本以象山、阳明为宗。《石头记》："刘姥姥之女婿曰王狗儿，狗儿之父曰王成。其祖上曾与凤姐之祖、王夫人之父认识，因贪王家势利，便连了宗。"似指此。

耿介所作《汤潜庵先生斌传》曰："皇太子将出阁，上谕吏部：自古帝王谕教太子，必简和平谨恪之臣，专资赞导。江宁巡抚汤斌，在经筵时素行谨慎，朕所稔知，及简任巡抚以来，洁己率属，实心任事，允宜拔擢大用，风示有位。特授礼部掌詹事府事。"《石头记》四十二回："凤姐儿道：'他（巧姐儿）还没个名字，你就给他起个名字，借借你的寿。二则你们是庄家人，不怕你恼，到底贫苦些。你贫苦人起个名字，只怕压的住他。'"又一百十三回："凤姐对巧姐儿道：'你的名字还是他起的呢，就和干娘一样。你给他请个安。'……姥姥道：'只是不到我们那里去。'凤姐道：'你带了他去罢。'"一百十九回："平儿道：'姥姥你既是姑娘的干妈。'"疑皆指其为詹事时事。

《瓠臘》："旧传明祖梦兵卒千万，罗拜殿前。……高皇曰：'汝因多人，无从稽考姓氏，但五人为伍，处处血食足矣。'因命江南家立尺五小庙祀之，俗称五圣祠。是后日渐蕃衍。甚至树头花前，鸡埘豕圈，小有萎夭，辄曰五圣为祸。吾吴上方山尤极淫侈，娶妇贷钱，夭诡百出。吴人惊信若狂，箫鼓画船，报赛者相属于道。巫觋牲牢，闠委杂陈。计一日之费，不下数百金。岁无虚日也。睢州汤公巡抚江南，深痛恶俗。康熙乙丑，奏于朝，而奉有俞旨，并檄各省，如江南土木之俑，或畀炎火，或投浊流。五圣祠遂斩无孑遗。"《国朝先正事略》："苏州府城上方山，有祠曰五通，祷赛甚盛。凡少年妇女感寒热，觋巫辄谓五通将娶为妇，往往羸瘵死，常数十家。前有大吏，拟撤其祠，遇祟死，民益神之。公收像投水火，尽毁所属淫祠，请旨勒石永禁。"《石头记》三十九回："刘姥姥道：'去年冬天，接连下了几天雪，地下压了三四尺深。……只听外头柴草响，我想必定有人偷柴草来了。'……贾母道：'必定是过路的客人们冷了，见现成的柴，抽些烤火去，也是有的。'刘姥姥道：'……原来是一个十七八岁极标致的一个小姑娘。'……外面人喊噪起来。……丫鬟回说：'南院马棚子里走了火了，不相干，已救下了。'……只见东南上火光犹亮。……又忙命人去火神跟前烧香。……贾母足足看火光熄了。……都是才说抽柴草，惹出火来了。……林黛玉忙笑道：'咱们雪下吟诗，依我说，还不如弄一捆柴火雪下抽柴。'……刘姥姥编了告诉他道：'那原是我们庄北沿地埂子上，有一个小祠堂里供的，不是神佛，当先有个什么老爷。'说着又想名姓。宝玉道：'不拘什么名姓，你不必想了（《瓠臘》所谓无从稽考姓氏）。只说原故就是了。刘姥姥道：'这老爷没有儿子，只有一位小姐，名叫若玉小姐（五字与玉字相似，故曰若玉）……生到十七岁，一病死了。（《国朝先正事略》所谓少年妇女……五通将娶为妇，往往羸瘵死）……因为老爷太太思念不尽，便盖了这祠堂，塑了这若玉小姐的像，派了人烧香拨火。如今日久年深的，人也没了，庙也破了，那像也就成了精。……他时常变了人出来各村庄店道上闲逛。我才说抽柴火的就是他了。我们村庄上的人，还商议着要打了这个像，平了庙呢。'……宝玉道：'我明日做个疏头，替你化些布施，你就做香头，攒了钱，把这庙修盖，再装塑了泥像，每月给你香火钱烧香，岂不好？'（汪士鋐所作《汤潜庵先生墓表》："其后五路神徙于他所，骎骎乎有复兴之势。"）……焙茗笑道：'找到东北上田埂子上，才有一个破庙。……那庙门却倒也朝南开，也是稀破的。……一看泥胎，吓的我又跑出来，活似真的一般。……那里是什么女孩儿，竟是一位青脸红发的瘟神爷。'"皆影汤公毁五通祠事也。

徐乾学所作《工部尚书汤公神道碑》："居官不以丝毫扰于民。夏从贸肆中易苎帐自蔽，春野荠生，日采取啖之，脱粟羹豆，与幕客对饭。下至臧获，皆怡然无怨色。常州知府祖进朝制衣靴，欲奉公，久之不敢言，竟自服之。"冯景所作《汤中丞杂记》："黄进士春江言：'公莅任时，某亲见其夫人暨诸公子衣皆布，行李萧然，类贫士。而其日给为菜韭。公一日阅簿，见某日两只鸡，公愕问曰：'吾至吴未曾食鸡，谁市鸡者乎？'仆叩头曰：'公子。'公怒，立召公子跽庭下而责之曰：'汝谓苏州鸡贱如河南耶？汝思啖鸡，便归去。恶有士不嚼菜根而能作百事者哉！'并笞其仆而遣之。公生日，荐绅知公绝馈遗，惟制屏为寿。公辞焉。启曰：'汪琬撰文在上。'公命录以入，而返其屏。……去之日，敝篮数肩，不增一物于旧，惟《廿一史》则吴中物。公指为祖道诸公曰：'吴中价廉，故市之，然颇累马力。'"《觚賸续编》"睢州汤潜庵先生，以江南巡抚内迁大司空。其殁于京邸也，同官唁之。身卧板床，上衣敝蓝丝袄，下着褐色布裤。检其所遗，惟竹笥内俸银八两。昆山徐大司寇赙以二十金，乃能成殡。"《石头记》第六回，记刘姥姥之外孙名板儿，外孙女名青儿，一进荣国府携板儿去。板儿当影吴中所市之《廿一史》，青儿则影其日给菜韭也。又刘姥姥见凤姐时，贾蓉适来借屏，"贾蓉笑道：'我父亲打发我来求婶子，说上回老舅太太给婶子的那架玻璃炕屏，明儿请一个要紧的客，借去略摆一摆就送来的。'……凤姐笑道：'也没见我们王家的东西都是好的。……碰坏一点，你可仔细你的皮。'"是影不受寿屏事。曰借，曰略摆一摆就送来，言不受也；王家的东西都是好的，王汪同音，汪琬撰文在上也；不许碰坏一点，但录其文而于屏一无所损也。又凤姐给他二十两银子，而第三十九回："刘姥姥道：'这样螃蟹，……再搭上酒菜，一共倒有二十多两银子。阿弥陀佛，这一顿的钱，够我们庄家人过一年的了。'"疑皆影徐健庵赙二十金也。第三十九回："刘姥姥又来了，有两三个丫头在地下，倒口袋里的枣子倭瓜并些菜。姥姥道：'姑娘们天天山珍海味的也吃腻了，吃个野菜儿，也算我们的穷心。'贾母又笑道：'我才听见凤哥儿说，你带好些瓜菜来，我叫他快收拾去了。我正想个地里现结的瓜儿菜儿吃，外头买的不像你们田地里的好吃。'刘姥姥笑道：'这是野意儿，不过吃个新鲜。依我们倒想鱼肉吃，只是吃不起。'"第四十二回："平儿道：'到年下，你只把你们晒的那个灰条菜干子和豇豆、扁豆、茄子、葫芦条子，各样干菜带些来，我们这里上上下下都爱吃这个。'"皆影啖野荠、给菜韭及谓士嚼菜根等也。平儿道："这一包是八两银子。"影死后所遗唯俸银八两也。三十九回："鸳鸯去挑了两件随常的衣服给刘姥姥换上。"四十二回："鸳鸯道：'前儿我叫你洗澡换的衣裳是我的，你不弃嫌，我还有几件，也送你罢。'刘姥姥又忙道谢。鸳鸯果然又拿出几件来。又鸳鸯指炕上一个包袱说道：'这是老太太的几件衣裳，都是往年间生日、节下，众人孝敬的，老太太从不穿人家做的，收着也可惜，却是一次也没穿过的。咋日叫我拿出两套儿送你带去，或送人，或自己家里穿罢。'"又："平儿又悄悄笑道：'这两件袄儿和两条裙子，还有四块包头，一包绒线，这是我送姥姥的，那衣裳虽是旧的，我也没大很穿，你要弃嫌，我就不敢说了。'姥姥忙笑说道：'姑娘说那里话？这样好东西，我还弃嫌？我便有银子，没处买这样的去呢！只是我怪臊的，收了又不好，不收又辜负了姑娘的心。'"皆影祖进朝欲奉衣靴久不敢言而自服之也。四十回"贾母道：'那个纱叫软烟罗。先时原不过是糊窗屉，后来我们拿这个做被做帐子，试试也竟好。……刘姥姥口里不住的念佛，说道：'我们想做衣裳也不能，拿着糊窗子，岂不可惜。'…贾母道，'若有时都拿出来，送这刘亲家两匹。有雨过天青的，我做一个帐子挂下。'"四十二回："平儿说道：'这是昨日你要的青纱一匹。奶奶另外送你一个实地月白纱做里子。这是两个茧绸，做袄儿裙子都好。这包袱里是两匹绸子。年下做件衣裳芽。'"又四十一回："刘姥姥忽见有一副最精致的床帐。"皆影其苎帐自蔽，全家衣布，及死时服敝蓝丝袄褐色布裤事也，第四十回"刘姥姥说'这里的鸡儿也俊，下的这蛋也小巧怪俊的。'"四十一回"凤姐说'你把才下来的茄子，把皮刨了，只要净肉，切成碎丁子，用鸡油炸了再用鸡肉脯子，合香菌、新笋、蘑菇、五香豆腐干子、各色干果子，都切成丁儿，拿鸡汤煮干，将香油一收，外加糟油一拌，在磁罐子里封严，要吃时拿出来，用炒的鸡爪子一拌就是了。'刘姥姥听了，摇头吐舌说：'我的佛祖！倒得十来只鸡来配他，怪道这个味儿。'"影其责子啖鸡事也。

《履园丛话》："汤文正公莅任江苏，闻吴江令即墨郭公琇有墨吏声，公面责之。郭曰：'向来上官要钱，卑职无措，只得取之于民。今大人如能一清如水，卑职何敢贪耶？'公曰：'姑试汝。'郭回任，呼役汲水洗其堂，由是大改前辙。"《石头记》四十一回："贾母带了刘姥姥至栊翠庵来。……宝玉道：'等我们出去了，我叫几个小幺儿来，河里打几桶水来洗地如何？'"影郭琇洗堂事也。

其他迎春等人，尚未考出，姑阙之。又有插叙之事，颇与康熙朝时事相应者数条，附录于后。

四十八回贾雨村拿石呆子事，即戴名世之狱也。戴居南山冈，即以"南山"名其集。《诗》曰："节彼南山，维石岩岩。"又戴之贾祸，尤在其致门生余石民一书，故以石呆子代表之。所谓："老爷不知在那里看见几把旧扇子，回家来看家里所有收着的这些好扇子都不中用了。……偏他家就有二十把旧扇子，死也不肯拿出大门来。……他只是不卖，只说'要扇子，先要我的命'。……谁知那雨村没天理的听见了，便设了法子讹他拖欠官银，拿了他到衙门里去，说所欠公银变卖家产赔补，把这扇子抄了来，做了官价，送了来。那石呆子如今不知是死是活。……为这点子小事，弄的人家败产。"扇者，史也，看了旧扇子，家里这些扇子不中用，有实录之明史，则清史不足观也。二十把旧扇子，二十史也。石呆子死不肯卖，言如戴名世等宁死而不肯以中国古史俾清人假借也。拿石呆子，抄扇子，弄的人家败产，石呆子不知是死是活，谓烧毁《南山集》版，斩戴名世，其案内干连之人并其妻子，或先发黑龙江，或入旗也。

第二十三回，回目以《西厢记》《牡丹亭》对举，四十回，黛玉应酒令，并引二书。五十一回，宝琴编怀古诗，末二首亦本此二书，所以代表当时违碍之书也。《西厢》终于一梦，以代表明季之记载；《牡丹亭》述丽娘还魂，以代表主张光复明室诸书。宝玉初读《西厢》，正值落红成阵，引起黛玉葬花，即接叙黛玉听曲，恰为"原来是姹紫嫣红开遍，似这般都付与断井颓垣"，及"良辰美景奈何天，赏心乐事谁家院"。其后又想起《西厢记》中"花落水流红"等句。落红也，葬花也，付红紫于断井颓垣，皆吊亡明也。奈何天，谁家院，犹言今日域中谁家天下也。黛玉应酒令引《牡丹亭》，仍为"良辰美景奈何天"；引《西厢》则曰："纱窗也没有红娘报"，言不得明室消息也。第四十二回："宝钗道：'我们家也算是个读书人家，祖父手里也极爱藏书。先时人口多，姊妹兄弟也在一处，……诸如这《西厢》《琵琶》以及《元人百种》，无所不有。他们背着我们偷看，我们背着他们偷看。后来大人知道了，打的打，骂的骂，烧的烧，丢开了。'"言此等违碍之书，本皆秘密传阅，经官吏发见，则毁其书而罚其人也。宝琴所编《蒲东寺怀古》曰："小红骨贱一身轻，私掖偷携强撮成。虽被夫人时吊起，已经勾引彼同行。"似以形容明室遗臣强颜事清之状。其《梅花观怀古》末句："一别西风又一年"，亦有黍离之感。"黛玉道：'两首虽于史鉴上无考，咱们虽不曾看这些外传，不知底里，难道咱们连两本戏也没见过不成？三岁的孩子也知道，何况咱们！'

李纨道：'凡说书唱戏甚至于求的签上都有，老少男女俗语口头，人人皆知皆说的。'"言此等忌讳之事虽不见史鉴，亦不许人读其外传，而人人耳熟能详也。

第七回，焦大醉后谩骂，"众小厮把他捆起来，用土和马粪满满的填了他一嘴。"第百十一回："大家见一个稍长大汉，手执木棍……正是甄家荐来的包勇。……包勇用力一棍打去，将贼打下屋来。"似影射方望溪事。《啸亭杂录》："方灵皋性刚鸷，遇事辄争。尝与履恭王同判礼部事，王有所过当，公拂袖而争。王曰：'秃老可敢若尔！'公曰：'王言如马勃昧。'往谒查相国，其仆恃势不时禀，公大怒。以杖叩其头，血涔涔下，仆狂奔告相公。迎见后，复至查邸，其仆望之即走，曰：'舞杖老翁又来矣！'"望溪名苞，故曰包勇。

第十八回："黛玉因见宝玉构思太苦，走至案旁，知宝玉只少《杏帘在望》一首，……自己吟成一律，写在纸条上，搓成个团子，掷向宝玉眼前。宝玉遂忙恭楷誊完呈上。贾妃看毕，指《杏帘》一首为四首之冠。"似影射张文端助王渔洋事。《啸亭杂录》："王文简诗名重当时，浮沉粉署。张文端公直南书房，代为延誉。仁庙亦尝闻其名，召入面试。渔洋诗思本迟，加以部曹小臣乍睹天颜，战栗不能成一字。文端代作诗草，撮为丸置案侧，渔洋得以完卷。上阅之，笑曰：'人言王某诗多丰神，何整洁殊似卿笔？'……渔洋感激终身，曰：'是日微张某，余几曳白矣。'"宝玉之出家，似影清世祖为僧事。世祖为僧，由于悼董妃；宝玉之出家，亦发端于悼黛玉也。

元妃省亲，似影清圣祖之南巡。盖南巡之役，本为省觐世祖而起也。第十六回："赵嬷嬷道：'我听见上上下下噪嚷了这些日子，什么省亲不省亲，我也不理论他去。如今又说省亲，到底是怎么个缘故？'贾琏道：'如今当今体贴万人之心，世上至大莫如孝子……当今自为日夜侍奉太上皇、皇太后，尚不能略尽孝意……于是太上皇、皇太后大喜，深赞当今至孝纯仁。'……凤姐笑道：'当年太祖皇帝仿舜巡的故事，比一部书还热闹，我偏没造化赶上。'赵嬷嬷道：'阿呀呀，那可是千载难逢的！那时候我才记事儿，咱们贾府……只预备接驾一次，把银子化的淌海水似的。说起来……'凤姐忙接道：'我们王府里也预备过一次……。'赵嬷嬷道：'如今还有现在江南的甄家，阿呀呀，好世派！他家独接驾四次。……也不过拿着皇帝家的银子，往皇帝身上使罢了，谁家有那些钱买这个虚热闹去！'"赵嬷嬷说省亲是怎么个缘故，可见省亲是拟议之词。康熙朝无所谓太上皇，而以太上皇与皇太后并称，是其时世祖未死之证。宫妃省亲与皇帝南巡事绝不同，而凤姐及赵嬷嬷乃缕述太祖皇帝南巡故事，且缕述某家接驾一次某家接驾四次，是明指康熙朝之南巡，不过因本书既以贾妃省亲事代表之，不得不假记南巡为已往之事云尔。

　　右所证明，虽不及百之一二，然《石头记》之为政治小说，决非牵强附会，已可概见。触类旁通，以意逆志，一切怡红快绿之文，春恨秋悲之迹，皆作二百年前之因话录、旧闻记读可也。

民国四年十一月　著者识

王国维《红楼梦》评论

第一章　人生及美术之概观

老子曰："人之大患，在我有身。"庄子曰："大块载我以形，劳我以生。"忧患与劳苦之与生，相对待也久矣。夫生者，人人之所欲；忧患与劳苦者，人人之所恶也。然则讵不人人欲其所恶，而恶其所欲欤？将其所恶者，固不能不欲，而其所欲者，终非可欲之物欤？人有生矣，则思所以奉其生：饥而欲食，渴而欲饮，寒而欲衣，露处而欲宫室。此皆所以维持一人之生活者也。然一人之生，少则数十年，多则百年而止耳。而吾人欲生之心，必以是为不足，于是于数十年百年之生活外，更进而图永远之生活：时则有牝牡之欲，家室之累；进而育子女矣，则有保抱、扶持、饮食、教诲之责，婚嫁之务。百年之间，早作而夕思，穷老而不知所终。问有出于此保存自己及种姓之生活之外者乎？无有也。百年之后，观吾人之成绩，其有逾于此保存自己及种姓之生活之外者乎？无有也。又人人知侵害自己及种姓之生活者之非一端也。于是相集而成一群，相约束而立一国，择其贤且智者以为之君，为之立法律以治之，建学校以教之，为之警察以防内奸，为之陆海军以御外患，使人人各遂其生活之欲而不相侵害：凡此皆欲生之心之所为也。夫人之于生活也，欲之如此其切也，用力如此其勤也，设计如此其周且至也，固亦有其真可欲者存欤？吾人之忧患劳苦，固亦有所以偿之者欤？则吾人不得不就生活之本质，熟思而审考之也。

生活之本质何？"欲"而已矣。"欲"之为性无厌，而其原生于不足。不足之状态，苦痛是也。既偿一欲，则此欲以终。然欲之被偿者一，而不偿者十百，一欲既终，他欲随之，故究竟之慰藉，终不可得也。即使吾人之欲悉偿，而更无所欲之对象，倦厌之情即起而乘之。于是吾人自己之生活，若负之而不胜其重。故人生者，如钟表之摆，实往复于苦痛与倦厌之间者也，夫倦厌固可视为苦痛之一种。有能除去此二者，吾人谓之曰快乐。然当其求快乐也，吾人于固有之苦痛外，又不得不加以努力，而努力亦苦痛之一也。且快乐之后，其感苦痛也弥深。故苦痛而无回复之快乐者有之矣，未有快乐而不先之或继之以苦痛者也。又此苦痛与世界之文化俱增，而不由之而减。何则？文化愈进，其知识弥广，其所欲弥多，又其感苦痛亦弥甚，故也。然则人生之所欲，既无以逾于生活，而生活之性质又不外乎苦痛，故欲与生活、与苦痛，三者一而已矣。

　　吾人生活之性质，既如斯矣，故吾人之知识，遂无往而不与生活之欲相关系，即与吾人之利害相关系。就其实而言之，则知识者，固生于此欲，而示此欲以我与外界之关系，使之趋利而避害者也。常人之知识，止知我与物之关系，易言以明之，止知物之与我相关系者，而于此物中，又不过知其与我相关系之部分而已。及人知渐进，于是始知欲知此物与我之关系，不可不研究此物与彼物之关系。知愈大者，其研究愈远焉，自是而生各种之科学：如欲知空间之一部之与我相关系者，不可不知空间全体之关系，于是几何学兴焉。（按：西洋几何学Geometry之本义，系量地之意，可知古代视为应用之科学，而不视为纯粹之科学也）欲知力之一部之与我相关系者，不可不知力之全体之关系，于是力学兴焉。吾人既知一物之全体之关系，又知此物与彼物之全体之关系，而立一法则焉，以应用之。于是物之现于吾前者，其与我之关系，及其与他物之关系，粲然陈于目前而无所遁。夫然后吾人得以利用此物，有其利而无其害，以使吾人生活之欲，增进于无穷。此科学之功效也。故科学上之成功，虽若层楼杰观，高严巨丽，然其基址则筑乎生活之欲之上，与政治上之系统立于生活之欲之上无以异。然则吾人理论与实际之二方面，皆此生活之欲之结果也。

　　由是观之，吾人之知识与实践之二方面，无往而不与生活之欲相关系，即与苦痛相关系。兹有一物焉，使吾人超然于利害之外，而忘物与我之关系。此时也，吾人之心，无希望，无恐怖，非复欲之我，而但知之我也。此犹积阴弥月，而旭日杲杲也；犹覆舟大海之中，浮沉上下，而飘著于故乡之海岸也；犹阵云惨淡，而插翅之天使，赍平和之福音而来者也；犹鱼之脱于罾网，鸟之自樊笼出，而游于山林江海也。然物之能使吾人超然于利害之外者，必其物之于吾人无利害之关系而后可，易言以明之，必其物非实物而后可。然则非美术何足以当之乎？夫自然界之物，无不与吾人有利害之关系；纵非直接，亦必间接相关系者也。苟吾人而能忘物与我之关系而观物，则夫自然界之山明水媚、鸟飞花落，固无往而非华胥之国、极乐之土也。岂独自然界而已？人类之言语动作，悲欢啼笑，孰非美之对象乎？然此物既与吾人有利害之关系，而吾人欲强离其关系而观之，自非天才，岂易及此？于是天才者出，以其所观于自然人生中者复现之于美术中，而使中智以下之人，亦因其物之与己无关系，而超然于利害之外。是故观物无方，因人而变：濠上之鱼，庄、惠之所乐也，而渔父袭之以网罟；舞雩之木，孔、曾之所憩也，而樵者继之以斤斧。若物非有形，心无所住，则虽殉财之夫，贵私之子，宁有对曹霸、韩干之马，而计驰骋之乐，见毕宏、韦偃之松，而思栋梁之用；求好逑于雅典之偶，思税驾于金字之塔者哉？故美术之为物，欲者不观，观者不欲；而艺术之美所以优于自然之美者，全存于使人易忘物我之关系也。

　　而美之为物有二种：一曰优美，一曰壮美。苟一物焉，与吾人无利害之关系，而吾人之观之也，不观其关系，而但观其物；或吾人之心中，无丝毫生活之欲存，而其观物也，不视为与我有关系之物，而但视为外物，则今之所观者，非昔之所观者也。此时吾心宁静之状态，名之曰优美之情，而谓此物曰优美。若此物大不利于吾人，而吾人生活之意志为之破裂，因之意志遁去，而知力得为独立之作用，以深观其物，吾人谓此物曰壮美，而谓其感情曰壮美之情。普通之美，皆属前种。至于地狱变相之图，决斗垂死之像，庐江小吏之诗，雁门尚书之曲，其人故氓庶之所共怜，其遇虽戾夫为之流涕，讵有子颓乐祸之心，宁无尼父反袂之戚，而吾人观之，不厌千复。格代（今译歌德，下同）之诗曰：

> What in life doth only grieve us,
> That in art we gladly see.
> 凡人生中足以使人悲者，于美术中则吾人乐而观之。

此之谓也。此即所谓壮美之情，而其快乐存于使人忘物我之关系，则固与优美无以异也。

至美术中之与二者相反者，名之曰眩惑。夫优美与壮美，皆使吾人离生活之欲，而入于纯粹之知识者。若美术中而有眩惑之原质乎，则又使吾人自纯粹之知识出，而复归于生活之欲。如粔籹蜜饵，《招魂》、《七发》之所陈；玉体横陈，周昉、仇英之所绘；《西厢记》之《酬柬》，《牡丹亭》之《惊梦》，伶元之传飞燕，杨慎之赝《秘辛》：徒讽一而劝百，欲止沸而益薪。所以子云有"靡靡"之消，法秀有"绮语"之诃。虽则梦幻泡影，可作如是观，而拔舌地狱，专为斯人设者矣。故眩惑之于美，如甘之于辛，火之于水，不相并立者也。吾人欲以眩惑之快乐，医人世之苦痛，是犹欲航断港而至海，入幽谷而求明，岂徒无益，而又增之。则岂不以其不能使人忘生活之欲，及此欲与物之关系，而反鼓舞之也哉？眩惑之与优美及壮美相反对，其故实存于此。

今既述人生与美术之概略如左，吾人且持此标准，以观我国之美术。而美术中以诗歌、戏曲、小说为其顶点，以其目的在描写人生故。吾人于是得一绝大著作，曰《红楼梦》。

第二章 《红楼梦》之精神

哀伽尔之诗曰:

"Ye wise men, highly, deeply learned,
Who think it out and know,
How, when and where do all things pair?
Why do they kiss and love?
Ye men of lofty wisdom, say
What happened to me then,
Search out and tell me where, how, when,
And why it happened thus."

嗟汝哲人,靡所不知,靡所不学,既深且跻。
粲粲生物,罔不匹俦,各啮厥唇,而相厥攸。
匪汝哲人,孰知其故?自何时始,来自何处?
嗟汝哲人,渊渊其知。相彼百昌,奚而熙熙?
愿言哲人,诏余其故。自何时始,来自何处?

哀伽尔之问题,人人所有之问题,而人人未解决之大问题也。人有恒言曰:"饮食男女,人之大欲存焉。"然人七日不食即死,一日不再食则饥。若男女之欲,则于一人之生活上,宁有害无利者也,而吾人之欲之也如此,何哉?吾人自少壮以后,其过半之光阴、过半之事业,所计划、所勤动者为何事?汉之成、哀,曷为而丧其生?殷辛、周幽,曷为而亡其国?励精如唐玄宗,英武如后唐庄宗,曷为而不善其终?且人生苟为数十年之生活计,则其维持此生活,亦易易耳,曷为而其忧劳之度,倍蓰而未有已?记曰:"人不婚宦,情欲失半。"人苟能解此问题,则于人生之知识,思过半矣。而蚩蚩者乃日用而不知,岂不可哀也欤!其自哲学上解此问题者,则二千年间,仅有叔本华之《男女之爱之形而上学》耳。诗歌、小说之描写此事者,通古今东西,殆不能悉数,然能解决之者鲜矣。《红楼梦》一书非徒提出此问题,又解决之者也。彼于开卷即下男女之爱之神话的解释,其叙此书之主人公贾宝玉之来历曰:

> 却说女娲氏炼石补天之时,于大荒山无稽崖,炼成高十二丈,见方二十四丈大的顽石三万六千五百零一块。那娲皇只用了三万六千五百块,单单剩下一块未用,弃在青埂峰下。谁知此石自经锻炼之后,灵性已通,自去自来,可大可小。因见众石俱得补天,独自己无才,不得入选,遂自怨自艾,日夜悲哀。(第一回)

此可知生活之欲之先人生而存在,而人生不过此欲之发现也。此可知吾人之堕落,由吾人之所欲,而意志自由之罪恶也。夫顽钝者既不幸而为此石矣,又幸而不见用,则何不游于广漠之野,无何有之乡,以自适其适,而必欲入此忧患劳苦之世界,不可谓非此石之大误也。由此一念之误,而遂造出十九年之历史与百二十回之事实,与茫茫大士、渺渺真人何欤。又于第百十七回中,述宝玉与和尚之谈论曰:

"弟子请问师父,可是从太虚幻境而来?"那和尚道:"什么是幻境？不过是来处来，去处去罢了。我是送还你的玉来的。我且问你，你那玉是从那里来的？"宝玉一时对答不来。那和尚笑道："你的来路还不知，便来问我！"宝玉本来颖悟，又经点化，早把红尘看破，只是自己的底里未知；一闻那僧问起玉来，好像当头一棒，便说："你也不用银子了，我把那玉还你罢。"

那僧笑道："早该还我了。"

所谓"自己的底里未知"者，未知其生活乃自己之一念之误，而此念之所自造也。及一闻和尚之言，始知此不幸之生活，由自己之所欲，而其拒绝之也，亦不得由自己，是以有还玉之言。所谓"玉"者，不过生活之欲之代表而已矣。故携入红尘者，非彼二人之所为，顽石自己而已；引登彼岸者，亦非二人之力，顽石自己而已。此岂独宝玉一人然哉？人类之堕落与解脱，亦视其意志而已。而此生活之意志，其于永远之生活，比个人之生活为尤切；易言以明之，则男女之欲，尤强于饮食之欲。何则？前者无尽的，后者有限的也；前者形而上的，后者形而下的也。又如上章所说，生活之于苦痛，二者一而非二，而苦痛之度，与主张生活之欲之度为比例。是故前者之苦痛，尤倍蓰于后者之苦痛。而《红楼梦》一书，实示此生活、此苦痛之由于自造，又示其解脱之道不可不由自己求之者也。

而解脱之道，存于出世，而不存于自杀。出世者，拒绝一切生活之欲者也。彼知生活之无所逃于苦痛，而求入于无生之域。当其终也，恒干虽存，固已形如槁木，而心如死灰矣。若生活之欲如故，但不满于现在之生活，而求主张之于异日，则死于此者，固不得不复生于彼，而苦海之流，又将与生活之欲而无穷。故金钏之堕井也，司棋之触墙也，尤三姐、潘又安之自刎也，非解脱也，求偿其欲而不得者也。彼等之所不欲者，其特别之生活，而对生活之为物，则固欲之而不疑也。故此书中真正之解脱，仅贾宝玉、惜春、紫鹃三人耳。而柳湘莲之入道，有似潘又安；芳官之出家，略同于金钏。故苟有生活之欲存乎，则虽出世而无与于解脱；苟无此欲，则自杀亦未始非解脱之一者也。如鸳鸯之死，彼固有不得已之境遇在；不然，则惜春、紫鹃之事，固亦其所优为者也。

而解脱之中，又自有二种之别：一存于观他人之苦痛，一存于觉自己之苦痛。然前者之解脱，唯非常之人为能，其高百倍于后者，而其难亦百倍。但由其成功观之，则二者一也。通常之人，其解脱由于苦痛之阅历，而不由于苦痛之知识。唯非常之人，由非常之知力，而洞观宇宙人生之本质，始知生活与苦痛之不能相离，由是求绝其生活之欲，而得解脱之道。然于解脱之途中，彼之生活之欲，犹时时起而与之相抗，而生种种之幻影。所谓恶魔者，不过此等幻影之人物化而已矣。故通常之解脱，存于自己之苦痛。彼之生活之欲，因不得其满足而愈烈，又因愈烈而愈不得其满足，如此循环，而陷于失望之境遇，遂悟宇宙人生之真相，遽而求其息肩之所。彼全变其气质，而超出乎苦乐之外，举昔之所执著者，一旦而舍之。彼以生活为炉，苦痛为炭，而铸其解脱之鼎。彼以疲于生活之欲故，故其生活之欲，不能复起而为之幻影。此通常之人解脱之状态也。前者之解脱，如惜春、紫鹃；后者之解脱，如宝玉。前者之解脱，超自然的也，神明的也；后者之解脱，自然的也，人类的也。前者之解脱，宗教的也；后者美术的也。前者平和的也；后者悲感的也，壮美的也，故文学的也，诗歌的也，小说的也。此《红楼梦》之主人公所以非惜春、紫鹃，而为贾宝玉者也。

呜呼！宇宙一生活之欲而已！而此生活之欲之罪过，即以生活之苦痛罚之，此即宇宙之永远的正义也。自犯罪，自加罚，自忏悔，自解脱。美术之务在描写人生之苦痛与其解脱之道，而使吾侪冯生之徒，于此桎梏之世界中，离此生活之欲之争斗，而得其暂时之平和，此一切美术之目的也。夫欧洲近世之文学中，所以推格代之《法斯德》（今译《浮士德》）为第一者，以其描写博士法斯德之苦痛，及其解脱之途径，最为精切故也。若《红楼梦》之写宝玉，又岂有以异于彼乎？彼于缠陷最深之中，而已伏解脱之种子，故听《寄生草》之曲而悟立足之境，读《胠箧》之篇，而作焚化散麝之想。所以未能者，则以黛玉尚在耳，至黛玉死而其志渐决。然尚屡失于宝钗，几败于五儿，屡蹶屡振，而终获最后之胜利。读者观自九十八回以至百二十回之事实，其解脱之行程，精进之历史，明了真切何如哉！且法斯德之苦痛，天才之苦痛；宝玉之苦痛，人人所有之苦痛也。其存于人之根柢者为独深，而其希救济也为尤切。作者一一掇拾而发挥之，我辈之读此书者，宜如何表满足感谢之意哉？而吾人于作者之姓名，尚有未确实之知识。岂徒吾侪寡学之羞，亦足以见二百余年来，吾人之祖先对此宇宙之大著述如何冷淡遇之也？谁使此大著述之作者不敢自署其名？此可知此书之精神大背于吾国人之性质，及吾人之沉溺于生活之欲而乏美术之知识有如此也。然则予之为此论，亦自知有罪也矣。

第三章　《红楼梦》之美学上之价值

　　如上章之说，吾国人之精神，世间的也，乐天的也，故代表其精神之戏曲、小说，无往而不著此乐天之色彩：始于悲者终于欢，始于离者终于合，始于困者终于亨。非是而欲餍阅者之心，难矣。若《牡丹亭》之返魂，《长生殿》之重圆，其最著名之一例也。《西厢记》之以惊梦终也，未成之作也，此书若成，吾乌知其不为《续西厢》之浅陋也？有《水浒传》矣，曷为而又有《荡寇志》？有《桃花扇》矣，曷为而又有《南桃花扇》？有《红楼梦》矣，彼《红楼复梦》《补红楼梦》《续红楼梦》者，曷为而作也？又曷为而有反对《红楼梦》之《儿女英雄传》？故吾国之文学中，其具厌世解脱之精神者，仅有《桃花扇》与《红楼梦》耳。而《桃花扇》之解脱，非真解脱也：沧桑之变，目击之而身历之，不能自悟，而悟于张道士之一言；且以历数千里，冒不测之险，投缧继之中，所索之女子，才得一面，而以道士之言，一朝而舍之。自非三尺童子，其谁信之哉？故《桃花扇》之解脱，他律的也；而《红楼梦》之解脱，自律的也。且《桃花扇》之作者，但借侯、李之事，以写故国之戚，而非以描写人生为事。故《桃花扇》，政治的也，国民的也，历史的也；《红楼梦》，哲学的也，宇宙的也，文学的也。此《红楼梦》之所以大背于吾国人之精神，而其价值亦即存乎此。彼《南桃花扇》《红楼复梦》等，正代表吾国人乐天之精神者也。

《红楼梦》一书与一切喜剧相反,彻头彻尾之悲剧也。其大宗旨如上章所述,读者既知之矣。除主人公不计外,凡此书中之人有与生活之欲相关系者,无不与苦痛相终始。以视宝琴、岫烟、李纹、李绮等,若藐姑射神人,复乎不可及矣。夫此数人者,曷尝无生活之欲,曷尝无苦痛?而书中既不及写其生活之欲,则其苦痛自不得而写之;足以见二者如骖之靳,而永远的正义无往不逞其权力也。又吾国之文学,以挟乐天的精神故,故往往说诗歌的正义,善人必令其终,而恶人必离其罚;此亦吾国戏曲、小说之特质也。《红楼梦》则不然。赵姨、凤姐之死,非鬼神之罚,彼良心自己之苦痛也。若李纨之受封,彼于《红楼梦》十四曲中,固已明说之曰:

[晚韶华]镜里恩情,更那堪梦里功名!那韶华去之何迅。再休提绣帐鸳衾。只这戴珠冠,披凤袄,也抵不了无常性命。虽说是,人生莫受老来贫,也须要阴鹫积儿孙。气昂昂头戴簪缨,光灿灿胸悬金印,威赫赫爵禄高登,昏惨惨黄泉路近。问古来将相可还存?也只是虚名儿与后人钦敬。(第五回)

此足以知其非诗歌的正义,而既有世界人生以上,无非永远的正义之所统辖也。故曰《红楼梦》一书,彻头彻尾的悲剧也。

由叔本华之说,悲剧之中又有三种之别:第一种之悲剧,由极恶之人,极其所有之能力以交构之者。第二种,由于盲目的运命者。第三种之悲剧,由于剧中之人物之位置及关系而不得不然者,非必有蛇蝎之性质与意外之变故也,但由普通之人物、普通之境遇,逼之不得不如是,彼等明知其害,交施之而交受之,各加以力而各不任其咎。此种悲剧,其感人贤于前二者远甚。何则?彼示人生最大之不幸,非例外之事,而人生之所固有故也。若前二种之悲剧,吾人对蛇蝎之人物与盲目之命运,未尝不悚然战栗;然以其罕见之故,犹幸吾生之可以免,而不必求息肩之地也。但在第三种,则见此非常之势力,足以破坏人生之福祉者,无时而不可坠于吾前；且此等惨酷之行，不但时时可受诸己，而或可以加诸人，躬丁其酷，而无不平之可鸣，此可谓天下之至惨也。若《红楼梦》，则正第三种之悲剧也。兹就宝玉、黛玉之事言之：贾母爱宝钗之婉嫕，而惩黛玉之孤僻，又信金玉之邪说，而思压宝玉之病；王夫人固亲于薛氏；凤姐以持家之故，忌黛玉之才而虞其不便于己也；袭人惩尤二姐、香菱之事，闻黛玉"不是东风压了西风，就是西风压了东风"（第八十一回）之语，惧祸之及，而自同于凤姐，亦自然之势也。宝玉之于黛玉，信誓旦旦，而不能言之于最爱之之祖母，则普通之道德使然；况黛玉一女子哉！由此种种原因，而金玉以之合，木石以之离，又岂有蛇蝎之人物、非常之变故，行于其间哉？不过通常之道德、通常之人情、通常之境遇为之而已。由此观之，《红楼梦》者，可谓悲剧中之悲剧也。

由此之故，此书中壮美之部分，较多于优美之部分，而眩惑之原质殆绝焉。作者于开卷即申明之曰：

更有一种风月笔墨，其淫秽污臭，最易坏人子弟。至于才子佳人等书，则又开口文君，满篇子建，千部一腔，千人一面，且终不能不涉淫滥。在作者不过欲写出自己两首情诗艳赋来，故假捏出男女二人名姓，又必旁添一小人拨乱其间，如戏中小丑一般。（此又上节所言之一证）

兹举其最壮美者之一例，即宝玉与黛玉最后之相见一节曰：

那黛玉听着傻大姐说宝玉娶宝钗的话，此时心里竟是油儿酱儿糖儿醋儿倒在一处的一般，甜苦酸咸，竟说不上什么味儿来了……自己转身要回潇湘馆去，那身子竟有千百斤重的，两只脚却像踏着棉花一般，早已软了。只得一步一步，慢慢地走将下来。走了半天，还没到沁芳桥畔，脚下愈加软了。走的慢，且又迷迷痴痴，信着脚从那边绕过来，更添了两箭地路。这时刚到沁芳桥畔，却又不知不觉的顺着堤往回里走起来。紫鹃取了绢子来，却不见黛玉。正在那里看时，只见黛玉颜色雪白，身子恍恍荡荡的，眼睛也直直的，在那里东转西转……只得赶过来轻轻地问道："姑娘怎么又回去？是要往那里去？"黛玉也只模糊听见，随口答道："我问问宝玉去。"……紫鹃只得搀他进去。那黛玉却又奇怪了，这时不似先前那样软了，也不用紫鹃打帘子，自己掀起帘子进来……见宝玉在那里坐着，也不起来让坐，只瞧着嘻嘻的呆笑。黛玉自己坐下，却也瞧着宝玉笑。两个也不问好，也不说话，也无推让，只管对着脸呆笑起来。忽然听着黛玉说道："宝玉！你为什么病了？"宝玉笑道："我为林姑娘病了。"袭人、紫鹃两个，吓得面目改色，连忙用言语来岔。两个却又不答言，仍旧呆笑起来……紫鹃搀起黛玉，那黛玉也就站起来，瞧着宝玉，只管笑，只管点头儿。紫鹃又催道："姑娘回家去歇歇罢！"黛玉道："可不是，我这就是回去的时候儿了！"说着，便回身笑着出来了，仍旧不用丫头们搀扶，自己却走得比往常飞快。（第九十六回）

如此之文，此书中随处有之，其动吾人之感情何如？凡稍有审美的嗜好者，无人不经验之也。

《红楼梦》之为悲剧也如此。昔雅里大德勒于《诗论》（即亚里士多德《诗学》，也名《论诗》）中，谓悲剧者，所以感发人之情绪而高上之，殊如恐惧与悲悯之二者，为悲剧中固有之物，由此感发，而人之精神于焉洗涤。故其目的，伦理学上之目的也。叔本华置诗歌于美术之顶点，又置悲剧于诗歌之顶点；而于悲剧之中，又特重第三种，以其示人生之真相，又示解脱之不可已故。故美学上最终之目的，与伦理学上最终之目的合。由是，《红楼梦》之美学上之价值，亦与其伦理学上之价值相联络也。

第四章 《红楼梦》之伦理学上之价值

自上章观之,《红楼梦》者,悲剧中之悲剧也。其美学上之价值,即存乎此。然使无伦理学上之价值以继之,则其于美术上之价值,尚未可知也。今使为宝玉者,于黛玉既死之后,或感愤而自杀,或放废以终其身,则虽谓此书一无价值可也。何则?欲达解脱之域者,固不可不尝人世之忧患;然所贵乎忧患者,以其为解脱之手段故,非重忧患自身之价值也。今使人日日居忧患、言忧患,而无希求解脱之勇气,则天国与地狱,彼两失之;其所领之境界,除阴云蔽天,沮洳弥望外,固无所获焉。黄仲则《绮怀》诗曰:

似此星辰非昨夜,为谁风露立中宵。

又其卒章曰:

结束铅华归少作,屏除丝竹入中年;茫茫来日愁如海,寄语羲和快着鞭。

其一例也。《红楼梦》则不然,其精神之存于解脱,如前二章所说,兹固不俟喋喋也。

第四章 《红楼梦》之伦理学上之价值

然则解脱者，果足为伦理学上最高之理想否乎？自通常之道德观之，夫人知其不可也。夫宝玉者，固世俗所谓绝父子、弃人伦、不忠不孝之罪人也。然自太虚中有今日之世界，自世界中有今日之人类，乃不得不有普通之道德，以为人类之法则。顺之者安，逆之者危；顺之者存，逆之者亡。于今日之人类中，吾固不能不认普通之道德之价值也。然所以有世界人生者，果有合理的根据欤？抑出于盲目的动作，而别无意义存乎其间欤？使世界人生之存在，而有合理的根据，则人生中所有普通之道德，谓之绝对的道德可也。然吾人从各方面观之，则世界人生之所以存在，实由吾人类之祖先一时之误谬。诗人之所悲歌，哲学者之所瞑想，与夫古代诸国民之传说，若出一揆。若第二章所引《红楼梦》第一回之神话的解释，亦于无意识中暗示此理，较之《创世记》所述人类犯罪之历史，尤为有味者也。夫人之有生，既有鼻祖之误谬矣，则夫吾人之同胞，凡为此鼻祖之子孙者，苟有一人焉，未入解脱之域，则鼻祖之罪终无时而赎，而一时之误谬，反复至数千万年而未有已也。则夫绝弃人伦如宝玉其人者，自普通之道德言之，固无所辞其不忠不孝之罪；若开天眼而观之，则彼固可谓干父之蛊者也。知祖父之误谬，而不忍反复之以重其罪，顾得谓之不孝哉？然则宝玉"一子出家，七祖升天"之说，诚有见乎所谓孝者在此不在彼，非徒自辩护而已。

然则举世界之人类，而尽入于解脱之域，则所谓宇宙者，不诚无物也欤？然有无之说，盖难言之矣。夫以人生之无常，而知识之不可恃，安知吾人之所谓"有"，非所谓真有者乎？则自其反而言之，又安知吾人之所谓"无"，非所谓真无者乎？即真无矣，而使吾人自空乏与满足、希望与恐怖之中出，而获永远息肩之所，不犹愈于世之所谓有者乎！然则吾人之畏无也，与小儿之畏暗黑何以异？自已解脱者观之，安知解脱之后，山川之美、日月之华，不有过于今日之世界者乎？读《飞鸟各投林》之曲，所谓"一片白茫茫大地真干净"者，有欤无欤，吾人且勿问，但立乎今日之人生而观之，彼诚有味乎其言之也。

难者又曰：人苟无生，则宇宙间最可宝贵之美术，不亦废欤？曰：

美术之价值，对现在之世界人生而起者，非有绝对的价值也。其材料取诸人生，其理想亦视人生之缺陷逼仄，而趋于其反对之方面。如此之美术，唯于如此之世界、如此之人生中，始有价值耳。今设有人焉，自无始以来，无生死，无苦乐，无人世之罣碍，而唯有永远之知识，则吾人所宝为无上之美术，自彼视之，不过蛙鸣蝉噪而已。何则？美术上之理想，固彼之所自有，而其材料，又彼之所未尝经验故也。又设有人焉，备尝人世之苦痛，而已入于解脱之域，则美术之于彼也，亦无价值。何则？美术之价值，存于使人离生活之欲，而入于纯粹之知识。彼既无生活之欲矣，而复进之以美术，是犹馈壮夫以药石，多见其不知量而已矣。然而超今日之世界人生以外者，于美术之存亡，固自可不必问也。

夫然，故世界之大宗教，如印度之婆罗门教及佛教，希伯来之基督教，皆以解脱为唯一之宗旨。哲学家，如古代希腊之柏拉图，近世德意志之叔本华，其最高之理想，亦存于解脱。殊如叔本华之说，由其深邃之知识论、伟大之形而上学出，一扫宗教之神话的面具，而易以名学之论法；其真挚之感情与巧妙之文字，又足以济之。故其说精密确实，非如古代之宗教及哲学说，徒属想象而已。然事不厌其求详，姑以生平所疑者商榷焉。夫由叔氏之哲学说，则一切人类及万物之根本，一也。故充叔氏拒绝意志之说，非一切人类及万物，各拒绝其生活之意志，则一人之意志，亦不可得而拒绝。何则？生活之意志之存于我者，不过其一最小部分，而其大部分之存于一切人类及万物者，皆与我之意志同。而此物我之差别，仅由于吾人知力之形式，故离此知力之形式，而反其根本而观之，则一切人类及万物之意志，皆我之意志也。然则拒绝吾一人之意志，而姝姝自悦曰解脱，是何异蹄踠之水，而注之沟壑，而曰天下皆得平土而居之哉！佛之言曰："若不尽度众生，誓不成佛。"其言犹若有能之而不欲之意。然自吾人观之，此岂徒能之而不欲哉？将毋欲之而不能也。故如叔本华之言一人之解脱，而未言世界之解脱，实与其意志同一之说，不能两立者也。叔氏于无意识中亦触此疑问，故于其《意志及观念之世界》之第四编之末，力护其说，曰：

人之意志，于男女之欲，其发现也为最著。故完全之贞操，乃拒绝意志，即解脱之第一步也。夫自然中之法则，固自最确实者。使人人而行此格言，则人类之灭绝，自可立而待。至人类以降之动物，其解脱与堕落，亦当视人类以为准。《吠陀》之经典曰："一切众生之待圣人，如饥儿之望慈父母也。"基督教中亦有此思想。珊列休斯于其《人持一切物归于上帝》之小诗中曰："嗟汝万物灵，有生皆爱汝。总总环汝旁，如儿索母乳。携之适天国，惟汝力是怙！"德意志之神秘学者马斯太哀克赫德亦云："《约翰福音》云，余之离世界也，将引万物而与我俱。基督岂欺我哉？夫善人，固将持万物而归之上帝，即其所从出之本者也。今夫一切生物，皆为人而造，又各自相为用；牛羊之于水草，鱼之于水，鸟之于空气，野兽之于林莽，皆是也。一切生物皆上帝所造，以供善人之用，而善人携之以归上帝。"彼意盖谓人之所以有用动物之权利者，实以能救济之之故也。

于佛教之经典中，亦说明此真理。方佛之尚为菩提萨埵也，自王宫逸出而入深林时，彼策其马而歌曰："汝久疲于生死兮，今将息此任载。负余躬以遐举兮，继今日而无再。苟彼岸其余达兮，余将徘徊以汝待！"（《佛国记》）此之谓也。（英译《意志及观念之世界》第一册第四百九十二页。）

然叔氏之说，徒引据经典，非有理论的根据也。试问释迦示寂以后，基督尸十字架以来，人类及万物之欲生奚若？其痛苦又奚若？吾知其不异于昔也。然则所谓持万物而归之上帝者，其尚有所待欤？抑徒沾沾自喜之说，而不能见诸实事者欤？果如后说，则释迦、基督自身之解脱与否，亦尚在不可知之数也。往者作一律曰：

生平颇忆挈卢敖，东过蓬莱浴海涛。

> 何处云中闻犬吠，至今湖畔尚乌号。
> 人间地狱真无间，死后泥洹柱自豪。
> 终古众生无度日，世尊只合老尘嚣。

何则？小宇宙之解脱，视大宇宙之解脱以为准故也。赫尔德曼人类涅槃之说，所以起而补叔氏之缺点者以此。要之，解脱之足以为伦理学上最高之理想与否，实存于解脱之可能与否。若失普通之论难，则固如楚楚蜉蝣，不足以撼十围之大树也。

今使解脱之事，终不可能，然一切伦理学上之理想，果皆可能也欤？今夫与此无生主义相反者，生生主义也。夫世界有限，而生人无穷；以无穷之人，生有限之世界，必有不得遂其生者矣。世界之内，有一人不得遂其生者，固生生主义之理想之所不许也。故由生生主义之理想，则欲使世界生活之量，达于极大限，则人人生活之度，不得不达于极小限。盖度与量二者，实为一精密之反比例，所谓最大多数之最大福祉者，亦仅归于伦理学者之梦想而已。夫以极大之生活量，而居于极小之生活度，则生活之意志之拒绝也奚若？此生生主义与无生主义相同之点也。苟无此理想，则世界之内，弱之肉，强之食，一任诸天然之法则耳，奚以伦理为哉？然世人日言生生主义，而此理想之达于何时，则尚在不可知之数。要之，理想者可近而不可即，亦终古不过一理想而已矣。人知无生主义之理想之不可能，而自忘其主义之理想之何若，此则大不可解脱者也。

夫如是，则《红楼梦》之以解脱为理想者，果可菲薄也欤？夫以人生忧患之如彼，而劳苦之如此，苟有血气者，未有不渴慕救济者也。不求之于实行，犹将求之于美术，独《红楼梦》者，同时与吾人以二者之救济。人而自绝于救济则已耳；不然，则对此宇宙之大著述，宜如何企踵而欢迎之也！

第五章 余论

　　自我朝考证之学盛行，而读小说者，亦以考证之眼读之，于是评《红楼梦》者，纷然索此书之主人公之为谁，此又甚不可解者也。夫美术之所写者，非个人之性质，而人类全体之性质也。唯美术之特质，贵具体而不贵抽象。于是举人类全体之性质，置诸个人之名字之下。譬诸"副墨之子"、"洛诵之孙"，亦随吾人之所好名之而已。善于观物者，能就个人之事实，而发现人类全体之性质；今对人类之全体，而必规规焉求个人以实之，人之知力相越，岂不远哉！故《红楼梦》之主人公，谓之贾宝玉可，谓之"子虚""乌有"先生可，即谓之纳兰容若，谓之曹雪芹，亦无不可也。

　　综观评此书者之说，约有二种：一谓述他人之事，一谓作者自写其生平也。第一说中，大抵以贾宝玉为即纳兰性德。其说要非无所本。案性德《饮水诗集·别意》六首之三曰：

　　　　独拥余香冷不胜，残更数尽思腾腾。今宵便有随风梦，知在红楼第几层？

又《饮水词》中《于中好》一阕云：

> 别绪如丝睡不成，那堪孤枕梦边城。因听紫塞三更雨，却忆红楼半夜灯。

又《减字木兰花》一阕咏新月云：

> 莫教星替，守取团圆终必遂。此夜红楼，天上人间一样愁。

"红楼"之字凡三见，而云"梦红楼"者一。又其亡妇忌日作《金缕曲》一阕，其首三句云：

> 此恨何时已！滴空阶寒更雨歇，葬花天气。

"葬花"二字，始出于此。然则《饮水集》与《红楼梦》之间，稍有文字之关系，世人以宝玉为即纳兰侍卫者，殆由于此。然诗人与小说家之用语，其偶合者固不少。苟执此例以求《红楼梦》之主人公，吾恐其可以傅合者，断不止容若一人而已。若夫作者之姓名（遍考各书，未见曹雪芹何名）与作书之年月，其为读此书者所当知，似更比主人公之姓名为尤要。顾无一人为之考证者，此则大不可解者也。

至谓《红楼梦》一书，为作者自道其生平者。其说本于此书第一回"竟不如我亲见亲闻的几个女子"一语。信如此说，则唐旦之《天国喜剧》，可谓无独有偶者矣。然所谓亲见亲闻者，亦可自旁观者之口言之，未必躬为剧中之人物。如谓书中种种境界、种种人物，非局中人不能道，则是《水浒传》之作者必为大盗，《三国演义》之作者必为兵家，此又大不然之说也。且此问题，实为美术之渊源之问题相关系。如谓美术上之事，非局中人不能道，则其渊源必全存于经验而后可。夫美术之源，出于先天，抑由于经验，此西洋美学上至大之问题也。叔本华之论此问题也，最为透辟。兹援其说，以结此论。其言（此论本为绘画及雕刻发，然可通之于诗歌、小说）曰：

人类之美之产于自然中者,必由下文解释之:即意志于其客观化之最高级(人类)中,由自己之力与种种之情况,而打胜下级(自然力)之抵抗,以占领其物质。且意志之发现于高等之阶级也,其形式必复杂。即以一树言之,乃无数之细胞,合而成一系统者也。其阶级愈高,其结合愈复。人类之身体,乃最复杂之系统也。各部分各有一特别之生活;其对全体也,则为隶属;其互相对也,则为同僚;互相调和,以为其全体之说明,不能增也,不能减也。能如此者,则谓之美。此自然中不得多见者也。顾美之于自然中如此,于美术中则何如?或有以美术家为模仿自然者。然彼苟无美之预想存于经验之前,则安从取自然中完全之物而模仿之,又以之与不完全者相区别哉?且自然亦安得时时生一人焉,于其各部分皆完全无缺哉?或又谓美术家必先于人之肢体中,观美丽之各部分,而由之以构成美丽之全体。此又大愚不灵之说也。即令如此,彼又何自知美丽之在此部分而非彼部分哉?故美之知识,断非自经验的得之,即非后天的而常为先天的;即不然,亦必其一部分常为先天的也。吾人于观人类之美后,始认其美;但在真正之美术家,其认识之也,极其明速之度,而其表出之也,胜乎自然之为。此由吾人之自身即意志,而于此所判断及发现者,乃意志于最高级之完全之客观化也。唯如是,吾人斯得有美之预想。而在真正之天才,于美之预想外,更伴以非常之巧力。彼于特别之物中,认全体之理念,遂解自然之嗫嚅之言语而代言之;即以自然所百计而不能产出之美,现之于绘画及雕刻中,而若语自然曰:"此即汝之所欲言而不得者也。"苟有判断之能力者,心将应之曰:"是。"唯如是,故希腊之天才,能发现人类之美之形式,而永为万世雕刻家之模范。唯如是,故吾人对自然于特别之境遇中所偶然成功者,而得认其美。此美之预想,乃自先天中所知者,即理想的也;比其现于美术也，则为实际的。何则？此与后天中所与之自然物相合故也。如此，美术家先天中有美之预想，而批评家于后天中认识之，此由美术家及批评家，乃自然之自身之一部，而意志于此客观化者也。哀姆攀独克尔曰："同者唯同者知之。"故唯自然能知自然，唯自然能言自然，则美术家有自然之美之预想，固自不足怪也。

芝诺芬述苏格拉底之言曰："希腊人之发现人类之美之理想也，由于经验。即集合种种美丽之部分，而于此发现一膝，于彼发现一臂。"此大谬之说也。不幸而此说又蔓延于诗歌中。即以狭斯丕尔言之，谓其戏曲中所描写之种种之人物，乃其一生之经验中所观察者，而极其全力以模写之者也。然诗人由人性之预想而作戏曲小说，与美术家之由美之预想而作绘画及雕刻无以异。唯两者于其创造之途中，必须有经验以为之补助。夫然，故其先天中所已知者，得唤起而入于明晰之意识，而后表出之事，乃可得而能也。（叔氏《意志及观念之世界》第一册第二百八十五页至二百八十九页）

由此观之，则谓《红楼梦》中所有种种之人物、种种之境遇，必本于作者之经验，则雕刻与绘画家之写人之美也，必此取一膝、彼取一臂而后可。其是与非，不待知者而决矣。读者苟玩前数章之说，而知《红楼梦》之精神，与其美学、伦理学上之价值，则此种议论，自可不生。苟知美术之大有造于人生，而《红楼梦》自足为我国美术上之唯一大著述，则其作者之姓名与其著书之年月，固当为唯一考证之题目。而我国人之所聚讼者，乃不在此而在彼；此足以见吾国人之对此书之兴味之所在，自在彼而不在此也，故为破其惑如此。

高语罕　红楼梦宝藏六讲

开山白

诸君！在这个举世披靡、炮火连天的当口，我来大谈红楼，一定有很多人要引以为怪，这理由不能不略略表白一下。第一，我在这个大时代中却是个闲人，就是无事可做的人，随便谈谈我想没有人责备我，甚至可以原谅我，再进一步说，欧洲许多大哲学家或大科学家每当大动乱时代都能理乱不闻地专门攻究他们所研究的问题，如歌德之于文学，康德之于哲学，拉瓦节之于科学，我虽不敢妄比前贤，然而其用心则一也。有人说，专门研究专门讲说，在这时代固不能废，然而为什么独择这一种平素只供人消遣的小说——红楼梦呢？这也有说，第一，有些朋友常常听见我爱瞎三话四地谈红楼，并且以为我对于红楼梦的见解，与前此说红楼的迥然不同，时时怂恿我找一个机会把它公开出来。我本是个"一罐子不响，半罐子叮当"的人，这句皖北的土话或许在座的诸君不大懂，我且借着梁任公的一段话解释一下。任公说："我读到'性本善'则教人以'人之初'而已。"又自己批评道："殊不思'性相近'以下尚未通，恐并'人之初'一句亦不能解……"任公且如此，所以我也就窃不自量，大胆"尝试"一下。而且现在虽然大家都忙于打仗，不暇谈文艺，但是一般国民生活上，尤其是执干戈而卫国的战士们，需要精神的食粮；一旦大战告终，艺术生活的要求必然更加普遍、更加提高，则今日之讲究也可做将来的准备。那么，又有人说，文艺的要求固然是很迫切，现在出版界虽然贫乏，但新的作品也不在少处，又何必从一两百年前的陈纸堆中翻出这部尽人皆知的小说来讲呢？我却不敢赞同这种意见，因为在百事贫乏的中国，文艺的创造自然也不能例外，纵有些好的作品，也实在太少。我们青年人应当从事学习，尤应当从我们的古典作品中去学习，犹之乎革命后的苏俄青年要从莎士比亚、王尔德、左拉、巴尔扎克、托尔斯泰、朵思退夫斯基、普希金等等的伟大作品去学习一样。若果我这个见解不错，那么，红楼实在是我们百读不厌、独步千古的一部不朽的杰作！它的价值实在可以和左丘明的春秋传、屈原的离骚、司马迁的史记并驾齐驱。和它先后或同时的几部大书，如水浒、儒林外史、三国演义、西游记等等，都不能同日而语、等量齐观。中国人向来对于小说的观念是错误的，他们——不是公子遭难，便是小姐养汉的记录——所谓"其文不雅训，缙绅先生难言之。"在红楼梦的作者曹雪芹时代，一般人尤其是上流人，对于这种进步形式的文学作品，都悬为厉禁，宝玉读会真记，即西厢记乃是茗烟偷着买给他，避着人读的，后来又传给黛玉读，并且极口称赞它："真是好文章，你若看了连饭也不想吃呢！"果然，林黛玉也是"越看越爱……但觉词句警人，余香满口，虽看完了，却只管出神。"（第二十三回）。这是曹雪芹的《红楼梦》的渊源所在。

那时一般社会为旧文学和八股式帖所笼罩，只有少数天才的青年作家具大勇无畏精神，才会从其中发展出新的文学。乾嘉以后，这种观念渐渐改变，士大夫亦多注意它的价值。不过他们对它的观察大半是牵强附会，穿凿失真。这种观察，共有三派：第一派以为红楼梦乃是"全为清世祖与董鄂妃而作兼及当时诸名王奇女"。这派以王梦阮为代表，但据历史年代的考察，清世祖生时，小宛已十五岁，顺治元年世祖方七岁，小宛已二十一岁了；顺治八年正月二日，小宛死，年二十八岁，而清世祖那时还是一个十四岁的小孩子，如何能入宫邀宠？即这一层已足驳倒这一种主张。第二派以为"红楼梦是清康熙朝的政治小说"，他们以为它的作者抱有民族思想甚挚，意在"吊明之亡，揭清之失"。书中谓贾宝玉影射伪朝之帝系；林黛玉影射朱竹坨，妙玉影射姜西溟（宸英），她如薛宝钗、探春、王熙凤、惜春、宝琴、刘姥姥皆有所影射，又有人谓袭人盖影射贰臣巨魁洪承畴等等，甚至一婢一仆皆一一为之比附，此种转弯又转弯的强词夺理，实在自相矛盾，经不起一驳，这一派以蔡子民先生的石头记索隐为代表。第三派以为"红楼梦记的是纳兰成德的事"，谓成德有几首悼亡诗是影射黛玉，这也是莫须有的武断之词，那么这种"千篇一律"的悼亡诗可以随便安在任何一个薄命红颜头上，其错误也与石头记索隐相仿佛。

在这一时期，红楼梦还是沉沦在极少数士大夫的床头案底，做他们茶余酒后的谈资。甲午战败，中国在政治上虽然失败，但一班士大夫猛然觉醒，以为非欢迎或吸收西方文化不可，于是欧美日本的文学艺术越过万里长城，冲入我们古代的"精神堡垒"，梁启超辈才破天荒地重视小说文艺。及至五四运动，中国的新启蒙运动抬头，文学革命的旗帜一树，白话文学在某种意义上取文言文的形式而代之；于是红楼梦、水浒、儒林外史几部古典名著始为文化界所重视，胡适之先生等一一为之考证，予以新的评价，而红楼梦尤为学者所珍视。适之先生考证的结果，断定红楼梦是曹雪芹作的，是他的"自传"；他断定"红楼梦是一部自然主义的杰作"；他断定曹雪芹（霑）的祖父曹寅绝不像一个"贪官污吏，他家所以后来衰败，他的儿子所以亏空破产，大概是由于他一家都爱挥霍，爱摆阔架子，讲究吃喝，讲究场面……交结文人名士，交结贵族大官，招待皇帝……"（胡适：红楼梦考证）但是他不曾知道，或至少他不曾告诉我们，每个伟大文学家或伟大人物的自传，同时就是他所生存时代全部或某部分的社会史；他不知道，或则他没告诉我们，"爱挥霍，爱摆阔架子，讲究吃喝，讲究场面……"等等不唯是曹寅一人一家的特色，乃是中国贵族社会一般的特性，甚至在东西各国的贵族社会，一般说来，也不能例外；他没告诉我们生长在贵族家庭的曹雪芹为何能写出这种深刻地暴露当时贵族地主社会的文艺杰作来；他也没告诉我们红楼梦这写实主义的杰作中，包括些并遗留给我们些什么宝贵的东西，和我们怎样在这宝藏丰富的作品中做再进一步的分析、研究和吸取。他们的眼光只注在红楼梦的一般的表现形式，他们研究的领域只限制在考证学的范围内。这却不能怪他们，乃是时代有以限之。我们应该起来弥补这个缺憾。这种工作固然太艰巨，但我们不应自馁，我们要接着他们的步伍再进一步，要使一般读者了解红楼梦的真正伟大的价值所在，因此我就不揣冒昧，先来尝试尝试这一"开步走"的工作，所以我选定如下六个题目，六次讲完：

第一讲　一面镜子

第二讲　贾宝玉

第三讲　王熙凤

第四讲　几个奇女子

第五讲　两个老太婆

第六讲　红楼梦的宝藏

这六个题目，分之可做六个独立的单位，合之可成为整个体系。诸位听众先生都是忙人，能以场场都听，固然可以整个了解这一讲演的全般内容；若万不得已为工作或为它事所限，不能全听，则听了某一单位，也不致漫无结论。我现在且把六讲的内容，简单地提示一下：第一讲"一面镜子"是要提供大家以研究红楼梦的新观点，就是我们怎样来了解红楼梦？第二讲"贾宝玉"把林黛玉、薛宝钗、史湘云与他们的参伍错综的关系都加以叙述和分析。第三讲"王熙凤"叙述她个人的一切才与性以及与贾府的兴亡关键。第四讲"几个奇女子"把大观园中几个杰出的女子如妙玉、尤三姐、鸳鸯、司棋、晴雯、平儿、袭人等等的生活特色予以客观的描述和分析。第五讲"两个老太婆"把贾母和刘姥姥的两个不同典型妇人的关系、各人的事迹叙述一番，而贾氏东西两府之大事与元春、迎春、探春、惜春四姊妹之事亦附焉。第六讲"红楼梦的宝藏"是把红楼梦在文学的风格上，在描写的技术上，在造字用语的特点上予以详细的叙述，并附带研究曹雪芹的前八十回红楼梦与高鹗的后四十回红楼梦的优劣与异同。总而言之，第二至第五讲是红楼梦之史的叙述，第一讲是讲：我们怎样了解红楼梦，第六讲是讲：说明或清算我们用这种方法研究红楼梦究竟得到些什么？

不过大家看了我这个说书的目次一定会有人疑问：为什么十分之九都

说女人呢？这并不是我的杜撰，因为红楼梦作者自己说得明明白白如下：

"今风尘碌碌，一事无成，忽念及当日所有之女子，一一细考较去，觉其行止见识皆出我之上，我堂堂须眉，诚不若彼裙钗，我实愧则有余，悔又无益，大无可如何之日也！"（第一回）

又说：

"闺阁中历历有人，万不可因我之不肖，自护己短，一并使其泯灭也。"（第一回）

可见作者之写此书，除自写其生平外，主要目的即在描写当日他所亲见亲闻并与之朝夕相处的几个杰出的女子。自然我们谈到这些主要的角色时，在在都要讲到那些不题名的人物如贾政、贾赦、贾敬等等，要讲到贾珍、贾琏、贾芸、贾蔷等等，讲到贾雨村、甄士隐、薛蟠、夏金桂、邢大舅、王仁等等，甚至谈到黛玉的鹦鹉、凤姐的马桶等等，只要他、她或它有关系。我说书时，完全站在客观方面，纯从红楼梦所叙述事实，加以合理的分析，绝不参以个人主观的成见和道德观念。再者，我的主要对象是前八十回的红楼梦，然为叙述成有始有终的故事，也往往采用后四十回。经过名家的长期考证，我们知道前八十回是曹雪芹做的，后四十回是高鹗续的，后者的出世要比前者晚几十年。逃难之中，参考书缺乏，所引书籍及作者姓名，往往全凭记忆，不能一一备述出处，这也是要附带声明的。现在"闲言少叙，书归正传"吧。

一　一面镜子

诸位看见我选择这一个题目做第一炮，恐怕有许多人觉得茫然，一定会有人说，破题儿第一遭就弄这个"闷葫芦"！也许有人说："啊！我晓得了！这不就是红楼梦第十二回中那个跛脚道人送给贾瑞看的那面叫做'风月宝鉴'的镜子吧！"我却答道："也是的，也不是的。"这话怎讲？待我慢慢说来。在这里，请大家恕我冗长，让我略述文学之史的发展。大凡一部伟大的作品不是凭空结缘地生出来的，必须各有它的社会根源，从左、国、离骚，变而为迁史，再变而为班书；从秦汉的散文变为魏晋的散文，从六朝的骈体，变而为唐韩昌黎宋欧阳修以来的散文，都可以看出它们在文学形式上的变迁痕迹。最显著的是骈体对偶之文。因为司马迁是一个有心胸、有天才、有远识、有骨气的历史家，同时又是伟大的文学家，他的散文描写是独步千古的，虽在汉室专制的氛围中，他能以他那巧妙而深刻的技术暴露出当时统治者的种种黑暗面；不以成败论人而作项羽本纪；不以地位限人而作孔子世家；替民间豪杰之士出气而作游侠列传，而许多豪贵有力之人不入传记。其笔削之严，益难能可贵。班书体例虽完密，而其行文已开排偶之风，其史家风格，视子长有愧色远矣。以后政治压迫愈甚，文人多无风骨可言，遂不得不敝精劳神于声律对偶之文，至韩昌黎始起而变之，使文字形式复直接秦汉之旧，所谓文起八代之衰是也。就这一点说，韩氏是有功的。到了宋元，在韵文方面，由诗产生出词来，在散文方面，则产生出宋元以来之散曲杂剧为当时最流行的文学，这乃是中国文学史上一个解放时代。到了明代，散曲杂剧又复消歇，而平话小说大盛。明清之交，士大夫多以这种文学为消闲解闷的东西，但是时代的进步虽然在八股试帖诗的铁箍之中，仍然有突破牢笼和网罗的伟大天才，给我们产生了几部空前的文学作品来，那就是：水浒、西游记（明代）、儒林外史和红楼梦（清代）等等。

水浒传是说梁山泊上一百零八个好汉落草造反，用现代社会科学名词说，就是农民反抗地主贵族压迫的叛乱的故事。这故事本是宋史上有的，但正史总是把这些人看成草寇似的，给他们加上许多暴戾恣睢的渲染，水浒传是小说家言，但是野史倒比正史来得合理。原来这故事已经经过宋元以来数百年的传说，到了明代经过罗贯中、施耐庵等的记述遂成了现在的水浒传。它虽然也在描写一般英雄好汉上山落草、掠州破县，但从它的叙述中可以看出他们揭竿反叛的客观原因，即政治的和经济的原因；就是说它把"官逼民反"四字，真正写得跃跃纸上，如闻其声，如见其人。文章也是轻刀快马，堪与它内容媲美。作者在序言里虽声明"上不及朝廷……"，极力掩护自己的真面目，但字里行间，愤世嫉俗、慷慨激昂的情绪，真是有声有色！

西游记是以唐玄奘取道西域留学印度取经而归的故事为根据，而敷衍出来的，这故事更是经过长期的传说，这传说也经过几多演变发展，经过吴承恩（旧说丘处机）之手写成的。这部小说虽然是神出鬼没，云来雾去，忽然天上，忽然人间，外面披上一件神仙鬼怪的外衣，实则是一部极讽刺之能事的一部社会小说。孙猴子所谓美猴王不过是花果山上一个毛猴而已，但因玉皇大帝的天宫政府太腐败，那些天兵天将平昔养尊处优，而文臣谋士又皆昏庸老朽，不晓得人间——地上的一切情形，他们哪里看得起一个毛猴？但当这毛猴反上天宫，横冲直撞时，一经交手，却把他们打得屁滚尿流，弄得玉皇政府束手无策，又改变政策，想拿官爵牢笼他，但只给他一个"未入流"的名义——弼马温，老孙干得不高兴又闯出南天门，举起叛旗。玉皇政府无法，只得求救于西方佛祖，才收抚了这猴王，这是何等无用！而天上政府所有一切组织和享受又皆从人间政府的模型想出，这是何等的讽刺啊！至于它叙述的生动有致，趣味盎然，读之神往，是其文学技术的高明处。至于唐玄奘到印度取经和留学，沿途经过的大半是崇山峻岭、深池巨川，从毒蛇猛兽的吞食中出入，几经险阻，始达目的地，十七年后，卒学成而归，创立唯识宗，开中国佛教史上的新纪元，这史实也是极富于教训的。

儒林外史是金陵吴敬梓作的。它的笔锋针对着明朝的科举制度（考试制度）之流毒，致使当时士大夫都变成冬烘头脑，他们平素对于兵刑钱谷诸大端漠不关心，当政者正为的要他们不关心这些事，才想出这种巧妙的伤人脑筋，使之终身在其中打滚的文学形式——八股文和试帖诗——所以范进之流，实在可笑可怜之至，此书的描写技术极其尖刻。有位严贡生的兄弟是个土财主，平素为人极其悭吝，到临死的时候，只是眼望着油灯不肯断气，于是大家纷纷议论：他的阿哥说，他有心事要等我到，对我说话；但他的妻子却说，不是的，他的心事唯有我知道，一面说，一面走上前去，把油灯里的灯草拔掉一根，说是他以为两根灯草太浪费了油。果然，灯草一拔，他便登时断了气。这是何等深刻的描写啊！而且儒林外史不但暴露了明朝的科举的考试制度之致命的弱点，并且也给它未来的敌人——清朝——做了命定的预言。因为明之亡，亡于士大夫之无能、无耻，而其所以无能无耻，乃是科举制度有以成之；清室入主中国，师明之统治中国的故技，仍以八股试帖为取士之道，其用意也原要以功名牢笼士大夫，以此极不合理的文学形式来盘踞士人的脑筋，把他们的精力消磨在咬文嚼字、接搭对偶之中，结果士不知政，将不知兵，革命党一起，便如摧枯拉朽地被消灭了。这一部小说对于前清是何等的讽刺啊！

明朝还有一部小说直到今日还有最大吸引的魔力，那就是三国演义。这部小说人人皆知，不必介绍，它的魔力是它的那种生动流利的文字；但是它拥刘排魏的正统思想以现代史家的眼光观之，实在应该淘汰。至于它那描写的规律也太远于史实。它把诸葛孔明描写成一个心计多端、诡诈百出、呼风唤雨、撒豆成兵的张天师，实则"诸葛一生唯谨慎"，而出师一表及其立身行己都表现得他是一个忠厚诚笃的老成人。用现代文学眼光观之，实无多大价值。我敢断言：此后它在青年中的影响将必日即于消沉了。

但有此等小说作前导，才产生出空前的一部杰作——红楼梦来：红楼梦前八十回是曹雪芹作的，后四十回是高鹗续的，前面已经说过。曹雪芹的红楼梦（高鹗续作，我们在第六次将予以分析和比较）不惟在清季为一种空前的著作，直到现在，中国文坛上恐怕还找不出一部足以与它相颉颃的作品。曹雪芹自他的父辈上溯，祖孙三代在南京（有时并做苏州）"织造"，他本是汉军旗，据说他的祖父曹寅很有文学艺术的素养，家中藏书极富，平昔又好延揽各方贤士大夫；同时，他家里又做过巡盐御史，这两种官职都是位尊而多金，又因为他们是旗人，又因为他们住在江南很久，所以清太祖六次下江南，他们家就接了四次驾。曹雪芹先在这种富丽堂皇、风骚高雅而又富于文学美术的环境中，他的天分又高，自然而然地熏陶和养育成一种文学艺术的天才了，后来家道中衰，寄居北京西郊，贫穷几不能自给，甚至喝稀饭过日子。红楼梦大概是在这个时代——即前述"大无可如何之日"写的。书中所述完全是写他自己的身世，古人的名著大都是有愤而作：

"昔西伯拘羑里，演周易；孔子厄陈蔡作春秋；屈原放逐，著离骚；左丘失明，厥有国语；孙子膑脚而论兵法；不韦迁蜀，世传吕览；韩非囚秦，说难孤愤。——大抵圣贤发愤之所为作也。此人皆有所郁结，不得通其道也，故述往事，思来者……"（太史公自序第七十）

曹雪芹也说："编述一集以告天下，知我之负罪固多，然闺阁中历历有人，万不可因我之不肖，自护己短，一并使其泯灭也。"（第一回）或许有人说："既这么著红楼梦不过是曹雪芹的自传罢了。"是的，但是每一个伟大作家的自传，同时也就是他生存时代的一部社会史。因为每一个自传都是实写作者自己的生活（物质的和精神的）和遭遇。人的生活不是孤立的，而是在人山人海的群居共处、互相影响、互相错综的生活中的一点一滴。人的生活既如此复杂，他的遭遇自然也就是酸甜苦辣、悲欢离合各有不同了。因为我们的原始祖先,一开始便是群居共众的,所以西人有言,人是社会的动物。说到个人的生活,同时就不能不联想到他的周遭,就是说,他的一切都不能与社会绝缘。诸位大概有一些是读过胡适先生的四十自述的。读到他的自述时,是不是要时时和十九世纪之末与二十世纪之初的中国政治、经济、外交、教育、交通、文化等等的现象相接触呢?冯玉祥先生的自传诸位大概也是读过的,诸位读它的时候,是不是脑筋中常常浮泛着一幅民国前后的中国的军事、政治、武器、战争以及军事教育、士兵生活等等的图画呢?因此,我们读了四十自述,不但晓得胡适先生个人在这四十年中的生活和遭遇,并且晓得他所经历的时代曾经是怎样一个时代,他所生息的社会曾经是怎样一种社会,至少它们的轮廓我们是可以得其仿佛的了,推而至于其他一切传记或自传一类的小说,皆是一方面描写自己,同时也就反映着它的著者所处的时代和社会。这一层,红楼梦尤其做得功德圆满,毫发无遗憾。

或许有人说:写实小说,只是写实而已,有什么稀奇?实则这是误解了写实主义的内容。写实主义并不是把你的遭遇、生活、见闻或思想随你的意思描写出来,便算完事,而是要在你所生活、所遭遇、所见闻的森罗万象、纷纷纭纭之中,分别出轻重、主客、本末、深浅来,然后把握住现象的内幕、问题的核心、事实的主要因素和历史的动力等等,摘尤加以处理,加以组织技巧地叙述出来,实在不是一件容易事!所以法国的伟大文学家巴尔扎克(1799—1850)为要创作写实作品,特地降低自己的物质生活,住在很僻静的小街上,"常到郊外去看看那里的生活方式、那里的居民的性格","因为,"他说,"我是不大喜欢修饰的,而且穿得像工人一般,所以一点也不使他们见外,当他们大家站在一堆的时候,我也混进他们中间去,留心地看看他们争论各种生意经,就是在那时候,观察之对于我,已经成了直觉的了;它并不忽略外表的肉体,但是它更深入,深入到内部的心灵,或者宁可以这样说,它把我们外表的琐事把握得这样完善,所以它能即刻超过这些琐事而更深入,它给我这样一种势力,使我觉得自己遇着自己所观察的那一个人的生活,使我在不知不觉中,把自己代替他,像天方夜谭那个回教僧一样,当他向某一个说了某些话的时候,他就占有这个人的肉体和灵魂了。"(恩格斯论巴尔扎克)就是说,他考察那个人的生活时,就设身处地同他过着一样的生活,有着一样的心灵,怀着一样的感觉,起着一样的思想。这就是法国写实主义派大师巴尔扎克说他要写作而走到贫民窝与庸众为伍的故事。若是写实主义那样容易,巴尔扎克又何必去吃这些苦头呢?但是光能舍得身子与庸众为伍,牺牲自己的高贵舒适生活和世俗尊荣的地位还不够。因为社会的一般现象,除了少数居高位的人而外,要想见到贫民的生活现象并不难,所难的是怎样能遇到这种现象便把它抓住,不让它打你面前空空滑过,这需要另一种工具,就是社会科学、历史科学、哲学、心理学、生理学或其他艺术等等的造诣。所以每一个写实主义大师都是社会科学家、历史科学家、哲学家、心理学家、生理学家和艺术家。某一种社会现象在常人看来一文不值,然在写实主义的文学大家看来,却是极可宝贵的材料或题材;而在一般凡庸作家所看见的,认为必需描写的材料,在天才的写实主义作家看来,却极不重要。因为伟大的写实主义作家,除了他自有生以来禀赋的天才外,还富有热烈的同情心与上述各种科学的精深的修养,遂从其中养成一种极明快、极深刻、极锐利的眼光,极深远的幻想力(Einbildungskrart),和极伟大的描写技术,才能从森罗万象、纷纭错杂之中,看出现象的重要成分,加以合理的处理,把它组织起来,这才能成为写实主义的作品。

譬如红楼梦,设非曹雪芹身历其境,所谓"亲见亲闻",怎样能写出这样一部伟大的作品?但是,即使"亲见亲闻",设使没有曹雪芹那样细心的体贴、精密的观察,也写不出它这样深刻的小说,设使没有他笃性至情、泛仁深爱,又怎样能以把它写得那样可泣可歌、一唱三叹?设使他没有综合极错综的现象、处理极复杂的材料的天才以及精巧绝伦的描写技术,也不会把它写得这样匀称、这样美丽、这样生动!假使曹雪芹对于中国的诗歌没有深造,则大观园的历次诗社的叙述尤其是姽婳将军长歌从何处下手呢?林黛玉对香菱说诗的那种意境又从何处得来呢?大观园那些题名与对联又如何能想得那样典雅堂皇呢?清代八旗诗人敦诚答雪芹诗有云：

"曹子大笑称'快哉'，击石作歌声琅琅。知君诗胆昔如铁，堪与刀影交寒光！我有古剑尚在匣，一条秋水苍波凉！君才抑塞倘欲拔，不妨斫地歌王郎。"

据此，则知雪芹实有很大的诗才，且负奇气，但其诗不传，真正可惜可叹！假使雪芹对于中国几千年的建筑艺术没有研究或心得，那他对于偌大的一个大观园的场面又怎样能加以井井有条的描画呢？假使雪芹对于中国的绘画艺术没有素养，薛宝钗代惜春设计描画大观园图，举凡调色、布局、分光以及关于艺术种种问题，又怎样能以说得头头是道、丝丝入构呢？假使雪芹对于佛学，至少对于中国佛学，或至少对于禅宗没有问过津，那宝黛之间的谈禅和宝妙之间的一些机锋又怎样能以说得如情如理，举重若轻呢？假使雪芹对于中国的儒道两家的内容没识得透彻，那他又怎样对于它们加以褒贬或叙述呢？凡此皆足以证明红楼梦这部伟大写实主义作品的著者之所以成功不是偶然的啊！不是光会写几句"你呀"、"我呀"或"的"呀、"吗"呀的能侥幸成功的，必须博古通今才有可能的。我们再看托尔斯泰（1828—1910，Tolstoi Leo Vikdaievitch）的代表作——战争与和平是用他的哲学（无抵抗主义）为基础，描写十九世纪的俄——国和世界种种世相的伟大作品；左拉（1840—1902）的"卢贡家族的运命"是用心理学、生理学、遗传学描写并分析法兰西第三帝国时代之一班新贵族的一切生活、一切形相和一切心理状态的杰作。现在还生存的"未来世界"的作家韦士（H. G. Wells）的文艺作品大都是运用机械科学、化学、物理等科学和知识为题材写出来的。韦氏的著作虽属于理想（有时且失之幻想，流于非科学，如他对于中日战争的预言），但它仍然是建筑在现代科学和客观条件之上的，也不能逃出现实。这样看来，写实作品并不是一件容易的事，更不是人人能做得到的。可见红楼梦的写实的成功非同小可。

有人说：那么，红楼梦是写实主义的作品，难道水浒、儒林外史等等不是写实主义作品吗？谁说不是？但是水浒的描写固然不错，它那短小精悍的造句遣词虽然难得,但它所描写的农民社会和梁山泊的生活极其单调,没有红楼梦所包含的这样丰富复杂,这样波澜壮阔!儒林外史的描写技术虽然深刻,但它的组织不相连贯,各篇各自独立,不像红楼梦体大思精,自始至终,脉络贯通,才称得起长篇巨制,所以红楼梦实是一部空前的写实主义的伟著。章回小说到了红楼梦才算完成了它在明清之际文学发展的使命。

但这也不是无因的,我们知道文学的内容对于它的形式是有着决定的影响的。社会的经济——生产的发展——到了一定阶段,从前矗立在它上面的一切建筑,如各种社会制度、政治制度等等便不能和它相适合,而由此反映这些物质生活,因而精神生活的一切社会意识形态也必不能与之相适应;不但不能适应,反而做了它发展的障碍,而必须加以变革。文学上的表现形式就是这样。因为某一时代某一社会,它的物质生活一经转变到另一阶段,那表现它的一切意识形态的文学形式也必然要发生变革,我们前面略述的中国文学之史的发展就是这个缘故。明清之交的章回小说,便是十七十八两世纪日趋于繁荣的中国社会生活的产物,它之产生所以济宋元以来的平话和元明以来的词曲之穷,所以是应运而生的。但红楼梦出世,集了章回小说之大成,同时也就结束了章回小说的命运,因为此后再没有一部章回小说胜过它的或和它抗衡的。因为鸦片战争以后,列强的兵舰大炮轰开了我们的万里长城,中国的经济政治都起了急剧的变化,由太平天国的革命可以证明这一点;其后甲午战败,八国联军,是中国的经济政治又经过一次巨变,由戊戌政变证明了这一点;其后辛亥革命,反对帝制、反对北洋军阀,是中国的经济政治又一巨变,由五四的文化运动得到证明。至此中国的经济政治已走上一新阶段,不独思想上起了大变化,即表现思想的形式——文学也起了变化。这就是说,内容决定形式,即在红楼梦本身也可得到证明:贾政命宝玉、贾环、贾兰等题咏"姽婳将军"林四娘时,贾兰做了一首七绝,贾环做了一首五律,宝玉却不以为然,他说:

"这个题目,似不称近体,须得古体,或歌或行,长篇一首,方能恳

切。"（第七十八回）

宝玉所谓"不称"，就是说绝与律诗太单调，太拘于格律音节，不能把姽婳将军为国为夫慷慨赴死的伟大场面，写得淋漓尽致。故必用古体即歌行来描述它。因为歌行的句调长短，比较自由，音节亦较近于自然。这便是内容决定形式一个更有力的证据。这在杜甫、白居易等的集子中，随在都可以得到证明的，推之其他文艺也莫不如此。在红楼梦出世前后素来被认为"稗官野史"，被认为"其文不雅驯，缙绅先生难言之"的小说家言，也渐渐为一般社会所承认、所重视，甚至视为生活所必需了。实则真想知道古今来的真正史实，与其读那堂哉皇哉的断烂朝报的正史——官书，毋宁读稗官野史，因为在不平等的时代只有稗官野史才是极可宝贵的社会史。一部廿四史中，真正值得我们称赞的，只有迁史，其他十九皆是"奉令承教"的官书，不能称为信史，所以陈寿的三国志，后人称之为"秽史"，良有以也。因为正史的编修没有不受当时或继盛朝而起的统治者的指示或严重监视的，凡与统治者的威望和利益相抵触的记载，虽属铁一般的史实，也只得割爱；而所记载的大都不离乎歌功颂德之词，所述说的大都是神奸巨憝、独夫民贼之流。至于野史稗乘，拘束顾忌较少，可以振笔直书，藏之名山，不布之于当时，必传之于后世。

曹雪芹著红楼梦，据说原稿写得极其率真露骨，屡经改篡，始成今本。所以第一回便说："曹雪芹于悼红轩中披阅十载，增删五次，篡成目录，分出章回，又题名'金陵十二钗'。"原来这书——石头记——通称红楼梦，后来又改名情僧录，东鲁孔梅溪又题曰风月宝鉴，它本有一段很惨痛的历史，后来再说，现在只顾名思义，就晓得它（本书）乃是人间男女的一面爱的镜子，所有痴男怨女，我我卿卿，离合悲欢，生生死死，都一一映入这面镜子——这一部书里。其实这面镜子也许就是本书一件荫蔽的外衣，故意把人的眼光移在风月方面，逃开当时政治上的注意，所以那时虽已流传人间，但仅有极少数士大夫取为消闲排闷之资，并没把它当做正经书看。这便无异于沉沦海底一般。直到五四运动前后，这部书才真正蒙到一般人的青眼，这一面镜子才刮垢磨光，重以其晶莹澈照的光辉与世人相见。所以我说的"这面镜子"并不止是鉴戒人间的风月冤业,反照男女悲欢离合的镜子,而是清初年整个时代、整个社会的一面镜子。这面镜子比风月宝鉴不知要扩大多少倍呢!我想诸位听了这话,一定会有人要笑我"未免过分夸张",实则不然!无论什么超时代的作品,它的出发点和它的根据总脱离不了它的作者所生息其中的时代和社会。巴尔扎克的人间喜剧(商务出版的),譬如他的"乡下医生"吧,其中所反映出来的每一条江河、每一座城池、每一个教堂、每一个村庄、每一个人物的装束穿着、每一件艺术品、每一件武器,以及军队的教育或编制都脱不了十八世纪和十九世纪上半期的法兰西的物质生活的本相。左拉的"卢贡家族的命运"所叙述的每一革命人物、每一革命行动、每一宴会、每一周旋、每一座谈,都在暴露法兰西第三帝国前后,革命运动中一切实际生活的真相和反映这种生活的家庭组织和关系、国家政治之兴衰更替、农民生活情形和人民心理状态都如实地光照在它上面。托尔斯泰的战争与和平也是如此。托尔斯泰生存在十九世纪下半期和二十世纪的初头,这时俄国从一八六〇年代以后,工业受了欧美先进国家的影响正在资本主义化,农村土地一天天地在集中,因而农村一天天地革命化,同时,它的贵族便日即于没落,然而他还在挣扎,所以托氏的作品在这"现存的而且相当巩固地组织旧式的贵族的生活和文化的氛围中"产生出来,"就不能不取材于贵族家族,莫斯科附近的领地,彼得堡(现今的列宁格拉)的宫殿,莫斯科别墅,看家人、农奴、地主、年贡以及具备一切独特'色彩'秩序,风俗的、经济的、政治的、家庭的生活;此外,还须在这些组织上以构造的形象建立本能的反应、风习以及见解、道德规范、意见、定见、艺术趣味、科学知识、信条、迷信、疑惑等等"。凡此种种都在托尔斯泰的这部伟著中表现着。托尔斯泰是位世界的大文学家、天才的艺术家、伟大哲学家,而且是伟大的写实主义的作家,他在进求他的写实主义的使命时,他对于俄国的贵族政治、农奴政治、专制政治以及俄国贵族的豪奢、地主的剥削都予以极深刻极客观的描画,并予以极无情的批评。但同时,他是贵族出身,因而他对于贵族政治的兴衰存亡不能忘情,所以一谈到贵族政治权应该颠覆或是应该维持的问题，他就彷徨起来，徘徊在歧路之上了。于是可敬又可怜的托尔斯泰就不能不乞怜于宗教了，就不能不提出他的"无抵抗主义"的哲学，企图给行将没落的俄国贵族打救命针了！所以他的作品，就表现出矛盾来。伊里奇说："托尔斯泰是俄国革命的一面镜子。"伊先生的意思是说：看了托尔斯泰的代表著作，我们便可以认清俄国如何必需资本主义化，俄国的土地如何日即于集中，俄国的人民大众如何日益革命化，俄国革命从一八六〇年以后到一九〇五年，从一九〇五年到一九一七年，究是怎样一种过程。就是说，托尔斯泰本身和他的著作所表现的矛盾——"一方面一个天才的艺术家不仅给了我国（俄国）生活一幅无比的图画，而且给了世界文学以最上等的作品；一方面对于社会的虚伪和谎言极有力的直接和诚直的反抗；另一方面又是一个'托尔斯泰主义者'，即一个腐烂的、带神经病气质的辗转于污泥中的人……一方面对于资本主义的剥削，加以无情的批评，暴露政府的凶残，揭穿一切司法的和行政管理的喜剧，显示在财产的增加和文明的进步与工人群众的贫穷、粗暴和痛苦的增长之间的矛盾的深度；另一方面又愚蠢地宣传'不要用武力去抵抗罪恶'；一方面是最清醒的写实主义，撕毁任何一切的假面具，另一方面又鼓吹世界最讨厌的那种东西——Religion。"所以托尔斯泰的著作就是俄国革命过程中的一面镜子，它把俄国那时社会上的一切矛盾都须眉毕现地照了出来。红楼梦把十七八世纪的中国社会的种种矛盾给我们照了出来：它给我们照出当时宫廷贵族的奢侈生活，大观园中贾府的老老少少、男男女女镇日价的各种享乐；他们只知穷奢极欲，不复知人间有什么痛苦，他们认不得"当票"是什么，他们不晓得米多少钱一升布多少钱一尺。我们现在且拿宝玉的一个大丫头——袭人回家探母一事做比吧！当她要回家，凤姐派了周瑞家的带了一个跟着出门的媳妇，又带着小丫头，雇了大车一辆、小车一辆，又派四个有年纪的跟车。至于袭人头上戴着几枝金钗珠钏，身上穿着桃红百花刻丝银鼠袄、葱绿盘金彩绣绵裙，外面穿着青缎灰鼠褂，凤姐还以为不阔气，又给她一件大毛子的——石青刻丝八团天马皮褂子；又嫌她的弹墨花绫水红袖里子灰包袱不够漂亮，给她一个玉色绸里的哆罗呢包袱；又给她一件半旧紬大红猩猩毡的大毯——雪褂子（第五十一回）。一个大丫头出门，乃有这样的排场，这样的奢华，则当时贵族的生活已可窥见一斑了。

我们再看看大观园中公子小姐们吃螃蟹吧！刘姥姥看了之后，发表了一段谈话的故事便明白了。故事是这样的：

"周瑞家的道：'早起，我就看见那螃蟹了，一斤只好称两个三个，这么两三大篓，想是七八十斤呢！'周瑞家道：'若是上上下下都吃，只怕还不够。'平儿说：'哪里都吃？不过都是有名的吃两个呢？那些散众也有摸着的，也有摸不着的。'刘姥姥道：'这样螃蟹今年就值五分一斤，十斤五钱，五五二两五，三五一十五，再搭上酒菜，一共倒有二十多两银子，阿弥陀佛！这一顿的钱，够我们庄家人过一年的了！'"（第三十九回）

现在的人听来，"二十多两银子"并不一定会表示惊讶，因为现在重庆一桌比较像样的酒席就要一万数千元到两万元，但是在差不多二百年前的中国社会的经济生活，这个数目也就够骇人的了，因为他们吃一顿螃蟹就吃去庄家人一年的嚼用！若果这种描写还不够，我们可拿赵妈妈下面的话做个说明，她说：

"……如今还有现在江南的甄家。啊呀呀！好世派！独他家接驾四次，若不是我们亲眼看见，告诉谁也不信。别讲银子成了土泥，凭是世上有的，没有不是堆山积海的。'罪过可惜'四字竟顾不得了！"（第十六回）

这里我要附带说明一下：红楼梦中所谓"甄家"，实际上就是"贾家"，贾者假也，"甄"者真也。因为曹雪芹明明告诉我们"将真事隐去"，故用"贾雨村"一名画龙点睛。而且甄家贾家都是指的"曹家"，因为康熙帝南巡六次，曹家在江南接了四次驾，可以考见。作者之所以如此故弄玄虚，自然是适应当时的政治环境之不得已的办法。还有书中所谓大观园并不在北京而是在南京，据袁子才的记载，他的随园就是大观园的故址；所谓书中"长安"也不是指陕西的长安，而是泛指当时的京城北京，因为著者既用种种方法避免指实朝代和政治首都，故浑用"长安"一词，暗指北京，犹之乎我们现在常常在书信说："长安大不易居"，乃是指各人所身居的战时国都，即重庆。读书不可拘泥，否则为古人所欺矣！

在土地关系和农民问题上，红楼梦有一段极详尽的叙述，给我们把它透视得清清楚楚。当宁国府的黑山村乌庄头，乌进孝送租课来时，他的禀帖和账目，恕我冗长，把它们读给诸位听听。红禀上写着：

"门下乌进孝叩请爷、奶奶万福金安，并公子小姐金安，新春大喜大福，荣贵平安，加官进禄，万事如意。"（第五十三回）

单子上面写着：

"大鹿三十只，獐子五十只，狍子五十只，暹猪二十个，汤猪二十个，龙猪二十个，家腊猪二十个，野羊二十个，青羊二十个，家汤羊二十个，家风羊二十个，鲟、鳇鱼二百个，各色杂鱼二百斤，活鸡、鸭、鹅各二百只，风鸡、鸭、鹅各二百只，野鸡、野猫各二百对，熊掌二十对，鹿筋二十斤，海参五十斤，鹿舌五十条，蛏干二十斤，榛、松、桃、杏瓤各二口袋，大对虾五十个，干虾二百斤，银霜炭上等选用一千斤，中等二千斤，柴炭三万斤，御用胭脂米二担，碧糯五十斛，白糯五十斛，粉粳五十斛，杂色粱谷各五十斛，下用常米一千担，各色干菜一车，外卖粱谷牲口各项折银二千五百两，外门下孝敬哥儿玩意儿：活鹿两对，白兔四对，黑兔四对，活锦鸡两对，西洋鸭两对……"（第五十三回）

诸位看了这大堆租谷百物，我想没有一位不惊讶的，但这不过是宁府所拥有的土地八九分之一的出息而已，而且是歉收的年成的收获，因为贾珍皱眉道：

"我算定你至少也有五千两银子来。这够做什么的？如今你们一共只剩下八九个庄子，今年倒有两处报了旱潦，你们又打擂台，真正是别叫过年了！"（第五十三回）

从这一篇冷酷而惨忍的数字账目中，我们可以看出当时贵族占有的土地是多么广大，再加上八九倍，那更是庞然怪物了！况且据贾珍的口气看来，就是八九个这样大的庄子，已经是衰败的时代，以前隆盛时，这样的庄子还要多呢？宁府如此，荣府的土地所有当亦在伯仲之间。诸位或许要问：当时贵族拥有的土地为什么这样多呢？又为什么后来日渐减少了呢？第一件乃是清初一个极严重的问题，因为八旗入关以后，乱圈人民的土地，闹了很大的乱子。原来，明太祖朱元璋借着驱逐蒙古统治者和解除农民痛苦，即利用民族主义和吊民伐罪的口号，推翻了元朝的政权取而代之，当时占有民田甚多，由政府派人管理，名曰"庄园"。这种庄园为害农民，实非浅鲜，兼之地主剥削、政府暴敛、官吏贪污，弄得人民无以聊生，遂致农民叛乱，相继迭乘，最后李自成、张献忠等崛起，明室之命运以终。满清入关，挟战胜余威，借口明室庄园及荒地，听入关立功的勋戚王公任意圈地，我记得文康的儿女英雄传曾经提到这件事；我们再看萧一山的清代通史上一段记载原可明了：

"先是，清人初入关也，东来诸王及八旗兵丁，强占田地。视为己有，圈以标志，是谓圈地。盖当混乱之际，又属异族入主，直不啻取消前朝之土地所有权而以圈画为先占也。此种事实，本不合理，惟以战胜征服之余威，此亦为必然之现象。"（萧一山：清代通史，第400页）

后来清政府虽经许多大臣诤议下诏停止圈地，然民地已入满人之手的，恐怕难以物归故主了，这就说明了贾府当时土地为什么这样多的事实。不过贵族的生活是建筑在剥削农民的制度上的，他们衣租食税，不知生计为何物，结果便养成他们只知骄奢淫逸，安富尊荣，久而久之，必至生之者寡，食之者众，入不敷出，窘相毕露，遂不得不将拥有的土地或当或卖转入他人之手，而自己日即于破产、堕落，这种现象，差不多成了东西各国的历史公例；贾府自然也没有例外，红楼梦便给我们照明了这一点。

贵族既占有了农民的土地，农民无以为生，只得降为农奴，为地主服务；地主既奴役了农民，夺取了农民的膏血，他们自然只有穷奢极欲、荒淫无度了。因而种种丑事便闹出来了。譬如：贾琏之于多姑娘、鲍二家的、尤二姐甚至娈童；贾珍之包娼窝赌、秽德彰闻，甚至同他的媳妇秦氏都有暧昧之处；王熙凤之于贾蓉，也是不干不净；而贾瑞竟"癞虾蟆想吃天鹅肉"（平儿语）；金桂之于她所诡称的兄弟，后来又妄想勾引薛蝌，而终于自杀；他如贾蔷之于龄官（第三十四——三十六回）；贾芹在铁槛寺之于一班女尼戏子，莫不闹下了风流孽案。甚至一班在学里读书的小学生都弄得一塌糊涂。原来贾府里有一个家学，收纳族中子弟在内读书，素有龙阳之癖的薛蟠听说"塾中广有青年子弟，因此也假说了来上学，不过是'三日打鱼，两日晒网'"（第九回），目的只在猎取小学生来满足他的肉欲。果然，"这学内的小学生图了薛蟠的银钱穿吃，被他哄上手的，也不消多记。"（第九回）当秦钟和香怜在外偷着说话时，内中有一个学生名叫"金荣"的，是贾府璜大奶奶的内侄儿，就吵了出来说："我可拿住了！还赖什么？先让我抽个头儿！"又笑着说道："我现在拿住了，是真的！"说着又拍着手笑嚷道："贴得好烧饼！你们都不买一个吃去！"谁知这金荣也是薛大爷旧相好！我们从他母亲嘴里便可听得出。因为金荣在学里辱骂秦钟被宝玉大闹一顿，自己以为受了委屈，回家后，自己还在那里咕咕唧唧，他娘教训他说：

"好容易我望你姑妈（所谓璜大奶奶）说了，你姑妈又千方百计的向他们西府（荣国府）里琏二奶奶说了，你才得了这个念书的地方，若不是仗着人家，咱们家里还有力量请得起先生么？况且家学里茶饭都是现成的，你这二年在那里念书也有好大的嚼用呢！省出来的，你又爱穿件鲜明衣服。再者，那里念书，你就认得什么薛大爷了。那薛大爷一年也帮了咱们七八十两银子。你如今要闹出这个学房，若再要找这样一个地方，我告诉你吧，比登天还难呢！你给我老老实实的顽回子睡你的去吧，好多着的呢。"（第十回）

我们从金荣的母亲这段"教子"的家训中，可以看出几件事：（1）金荣这小子虽然拿奸捉盗，但他自己却是薛大爷顽上了手的，还恬不知耻地带着嘴巴说人长短！"劝世文贴在背后"，人之常情！（2）他母亲公开承认薛大爷每年津贴他家七八十两银子，这银子，她当然知道，不是从周急济贫的立场出发，乃是买欢取乐的代价！既知之，而公然认之，且劝之忍耐，这金荣之母之为人，也就可想而知！（3）但她之为此，岂得已哉？她的说话，还全从经济生活立场出发，大半因为是困于经济，不得已而为之，因而"生活决定意识"，夫复何言？（4）地主贵族的专制社会中，卖淫的不独是女子，男子失了业，无计生活的也往往卖淫，前清时代的北京此风极甚；卖淫的男子俗称为"兔子"，公开地出局，听人呼唤。直至辛亥革命才与满清政权同被消灭。则贵族政治之腐败、肮脏，世界历史没有例外，红楼梦又给我们明明白白地照了出来。

贵族既强占了农民的土地，农民对他自不得不成为隶属的关系。地主对于农民可以自由地生、杀、予、夺。他们都是大绅粮，都是官宦人家，纵或犯了法，告到官里，他们都官官相护的，而且地方官对于他们哪敢得罪，结果，总是"叫皇天不应"！"有冤无处申"！薛蟠在家因争卖香菱，打死了冯公子，贾雨村掣签要拿办，为门子所阻，他把一张"护官符"递给雨村，上写道：

"贾不假，白玉为床金作马；

阿房宫三百里，住不下金陵一个史；

东海缺少白玉床，龙王来找金陵王；

丰年好大雪，珍珠如土金如铁！"

这都是当时民间的"谚俗口碑"，还了得！"贾不假"就是指的贾府；"金陵一个史"就是指的史老太君的娘家史侯家里；"金陵王"就是指贾政夫人王氏和贾琏夫人凤姐的娘家；"大雪"就是指的薛姨妈家。结果，贾雨村"徇情枉法，胡乱判断了！'（第四回）。红楼梦又明明白白给我们照明了！

他们不但生杀予夺可以自由，即对于自己的奴隶——奴才——男女仆人，用钱买来的奴隶或"家生子"的一切也可以自由摆布；奴隶的贞操也操在主人之手，丫头仆女只要稍微有点头面的，主人要如何就如何。看上了眼，便收到房里做姿，不如意了，色衰了，又可赐或送给人，或转卖，奴隶是不能反抗的。贾赦要贾母的仆女鸳鸯做小老婆，鸳鸯不肯，贾赦便发起怒来，对她的哥哥金文翔说：

"我说与你，叫你女人向他（指鸳鸯）说去，就说我说的：'自古嫦娥爱少年'，他必定嫌我老了；大约他恋少爷们，多半是看上了宝玉，只怕也有琏儿。若有此心，叫他早早歇了。我要他不来，以后谁敢收他？这是一件。第二件，想着老太太疼他，将来外边聘个正头夫妻，叫他休想；凭他嫁到了谁家，也难出我的手心，除非他死了。或是终身不嫁男人，我就服了他！若不然时，叫他趁早回心转意，有多少好处！"（第四十六回）

贾赦对于一个仆女威逼利诱，要强迫他做妾，况至以人的生死性命相胁迫，以剥夺她的婚姻自由相恐吓，而贾琏是他的儿子，宝玉是他的胞侄，即使他们真被鸳鸯"看上了"，更不该与子、侄争风吃醋，赦老此等行为也真够塌台的了！要知道这种现象，这种凶残无耻的狰狞面目，乃是贵族社会中的家常便饭！这又是这一面镜子给我们赤裸裸地照出来的。

再从另一方面看：红楼梦又告诉我们清初的官制——官爵、品级等等。贾蓉的夫人秦氏的丧事，贾珍为他儿子贾蓉捐个官，为的要使他已死的媳妇丧礼上风光些，遂开了一张履历托太监戴权给他去走门路，那履历写道："江南应天府江宁县监生贾蓉……曾祖原任京营节度使，世袭一等神威将军贾代化；祖丙辰进士贾敬；父世袭三品爵威烈将军贾珍。"贾蓉捐了一个"五品龙禁卫"。我们又看贾氏出殡时，"官客送殡的有：镇国公牛清之孙，现袭一等伯牛继宗；理国公柳彪之孙，现袭一等子柳芳；齐国公陈翼之孙世袭三品镇威将军陈瑞文；治国公马魁之孙世袭三品威远将军马尚；修国公侯晓明之孙，世袭一等子侯孝康；缮国公诰命亡故，其孙石光珠守孝不得来。这六家与荣宁二家当日所称八公的便是。余者更有：南安郡王之孙，西宁郡王之孙，忠靖侯史鼎，平原侯之孙世袭二等男蒋子宁，定城侯之孙世袭二等男兼京营游击谢鲲，襄阳侯之孙世袭二等男戚建辉，景田侯之孙五城兵马司裘良。余者：锦邻伯公子韩奇，神武将军公子冯紫英……"这便可以看出清初官爵的大略。清朝官制：一方面有亲王、郡王、公侯伯子男五等爵；又有各种将军，又袭用自曹魏至北魏，降至有明相沿为制的九品官级制,每品又分正从,故九品实有十八级,十八级之外,又有一级名"未入流"。另一方面则又袭用明代的科举制度,牢笼士子;同时又开捐纳之路,卖官鬻爵,与科举并行,清朝的仕途之滥,官制之杂,比明朝更利害。贾珍假习骑射为名,每日招集许多纨绔子弟在家里滥赌狂欢,则清人初入关时一点剽悍之风,已消灭殆尽;功勋子弟,习于宴乐,武臣之腐败亦可以想见,这也是从这面镜子里给我们明明白白照了出来的。

康熙(清圣主玄烨,1662—1722)、雍正(世宗胤禛,1723—1735)、乾隆(高宗弘历,1736—1795)间与外国通商已颇频繁,西洋的商品已相当多地输入中国,如凤姐身上穿的"翡翠撒花洋绉裙"(第三回)、黛玉眼中所看见的宁府大厅中的"猩红洋毡"和"梅花式的洋漆小几"(第三回),刘姥姥在荣府所"听见咯当咯当的响声,大有以手打锣筛面一般"的那东西(自鸣钟),蒋玉菡从小衣儿里面解下来的那条"茜香国(Siam)女王所贡之物"的"大红汗巾子"(第二十八回),探春房内的"洋漆架"(第四十回),刘姥姥在大观园内陪着贾母吃酒时,大家用的"每人一把银洋錾自斟壶,一个什锦珐琅杯"(第四十回)和她在里面所见的那有"南洋机括"的穿衣镜,薛宝琴跟她"父亲到海沿子上买洋货"回来告诉贾府里的人"有个真真国的女孩子年十五岁,那脸面就和西洋画上的美人一样,也披着黄头发,打着联垂,满头戴着都是玛瑙、珊瑚、猫儿眼、祖母绿这些宝石,身上穿着金丝织的锁子甲,洋锦袄袖带着倭刀……"(第五十二回)宝琴既看见西洋画,则西洋美术品其时已输入中国可知;其他如玛瑙倭刀等物当然是外国的了。它如贾宝玉"身上穿着荔枝色哆啰呢的箭袖,大红猩猩毡盘金彩绣石青妆缎沿边的排穗褂"(第五回)和贾母赐给他的那件俄罗斯国拿孔雀毛拈了线织的"雀金呢"的大氅,薛宝钗身上穿的那件连青斗纹,锦上添花,洋线番巴丝的鹤氅,都是外国的来路货。凡此,皆足证明这时东西洋的商品输入中国已相当繁多。不过这里应该说明的,红楼梦时代所输入的外国商品,不是适应民间一般需要的日用品,乃是适应宫廷贵族的豪贵生活的奢侈品。那时所谓"皇商"大概就是专门为宫廷贵族采购这些奢侈品的,所以王熙凤说:"那时我爷爷专管各国进贡朝贺的事。凡有外国人来,都是我们家养活!粤、闽、滇、浙,所有洋船货物都是我们家的。"所以当时,有个口号儿说:"东海少了白玉床,龙王来找金陵王。"(第十六回)这等奢侈商品因宫廷贵族的生活需要而输入,也是红楼梦这面镜子给我们照了出来的。

现在我们再说红楼梦一书所反映的中国艺术。大观园本身的一切结构一切布置,就是中国的古典艺术的典型。假使诸位有到过北京逛过清宫的一定会联想到大观园的轮廓,因为贾府既是宫廷贵族,则大观园的建筑,对于清宫的模样,总有许多仿佛的地方,因为据红楼梦的叙述看来,着实是经一番勾心斗角的计划的。你不看那"正门五间上面铜瓦泥鳅脊,那门栏窗格俱是细雕时新花样,并无朱粉涂饰,一色水磨砖墙,下面白石台阶,凿成西番花样……不落富贵俗套。"你又不看一进大门,便有"一带翠嶂挡在面前",使全园风景不致一览无余,是何等"丘壑"?你又不看"一入石洞,只见佳木葱茏,奇花烂灼,一带清流,从花木深处,泻于石隙之下。再进数步,渐向北边,平坦宽豁,两边飞楼插空,雕甍绣槛,皆隐于山坳树杪之间,俯而视之,则清溪泻玉,石磴穿云,白石为栏,环抱池沼,石桥三港,兽面衔吐?"你又不看"崇阁巍峨,层楼高起,面面琳宫合抱,迢迢复道萦纡,青松拂檐,玉兰绕砌,金辉兽面,彩焕螭头?"(第十七回)。你又不看"大桥"之下,"水如晶帘一般奔入"(第十七回),"或清堂,或茅舍,或堆石为垣,或编花为门,或山下得幽尼佛寺,或林中藏女道丹房,或长廊曲洞,或方厦圆亭?"又不看那房内有的"四面皆是雕空玲珑木板,或流云百蝠,或岁寒三友,或山水人物,或翎毛花卉,或集锦,或博古,或万福万寿各种花样,皆是名手雕刻。一格一格,或贮书,或设鼎,或安置笔砚,或供设瓶花,或安放盆景,其格式或圆或方,或葵花蕉叶,或连环半壁,真是花团锦簇,玲珑剔透。倏而五色纱糊,竟系小窗;倏尔彩绫轻覆,竟如幽户。且满墙皆依古董玩器之形抠成的槽子,如琴、剑、悬瓶之类,俱悬于壁,却是与壁相平的?"(第十七回)。这种建筑艺术较之意大利或英法各国的建筑艺术自各有其特点，而与现代所谓"立体"建筑艺术更恰成一个对照。大观园的建筑艺术正是中国农业经济和商业资本已发展到了高度而西洋的商品和艺术品之输入已为相当时之必然的产物。

至于社会的意识形态，即"臆底渥逻辑"（Ideologies）自然也是封建社会的思想在支配着。第一就是儒教的思想拥护孔子传说的礼教——尊君抑民，它在明清两代用以牢笼青年士子的工具便是科举，它的形式便是八股试帖。我从十二三岁到十七岁这一个期间也曾经受了它的毒害，八股试帖我也都尝试过。这种滋味在座的人尝过的大约不多了，所谓文章经济，都经过它化为乌有了！我敢说，明清之亡，大半是亡于科举，所谓"作茧自缚"者此也！红楼梦上所表现的人物，如贾政、薛宝钗之流皆是这种思想的代表。第二是道教，奉道教的人，都托始于老子，和周易其实不相干。道教始于汉之符箓。他们假托神仙，念咒画符，摇惑人心，以迎合当世皇帝求仙求长生的幻想，后世因之，到了宋儒又援儒入道。红楼梦中所表现十八世纪的中国之道教徒则以贾敬为代表，他中进士以后，厌弃世事，把爵位让给他儿子贾珍承袭，自己避居城外元真观修炼服了"秘制的丹砂"之后，竟"功成圆满升仙去了"，这也就足见道家之为道家了。宋人又援儒入佛，佛教哲学的思想而隋唐以后，侵入中国一般之人心既深且溥，断非道教可比。不过宋明以来的学者，又为什么援儒入佛呢？这也有政治上的原因，汉以后千余年，中国的君主总是利用孔子做他们保持皇统的思想武器，士大夫纵然皈依佛教，也不敢公然与儒家相畔，因为政治上不许可，而韩愈原道一篇，向佛老声罪致讨，所谓不入于杨，则入于墨；不入于老，则入于佛，至比之于"无父无君""乱臣贼子"。宋代学者大半习禅宗，然不敢公然承认，遂把禅宗的道理嵌入儒家道理（宋明儒家的语录，即从禅宗的语录脱胎而来）。譬如阳明的致良知本袭于禅，然他也步韩愈后尘为文辟佛，这也不是偶然的啊！至于禅宗虽说是佛教之一，宗派虽说也被称为是印度佛法之一，其实达摩西来以后，不说法而只物色天资高明的传授衣钵。他们不立语言文字，直指一心，以言哲理，殆难详究，他们只就一言半句的机锋去求参悟，绝非一般人所能领会，而禅家之不能为佛学正宗，也就是这个缘故。红楼梦中所表现之佛教只是禅而不是佛教哲学。譬如宝玉听了宝钗念的"鲁智深醉闹五台山"一曲中的："漫挥英雄泪，相离处士家。谢慈悲剃度在莲台下，没缘法转眼分离乍，赤条条来去无牵挂。那里讨烟蓑雨笠卷单行，一任俺芒鞋破钵随缘化！"便有动于中，参悟起来，立占一偈道：

"你证我证，心证意证，是无有证，斯可云证，无可云证，是立足境。"

后来被黛玉续了下两句："无立足境，方是干净。"境界又更进一层，又经宝钗援引六祖惠能与五祖弘忍的上座弟子神秀及所做偈语不同之处的历史，解释一番，说道："当日南宗六祖惠能，初寻师至韶州，闻五祖弘忍在黄梅，他便充火头僧。五祖欲求法嗣，令徒弟诸僧各出一偈，上座神秀说道：'身是菩提树，心如明镜台，时时勤拂拭，莫使有尘埃。'彼时惠能在厨房碓米，听了这偈说道：'美则美矣，了则未了'，因自念一偈曰：'菩提本非树，明镜亦非台。本来无一物，何处染尘埃。'五祖便将衣钵传他。今儿这偈云，亦同此意了。只是方才这句机锋尚未全了结，这便丢开手不成？"（第二十二回）云云，已把禅宗的渊源和重要关头说着了，禅宗到了六祖才发挥光大，前此未有多少教理见于世，但禅宗宾和智者大师（隋智顗）所创的"天台宗"，唐玄奘三藏所创立之"法相宗"即"唯识宗"，与夫唐法藏（贤首国师）与实叉难陀所阐扬之"华严宗"均为中国佛教哲学之特产物，我们读了红楼梦也可对于中国的佛教宗派，至少禅宗得其概略。这也是这面镜子给我们照出来的。

因此我就把那疯癫道人所赠给贾瑞的名叫"风月宝鉴"的镜子扩而大之，变成十七八世纪中国社会的一面镜子，它不但给我们照出人世间痴男怨女的悲欢离合，并且给我们照出当时的形形色色：

（一）贵族社会的生活；

（二）农民与贵族的关系及身份的差别；

（三）商业资本之发达与西洋商品之输入；

（四）政治制度——如官爵科举等等；

（五）贵族社会的建筑艺术；

（六）贵族家庭之内幕；

（七）社会之意识形态；

（八）人性之善与恶、美与丑、黑暗与光明、崇高与卑鄙、酸甜与苦辣。

总而言之，凡社会生活所有的——从底层到上层，从外表到内心，无不予以彻头彻尾，须眉毕现，如见肺肝的烛照。

不过这面镜子，也和那跛脚道士的风月宝鉴一样，不可照正面，若照正面，只能看出森罗万象的幻影，反倒误事，应该从反面照，才可看出真相来。所以贾瑞从正面照那个镜子竟看出他心里所幻想的"凤姐站在里面点首叫他"，但从反面一照却"只看见一个骷髅立在里面"，这事是足以发人深省的。因为我们看红楼梦若不从反面看，那得的结果，一定很恶，而且它的作者已屡屡地警告我们说：

"满纸荒唐言，一把酸辛泪。都云作者痴，谁解其中味？"

这明明告诉我们不要误会作者的意旨，不要为表面的文章所误，要了解其中的滋味。所谓"反面照"这一指导原则本是哲学的最高的方法论，西洋的历史科学言之綦详，中国和印度古代哲人也往往阐明此理：周易之所变易，所谓"否极而泰来"，所谓"满招损"，以及"太极生两仪"，老子所谓"一生二，二生三，三生万物"和"福兮祸所倚，祸兮福所伏"，庄子所谓"方生方死，方死方生"以及印度哲人所谓"无色相"，其解曰"现在色亦无住时。如四念处中说：若法后见坏相，当知初生时坏相，以随逐微细故不识。如人着履，若初日新而无有故，应当新不应有故。若无故应是常。常故无罪无福，无罪无福故则道俗法乱，复次生灭相常随作法无有住时。若有住时，则无生灭。以是故现在色无有住，住中亦有生灭。"（大智度论八念）一般俗人对于某种自然现象或社会现象，往往把生灭新故都认为一成不变的东西，其时一切色相都无常住，都时时刻刻在变。林黛玉看到了这一层说："试看春残花渐落，便是红颜老死时，一朝春尽红颜老，花落人亡两不知！"（第二十七回）宝玉也看到这一点，所以续庄子胠箧篇说："焚花散麝，而闺阁始人含其劝矣；戕宝钗之仙姿，灰黛玉之灵窍，丧灭情意，而闺阁之美恶始相类矣。"（第二十一回）黛玉见到自然和人生的变化而感到悲哀，却只是悲哀而已。宝玉烛到人情的矛盾，而欲以"焚花散麝"等等的"破斗折衡"和"闭明塞聪"的办法，解决这种矛盾，也只是消极的，因为他的时代不许可他能以了解自然与社会的运行和发展的法则。不过红楼梦提出"真假"二字作为相反相成的法则的指标，假使我们善看的话，那也就把这面镜子的正反两面的内容一语说破了。

二　贾宝玉　林黛玉　薛宝钗　史湘云附

贾宝玉自然是红楼梦一书中的主角，林黛玉乃是主中之宾，薛宝钗次之，但是一提到宝玉，就不能不提到黛玉和宝钗；而钗黛之外，史湘云也是贾宝玉的生活史中次于钗黛而比较其他都重要的一个。所以本讲以宝玉为主题，而钗黛附焉，而湘云亦附焉，现分节目逐一讲去，其节目如下：

第一部分　贾宝玉

（1）宝玉的环境和教养

（2）宝玉的天才

（3）宝玉的人生观

（4）宝玉的女性崇拜

（5）宝玉的同性爱

第二部分　林黛玉

（先交代史湘云）

（1）黛玉的身份和遭遇

（2）黛玉的性情

（3）黛玉的天才

（4）黛玉的美貌

第三部分　薛宝钗

（1）宝钗之身份与环境

（2）宝钗之性情

（3）宝钗之才气

第四部分　恋爱的斗争

（1）黛玉与宝钗的容貌

（2）贾宝玉的熊掌与鱼

（3）林黛玉孤军奋战

（4）薛宝钗广布外援

（5）恋爱的悲喜剧

现在我们开始讲贾宝玉。宝玉生在侯门公府之家，娇生惯养，是不用说的了。他的容貌自然也是一表非凡，从黛玉眼中看来，他乃是："面若中秋之月，色如春晓之花，鬓若刀裁，眉如墨画，鼻如悬胆，眼如秋波。虽怒时而似笑，即嗔视而有情。"这种描写还是中了骈体文的余毒，和本书伟大价值颇不相称，然而我们可以想象出宝玉乃是一个温文儒雅、倜傥风流的人物。他家的祖宗，据本书所叙的看来，都是清朝的开国勋臣，既富且贵，而他的父辈贾敬、贾政之流，或是科第出身，或曾做过学差，家中常有一些门客，都是讲究学问的。那么，宝玉在这个氛围中长大，自然也受就了不少的熏陶，这一件是值得我们注意的。就宝玉后来对于诗文及其他学问的表现看来，他乃是一个绝顶聪敏人物，但他的家庭教育、学校教育和他的生活环境，却大大地妨碍了他。在此，我们不得不详细地先叙一叙他的父亲贾政，字存周，的为人。"政老"这个人就一般纨绔子弟或公子哥儿出身的官僚说，不能不算是一个克家的令子，他父亲贾代善死后，长子贾赦袭了官，他是行二，皇帝加恩赐了他一个主事头衔，入部学习，后升员外郎。政老为人，据称"平静中和"、"自幼酷喜读书，又端方正直"，不像他乃兄赦老那样。后来，因为大女儿贾元春被选为贵妃，皇上遂加恩放他做学差，又升粮道，内官做到郎中。他做粮道时，原来也是一清如水地要做好官，但是好官不容易做，被他的跟班长随李十儿等勾通书吏弄糟了，把官也弄掉了，结果又跑回来做京官。这是后话。原来他这样人乃是当时士大夫的一种典型人物，镇日价诗云子曰，恨不得背着四书五经走路，而一派的心理和作为，都不免带着三分伪君子的气息。看他对于宝玉的教训便知道了。他对于宝玉的教育，我给它起个名儿，叫做"呵斥教育"，因为他对于宝玉的教训，总是阎王爷见小鬼似的，从来没有和颜悦色、平心静气地说过话，读者不信有事实为证：当宝玉要到学房入学，来到书房见贾政请训时，贾政冷笑道："你如果再提上学两个字，连我也羞死了！依我的话，你竟顽你的去，是正经。仔细站脏了我这地，靠脏了我这门！"又叫随宝玉的跟人向先生说："什么诗经古文一概不用虚应故事，只是先把四书一气讲明背熟，是最要紧的！"（第九回）宝玉在大观园跟着题匾额，做对子，正当大胆批评之时，贾政却呵斥他说："无知的蠢物！你只知朱楼画栋，恶赖富丽为佳，哪里知道这清幽气象终是不读书之过！"宝玉忙答道："老爷教训的固是，但古人尝云'天然'此二字不知何意？"正当他和众宾客辩论时，贾政气的喝命"叉出去！"才出去，又喝命："回来！"此后动不动就凶他一顿，在这种威吓恐怖的空气中，任何天才，绝不会养育成功，只有日即于戕折的。因为儿童时代是正在如春芽怒发地发扬他的活力时，但这里"如束湿薪"的教育态度，只是天才儿童的最大障碍，而他的贵族家庭的富裕骄奢的生活，当时儒家的封建社会的礼教，又给他加上另一种的束缚。但是他却有一个避难所，就是他的祖母，史老太君，我们平常通称之为贾母。贾母是他的救苦救难观世音！每遇到他父亲要责骂他，贾母就来庇护。有一次，因为宝玉和忠顺王的一个得意戏子，唱小旦的琪官，即蒋玉菡相好，可巧那天忠顺王府派人来到贾府找琪官，事为贾政所知，一气之下，把宝玉打得死去活来，若不是贾母来解救，那真是性命难保。另一方面，他生在仆从如云、群花满眼的富贵窝中，温柔乡里，自然"居移气，养移体"，跳不出这种层层包围的圈子。他不过是个十几岁的孩子，一出大门，便要惊天动地。譬如：他到他舅舅家里去拜寿，跟随就有他的"乳兄李贵、王和荣、张若锦、赵亦华、钱启、周瑞六个人"（第五十二回），又"带着焙茗、仲鹤、锄药、扫红四个小厮，背着衣包、拿着坐褥"，骑着"一匹雕鞍彩辔的白马。走路的时候，李贵、王和荣笼着嚼环，钱启、周瑞二人在前引导；张若锦、赵亦华紧贴宝玉身后。"（第五十二回）这样一个势派，前呼后拥，左扶右持，是何等排场？至于他在家里干娘老妈子、头等丫头、二三等丫头一大堆，有白天伺候的，又有上夜的，这简直活活地给"王子皇孙"描写一个小照。这样的人自然与一般民众没有交涉的，他好比生长深宫的皇太子一样，所有民间的疾苦一概不知，民众的生活也就接触不到。一次探春要把她所积蓄的钱交给他，要他出外时替她买些竹丝编的耍货儿来耍，他老实回答说我哪里晓得的。真的，他不晓得！又一次秦可卿死了出丧，他和秦钟也跟着凤姐去送殡，到了村庄上"各处游玩，凡庄上动用之物俱不曾见过的。"看见了纺车便"稀奇"起来（第十五回），这也和"不辨粟麦"差不多了。这样的人既然丰衣足食，无忧无虑，又不晓得民间疾苦，自然激不起他上进的、奋发而愤悱的心情了，那么，读书还有什么用呢？因为以前的帝王曾说过："读书为天子，不读书亦为天子"，他自然也是这样想："读书为公子哥儿，不读书也为公子哥儿。"所以他一听见要上学读书便垂头丧气（这自然不能怪他，乃是环境和教育的不善戕折了他），所以只得一意地享乐，终日在脂粉队里过生活。徐志摩说，巴黎"好比一床鹅绒被褥，人睡在上面不由得你骨头不酥软"（大意如此），大观园的生活也和鹅绒被褥一样，不由得宝玉不如此——享乐，极力的享乐。他的享乐自然在某些方面是和一般的公子哥儿一样的，但是他的自觉力还是很强的，常常感觉到他的生活不合理；他见于秦钟时，便憎恨自己"为什么生在这侯门公府之家，若也生在寒儒薄宦之家……也不枉生一世！我虽比他尊贵，可知绫锦纱罗也不过裹了我这枯枝朽木，美酒羊羔，也只不过填了我这粪窟泥沟。富贵二字不啻遭我荼毒了！"（第七回）实则他没荼毒了富贵，富贵却把他荼毒了。不但此也，他看见农民胼手胝足，流汗力田，竟也想到古人的"谁知盘中餐，粒粒皆辛苦"的诗句了！所以我说宝玉的天性是很淳厚的。又富有极高的天禀，所谓"天才"，无处发泄，遂处处发生矛盾：他看不起升官发财、奔走功名的人，骂他们做"禄蠹"，看不起科名，对于时文八股，尤其深恶痛绝，斥之为"后人饵名钓禄之阶"（第七十二回）。对于"道学话"更加以无情的非笑，他说："更可笑的是八股文章，拿他诓功名、混饭吃，也罢了，还要说：'代圣立言'，好些的不过拿些经书，凑搭凑搭也罢了。更有一种可笑的：肚子里原没有什么，东拉西扯，弄的牛鬼蛇神，还自以为博奥，这哪里是阐发圣言的道理？"（第八十二回）这种言论，这种思想，在二三百年后的今日，实在非常平凡，但在满清鼎盛，正以八股时文牢笼士大夫的精神为子孙万世巩固邦基的最有力工具的时候，贾宝玉（其实就是曹雪芹自道）竟这样慷慨激昂地对之大发雷霆，不能不佩服他的先见和勇气！所以我说宝玉的人生观是矛盾的人生观，因为他的生活是矛盾的生活，一方面是荣华富贵，极尽贵族穷奢纵欲之能事，而这种荣华富贵穷奢极欲即建筑在农民及一般平民的勤劳困苦的条件上。诉之理性，宝玉是反对这种物质生活的，因而也就反对建筑在这种生活之上的建筑物——八股取士，科名思想，和猎官钓禄的意识形态。但是他同时又不敢根本反对这种制度，他的生活习惯又脱离不了这种生活，终日在歧路上徘徊，所以我说宝玉表现出两重人格：一个是快乐的宝玉，一个是苦恼的宝玉。这种情形在他的整个生活历程上好比一条红线贯串着的一样。他的天才是很大的，但不爱读书；他的同情心是很大的，但一时跳不出贵族的圈子；他虽不爱读书，但他稍一留心，便会出人头地。他又有两个癖性：一个是女性崇拜狂，一个是同性爱。我们先说同性爱：宝玉之与秦钟、柳湘莲和蒋玉菡等那种亲密情形，绝非泛泛朋友的关系，亦非单纯的朋友关系，瓜田李下，宝玉实不能没有同性爱的嫌疑。如他要在晚上睡觉时，和秦钟算账，和柳湘莲出席说体己话，惹得薛大傻子乱叫，遂被湘莲毒打一顿；以及他和琪官私换汗巾，从这些地方我们可以揣度一二。但是这在红楼梦的社会中，所谓龙阳之癖，是司空见惯了的，如贾珍、贾琏、薛蟠等都是老手，宝玉也不过"聊复尔尔"罢了。不足为奇，也不值多谈。现在我们专谈他的女性崇拜狂。

宝玉在周岁"抓周"的时候，一伸手就"只把些脂粉钗环抓来玩弄"（第二回）；到了七八岁时，他又在人类学上做了一个大发明，他说："女儿是水做的骨肉；男人是泥做的骨肉。我见了女儿便清爽，见了男子便觉浊臭逼人。"（第二回）诸位！这不是女性崇拜狂么？甄宝玉也和贾宝玉同调。"他说：'必得两个女儿伴着我读书，我方能认得字，心上也明白；不然我心里自己糊涂！'又常对着他的小厮们说：'这女儿两个字极尊贵、极清净的，比那瑞兽珍禽，奇花异草，更觉稀罕尊贵呢！你们这样浊口臭舌，万万不可唐突了这两个字，要紧要紧！若使要说的时候，必用净水香茶嗽嗽口方可。设若说错，便要凿牙穿眼的。'其暴虐顽劣种种异常，只放了学进去，见了那些女儿们，其温厚和平，聪明文雅，竟变了一个样子。因此，他令尊也曾下死笞过几次，竟不能改。每打的吃痛不过时，他便姊姊妹妹的乱叫起来，后来听得里面女儿们拿他取笑：'因何打得急了，只管乱叫姊姊妹妹做什么？莫不叫姊妹去说情讨饶，你岂不愧煞？'他回答的最妙，他说：'急痛之时，只叫姊姊妹妹字样，或可解痛，也未可知。因叫了一声，果觉痛得好些，遂得了秘法，每疼痛之极，便连叫姊妹起来。'"（第二回）甄宝玉简直把女儿当做"我佛如来"、"救苦救难的观音大士"，这不是女性崇拜狂么？我们知道甄宝玉就是贾宝玉的影子，真真假假前面已经说过了，宝玉后来着实实践了他这一奇特的理论，对于女儿一律尊敬，不惟对于姊妹们如此，即对于丫环仆人也是一切平等，甚至以身下之，凡是女儿，都是纯洁的，而且他所崇拜的女性是专指未出嫁女儿说的，已出嫁的女子宝玉便对之表示十分惋惜，甚至加以憎恶。最好大观园所有的女儿们都一辈子守着他，一个也不要嫁人，那么他就满意了。当迎春被贾赦作主许给那个坏东西（势利鬼）孙绍祖，又陪了四个丫头过去时，宝玉跌足道："从今这世上又少了五个清洁的人了！"因此他对于已嫁人和未嫁人的女子间的看法大有不同。当贾母凑了分子给凤姐做生日那天，宝玉借故出城到洛神庙心祭金钏的时候，他的小厮焙茗也"忙爬下去叩了几个头，口内说道：我焙茗跟二爷这几年，二爷的心事，我没有不知道的，只有今儿这一祭祀，没有告诉我，我也不敢问。只是受祭的阴魂虽不知名姓，自然是那人间有一天上无双的极聪敏清雅的一位姊姊妹妹了。二爷心事不能出口，让我代祝：你若有灵有圣，我们二爷这样想着你，你也时常来望候望侯二爷，未尝不可。你在阴间保佑二爷，来生也变个女孩儿和你们一处顽耍，岂不两下里都有趣了？"（第四十三回）这番话虽出自小儿天真烂漫之口，但可充分表示宝玉平素女性崇拜狂到了如何程度，连他的小厮都深受影响！兴儿形容得他最妙，他对尤二姐说："我们家从祖宗直到二爷，谁不是学里的师老爷严严的管着念书，偏他不爱念书，是老太太的宝贝，成天家疯疯癫癫的，说话人也不懂，干的事人也不知，外头人人看着好清俊模样儿，心里自然聪明的，谁知里头更糊涂，见了人一句话也没有，所有的好处，虽未上过学，倒难为他认得几个字。每日又不习文，又不学武，又怕见人，只爱在丫头群儿里闹，再也没个刚气，有一遭儿见了我们欢喜时，没上没下，大家乱顽一阵，不喜欢，各自走了。他也不理人，我们坐着卧着，见了他也不理他，他也不责备。因此也没人怕他，只管随便，都过得去。"（第六十六回）这样的女性崇拜狂，一方面是很普遍的；同时另一方面，它也有它的独特的对象，因此就演出了一场轰轰烈烈、可泣可歌的恋爱的悲喜剧，它的重要角色自然是林黛玉、薛宝钗、史湘云了。但这三人对于宝玉并不是一般轻重，而是各有不同的关系，不同的扮演，不同的结果的。我且先交代了史湘云，然后再说林薛二人。

史湘云是贾母的内侄孙女，她也是侯门的小姐，年纪比宝玉还小，从小就和他很亲密，她的性情很豪爽，姿态颇有些丈夫气，诗才很敏捷，同时又有点孩子气，论她在林薛之间的关系，他是站在宝钗一边，而与黛玉不谐。史湘云在思想方面是和薛宝钗、袭人一路的；她劝宝玉要与为官作宰的人接近，谈些经济文章，宝玉大不以为然，马上便说："姑娘请到别的姊妹房屋里坐坐，我这里仔细肮脏了你这知经济学问的人！"（第三十二回）可见宝玉在社会意识方面与她是不相容的。因此湘云的思想完全是儒道杂糅的思想：有一次她带她的丫鬟翠缕正在大观园内走路，引起了下面一段有趣的对话："翠缕道：'这荷花怎么不开？'史湘云道：'时候还没有到呢！'翠缕道：'这也是和咱们家池子里的一样，是楼子花。'湘云道：'他们这个还不如咱们的。'翠缕道：'他们那边有棵石榴，接连四五枝，真是楼子上起楼子，这也难为他长！'史湘云道：'草花也是同人一样,气派充足,长的就好。'翠缕把脸一扭,说道:'我不信这个。若说同人一样,我怎么不见头上又长出一个头来的人?'湘云听了,由不得一笑,说道:'我说你不用说话,你偏好说,这叫人怎么好答言!天地间都赋阴阳二气所生,或正或邪,或奇或怪,千变万化,都是阴阳顺逆,就是一生出来,人人罕见,究竟道理还是一样。'翠缕道:'这么说起来,开天辟地都是些阴阳了!'湘云笑道:'糊涂东西!越说越放屁!什么都是些阴阳!况且阴阳两个,还只是一个字,阳尽了就成阴,阴尽了就成阳。不是阴尽了,又有个阳出来;阳尽了有个阴生出来!'翠缕道:'就糊涂了我!什么是个阴阳,没影没形的,我只问姑娘:这阴阳是怎么个样儿!'湘云道:'这个阴阳不过是气罢了,器物赋了,才成形质。譬如,天是阳,地就是阴;水是阴,地就是阳;日是阳,月就是阴。'翠缕听了笑道:'是了是了!我今天可明白了!怪道人都说日头叫太阳呢!算命的说着月亮叫什么太阴星,就是这个理了!'湘云笑道:'阿弥陀佛!刚刚明白了!'翠缕道:'这些东西有阴阳也罢了,难道那些蚊子、虼蚤、蠓虫儿、花儿、草儿、瓦片儿、砖头,也有阴阳不成?'湘云道:'怎样没有呢?比如那一个树叶儿,还分阴阳呢,那边向上朝阳的,就是阳;这边背阴覆下的就是阴,'翠缕听了点头笑道:'原来这样,我可明白了!只是咱们这手里的扇子,怎么是阴?怎么是阳呢?'湘云道:'这边正面就是阳,那边反面就是阴。'翠缕又点头笑了,还要拿几件东西来问,因想不起什么来,看见湘云身上佩的金麒麟,便提起来笑道:'姑娘!这难道也有阴阳?'湘云道:'走兽飞禽,雄为阳,雌为阴;牝为阴,牡为阳,怎么没有呢?'翠缕道:'这是公的,还是母的呢?'湘云啐道:'什么公的,母的!又胡说了!'翠缕道:'这也罢了,怎么东西有阴阳,咱们人倒没有阴阳呢?'湘云沉下脸说道:'下流东西,好生走吧!越问越说出好的来了!'翠缕道:'这有什么不告诉我的呢?我也知道了,不用难我!'湘云扑嗤地笑道:'你知道什么?'翠缕道:'姑娘是阳,我就是阴!'湘云拿手帕子掩着嘴笑起来。翠缕道:'说的是了,就笑的这么样儿!'湘云道:'很是,很是!'翠缕道:

'人家说：主子为阳，奴才为阴，我连这个大道理也不懂得？'"（第三十一回）这里所谓"阴阳"实包括儒道整个宇宙哲学和人生哲学的观念，很值得我们研究。她们两人所说：有些是合理的，合乎近代科学，有的是中国的玄学，须加以精细的分析。湘云后来虽嫁了一个才貌双全的丈夫，但他不几年便得痨病死了，湘云遂做了寡妇，从此她便退出大观园这个舞台了。她虽然是个不凡的女子，然她的表现只如上述，我们因为要谈林与薛，只好把她从略。前人有批评她的两句诗，说是："除却尤家三妹子，无人能比史湘云。"其实湘云与尤三姐所处情势截然两样，不可同日而语。现在我们且说林黛玉。

黛玉是贾母的嫡亲外孙女，他的父亲林如海本是鼎甲——探花——出身，后来做扬州盐政。如海夫妇膝下无儿，只此一女，爱如明珠，遂延贾雨村为师，专教黛玉。这贾雨村与贾府此后兴衰有密切关系，在此，不得不略叙一下。原来雨村寒微时，寄居苏州阊门外十里街仁清巷葫芦庙内，庙旁住着一家乡宦，姓甄，名费，字士隐。雨村本是"湖州人氏，也是诗书仕宦之族"，因为家道中落，就流落他乡，欲"进京求取功名来到苏州"，大概是因经济困难，遂尔滞留于此，暂寄居庙中安身，每日卖文作字为生，故士隐常与他交接。后得士隐资助，进京便得了科名，不久便做了县官，后因"贪酷"又"恃才侮上"，"被上司参了一本，说他'性情狡猾，擅改礼仪，外沽清正之名，暗结虎狼之势，使地方多事，民命不堪'等语，革了职"，以后因如海（伴送黛玉进京）介绍得贾府提拔，扶摇直上，做到枢府大臣，这是后话，暂且不提。却说，黛玉的天资非常高明聪慧，又是书香人家，家庭的学术氛围自然很浓厚，又得雨村的教导，自然是不凡的了，虽然，当宝玉问："妹妹可曾读书？"黛玉道："不曾读书，只上了一年学，些许认得几个字。"那不过是她的谦辞，不可据为定论。黛玉既是绝顶聪敏，又因丧母就养于外家，兼之体质素弱，多愁善感，自不消说；因之病不离身，药不离口，自然而然地形成她的一种孤高的性情，猜忌的心多，因此也就给她的周遭和以后的生活历程，造出许多障碍，生出许多烦恼。这且不说，自从她到了贾府，在这种一切不用过问的优美环境中，读书论文，都不愁没有观摩，没有伴侣，自然是很合于理想的了，于是黛玉的文学天才也就一日千里地发展起来。她对于文学的见解直到现在，我认为还是值得我们称赞的，我且把她教香菱做诗的一段事，说出来，给大家评评，便不会以我是"夸张之词"了。香菱央求黛玉道：

"我这一进来（指进大观园伴宝钗说，罕），你得空儿，好歹教给我作诗，就是我的造化了。"黛玉因笑道："既要学作诗，你就拜我为师。我虽不通，大略也还教得起你。"香菱笑道："果然这样，我就拜你为师，你可不许腻烦的。"黛玉道："什么难事？也值得去学。不过是起、承、转、合，当中承转，是两副对子。平声的对仄声，虚的对实的，实的对虚的。若果有了奇句，连平仄虚实不对都使得的。"香菱笑道："怪道我常弄本旧诗，偷空儿看一两首，也有对的极工的，也有不对的。又听见说：一三五不论，二四六分明，看古人的诗上，亦有顺的，亦有二四六上错了的，所以天天疑惑。如今听你一说，原来这些规矩竟是没事的，只要词句新奇为上。"黛玉道："正是这个道理！词句究竟还是末事：第一，是立意要紧，若意趣真了，连词句都不用修饰，自是好的，这叫做'不以词害意'。"香菱笑道："我只爱陆放翁诗，'重帘不卷留香久，古砚微凹聚墨多'，说的真切有趣。"黛玉笑道："断不可看这样的诗，你们因不知诗，所以见了这些浅近的就爱，一入了这个格局，再学不出来的。你只听我说：你若真心要学，我这里有王摩诘全集，你且把他的五言律一百首细心揣摩透熟了，然后再读一百二十首老杜的七言律；次之，再把李青莲的七言绝句读一二百首，肚子里先有了这三个人做底子，然后再把陶渊明、应、刘、谢、阮、庾、鲍等人的一看，你又是这样一个极聪明伶俐的人，不用一年工夫，不愁不是诗翁了！"（第四十八回）

从黛玉这一番诗学教说中，我们至少可以看出她的文学见解如下：（1）文学的内容（所谓"立意"，所谓"意趣"是也）第一，而形式次之。有了好的，即真的意趣，词句都不用修饰，这是何等大胆而天才的主张！贾宝玉批评薛蟠胡诌的曲子道："押韵就好！"（第二十八回）这句话是从反面嘲笑那些只注重格律——形式——而忽视内容的诗家，与黛玉的诗论恰好互相发明。这是一。（2）黛玉的诗论取法于魏晋唐的大诗人，不屑于宋诗的浅易。浅易的诗若果命意深远，耐人寻绎，还是好诗。譬如香菱引的王摩诘的句子："大漠孤烟直，长河落日圆。"就字面解释，何等浅易，但它的意境却深远极了。就是说："诗的好处有口里说不出的意思，想去却是逼真的；有似乎无理的，想去正是有理有情的。"香菱因此又悟道："想来烟如何直，日自然是圆的。这'直'似无理，'圆'字似太俗，合上去一想，倒像是见了这景的。若说再找两个字，竟再找不出两个字来。再还有'日落江湖白，潮来天地青'，这'白''青'两个字也似无理，想来必得这两个字才形容得尽。念到嘴里，倒像有几千斤重的一个橄榄似的。"（第四十八回）黛玉的文学天禀固然超群出众，即她的弟子香菱这种见解，对于她的诗主"意境"的理论，也阐发得颇为透彻了。香菱后来果然做得好诗，这事本身就是一个极大的教训："天下无难事，只怕心不专"，"思之思之，鬼神通之"皆此意也。不过诗人的意境并不是一件容易事，一方面要具有天才的幻想力，有了这种幻想力，才可以对于自然现象或社会现象加以深刻的观察，才可以有意想不到的诗的意境出来。另一方面，须有极超人的功力，从深思力索中努力，也可以得到意外的收获。前者如李青莲，后者如老杜的诗，便是好例。因此，我们就知道黛玉是大观园中一位特出的诗人了。

黛玉不但有文学天才，她说话也有惊人的技巧，即薛宝钗也不得不佩服她说："……颦儿这促狭嘴！他用'春秋'的法子，将世俗的粗话，撮其要，删其繁，再加润色，比方出来，一句是一句。这'母蝗虫'三字，把昨儿那些形景都现出来了。亏他想得倒也快。"所以文学的因素不但是天才的幻想力，并且要天才的创造力。黛玉可以说是二者俱备了。黛玉的诗如咏白海棠："偷来梨蕊三分白，借得梅花一缕魂"之句，如咏菊："满纸自怜题素怨，片言谁解素秋心！"之句，皆可想见其诗之工，而其才之秀，也就可见一斑。

从音乐与文学的联系说，黛玉的造诣也是非凡的。有一次宝玉问道："妹妹这几天作诗没有？"黛玉道："自结社以来，没大作。"宝玉笑道：

"你别瞒我！我听见你吟的什么'不可慫,素心如何？天上月！'你搁在琴里,觉得音节分外响亮,有的没有？"黛玉道："你怎么听见了？"宝玉道："我那一天从蓼风轩来听见的……我正要问你：前路是平韵,到末了忽变转了仄韵是个什么意思？"黛玉道："这是人心自然之音,做到哪里,就到哪里,原没有一定的。"(第八十九回)"人心自然之音"是何等远见的主张！诗三百篇以及古今伟大诗人的作品,皆不出乎此！

至于薛宝钗,她与林黛玉所生的家庭与所处的环境有同有异。同的是都是生活在贵族的家庭。林黛玉的家世既如前说,薛宝钗就是前述的俗谣"丰年好大雪"的薛家。她家与贾府、王府都是至亲,自己家里又是皇商,自然也是顶呱呱的金枝玉叶。又因父亲去世,哥哥薛蟠不成材,绰号呆霸王,专门撞祸吃人命官司,因此她母亲王氏夫人,原来就是贾政夫人的亲姊妹,越发钟爱她。宝钗的性情温和,处世老成,她母亲遇到疑难,总是取决于她。她不惟对于母亲一味地孝顺,即对于其亲友,甚至对于婢仆都一概处以忠正和平,所以红楼梦作者自己叙述道："薛宝钗年纪虽不大,品格端方,容貌美丽。人谓：黛玉所不及。而宝钗行为豁达,随分从时,不比黛玉孤高自许,目下无人,故深得下人之心。便是那些小丫头亦多与宝钗顽笑。如此,黛玉心中便有些不忿之意,宝钗则浑然不觉,"(第五回)宝钗处世又非常乖觉,处处留心,务必不使人惧怕她,怀恨她。一天她听见小红和坠儿正在一间房里说私话,她怕她们晓得她走过,听了她们的私话,恐怕"人急造反,狗急跳墙,不但生事,而且我还没趣",她便故意放重脚步,故意说是追黛玉的,使她们不疑心。"谁知小红听了宝钗的话便信以为真,让宝钗去远,便拉坠儿道：'了不得了！林姑娘蹲在这里,一定听了话去了！'坠儿听说,也半日不言语。小红又道：'这可是怎样呢？'坠儿道：'便听见了,管谁筋疼！各人干各人的就完了！'小红道：'若是宝姑娘所见了,还罢了！林姑娘嘴里又爱刻薄人,心里又细,他一听见了,倘或走露了,怎么样呢？'"(第二十七回)由此可见黛钗两人的性情不同。处人的态度不同,因此,一边不得人缘,一边遍得人缘。因此大观园的上层人物对于她们两个的态度也大不相同。如凤姐,如史湘云,如王夫人等,甚至贾母都不知不觉地倾向宝钗而疏远黛玉。只以凤姐给宝钗做生日的礼物看来便知大概。当宝钗的生日快到时,凤姐问贾琏怎么办,贾琏说:"有林妹妹的例。"但是凤姐因老太太要给她做生日,便把礼物增多,这中间的消息也就可想而知了。

总而言之:黛玉,阳刚之美也;宝钗,阴柔之美也。那么薛宝钗的才学如何呢?大概可以说,她的文学修养也不亚于黛玉,惟其性情偏于现世方面,所以她对于人生也就不免有些迁就,因此她在文学上的表现,也就不得不受影响。她曾就结社赋诗问题向湘云发表意见说:"诗题也不可过于新巧了。你看古人中,哪里有那些刁钻古怪的题目和那极险的韵?若题目过于新巧,韵过于险,再不得有好诗,终是小家子气。诗固然怕说俗话,然亦不可过于求生,只要头一件:立意清新,自然措辞就不俗了。究竟这也算不得什么,还是纺绩针黹是你我的本等。一时闲了,倒是于身心有益的书,看几章,是正经。"(第三十七回)这就是说,宝钗只把诗当做女孩子的玩意儿,最好是读"于身心有益的书",这自然是圣经贤传了。并且她很注意女红针黹,意在言外,就是三从四德、女子无才便是德的观念了。所以当黛玉在酒席上行令时,说了一句牡丹亭:"良辰美景奈何天",一句西厢记上的词:"纱窗也没红娘报!"(第四十回),宝钗便责备她,后来看她羞愧,"因拉他坐下吃茶,款款的告诉他道:'你当我是谁?我也是个淘气的。从小儿七八岁上,也够个人缠的。我们家也算是个读书人家,祖父手里也极爱藏书。先时人口多,姊妹兄弟也在一处,都怕看正经书。弟兄们也有爱诗的,也有爱词的,诸如这些西厢、琵琶以及元人百种,无所不有。他们背着我们偷看,我们也背着他们偷看。后来大人知道了,打的打,骂的骂,烧的烧,才丢开了。'"(第四十二回)这话是真,在前清末年,我已进了学,入安徽陆军测绘学堂读书,记得暑假回家,小皮箱内带了本西厢记,被母亲发觉了,书没收了,并受了一次严厉的斥责。这一层,宝钗和黛玉暨宝玉都有同感。不过宝钗总以为:"咱们女孩儿家,不认识字倒好。男人们读书不明理,尚且不如不读书的好,何况你我?连做诗写字等事,这也不是你我分内之事,究竟也不是男人分内之事。男人们读书明理，辅国治民，这更好了。只是如今并不听有这样的人，读了书倒更坏了。这并不是书误了他，可惜把书糟蹋了，所以竟不如耕种买卖倒没有什么大害处。至于你我只该做些针线纺织的事才是，偏又认得几个字，既认得了字，不过拣那正经书看也罢了，最怕见些杂书，移了情性，就不可救了。"（第四十二回）宝钗认为女孩儿最好不读书，既读书，也不应该读那些所谓"杂书"，不读杂书，自然要读"正经书"，所谓正经书，大概不外是八股文，试帖诗，等而上之，至于四书五经了。不但做诗写字不是女孩儿家的分内之事，也不是男人分内之事，这种见解是深深地中了"女子无才便是德"的愚民政策的毒，因为宝钗的话，完全是儒家的正名定分，尊君抑民，重男轻女，要到孔庙吃冷猪头的心理所形成的意识形态。虽然黛玉被她的一番话所感动，那是由于情，而不是由于理。因为黛玉对于诗词小说，始终没有说过这样的话。宝玉看了西厢记，对黛玉说："真正这是好文章，你若看了，连饭也不想吃呢！"果然黛玉看了，笑道："果然有趣！"后来黛玉听了那十二个女子演习戏文所唱的牡丹亭上的句子："姹紫嫣红开遍，似这般都付与断井颓垣"、"良辰美景奈何天，赏心乐事谁家院"等等，便"心下自思：'原来戏上也有好文章，可惜世人只知看戏，未必能领略其中的趣味。'想毕，又后悔不该胡思，耽误了听曲子。及至听道'只为你如花美眷似水流年'便'不觉心动神摇'，又听道'你在幽闺自怜'等句越发如醉如痴，站立不住，便一蹲身，坐在一块山子石上细嚼'如花美眷，似水流年'八个字的滋味"去了。再者她以宝玉的芙蓉诗中有"红绡帐里，公子情深；黄土陇中，女儿命薄"，不如用现成的真事改为"茜纱窗下公子多情"。宝玉说："好极好极！到底是你想得出，说得出。可知天下古今现成的好景好事尽多，只是我们愚人想不出来罢了。"（第七十九回）是则黛玉的文学天才比宝钗高多了，是则宝玉黛玉领略或欣赏文学的心情比宝钗高多了，至少，比她自然多了，没有什么作伪或矫情的观念搀杂其间。实则彼之所谓"杂书"乃文学上品；所谓"正经书"乃陈死人语也。不过，平心而论，若果没有林黛玉，则薛宝钗，首屈一指，宝钗内心中也必有"一时瑜亮"的遗憾！至于她的艺术见解也值得我们提一提的。

有一天贾母高起兴来，要教惜春把大观园全景画出来，正当那些少奶奶小姐们商量该怎样画时，"宝钗道：'惜丫头虽会画，不过是几笔写意。如今画这园子，非离了肚子里有丘壑的，如何成画？这园子却是像画儿一般，山石树木，楼阁房屋，远近疏密，也不多，也不少，恰恰的是这样。你若照样儿往纸上一画，是必不能讨好的。这要看纸的地步远近，该多该少，分主分宾，该添的要添，该藏该灭的要藏要灭，该露的要露。这一起了稿子，再端详斟酌的，方成一幅图样。第二件，这座楼台房舍是必要界划的，一点儿不留神，栏杆也歪了，柱子也斜了，门窗也倒妆过来，阶砌也离了缝，甚至桌子挤到墙里头去，花盆放在帘子上来，岂不倒成了一张笑话儿了？第三，要安插人物，也要有疏密有高低，衣褶裙带，指手足步，最是要紧。一笔不细，不是肿了手，就是粗了脚。染脸撕发，倒是小事。依我看来，竟难的很。……"（第四十二回）据这话看来，宝钗不但对于画的艺术有了很成熟的理解，她的说话乃是经验之谈，不是凭空妄想，而且她对于光学上的投影术和几何上的比例和角度都有很精到的认识。我想，宝钗对于这种艺术一定是个过来人，不过她是"善易者不谈易"、"良贾深藏若虚"罢了。不信，你看她给惜春设计，开的各种绘画的工具和材料那一大篇账，岂是光纸上谈兵的人所能想象的？这一层黛玉既未尝插嘴，宝玉也显得是外行了。

我们说了半天，究竟本书对于薛林的美儿有没有详细的描写呢？自然有的。黛玉之美，在宝玉看来乃是："细看形容与众不同：两弯似蹙非蹙笼烟眉，一双似喜非喜含情目；态生两靥之愁，娇袭一身之病。泪光点点，娇喘微微。闲静时如姣花照水，行动是弱柳扶风。心较比干多一窍，病如西子胜三分。"（第三回）宝钗呢？在宝玉看来，又是一样：当他去看薛姨妈时，"掀帘一迈步进去，先就看见宝钗坐在炕上做针线，头上挽着漆黑油光的发儿，蜜合色棉袄，玫瑰紫二色金银鼠比肩褂，葱黄绫棉裙。一色半新不旧，看去不觉奢华。唇不点而红，眉不画而翠，脸若银盆，眼如秋水。罕言寡语，人谓装愚；安分随时，自云守拙。"（第八回）宝玉眼中的林黛玉和薛宝钗已经表现得很清楚。不但她俩的外观的美是大不相同，即她俩内心所形诸外的表情也是截然两样。但是我觉得宝玉所看见的，还没有贾琏的一个小么兴儿所批评的为曲尽形容之妙。当尤二姐嫁了贾琏，瞒着凤姐在外面住，有一天二姐和兴儿摆龙门阵，二姐问长问短，兴儿道："奶奶不知道：我们家的姑娘不算外，还有两位姑娘，真是天下少有！一位是我们姑太太的女孩儿，姓林，一位是姨太太的女孩儿，姓薛。这两位姑娘都是美人儿一样，又都知书识字的。或出门上车，或园子里遇见，我们连气儿也不敢出！""尤二姐道：'你们家规矩大，小孩子进得去，遇见姑娘，原该远远地藏躲着，敢出什么气儿呢？'兴儿摇手道：'不是那么不敢出气儿，是怕这气儿大了，吹倒了林姑娘；气儿暖了，又吹化了薛姑娘！'"（第六十五回）这话虽然完全是孩子，但把一个林姑娘形容得弱不禁风，婷婷袅袅；把一个薛姑娘形容得玲珑剔透，冰雪聪明，她们的自然美都穷容形相适如其分地烘托出来了！观止矣，无以加矣！宝玉处在这二美之间，究如何处置？如何选择呢？我们可以先下一句断语：宝玉爱黛玉，也爱宝钗，但是"鱼我所欲也，熊掌亦我所欲也。二者不可得兼，舍鱼而取熊掌"。到了这个当口，宝玉自然是舍宝钗而取黛玉。只是，结果，黛玉没有得到，倒娶了宝钗，这其间经过一个长期的激烈斗争，于是快乐的宝玉，变成了一个悲哀的宝玉。

黛玉自从到贾府以来，便是同宝玉住在一起，朝夕相处，额鬓厮磨，形迹亲密，两小无猜，兼之贾母既因念亡女而怜外孙女，又因爱孙推爱至于他所钟爱之人——黛玉，理至顺，情至正也，但好事多磨，凭空来了一个薛宝钗，弄到后来，贾宝玉竟娶了宝钗，黛玉因此桂折兰摧，月落花残，以郁、以病、以死；宝玉虽被迫而与宝钗结婚，然情之所钟，其何能已，结果竟剃度出家，摆脱一切。这一段公案实值得我们细细分析，不惟博古，亦以知今；不惟知人，亦以鉴己。我们读过红楼梦的，都知道黛玉在这一场恋爱的斗争中牺牲了；宝玉在这中间也失败了，求其原因，厥有数端：（一）贾宝玉与薛林所处的是封建贵族的宗法社会。怎么叫做封建贵族的宗法社会呢？因为那时，中国的国民经济还滞留在农业手工业的状态，同时商业资本已很发展，在这种经济的基础上建立家族制度，自然是极端的宗法社会，就是说：父母有绝对的威权，子女的一切生活方式，均须受父母的主宰，而婚姻大事更须得"父母之命，媒妁之言"，不像现在，我们可以自由找我们的对象，可以不需要媒妁之言，也不必待父母之命；但是诸位不要误会，以为我们在现在对于恋爱，对于婚姻有了绝对的自由。那只是幻想，还早着呢！这是后话，却说那时男女的界限非常之严，虽然在大观园中，宝玉和黛玉往来很亲密，但他们却不敢公开地表暴他们的爱的心情，尤其是黛玉那样聪敏绝顶的人，宝玉丝毫鲁莽不得。宝玉黛玉彼此相处真是你也有情，我也有意，但黛玉又多愁善感，矜持万分，弄得宝玉不敢造次，有一次吃了一顿排头，惹得黛玉痛哭一场。黛玉的善哭也是她的一个特点，她只一哭，便把宝玉弄得爬天仆地了。事情是这样的：这天他们两个在一块偷读西厢记，说得正高兴时，宝玉笑道："我就是个'多愁多病的身'，你就是那'倾国倾城貌！'林黛玉听了，不觉带腮连耳通红，登时竖起两道似蹙非蹙的眉，瞪了两只似睁非睁的眼，桃腮带怒，薄面含嗔，指着宝玉道：'你这该死的！胡说！好好的把这淫词艳曲弄了来，说这些混账话来欺负我，我告诉舅舅舅母去！'"黛玉这种娇嫩的脾气也许就是她一生最吃亏的地方，但是，我想要是做"心理之分析"时，她的心情未尝不是对于宝玉的话表示同感，也许宝玉说得太唐突，使黛玉不好表示接受，害得宝玉又是求饶，又是发誓，但是他这种誓却发得很巧妙，居然把黛玉弄笑了。他说："好妹妹，千万饶我这一遭！原是我说错了，若有心欺负你，明儿我掉在池子里，叫个癞头鼋吃了，变个大忘八，等你明儿做了一品夫人，病老归西的时候，我往你坟上替你驼一辈子碑去。"（第二十三回）黛玉听他这话才笑起来。他们在一块处久了，自然要有些"不虞之誉，求全之毁"了，这也是人世间难免的。黛玉的性情既然孤高，那张嘴又极尖利，当然在大观园里，上上下下无形之中得罪了许多人。有一天，薛姨妈叫周瑞家的带了一些新制的宫花到园子里送给各位奶奶小姐，顺路一家一家送了，最末，才送给黛玉，这原是很偶然的一件事，黛玉却多心问道："还是送给我一人，还是也送给其他姊妹们的?"周瑞家的答道:"也送给其他姊妹的。"黛玉便冷笑道:"我道呢!原来人家拣剩下的,才送给我!"(大意如此)周瑞家的,自然一声不响,但她的内心对于黛玉一定是不满。诸如此类,也给黛玉和宝玉的恋爱过程中添了许多障碍。冤家路窄,可巧宝钗的性情和为人恰与她相反。宝钗胸有城府,先从贾母、王夫人起,都对她表示好感,赞她稳重,称她知好歹,而且大观园中当权者王熙凤是专会看风色的;她看见贾母、王夫人喜欢宝钗,她对宝钗的态度也就越发好起来;她看见贾母虽然疼林黛玉,却说她脾气不好,不属意于她,熙凤也就对她两样了。宝钗本是大观园中,也可说大观园时代,一个标本的乡愿人物。她不惟什么人都不得罪,她并看透了贾母、贾政、王夫人等的心理,是想宝玉高取科第的,所以她一举一动,都装出老成持重、和平温厚、谨言慎行的态度。这种态度正合贾母、王夫人甚至当时一般社会的良妻贤母的观念,贾宝玉将来的婚姻对象,在她们(贾母等)的心目中,已经从林黛玉移到薛宝钗身上了。黛玉的情敌自然是宝钗,但她还有一个致命的敌人就是袭人。袭人,我们将来还要详细说到她,现在只略略介绍一下:她原是花自芳的妹妹,"本名:'珍珠',后来宝玉因她姓花,又见旧诗上有'花气袭人'之句,遂给她起名叫'袭人'"。她原是服侍贾母的,贾母"生恐宝玉之婢,不中任使,素知袭人心地纯良,遂与宝玉"(第三回)。"这袭人有些痴处:服侍贾母,心中眼中只有一个贾母;今跟了宝玉,心中眼中又只有一个宝玉。"(第三回)惟其心中眼中只有一个宝玉,则看见宝玉和黛玉亲密,又想道:黛玉那样聪明锐利,假使她果真与宝玉结了婚,那她(袭人)这已经有了姨奶奶身份的人,将来在黛玉手下,日子恐怕是不好过的。心里已经是"醋罐子一大堆"了。而且这不独存之于心,亦且见之于辞色了。有一天一早,宝玉便跑到黛玉那里去,适逢史湘云也宿在黛玉那里,她们还没有起床,宝玉暂时出去,等她们起了床又进去,黛玉她们洗过脸,他竟就着脏水也洗了脸,并请湘云给他梳了头。袭人进来见这光景,知是梳洗过了,只得回去自己梳洗。可巧这时"宝钗走来,因问:'宝兄弟哪里去了?'袭人冷笑道:'宝兄弟哪里还有在家的工夫！'宝钗听说，心中明白。又听袭人叹道：'姊妹们和气也有个分寸礼节，也没有黑夜白日闹的！凭人怎么劝，都是耳旁风！'宝钗听了心中暗忖道：'倒别错看了这个丫头，凭他这话，倒有些见识！'"（第二十一回）宝钗的意思很明白：在她和黛玉的斗争上，她是得着各方面的支持的；但是她同时又晓得：宝玉是和黛玉一条心的。在这个爱情的主角——宝玉身边，若果找到一个内奸给她做"窝里翻"，那是最好不过的。所以宝钗听了袭人上边一番话以后，"正中下怀"，"便在炕上坐下，慢慢的闲言中，套问他的年纪家乡等语，留神窥察其言语志量，深可敬爱。"（第二十一回）宝钗用了这种苦心探听袭人的来历，便是老谋深算，心怀叵测。因为她已选中了她的内奸，预备不动声色地夺取这顶凤冠，这时宝钗心中，争取胜利的心占据了她，对于林妹妹的友情也丢在九霄云外去了。但是，有诸内必形诸外，"一时宝玉来了，宝钗方出去。宝玉便问袭人道：'怎样？宝姐姐和你说的这么热闹，见我进来，就跑了？'"（第二十一回）这已活画宝钗之妒和袭人与她所热闹谈论的是何等事了。后来袭人之进一步地对于黛玉的袭击——可以说是致命的袭击——也许就有宝钗的谋划或暗示的因素。王夫人以后对于宝玉和黛玉的防嫌以及他们的爱的悲剧，是与袭人有很大的关联的。王夫人因为宝玉挨了他父亲一阵毒打，正在悲痛，寻求宝玉挨打的原因，袭人便乘间对王夫人说："别的原故，实在不知道了，我今日大胆在太太跟前说句不知好歹的话。论理……"说了半截，忙又咽住。这便是好人的"浸润之谮，肤受之诉"的惯技，王夫人却正上了她的圈套，袭人遂说："太太别生气，我就说了。"王夫人道："我有什么生气的？你只管说来！"于是把宝玉如何如何应该管的理由说给王夫人听，而归结到对于林薛之宜"杜渐防微"道："……我只想着讨太太一个示下，怎么变个法儿，已复竟还叫二爷搬出园外来住，就好了。"忠厚的王夫人听了，便吃一大惊，忙拉了袭人的手问道："宝玉难道和谁作怪了不成？"袭人连忙回道："太太别多心，并没有这话，这不过是我的小见识。如今二爷也大了，里头姑娘们也大了，况且林姑娘、薛姑娘又是两姨姑表姊妹，虽说是姊妹们，到底是男女之分，日夜一处起坐不方便,由不得叫人悬心,便是外人看着,也不像大家子的体统。俗语说得好:没事常思有事,世上多少没头脑的事多半因为无心中做出,有心人看见,当做有心事,反说坏了。只是预先不防着,断然不好。二爷素日的性格太太是知道的,他又偏好在我们队里闹,倘或不防,前后错了一点半点,不论真假,人多口杂,那些小人的嘴有什么避讳,心顺了,说的比菩萨还好;心不顺,就编的连畜生不如。二爷将来,倘或有人说好,不过大家直过;设如叫人哼出一声'不是'来,我们不用说,粉身碎骨,罪有万重,都是平常小事,二爷一生的声名品行,岂不完了?二则太太也难见老爷,俗语又说,君子防未然,不如这回子防备的为是。太太事情多,一时固然想不到。我们想不到则可,既想到了,若不回明太太,罪越重了。近来我为这事,日夜悬心,又不好说与人,惟有灯知道罢了!"(第三十四回)袭人这番话等于向最高法院告了宝玉黛玉一状一样;黛玉和宝玉的命运已经在她这一状中判定了。就她的话说:第一,天下女儿惟有袭人是靠得住的(但不知她对于宝玉与她尝试警幻仙子所授云雨之事如何设想?),天下女人,也只有她可与宝玉亲密相处,而不要"防备"或"防患未然"。第二,她的主要目的在告林黛玉,却拉出薛宝钗做陪客,而先举林黛玉,主客显然,轻重自见。第三,她的目的是要王夫人打断黛玉和宝玉的亲密关系,而却从宝玉的身份、声名和品行上说起,说到"大家子体统",说到"太太也难见老爷",委婉曲折,娓娓动听,大奸似忠,大诈似信,忠厚老实的王夫人哪能不堕入袭人的术中?后来(第八十二回)宝玉越大了,订婚结婚的期间越急迫了,又引起袭人的焦虑。有一天,"宝玉上学之后,怡红院中甚觉清净闲暇,袭人倒可做些活计,拿着针线要绣个槟榔包儿,想着如今宝玉有了功课,丫头们可也没有饥荒了。早要如此,晴雯何至弄到没有结果,'兔死狐悲',不觉滴下泪来。又想到:自己终身,本不是宝玉的正配,原是偏房。宝玉的为人却还拿得住,只怕娶了一个利害的,自己便是尤二姐、香菱后身。素来看着贾母、王夫人光景,及凤姐往往露出话来,自然是黛玉无疑了。那黛玉就是个多心人,想到此际,脸红心热,拿着剪不知戳到哪里去了。便把活计放下走到黛玉处,去探他的口气。黛玉正在那里看书,见是袭人,欠身让坐。袭人也连忙上来问:'姑娘这几天身子可大好了?'黛玉道:'哪里能够?不过略硬朗些。你在家里做什么呢?'袭人道:'如今宝二爷上了学,房中一点事儿没有,因此来瞧瞧姑娘说说话儿。'说着,紫鹃拿茶来,袭人忙站起来道:'妹妹坐着吧!'因又笑道:'我前儿听秋纹说,妹妹背地里说我们什么来了?'紫鹃也笑道:'姐姐信他的话!我说宝二爷上了学,宝姑娘又隔断了,连香菱也不过来,自然是闷的。'袭人道:'你还提香菱呢!这才苦呢!撞着这位太岁奶奶,难为他怎么过!'把手伸着两个指头,道:'说起来,比他还利害,连外头的脸面都不顾了!'黛玉接着道:'他也够受了!尤二姑娘怎么死了?'袭人道:'可不是,想来都是一个人,不过名分里头差些,何苦这样毒?外面名声也不好听!'黛玉从不闻袭人背地里说人,今听此话有因,便说道:'这也难说。但凡家庭之事,不是东风压了西风,便是西风压了东风。'袭人道:'做了旁边人,心里先怯了,哪里倒敢去欺侮人呢?……'"(第八十二回)黛玉是从社会一般家庭现象立论,本是事实,并未尝留心,但是袭人却先怀了一种侦探的心情前来,听了这话,自然是触动了她的自卫本能,黛玉以后的遭遇,恐怕这一番话给她造了不少的恶因的。

　　但是有人一定要问:宝玉之于黛玉与宝钗之间,究有什么不同呢?那是太多了,太显然了。宝玉对于一般女性都是寄予同情之爱的,但是对于宝钗和黛玉的却是深一层的,尤其是对于黛玉可算用情到了极处,而体贴亦算无微不至,我们不能一一叙述,只举一二事,便可了然。最显然的,宝玉初见黛玉时,便说,好像在哪里曾见过的,看见自己带的有玉,而黛玉无有,便要把玉摔掉骂道:"什么罕物!人的高下不识,还说灵不灵呢!我也不要这劳什子!"(第三回)自此以后,宝玉对于凡足以引起黛玉不快或无母、其后又无父的感触的话都小心谨慎的避开不说;看见人家有,而黛玉没有的或是黛玉喜欢的东西,宝玉总想方设法弄了来给她;足以使她感伤的言语,一句也不敢对她说,就是别人说了,宝玉还要设法阻止或加以支吾,或加以疏解或安慰。宝玉心里爱黛玉,黛玉心里也着实爱宝玉，但是黛玉那孤高自尊的心情却又不愿露出来，对于宝玉一言一行，都细心考察，有时自然发生许多误会，加上宝玉对于女性有一种泛爱的性情，对于黛玉的情敌薛宝钗的关系，往往发生妒忌。有一天"宝玉正和宝钗玩笑，忽见人说：史大姑娘来了。宝玉听了，拾身就走。宝钗笑道：'等着，咱们两个一齐去瞧瞧他去。'说着，下了炕，同宝玉来至贾母这边。只见史湘云大笑大说的，见了他两个，忙问好，厮见，正系林黛玉在旁，因问宝玉在哪里来，宝玉便说在宝姐姐家来。黛玉冷笑道：'我说呢，亏在那里绊住，不然早就飞了来了。'宝玉道：'只许同你顽，替你解闷儿，不过偶然去他那里一遭就说这话！'黛玉道：'好没意思的话！去不去干我什么事！又没叫你替我解闷儿，可许你从此不理我吧！'说着便赌气回房去了。"（第二十回）照这样看来，宝玉对黛玉有时也要抗辩一下，不过每一经过口舌，他们的爱情越发加深一层。这次冲突一起，黛玉赌气回去，宝玉也就忙跟了来，"问道：'好好的又生气了！就是我说错句话，你到底也还坐在那里，和别人说笑一会子，又自己来纳闷！'黛玉道：'你管我呢！'宝玉笑道：'自然不敢管你，只是你自己作践了身子呢！'黛玉道：'我作践了我的身子，我死我的，与你何干？'宝玉道：'何苦来，大正月里，死了活了的！'黛玉道：'偏说死，我这会子就死，你怕死，你长命百岁的，何如？'宝玉笑道：'要像只管这样的闹，我还怕死么？倒不如死了干净！'黛玉忙道：'正是了，若是这样闹，不如死了干净！'"（第二十回）这时冤家路窄，可巧"宝钗走来把宝玉推走了，黛玉见了越发生气，闷向窗前流泪"。自然宝钗看宝玉那样低声下气、和颜悦色地向黛玉求和，心里也未免有几分酸味，所以走来把宝玉拖走，但是宝玉没两盏茶时，又来了，黛玉见了，越发抽抽噎噎地哭个不住。宝玉还未张口，黛玉先发话道："你又来做什么？死活凭我去罢了！横竖如今有人和你顽耍，比我强多呢！又会作，又会写，又会说，又会笑，又怕你生气，拉了你去，你又来做什么？"这明明表现出薛林之间的尖锐的冲突，宝玉在这个当口不能不拿出自己的勇气来表示自己的决心了，所以"宝玉听了，忙上前悄悄地说道：你这么个明白人难道连亲不隔疏，后不僭先都不知道？我虽糊涂，却明白这两句话。头一件，咱们是姑舅姊妹，宝姐姐是两姨姊妹，论亲戚他比你疏。第二，你先来，咱们两个一桌吃，一床睡，自小儿一处长大的，他是才来的，岂有个为他疏你的？'"黛玉在表面上自然不能承认他这话，所以"啐了一口道：'我难道叫你疏他，我成了什么人了呢？我为的是我的心！'宝玉道：'我也为的是我的心。你难道就知道你的心，绝不知道我的心不成？'"（第二十回）这是表示宝玉对于林黛玉的心，而黛玉对于宝玉的真心，也可于另一事见之。当宝玉被他父亲贾政毒打以后，宝钗固然也是着急，也是想方设法，却没有黛玉表现得出乎至性至情。"这里宝玉昏昏默默，只见蒋玉菡走了进来，诉说忠顺王拿他之事，一时又是金钏儿进来哭说为他投井之情。宝玉半梦半醒，都不在意，忽又觉有人推他，恍恍惚惚，听得有人悲切之声，宝玉从梦中惊醒，睁眼一看，不是别人，却是林黛玉，犹恐是梦，忙又将身子欠起来，向脸上细细一观，只见她两个眼睛肿得桃儿一般，满面泪光，不是黛玉，却是哪个？"（第三十四回）等到凤姐来了，黛玉要走，宝玉不放，黛玉急得跺脚，悄悄地说道："你瞧瞧我的眼睛，又该他们取笑开心了。"黛玉这种用情是发自内心的，不是表现在浮面上的，薛宝钗便没有这种表情。而黛玉和宝玉的心心相印、息息相通处还不止此。有一次宝钗派了一个老妈妈送荔枝给黛玉，可巧袭人也正在那儿和黛玉攀谈，这个老妈妈，我想是有点呆头呆脑的，一边把那瓶儿递给雪雁，一边"又回头看看黛玉，因笑着向袭人道：'怨不得我们太太说这位林姑娘和你们宝二爷是一对儿，原来真是天仙似的！'……黛玉进了套间，猛抬头看见了荔枝瓶，不禁想起日间老婆子的一番混话，甚是刺心。当此黄昏人静，千愁万绪，堆上心来，想起自己身子不牢，年纪又大了，看宝玉的光景心虽没别人，但是老太太舅母又不见有半点意思。深恨父母在时，何不早定了这头婚姻？又转念一想道：倘若父母在别处定了婚姻，怎能似宝玉这般人材心地？不如此时尚有可图，一上一下，辗转缠绵，竟好像辘轳一般，叹了一回掉了几点泪，无情无绪和衣倒下，不知不觉，只见小丫头走来说道：'外面雨村贾老爷请姑娘。'黛玉道：'虽跟他读过书,却不比男学生,要见我做什么?况且他和舅舅往来,从未提起,我也不便见的。'因叫小丫头回复:'身上有病,不能出来,与我请安道谢,就是了!'小丫头道:'只怕要与姑娘道喜,南京还有人来接,'说着又见凤姐儿、邢夫人、王夫人、宝钗等都来笑道:'我们一来道喜,二来送行!'黛玉慌道:'你们说什么话!'凤姐道:'你还装什么呆?你难道不知道林姑爷升了湖北粮道,娶了一位继母,十分合心合意,如今想着你擱在这里不成事体,因托了贾雨村作媒将你许了你继母的什么亲戚,还说是续弦,所以着人到这里来接你回去,大约一到家中,就要过去的。都是你继母作主。怕的是道儿上没有照应,还叫你琏二哥哥送去!'说得黛玉一身冷汗。黛玉又恍惚父亲是在那里做官的样子,心上急着硬说道:'没有的事,都是凤姐混闹!'只见邢夫人向王夫人使个眼色儿:'他还不信呢!咱们走吧。'黛玉含着泪道:'二位舅母坐坐去!'众人不言语,都冷笑而去。黛玉此时心中干急,又说不出来,哽哽咽咽,恍惚又是和贾母在一处的似的。心中想道:此事唯求老太太或还可救。于是两腿跪下,抱着贾母的腰说道:'老太太救我!我南边是死也不去的!况且有了继母,又不是我的亲娘,我是情愿跟着老太太一块儿的!'但是老太太呆着脸儿笑道:'这个不干我事!'黛玉哭道:'老太太这是什么事呢!'老太太道:'续弦也好,倒多一副妆奁。'黛玉哭道:'我若在老太太跟前,决不使这里分外的闲钱,只求老太太救我!'贾母道:'不中用了!做了女人,终是要出嫁的,你孩子家不知道,在此地终非了局!'黛玉道:'我在这里情愿自己做奴婢过活,自做自吃,也是愿意,只求老太太作主!'老太太总不言语。黛玉抱着贾母的腰哭道:'老太太,你向来最是慈悲的,又最疼我的,到了紧急的时候,怎么全不管?不要说我是你的外孙女,是隔了一层了,我的娘是你的亲生女儿,看我娘分上,也该护庇些!'说着,撞在怀里,痛哭。听见贾母道:'鸳鸯!你来送姑娘出去歇歇,我倒被他闹乏了!'黛玉情知不是路了,求也无用,不如寻个自尽。站起来往外就走。深痛自己没有亲娘,便是外祖母与舅母姊妹们,平时何等待的好,可见都是假的。又一想:今日怎么独不见宝玉?或见一面,他还有法儿。便见宝玉站在面前，笑嘻嘻地说：'妹妹大喜呀！'黛玉听了这一句话，越发急了，也顾不得什么了，把宝玉紧紧拉住说：'我今日才知道你是个无情无义的人了！'宝玉道：'我怎么无情无义？你既有人家儿，咱们各自干各自的吧！'黛玉越听越气，越没了主意，拉着宝玉哭道：'好哥哥你叫我跟了谁去？'宝玉道：'你要不去，就在这里住着，你原是许了我的，所以你才到我这里来。我待你是怎么样的？你也想想！'黛玉恍惚又像果曾许过宝玉的，心内忽又转悲为喜，问宝玉道：'我是死活打定了主意的了，你到底叫我去不去？'宝玉道：'我说叫你住下，你不信我的话，你就瞧瞧我的心！'说着，就拿着一把小尖刀子，往胸口上一划，只见鲜血直流，黛玉吓得魂飞魄散，忙用手握着宝玉的心窝道：'你怎么做出这个事来？你先杀了我吧！'宝玉道：'不怕，我拿我的心给你瞧。'还把手在划开的地方儿乱抓。黛玉又颤又哭又怕撞破，抱住宝玉痛哭。宝玉道：'不好了！我的心没有了，活不得了！'说着，眼睛望上一翻，咕咚就倒了。黛玉拼命放声大哭。只听见紫鹃叫道：'姑娘姑娘，怎么魇住了？快醒醒儿，脱了衣服睡！'黛玉一翻身，却原来是一场恶梦。"（第八十二回）从这段一事中，我们可以看出：

（1）林黛玉是死心塌地不愿离贾府南去的；

（2）黛玉是死心塌地除了宝玉不愿嫁给别人的；

（3）贾母、邢夫人暨凤姐对于宝玉和黛玉的婚姻问题一向态度都是冷淡的，虽然凤姐也曾在口头上测验贾母等的心理状态，她一探知贾母等态度对黛玉不好，她便会两样的；

（4）宝玉对黛玉的心，和黛玉对宝玉的心一模一样，所以宝玉那天晚上（据袭人说）当黛玉梦见宝玉剖心自明时，着实呼喊如刀割地痛，自然也做了黛玉所做的同样的梦，不过对袭人不好说罢了；

（5）黛玉宝玉所做的梦是有事实的根据么？

因此我们要问，同时又发生下述一个科学上的问题：两个爱人在两地里，情之所钟，果真可以息息相通么？我以为是可能的，是可以在科学上得到解释的。因为就心理学上，大凡梦里所见或遭遇的现象及所做的言行，不一定就是觉时某一事实之有系统的逼真的留声或写真，乃是在觉时有了各种各样的悲欢离合之心理现象的堆积，经梦者的潜在的意识把它组成一个系统，一幕一幕地传写出来的。至于两地之情感互通，在科学上也不是不可解释的，我想电子原理和法则的将来进步必然会给我们解决这个问题的。就我个人亲身经验说，我在德国留学时，我父亲死在老家里；在抗战时期，母亲逃难，死在常德，在未得家信相当时日之前，都得到一种梦境中的异兆。尤其活灵活现的，我的嫡堂妹妹，因为她父母死得早，出嫁都是我母亲一手办的，是则她们的情分无异母女了。有一天晚上，我母亲正抱着水烟袋坐在卧房中床边上吸烟，忽听我这个妹妹在窗外喊了一声，母亲便叫道："不好，恐怕大姑娘有什么不好！"赶急叫家人打着灯笼走到我的妹妹家，始知我的妹妹因难产被收生婆动手折了脏腑，已经入了迷昏状态，但是旁人一喊"大妈来了"，她却忽然清醒地说："大妈，我到你那里去的！"我想骨肉至亲或真正爱情的伴侣是会有这种精神联系的，不是别的，就是无线电的作用。他们彼此之间，各人身上或许都有一个极微妙的无线电台，并各有特别的信号，到急难时，会彼此通消息的。可惜我的科学知识太幼稚，不能予以证明，只能提出一种近于幻想的假设罢了。这是后话，暂不必提。

　　且说宝玉黛玉之间，心情既如是亲密，而两人又着实配得称，若在现代社会，也许比较容易得到满意的结果——使有情人成了眷属。但在两三百年前的中国社会，女子都是要"三从四德"的，男儿订婚也必得"父母之命，媒妁之言"，婚姻莫由自主，况这一悲喜剧的过程夹杂着许多奸谋诡计。黛玉多情善感，即在平时已是易于伤感，到了婚姻问题不能如意解决时，更是要受到致命的打击，所以这时，就已经形成了她的肺病状态了。宝玉既再度失去通灵玉以后，神志便日就昏迷，贾母、王夫人等遂想出一种"冲喜"的方法。所谓"冲喜"就是当少年患病快要死时，给他弄个女人或将已订婚的未婚妻弄了来，举行一种结婚的仪式，据说，这是奶奶经上趋吉避凶的一个最好方法。贾母居然也采用了，于是就接二连三地与薛姨妈谈判，把宝钗给了宝玉，订婚结婚，一起举行。不过这时发生了一个极严重的问题：就是在宝玉意识还清楚时，若对他说，给他娶宝钗而抛弃黛玉，那是绝对办不到的。因为有一次紫鹃同他开玩笑说黛玉家已经派人乘船来接她回去，把宝玉弄得害了一场大病，见了玩物用的洋船也要打毁，哭着不许黛玉回南去，还是紫鹃亲身过去服侍了好多天才好，可见宝玉的心实而坚决，若给他知道了娶的是宝钗而不是黛玉，那么，上次的乱子还是要重演的。袭人对于这一层知道得很清楚，她以为"若是如今和他说要娶宝姑娘，就把林姑娘丢开，除非是他人事不知还可，若稍明白些，只怕不但不能冲喜，竟是催命了！"（第九十六回）所以她对王夫人说："'太太看去，宝二爷和宝姑娘好，还是和林姑娘好呢？'王夫人道：'他两个因从小儿在一处，所以宝玉和林姑娘又好些。'袭人道：'不是好些！'便将宝玉素与黛玉这些光景一说了。还说：'这些事都是太太亲眼看见的。独是夏天的话，我从没敢和别人说。'王夫人拉着袭人道：'我看外面儿，已瞧出几分来了。你今儿一说，更加是了。但是刚才老爷说的话，想必都听到了，你看他的神情怎样？'袭人道：'如今宝玉若有人和他说话，他就笑，没人和他说话，他就睡，所以头里的话，却倒都没听见。'王夫人道：'倒是这件事叫人怎么样呢？'袭人道：'奴才说是说了，还得太太告诉老太太想个万全的主意才好。'"（第九十六回）袭人虽然深知宝玉和黛玉的关系，知道若不是使宝玉一点知觉没有，一旦娶了宝钗，丢开黛玉，必然要闹出大祸，但她的内心中，实在是欢迎宝钗而讨厌黛玉，所以事实报告完了之后，不作决定之词，也并不作进一步的警告，使王夫人等知所戒惧。她的存心正不堪问，因为她的隐微处伏着她的个人的利益，还致误人误己，这是后话。袭人既提供了王夫人上述的事实，那么，贾母、王夫人对于这件事只有两条路可走，决心改变方针，成就了宝黛的心愿，或则决心娶宝钗，至于宝玉黛玉的生死、苦乐听之，中间已无妥协余地。正在为难之际，聪明太过的王熙凤想出一个妙计，就是一个"掉包儿的法子"。怎样叫"掉包儿"呢？凤姐道："如今不管宝兄弟明白不明白，大家噪闹起来，说是老爷做主，将林妹妹配了他了，瞧他的神情儿怎么样，要是他全不管，这个包儿也就不用掉了；若是他有些喜欢的意思,这事却要大费周折呢!"于是凤姐又向贾母耳边如此这般的说了。说的什么,我虽然不得而知,然而我们"顾名思义"又证诸贾母、王夫人以后采取的办法,就是外面告诉宝玉说是给他娶林黛玉,骨子里头是薛宝钗,这是"狸猫换太子"的办法,恐怕宝玉不信,并要紫鹃去充当陪伴的、丫鬟,紫鹃不肯,结果,把雪雁派了去,这是后话,暂且不提。那么,黛玉虽然隐隐约约听到他们要给宝玉娶宝钗,但确实的消息她又怎样打听到的呢?真是"无巧不成书"!人家都"车马相士炮"预备齐了,对付她,她还不知道。"一日,黛玉早饭后,带着紫鹃到贾母这边来,一则请安,二则为自己散散闷。出了潇湘馆,走了几步,忽然想起忘了手绢子来,因叫紫鹃回去取来,自己却慢慢地走着等他。刚走到沁芳桥那边山石背后,当日同宝玉葬花之处,忽听一个人呜呜咽咽在那里哭。黛玉杀住脚听时,又听不出是谁的声音,也听不出哭着叨叨的是些什么话。心里甚是疑惑,便慢慢地走去。及到了跟前,却见一个浓眉大眼丫头在那里哭呢!黛玉未见他时,还只疑府里这些丫头,有什么说不出的心事,所以在这里发泄发泄;及至见了这丫头,却又好笑,因想道:'这种蠢货有什么情种,自然是那屋里做粗活的丫头受了大女子的气了。'细瞧了一瞧,却不认得。那丫头见黛玉来了,便也不敢再哭,站起来拭眼泪。黛玉问道:'你好好的,为什么在这里伤心?'那丫头听了这话,又流泪道:'林姑娘:你评评这个理!他们说话我又不知道,我就说错了一句话,我姐姐也不该就打我呀!'黛玉听了,不懂他说的是什么,因笑问道:'你姐姐是哪一个?'那丫头道:'就是珍珠姐姐。'黛玉听了,才知道他是贾母屋里的。因又问:'你叫什么?'那丫头道:'我叫傻大姐!'黛玉笑了一笑,又问:'你姐姐为什么打你?你说错了什么话了?'那丫头道:'为什么呢?就是为我们宝二爷娶宝姑娘的事情!'黛玉听了这句话,如同一个疾雷,心头乱跳,略定了神,便叫这丫头:'你跟了我这里来!'那丫头跟着黛玉到那畸角儿上葬桃花的去处,那里背静。黛玉因问道:'宝二爷娶宝姑娘,他为什么打你呢?'傻大姐道:'我们老太太和太太、二奶奶商量了,因为我们老爷要起身说就赶着往姨太太商量,把宝姑娘娶过来吧。头一宗给宝二爷冲冲喜；第二宗，'说到这里，又瞧着黛玉笑了一笑，才说道：'赶着办了，还要给林姑娘说婆婆家呢！'黛玉已经听呆了。这丫头只管说道：'我又不知他们怎么商量的，不叫人嚷闹，怕宝姑娘听了害臊。我只和宝二爷屋里的袭人姐姐说了一句：咱们明儿更热闹了，又是宝姑娘，又是宝二奶奶，这可怎么叫呢？林姑娘！你说我这话害着珍姐姐什么了呢？他走过来，打了我一个嘴巴，说我混说，不遵上头的话，要撵出我去。我知道上头为什么不叫言语呢？你们又没告诉我，就打我！'说着，又哭起来。黛玉此时心里竟是油儿、酱儿、糖儿、醋儿倒在一处的一般——甜、苦、酸、咸，竟说不上什么味儿来了。停了一会儿，颤巍巍地说道：'你别混说了！你再混说，叫人听见，又要打你了，你去吧！'说着，自己要回潇湘馆去。那身子竟有千百斤重的，两只脚却像踏着棉花一般，早已软了，只得一步一步慢慢地走将下来，走了半天，还没到沁芳桥畔，脚下愈加软了。走的慢，且又迷迷痴痴，信着脚，从那边绕过来，更添了两箭地的路。这时刚到沁芳桥畔，却又不知不觉地顺着堤往回里走起来。紫鹃取了手绢来，却不见黛玉，正在那里看时，只见黛玉脸色雪白，身子恍恍荡荡的，眼睛也直直的，在那里东转西转；又见一个丫头往前头走了，离的远，也看不出是哪一个来，心中惊疑不定，只得赶过来轻轻地问道：'姑娘怎么又回去？是要往哪里去？'黛玉只模模糊糊听见，随口答道：'我问问宝玉去！'紫鹃听了摸不着头脑，只得搀着他到贾母这边来，黛玉走到贾母门口，心里微觉明晰，回头看见紫鹃搀着自己，便站住了问道：'你做什么来的？'紫鹃陪笑道：'我找了绢子来了。头里姑娘在桥那边呢，我赶着过去问姑娘，姑娘没理会。'黛玉笑道：'我打量你来瞧宝二爷来了呢！不然怎么往这里走呢？'紫鹃见他心里迷惑，便知黛玉必是听见那丫头什么话了，惟有点头微笑而已，只是心里怕他见了宝玉那个已经是疯疯傻傻，这一个又这样恍恍惚惚，一时说出些不大体统的话来，那时如何是好？心里虽如此想，却也不违拗，只得搀他进去。那黛玉却又奇怪了，这时不似先前那样软了，也不用紫鹃打帘子，自己掀起帘子进来。袭人同他说话，他也不理会，自己走进房来。看宝玉在那里坐着,也不起来让坐,只瞧着嘻嘻地傻笑。黛玉自己坐下,却也瞧着宝玉笑,两个人也不问好,也不说话,也无推让,只管对着脸傻笑起来。"(第九十六回)这乃是两人悲痛到了极点的现象。黛玉到了此时,便决心加速地自戕。另一方面,贾母、王夫人、凤姐等正在那里打她们的"如意算盘",给宝玉宝钗预备洞房花烛。而贾宝玉还在鼓里呆着,以为真是给他娶林妹妹来。哪里晓得这全是"凤姐想出一条偷梁换柱之计",当宝玉和宝钗正式举行结婚礼时,正是黛玉在潇湘馆结束她的生命时。在这一幕悲喜剧中,主谋各人都得不偿失:黛玉被牺牲了,但也没有救了宝玉,也没有使宝钗享得爱情的幸福,收获到从林黛玉怀中用阴谋诡计巧取来的爱情的果子!宝玉虽然被迫与宝钗结婚,但他还是心心念念地想着黛玉。他们越是"神出鬼没",就越"叫他不得主意,便也不顾别的,口口声声只要找林妹妹去。"(第九十七回)赶到"宝玉片时清楚,自料难保,见诸人散后……因唤袭人至跟前,拉着手哭道:'我问你,宝姐姐怎么来的?我记得老爷给我娶了林妹妹过来,怎么被宝姐姐赶了去了?他为什么霸占住在这里?我要说呢,又恐怕得罪了她!你们听见林妹妹哭得怎么样了?'袭人不敢明说,只得说道:'林姑娘病着呢!'宝玉道:'我瞧瞧去!'说着,要起来,岂知连日饮食不进,哪能动转,便哭道:'我要死了!我有一句心里的话,只求你回明老太太:横竖林妹妹也是要死的,我如今也不能保。两处两个病人都要死的,死了越发难张罗,不如腾一处空房子,趁早将我同林妹妹两个抬在那里,活着也好一处医治服侍,死了也好一处停放。你依我这话,不枉了几年的情分!'"(第九十八回)可怜,他还不知道黛玉已在他和他的宝姐姐"喝交杯盏"时怀着满腔的热泪、满腹的冤抑和满心无可告诉的深情"一命呜呼"了!但是,宝玉并没有辜负她!贾母虽然为了爱宝玉,却逆着宝玉的心理铸成此种大错,结果弄得宝玉反倒丧魂失魄,死去活来!而白白地让她的死在地下的女儿所遗留下来的如花孤女活活死去,岂不气人!王夫人满肚子说不出的那种"三从四德"的正气,逼死外甥女,害了姨侄女,却没有救得爱儿,王熙凤"逢君之恶"顺着贾母、王夫人的糊涂主意,费尽心计,想出那忍心害理的计谋,希望大事完成,论功行赏,她又居首,结果人财两空,白忙一场!袭人的一厢情愿的想法,镇日价做告密献情的勾当,结果也扑了空,不得不琵琶别抱!因为贾宝玉虽然偶显神通,入闱高中,但他终于舍却尘缘,遁入空门。一家人都弄得兴尽悲来,误人误己,这是后话,王熙凤、袭人和贾母,我们还要详细加以叙述的,暂且不提。

现在对于这段公案,还有两个问题不得不提出:第一,人们要问:贾宝玉为什么偏要死命地娶林黛玉而不要薛宝钗?第二,宝玉既然和黛玉那样形影不离,情好弥笃,究竟他们除了这种形式上的亲密以外,还有进一步的关系——肉体的关系——没有?关于这两点我们可以回答说,宝玉所以爱黛玉而不爱宝钗,不单是宝玉对于宝钗辈劝导他应与士大夫接谈"及生起气来,只说好好的一个清净洁白的女子,也学得沽名钓誉,入了国贼禄蠹之流!"(第三十六回)并且是因黛玉不曾劝他去立身扬名,"所以深敬黛玉"(第三十六回)。宝玉又有一次对袭人说:"林妹妹说过这些混帐话(指劝他做禄蠹和弋取功名而言)没有?若说这些混帐话,我也和他生分了!"宝玉对于当时的社会现实抱着非常地不满,所以他开口"禄蠹"闭口"国贼",宝钗总是拿那些科名思想的陈腐道理,责备宝玉;黛玉对此,绝口不谈,她却谈言微中,以超越流俗的精神吸引了宝玉,遂使宝玉对于钗黛之间,有一种坚决的抉择,明白些说:这是人生观的冲突呵!第二个问题,黛玉临死时交代得清楚,她对紫鹃说:"妹妹!我这里并没有亲人,我的身子是干净的!"是的,我们现在可以替黛玉郑重地重复一句说:"我这里没有亲人,我的身子是干净的!"至于宝玉究竟是如何一种人呢?我们也有个交代,最好拿那两首西江月的词来给他做结论:

无故寻愁觅恨,有时似傻如狂,纵然生得好皮囊,腹内原来草莽。潦倒不通世务,愚顽怕读文章,行为偏僻性乖张,哪管世人诽谤?富贵不知乐业,贫穷难耐凄凉,可怜辜负好韶光,于国于家无望。天下无能第一,古今不肖无双,寄言纨绔与膏粱,莫效此儿形状!

三　王熙凤

王熙凤在贾府，在贾母跟前是一个唯一出色当行的人，她是贾府兴衰有极大关系的人。从林黛玉到贾府时登场起，直到贾府抄家和贾母老死，她皆演着重要的角色。她是"金陵王"家的千金小姐，是贾政的王夫人的内侄女，贾赦的媳妇，贾琏的妻子。自幼是"假充男儿教养的"，所以又叫"凤哥儿"，在贾府中，人们通称为"凤姐"，贾母辈有时叫她做"凤丫头"，有时甚至叫她做"凤辣子"，则其人之不平凡、不好惹也就可见一斑。所以我们现在要分做下述九个节目来描述她：

（1）凤姐是贾府的政治家

（2）凤姐之姿

（3）凤姐之才

（4）凤姐之巧

（5）凤姐之贪

（6）凤姐之毒

（7）凤姐之妒

（8）凤姐之淫

（9）凤姐与贾府之兴衰

现在先说凤姐的容貌。凤姐是在林黛玉眼中出现的，她的姿态一出现就不平凡！当黛玉初到贾府，正在和她的舅母们暨众姊妹们厮见时，

三　王熙凤

"一语未休,只听后院中有笑声,说:'我来迟了,不曾迎接远客。'黛玉思忖道:'这些人个个皆是敛声屏气如此,这来者是谁?这样放诞无礼!'心下想时,只见一群媳妇丫鬟拥着一个丽人从后房进来。这个人打扮与姑娘们不同:彩绣辉煌,恍若神仙妃子。头上绾着金丝八宝攒珠髻,插着朝阳五凤攒珠钗;项上戴着赤金盘螭璎珞圈;身上穿着缕金百蝶穿花大红云霞窄褃袄,外罩五彩刻丝石青银鼠褂,下着翡翠撒花洋绉裙。一双丹凤三角眼,两弯柳叶吊梢眉,身量苗条,体格风骚。粉面含春威不露,丹唇未启笑先闻。"(第三回)这一段描写,在红楼梦的作者,是和描写宝玉、黛玉及宝钗用的一样风格,可见熙凤的重要。"彩绣辉煌"四字,是远远地看到她的整个外表,"恍若神仙妃子"一句,也是一入眼帘时,一种浑括的感觉和观察。"头上绾着"什么,"插着"什么,"身上穿着"什么,"外罩"什么,"下着"什么,是描写她的妆饰;"一双"什么,"两弯"什么,乃是描写她的容貌;所谓"苗条",所谓"风骚",乃是描写她的身材和风度;下面两句乃是描写她的丰神;我们假使看见了她那双"丹凤三角眼,两弯柳叶吊梢眉",必然已经觉得这位少奶奶不是好惹的了,但这不过只是使人见而生畏而已;可怕的是她那诱惑人的苗条身材、风骚体格,怪不得"瑞大爷"舍不得她,因此送命。不过光是这,还不算可怕;最可怕的她那"粉面含春威不露,丹唇未启笑先闻"的丰神了!在下并不是"麻衣相"的迷信者,而太史公所谓"舜目重瞳子……项羽亦重瞳子",而成败兴衰各异。不过就心理学看来,人的相貌,尤其是形容和神情实可以表现出人的内心深处的秘密——善或恶、正或邪、忠或奸来。凤姐的杀法——威——是掩藏在她的含春粉面底下的;而她的嘴唇格外可怕,因为她那"未启"先笑的唇儿后面,藏着一把尖利无情的刀子!这个"泼辣货"是不容易对付的呀!作者这一段描写虽然有些失之呆板吃力,但凤姐一身的美恶和她一生的得失功罪,都暗暗地给透露出来了。

次说凤姐之才。凤姐在贾府当权时,年龄不过二十多一点,但她确有惊人的才干,是值得我们佩服的。她有精力、有胆量、有决心,对于人情世故，也都练达，这在大观园，除了薛宝钗、贾探春在某一部分有些相像外，没有一个人能赶上她的。她本是贾赦的媳妇，但因为她是王夫人的内侄女儿，又得贾母、王夫人的欢心和信任，竟总揽荣国府的大权。一个偌大的荣国府，上上下下几百口子，哪一天没有几十件事，哪一件不走她心里过，哪一桩不要她去处理？若是一一叙述起来，势必有所不能，而且也没有必要。我们知道凤姐一生办了两件大事：一件是在宁国府办理贾蓉媳妇秦可卿的丧事；另一件是在荣国府办理贾母的丧事。我们现在就拿这两件大事做个例子来叙一叙，凤姐的才干便可表现出来了。原来贾珍的大媳妇秦氏死了，论理是不应大做其丧事的，只因贾珍喜欢他这个美丽而贤惠的媳妇，遂违反常理要大做特做。但是偌大一个宁国府，正处在诸事忙乱之中，内内外外，简直没有头绪，而贾珍和尤氏夫妇二人又都因病不能理事，正在无法可想、愁闷不堪之时，宝玉便在贾珍的耳边举了凤姐，贾珍果然欢喜，遂进去求告邢夫人，邢夫人因为凤姐是在贾政家管理，推给王夫人，王夫人起初不肯答应道："'他是一个小孩子，可曾经过这些事，倘或料理不清，反叫人笑话，倒是烦别人的好！'贾珍笑道：'婶婶的意思侄儿猜着了，是怕大妹妹劳苦了。若说料理不开，从小大妹妹玩笑时，就有杀伐决断。如今出了阁，在那里办事，越发历练老成了。我想了这几日，除了大妹妹，再无人可求了，婶婶不看侄儿与侄儿媳妇面上，只看死的分上吧！'说着流下泪来。王夫人心中怕的是凤姐未经过丧事，怕他料理不了，被人见笑。今见贾珍苦苦的说，心中已活了几分；却又眼看着凤姐出神。那凤姐素日最喜揽事，好卖弄能干，今见贾珍如此央她，心中早已允了。又见王夫人有活动之意，便向王夫人道：'大哥说得如此恳切，太太就依了吧。'王夫人悄悄地问道：'你可能么？'凤姐道：'有什么不能的。算外面的大事已经大哥料理清了，不过是里面照管照管，便是有所不知的，问太太就是了。'王夫人见说得有理，便不出声。贾珍见凤姐允了，……便作揖下去。凤姐连忙还礼不迭。贾珍便命人取了宁国府对牌来，命宝玉送与凤姐，说道：'妹妹爱怎么就怎么办；要什么，只管拿这个去取，也不必问我，只求别存心替我省钱，要好看为上；二则也同那府里一样待人才好，不要存心怕人抱怨。只这两件外，我再没有不放心的了。'"（第十三回）凤姐当时虽还表示犹疑，但宝玉替她把对牌接过来强递与凤姐，并且王夫人也答应了，于是她就当真轰轰烈烈做起宁国府短期的女主人了！我当初读红楼时，读到此地，真替凤姐捏着一把汗，以为：这种大丧事，纷乱如麻，她一个不过二十岁上下的千金小姐，怎当得起！及至读到凤姐对王夫人说：

"太太只管请回去，我须得先理出一个头绪来才回得去呢！"

已经觉得有些意思了；再看到"凤姐来至三间一所抱厦内坐下了。因想道：'头一件是人口混杂，遗失东西；二件：事无专管，临期推诿；三件：需用过费，滥支冒领；四件：任无大小，苦乐不均；五件：家人豪纵，有脸者不能服钤束，无脸者不能上进。此五件实是宁国府中风俗。'"（第十三回）一段叙述，已经把我的不信任心，减去大半了。因为凤姐这五件的观察已经把宁国府的现状通病抓住了。头一件是说宁国府的人口多而没有组织，乃是一盘散沙；第二件是说，它里面的人责任不分明，见利则争先，见害则退后；第三件是说，这么一来，"十八口子乱当家"，大家乐得"趁浑水捉鱼"，吞公肥己，需用不得不费，必致财政恐慌，金融破产；第四件，越是位置高、得势的，越清闲，越是地位卑微、没有奥援的，越劳苦；第五件更是侯门公府的通病。凤姐的观察实在是很犀利，并不是一般的千金小姐、公子王孙所能见得到的，但她明于观人，暗于观己，岂知宁府如此，荣府也何尝不如此，这是后话，暂且不提。单说，她竟能洞见宁府的病源，也就非同小可了。但这不过是她的理论，究竟她在行动上是不是能和她所言的恰相符合呢？这当然是问题。但她的威名已震动了宁国府，加上贾珍予她以处理的全权，已经使宁府一般人有点"那个"了，所以"府中都总管来升闻知里面委请了凤姐，因传齐同事人等说道：'如今请了西府里琏二奶奶管理内事，倘或他来支取东西，或是说话，须要小心伺候，每日大家早来晚散，宁可辛苦这一个月，过后再歇息；不要把老脸面丢了。'……"

这是凤姐的先声已经夺人。到了第二天，她开始办事时，是在卯正二刻，她对宁国府一个有脸面的女仆来升媳妇说："既托了我，我就说不得要讨你们嫌了！我可比不得你们奶奶好性儿，由着你们去；再不要说：你们这府里原是这样的话。如今可要依着我行，错我半点儿，管不得谁是有脸的，谁是没脸的，一例现清白处治。"（第十四回）寥寥几句，简直就是凤姐的"就职演说"。其中也就标明了她的施政方针，加上以后她勉励宁国府仆从等人"说不得咱们大家辛苦这几日吧，事完了，你们大爷自然赏你们的"一番话，正是诸葛孔明的"信赏必罚，综核名实"的政治精神。她不但能言，而且能行，并且精力足以副之。"说罢，便吩咐彩明念花名册，按名一个一个叫进来看视，一时看完，又吩咐道：

'这二十个分作两班：一班十个，每日在内单管人客来往倒茶，别事不用他们管；

这二十个也分作两班：每日单管本家亲戚茶饭，也不管别事；

这四十个人也分作两班：单在灵前上香、添油、挂幔守灵、供饭供茶、随起举哀，也不管别事；

这四个人专在内茶房收管杯碟茶器，若少了一件，四人分赔；

这八个人单管收祭礼；

这八个人单管各处灯油、蜡烛、纸札。我总支了来，交与你八个人，然后按我的定数，再往各处去分派；

这三十个人每日轮流各处上夜，照管门户，监察火烛，打扫地方，再剩下的，按房屋分开：某人守某处，某处所有从桌椅古玩起至于痰盒扫帚，一草一苗，或丢或坏，就问这看守之人赔补。

来升家的每日总揽察看，或有偷懒的，赌钱吃酒打架拌嘴的，立刻来回我，休要徇情。经我查出，三四辈子的老脸就顾不成了。如今都有了定规。以后哪一行乱了，只和哪一行说话。素日跟我的人随身俱有钟表，不论大小事，皆有一定时刻。横竖你们上房里也有时辰钟。卯正二刻，我来点卯；巳正吃早饭；凡有领牌回事的在午初二刻；戌初烧过黄纸，我亲到各处查一遍回来，上夜的交明钥匙；第二日仍是卯正二刻过来。'"（第十四回）分派既定，各有职守，各有定时，一个乱糟糟的宁国府，居然被她整顿得有条有理。熙凤真是一个精明强干的政治家，假使在当时她是个男人的话，假使她生在今日，再受到相当的教育，也许是丘吉尔、罗斯福辈中人，未可知也。不过这里还有一个问题，就是她虽布置得井井有条，但是下层是否奉令唯谨，推行无阻？自然，人心是赋有惰性的，何况习于偷惰的宁国府一班人？但是凤姐并不是空想家，乃是实行家，她那时一朝权在手，便把令来行，是决不肯让人轻视的，可巧她的初试锋刃的机会到了。当她早晨点名时"各项人数，俱已到齐，只有迎送亲客上的一人未到，即令传来。那人惶恐，凤姐冷笑道：'原来是你误了！你比他们有体面，所以不听我的话。'那人回道：'小的天天来得早，只有今儿来迟了一步，求奶奶饶过初次。……'凤姐便说道：'明儿他也来迟了，后儿我也来迟了，将来都没有人了，本来要饶你，只是我头一次宽了，下次就难管别人了。不如开发的好！'登时放下脸来，命带出去打二十板子，众人见凤姐动怒，不敢怠慢，拉出去打了，进来回复，凤姐又掷下对牌，说与来升，革他一月银米，吩咐'散了！'众人方各自办事去了。那时被打之人，亦含羞饮泣而去。彼时荣宁两处领牌人往来不绝，凤姐又一一开发了。于是宁府中人才知凤姐利害，自此兢兢业业不敢偷安。"（第十四回）至此我才知道凤姐真是一个眼到、口到、心到、手到的实行家！自此而后，宁府一切都有了投奔，不似先时那样"紊乱无头绪，一切偷安窃取等弊一概都蠲了。凤姐自己威重令行，心中自然十分得意。"但是人生行事，顺逆也有一定时与地。凤姐在宁国府给贾珍办理贾蓉媳妇的丧既办得如此周全，到后来贾母死了，在荣府办理大事的，也是同一个凤姐，结果可天差地远了。"凤姐先前仗着自己的才干，原打量老太太死了，他大有一番作用，哪知凤姐调取花名册上来一瞧，总共只有男仆二十一人，女仆只有十九人，余者俱是些丫头，连各房算上，也不过三十多人，难以点振差使"，再把"庄上的算出几个，也不敷差遣"。所以弄得七不周八不全，到了第三天了，里头还很乱。供了饭，短了菜；来了菜，又短了饭。人客来多了，里头的人死眉瞪眼的，指挥不动。凤姐甚至说出："大娘婶子们可怜我吧！"的话，向大家求饶告罪，"叫了那个，走了这个；发一回急,殃及一回;糊弄过了一起,又打发一起。别说鸳鸯等看去不像,连凤姐自己心里也过不去了。"凤姐以前在宁府办丧事的那种威严、才干哪里去了呢?诸位对于这个问题,我们得平心静气地分析一下:第一,宁荣二府的今昔情势不同:宁府的丧事是在贾府鼎盛时候办的,贾母的丧事却在荣宁两府抄家以后。第二,那时贾珍以全权相托,有钱有势,不求俭省,但求好看,凤姐又是"初出犊儿不怕虎",所以"威重令行","指挥如意"!后来,贾府被抄,一切都艰难起来,"巧媳难为无米之炊",凤姐既遭了重大打击,从前的勇气,已减去大半;兼之贾政和王夫人酸里酸气,说什么"丧与其易也宁戚"的话,不敢大作,邢夫人又因生活无着,眼睛瞅着一分产业,但求俭省,不顾大体。不惟不给凤姐撑腰,反在旁边说风凉话。既不假以事权,倒反责其成功,弄得凤姐"丢靴撩帽"大塌其台,于是凤姐之才穷矣!实在说来非尽才之穷,乃物质条件与人事环境前后悬殊有以致之!

次说凤姐之巧。凤姐是聪明伶俐不过的人,自然心眼儿比别人多,嘴又锋利无比,又诙谐,又干脆,又漂亮,又乖巧,是大观园中第一个会说话的人。但是她这种会说话,却与林黛玉不同。黛玉的话是从她的学识和文学的天才里来的;凤姐的会说话,自然也是她的天才,但因她没有学识和文学的天才,而她的心性又是一路,所以她的口才我们可以拿一句俗话——"蜜饯砒霜"来形容。所谓蜜饯砒霜就是说:外面是甜的,吃下去会毒死人。我们并不冤枉她,是有事实为证的。

第一,是巧于应对,"见风使舵"。譬如:邢夫人同她商量要到贾母那里去替贾赦讨鸳鸯,凤姐起初想阻止她说:"依我看,竟别碰这个钉子去!老太太离了鸳鸯饭也吃不下去的,哪里就舍得了?况且平日说起闲话来,老太太常说,老爷如今上了年纪,做什么左一个小老婆,右一个小老婆,放在屋里,耽误了人家,放着身子不保养,官儿也不好生做去,成日和小老婆吃酒。太太听听,很欢喜咱们老爷么?这会子回避还恐回避不及,反倒拿草根儿戳老虎的鼻子眼儿去了。太太别恼,我是不敢去的。明放着不中用,而且反招出没意思来。老爷如今上了年纪,行事不免有点儿悖晦,太太劝劝才是,比不得年轻做这些事无碍。如今兄弟、侄儿、儿子、孙子一大群,还这么闹起来,怎么见人呢?'"(第四十六回)这番话,本是正经话,偏碰着"只知承顺贾赦以自保,次则婪取财货为自得"的左性儿的邢夫人,她竟把凤姐申斥了几句,这在别人,便转不过弯来,凤姐明知苦谏无益,连忙陪笑道:"太太这话说的极是,我能活了多大,知道什么轻重,想来父母跟前,别说一个丫头,就是那么大的一个活宝贝,不给老爷给谁?背地里的话,哪里信得?我竟是个呆子了!拿着二爷说起,或有日得了不是,老爷太太恨得那样,恨不得立刻拿来打死。及至见了面也罢了。依旧拿着老爷、太太心爱的东西赏他。如今老太太待老爷自然也是那样了。依我说,老太太今儿喜欢,要讨今儿就讨去。我先过去,哄着老太太,等太太过去了,我搭讪着走开,把屋子里的人,我也带开,太太好和老太太说。给了更好;不给,也没妨碍,众人也不得知道。"(第四十六回)这一番话和前一番的话,简直是一个天南,一个地北!前一番话把邢夫人得罪了;后一番话,掉头转来,不惟不拦阻,反如情如理地自己认不是,一力怂恿她去讨,竟把邢夫人弄得欢喜起来,邢夫人已被凤姐玩弄在股掌之上了!凤姐还怕她先过去,担不是,因为她暗想:"鸳鸯素昔是个极有心胸识见的丫头,虽如此说,保不住他愿意不愿意。我先过去了,太太后过去,若他依了,便没得话说,倘或不依,太太是多疑的人,只怕疑我走了风声,使他拿腔作势的,那时太太又见应了我的话,羞恼变成怒,拿我出起气来,倒没意思了。不如同着一齐过去了,他依也罢,不依也罢,就疑不到我身上了。"(第四十六回)这真亏她想得周到,想得透彻,但是怎样来个大转弯,撇开自己的身子,站在干岸上呢?凤姐是不愁没有借口的。"因笑道:'我临来,舅母那边送了两笼子鹌鹑,我吩咐他们炸了,原要赶太太晚饭上送过来的。我才进大门时,见小子们抬车说,太太的车拔了缝,拿去收拾去了。不如这会子坐了我的车,一齐过去倒好!'"(第四十六回)有鹌鹑给她吃,是动之以利也;说自己的车坏则是挟之以势也。邢夫人安得不听?

第二,是巧于应付。凤姐不但对付家庭游刃有余,即应付外面的事,也能以豁达大度的态度应付裕如,而又能不卑不亢。有一天,"人回夏太监打发了一个小内监来说话。贾琏听了,忙皱眉道:'又是什么话?一年他们也搬够了!'凤姐道:'你藏起来,等我见他!若是小事罢了,若是大事,我自有回话。'贾琏便躲入内套间去。这里凤姐命人带进小太监来,让他椅上坐了,吃茶,因问何事,那小太监便说:'夏爷爷因今儿偶见一所房子,如今竟短二百两银子,打发我来问舅奶奶家里有现成的银子,暂借一二百两,过一两日就送来。'凤姐听了笑道:'说什么送来!有的是银子!只管先兑了去。改日等我们短了,再借去也是一样!'小太监道:'夏爷爷说:上两回还有一千二百两银子,没送来,等今年年底下,自然一齐都送了过来。凤姐笑道:'你夏爷爷好小器,这也值得放在心里!我说一句话,不怕他多心:若都这样记清了还我们,不知要还多少了!只怕我们没有,若有,只管拿去。'因叫来旺媳妇:'来!出去,不管哪里先支二百两银子来。'来旺媳妇会意,因笑道:'我才因别处支不动,才和奶奶支的!'凤姐道:'你们只会里头来要钱,叫你们外头弄来,就不能了!'说着:'叫平儿把我那两个金项圈拿出去暂押四百两银子!'平儿答应了去,果然拿了一个锦盒子来,里面锦袱包着,打开时,一个金累丝攒珠的,那珍珠都有莲子大小……一时拿去,果然拿了四百两银子来,凤姐命与小太监打叠一半,那一半与了来旺媳妇,命他拿去办中秋的节,那小太监便告辞了。"(第七十二回)"太监"就是"宦官",这一种制度乃是封建专制的必然产物。宦官之于封建专制的皇帝是必需的,因为皇帝对于女色是唯一的最大的渔猎者。俗话说,皇帝有三宫六院七十二妃,至于宫女更是不计其数。同时皇帝又是极端的妒忌者。他既占有的女子,绝对不许人对她,她对人,有什么爱情的勾当,因此就需要受过宫刑的人在内廷供奉,以防奸淫。这种人就是宦官。他们既终日近在皇帝左右,便能伺机影响国家大事,而高官厚禄之人,往往和他们交接,以固荣宠,为祸之烈,古今同慨。贾府虽然是外戚,却对于他们也不得不敷衍,贾琏闻而逃避,其讨厌可知。但是凤姐居然应付过去了。她对小太监的话,非常慷慨,但同时把自己的首饰拿出去押当,就是表示没有钱,使他回去告诉夏太监，知道贾府也艰难。这种应酬表示不得不尔，勉为其难。至于小太监说还钱，她说要"都这样记清了还我们，不知要还多少了"，暗示给对方，使他知道，我们应酬你已经不知多少次了！但是话说得很婉转，又不得罪人。凤姐真是个能任繁剧之才，假使她生在今时，有了外国语言和政治经济的修养，一定是个伟大的外交家和国际的政治家。

第三，巧于使人欢悦而不失身份。凤姐的言语天才并博得贾母的欢欣，能引逗得贾母及在座的人哈哈大笑，并且听了心里快活。有一次贾母要给凤姐做生日，把大观园中太太、奶奶、小姐、姑娘甚至有体面的女仆都邀了来凑分子，"贾母先道：'我出二十两。'薛姨妈笑道：'我随着老太太，也是二十两！'邢夫人、王夫人笑道：'我们不敢和老太太并肩，自然矮一等，每人十六两罢了！'尤氏、李纨也笑道：'我们自然又矮一等，每人十二两吧！'贾母忙和李纨道：'你寡妇失业的，哪里还拉你出这个钱！我替你出了吧！'凤姐笑道：'老太太别高兴，且算一算账，再揽事，老太太身上已有两份呢！这会子反替大嫂子出十六两（应该是十二两），说着高兴，一会子回想又心疼了。过后儿又说：都是为凤丫头化了钱，使个巧法子，哄着我拿出三四倍子来，暗里补上，我还做梦呢！'说得众人都笑了。贾母笑道：'依你怎么样呢？'凤姐笑道：'生日没到，我这会子已经折受的不受用了！我一个也不出，惊动这些人，实在不安！不如大嫂子的这份我替他出了吧！我到那日，多吃些东西就享了福了！'邢夫人等听了都说：'很是！'贾母方允了。凤姐又笑道：'我还有一句话呢！我想老祖宗自己二十两，又有林妹妹、宝兄弟的两份子；姨妈自己二十两，又有宝妹妹的一分子，倒也公道。只老祖宗吃了亏了！'贾母听了，呵呵大笑道：'到底是我的凤丫头向着我，这说的很是。要不是你，我叫他们又哄了去了！……'"（第四十三回）唯有凤姐说出话来能使贾母"呵呵大笑"；且不仅能使贾母大笑，而在谈笑之中，把事情处理得也很公平。又有一次：薛姨妈、李婶娘、尤氏和贾母谈论凤姐，说"他真疼小姑子、小叔子，就是老太太跟前，也是真孝顺！"贾母点头叹道："我虽疼他，我又怕他太伶俐了，也不是好事。"（第五十二回）大凡说这种话，若是别人，身当其境，便很难有话说，纵说，也不过自己谦虚几句完事。凤姐则不然。她却用了"金针倒顶门"的工夫回答贾母，忙笑道："这话老祖宗说差了。世人都说：太伶俐聪明，怕活不长。世人都说，世人都信。独老祖宗不当说，不当信，老祖宗只有伶俐过我十倍，怎么如今这样福寿双全的？只怕我明儿还胜老祖宗一倍呢！我活一千岁后，等老祖宗归了西，我才死呢！"（第五十二回）这番话虽然推翻了贾母的话，否认了自己"活不长"的谶语，但同时又恭维了贾母，无异给她祝福，而自己的身份也站得住，这是多么巧妙的辞令啊！

第四，凤姐说话，不但对上能使人喜欢，即对下也能会收买人心做顺手人情。有一次贾琏的奶娘找贾琏给她两个儿子找工作，"凤姐笑道：'妈妈！你的两个好哥哥都交给我，你从小奶的儿子，还有什么不知他那脾气的？拿着皮肉倒往那不相干的外人身上贴。可见现放着奶哥哥哪一个不比人强！你疼顾照看他们，谁敢说个不字？没的白便宜了外人。我这话也说错了：我们看着是外人，你却看着是内人一样呢！'"（第十六回）说得何等冠冕堂皇！末后两句，弦外之音，且刺入贾琏心坎！但一语双关，哪得不令"满屋里人"发笑呢？所以李纨当面批评她道："真真你是水晶心肝，玻璃人儿！"（第四十五回）这是形容凤姐的为人玲珑剔透，说话四方葫芦圆，又好听，又好看，拿到手里又滑润，真是绝妙好词。

其次是凤姐之贪。贪是人类社会一个极难打破的关头，尤其是聪明人所容易犯的罪恶。人既贪了，什么人的钱都要。且说凤姐对于大观园的姊妹们、丫鬟们的钱她都捎住不发。借着公家的钱，拿出去放高利贷，有一次"袭人问平儿道：'这个月的月钱连老太太的还没放呢，是为什么？'平儿见问，忙转身至袭人跟前，又见左右无人，悄悄说道：'你快别问！横竖再迟几天就放了！'袭人笑道：'这是为什么吓的你这个样儿？'平儿悄声告诉他道：'这个月的月钱我们奶奶早已支了放给人使呢！等别处利钱收了来，凑齐了才放呢！因为是你，我才告诉你，可不许告诉一个人去！'袭人笑道：'他难道还短钱使，还没个足厌，何苦还操这心！'平儿笑道：'何曾不是呢？他这几年，只拿着这一项银子翻出有几百来了！

他的公费月例又使不着，十两八两零碎攒了，又放出去，只他这体己利钱，一年不到，有上千的银子呢！'袭人道：'拿着我们的钱，你们主子奴才赚得利钱，哄我们呆等！'"（第三十九回）这还不算，她既贪，自然人家也就投其所好。贾芸要在大观园谋差使，先托贾琏，看看不行，转过头来要打通凤姐，于是千方百计从醉金刚倪二那里借了银子，买了上好麝香送了凤姐做包袱，这才达到目的。凤姐不但这个钱要，即使比这更不堪的钱都要。她因贾琏私娶尤二姐把宁国府闹得翻江倒海：一面拿三百两银子打通衙门，唆人使尤二姐的未婚夫控告贾琏，一面又讹诈尤氏五百两，倒赚二百两，这个钱也只有她要！（参看第六十八回）不但此也，她为了贪之一字还拆散了人家的婚姻，害了人家两条性命。事情是这样的：凤姐主办秦可卿的丧事，"一直把灵柩送到铁槛寺，自己却带着宝玉、秦钟寄宿馒头庵，老尼趁机央求凤姐道：'我有一事要到府里求太太，先请奶奶一个示下。'凤姐问：'何事？'老尼道：'阿弥陀佛！只因当日我先在长安县善才庵内出家的时候，那时有个施主姓张，是大财主，他有个女儿，小名金哥。那年都往我庙里来进香，不想遇见了长安府太爷的小舅子李衙内。那李衙内一心看上，要娶金哥，打发人来求亲。不想金哥已受了原任长安守备的公子的聘定。张家若退亲，又怕守备不依；因此说已有了人家，谁知这李公子执意要娶他女儿，张家正无计策，两处为难。不料守备家一知此信，也不问青红皂白，便来作践辱骂，说一个女儿许几家人家，偏不许退定礼。我想如今长安节度使云老爷与府上相契，要求太太与老爷说一声，不怕他不依，若是肯行，张家连倾家孝顺，也都情愿。'凤姐听了笑道：'这事倒不大，只是太太再不管这样的事。'老尼道：'太太不管，奶奶可以主张了。'凤姐笑道：'我也不等银子使，也不做这样的事。'净虚听了，攒眉凝神半响，叹道：'虽如此说，只是张家也知我来求府里，如今不管这事，张家不知道没工夫管这事，不稀罕他的谢礼，倒像府里连这点子手段也没有的一般！'凤姐听了这话，便发了兴头，说道：'你素日知道我的：从来不相信，什么地狱报应的，凭是什么事，我说要行就行。你叫他送三千两银子来，我就替他出这口气！'老尼听了，喜之不胜，忙说：'有！有！这个不难！'凤姐又道：'我比不得他们扯篷拉纤贪图银子。这三千两银子不过是给去说的小厮们作盘缠，使他赚几个辛苦钱，我一个也不要，便是三万两我此刻还拿的出来！'老尼忙答应道：'既如此，奶奶明日就开恩他罢了！'凤姐道：'你瞧瞧！我忙得哪一处少了？我既应了你，自然快快的了结！"（第十五回）第二天"凤姐便将昨日老尼之事悄悄地说与来旺儿，来旺儿心中俱已明白，急忙进城找着主文相公，假托贾琏所嘱，修书一封，连夜往长安县来，不过百里之遥，两日工夫，俱已妥协，那节度使名唤云光，久欠贾府之情，这点小事，岂有不允之理？给了回书。"（第十五回）。"老尼达知张家，果然那守备忍气吞声，受了前聘之物。谁知爱势贪财之父母却养了一个知义多情的女儿？闻得退了前夫，另许李门，他便一条汗巾，悄悄地寻了个自尽！那守备之子闻知金哥自缢，他也是个情种，遂投河而死！可怜张李二家没趣，真是'人财两空'！这里凤姐却安享了三千两，王夫人连一点消息也不知道。自是凤姐胆识俱壮，以后所作所为，诸如此类，不可胜数！"（第十六回）从这一段故事中我们可得以下几个结论：

（1）凤姐虽巧，却堕入了老尼术中；老尼不直说找她，是激将法，亦是钓者投饼的故伎，让你自己上钩；

（2）凤姐根本弱点在一贪字，不然，也不会入港；

（3）凤姐为了三千两银子破坏人家的婚姻，伤害了两条性命，其罪不容于诛；

（4）凤姐是个无神论者，因为她说："我从来不相信地狱报应的。"自此胆子越过越大，诸如此类，不可胜数，则害人性命等事以及贪利枉法等事，当然亦不可胜数；

（5）张财主有个可敬可佩的女儿，长安守备有个知情知义的公子，竟以身殉。这就等于宣告当时的政治的黑暗，法律的无灵！

而且凤姐既做这些事越做越胆大，那她的贪囊一定是很可观了。我们看后来查抄荣国府时锦衣司官在"跨房抄出两箱地契文书，一箱借票，都是违禁取利的"（第一〇五回）。"可怜贾琏屋内东西，除将按例放出的文书发外，其余虽未尽人官的，早被查抄的人尽行抢去，所存者只有家货物件。贾琏始则惧罪，后蒙释放已是大幸，及想起历年积聚的东西并凤姐的体己不下七八万金，一朝而尽，怎得不痛！"（第一○五回）据此看来，凤姐的体己现金已有七八万金之多。诸位！要知道：二百多年前的七八万金，就今日法币价值和生活指数，与昔日之货币价值及生活指数比较计算，恐怕总有好十几万万万！凤姐之贪婪好货、"重利盘剥"的情形就可想而知了！

其次说凤姐之毒。凤姐之毒辣在大观园中是尽人皆知，从贾母以下是早有定评的。林黛玉初见凤姐，贾母便给她介绍道："你不认得他！他是我们这里有名的泼辣货，南京所谓'辣子'，你只叫他'凤辣子'就是了！"（第三回）这凤辣子的辣手大观园的一般人都领略过的。当她担任宁国府治丧主任时，都总管来升告诫同事人等说道："如今请了西府里琏二奶奶管理内事……那是个有名的烈货，脸酸心硬，一时恼了不认人的！"（第十四回）这还是好的批评，兴儿的话更是一针见血！他告诉尤二姐道：

"如今合家大小，除了老太太、太太两个，没有不恨他的。只不过面子情儿怕他，皆因他一时看的人都不及他，只一味哄着老太太、太太两个人喜欢。他说一是一，说二是二，没人敢拦。他又恨不得把银子省了下来堆成山，好叫老太太、太太说他会过日子，但不知苦了下人，他讨好儿。或有好事，他就不等别人去说，他先抓尖儿；或有不好的事，或他自己错了，他便一缩头，推到别人身上来，他还在旁边拨火儿！……"（第六十五回）

又说："（他）嘴甜心苦，两面三刀，上头笑着，脚底下就使绊子。明是一盆火，暗是一把刀，都占全了！"（第六十五回）

兴儿是从他的直接感觉立言，虽然是感情冲动，有些过火，但形容凤姐趋利避害、讨好献情、"嘴甜心苦"着实不冤枉她。凤姐之毒，便更可怕了。但这并没有形容过分，就事实看来，真是适当的考语。我们单拿她对付贾瑞一件事来说，她的毒辣也就够令人骇怕了！原来：有一次宁府家宴，凤姐儿正在园中看"景致，一步步行来，正赞赏时，猛然从假山石后，走出一个人来，向前对凤姐说道：'请嫂子安！'凤姐儿猛一惊，将身往后一退，说道：'这是瑞大爷不是？'贾瑞说道：'嫂子连我也认不得了！'凤姐儿道：'不是不认得，猛然一见，想不到是大爷在这里！'贾瑞道：'也是合该我与嫂子有缘；我方才偷出了席，在这里清净地方，略散一散步，不想就遇见嫂子，不是有缘么？'说着拿眼睛不住地观看。凤姐是个聪明人，见他这个光景，如何不猜透八九分呢？因向贾瑞假意含笑道："怪不得你哥哥常提你，说你好，今日见了，听你这几句话儿，就知道你是个聪明和气的人了！这会子我要到太太们那边去呢，不得和你说话，等闲了再会吧！'贾瑞道：'我要到嫂子家里去请安，又怕嫂子年轻，不肯轻易见人！'凤姐又假笑道：'一家骨肉，说什么年轻不年轻的话？'贾瑞听了这话，心中暗喜，因想道：'再不想今日得此奇遇！'那情景越发难看了。凤姐儿说道：'你快去入席去吧！看他们拿住了，罚你的酒！'贾瑞听了，身上已木了半边，慢慢地走着，一面回过头来看。凤姐儿故意地把脚步放迟了，见他去远了，心里暗忖道：'这才是知人知面不知心呢！哪里有这样禽兽的人！他果如此，几时叫他死在我手里，他才知道我的手段！'"（第十一回）依常理而论，荀子说得对："君子能为可贵，不能使人必贵己；能为可信，不能使人必信己……"（《荀子·非十二子篇》）凤姐果真看他那种缺少庄重的样子，严词痛呵！贾瑞怎敢在老虎头上拔毛；不然，便禀明家长严重处罚他，若果贾瑞犹不知悔改，再设法加以惩处才是正当办法。凤姐用笑语笑容，引逗他，一步一步地把这个傻瓜拖下火坑。贾瑞固不齿于人类，而凤姐之罪实浮于贾瑞，真是不可胜诛了！因为她既引诱贾瑞，拿着他耍，贾瑞却信以为真，时时到凤姐那里打诨。有一天，平儿报告凤姐各事已毕，并说："再有瑞大爷使人来打听奶奶在家没有，他要来请安说话。'凤姐儿听了，'哑'了一声说道：'这畜生活该作死！看他来了怎么样！'平儿道：'这瑞大爷为什么只管来？'凤姐儿遂将九月里在宁府园子里遇见他的光景、他说的话，都告诉了平儿，平儿说道：'癞虾蟆想吃天鹅肉！没人伦的混账东西，起这样心思叫他不得好死!'"平儿加上了这一把火,于是凤姐更加决心治死他了。"凤姐儿道:'等他来了,我自有道理。'"(第十一回)杀机已动,贾瑞真是自投罗网了!于是她便命:"'请进来吧!'贾瑞见请,心中暗喜。见了凤姐,满面陪笑,连连问好,凤姐儿也假意殷勤,让坐送茶。贾瑞见凤姐如此打扮,越发酥倒,因饧了眼问道:'二哥哥怎么还不回来?'凤姐道:'可知男人家见一个爱一个,也是有的!'贾瑞笑道:'嫂子!这话错了!我就不是这样!'凤姐笑道:'像你这样的人能有几个呢?十个里也挑不出一个来!'贾瑞听了,喜的抓耳挠腮,又道:'嫂子天天也闷得很!'凤姐道:'正是呢!只盼个人儿来说话解解闷儿!'贾瑞笑道:'我倒天天闲着,若天天过来,替嫂子解闷儿可好么?'凤姐笑道:'你哄我呢!你哪里肯往我这里来。'贾瑞道:'我在嫂子面前,若有一句诓说,天打雷劈,只因素日闻得人说嫂子是个利害人,在你跟前一点也错不得,所以吓住了,我如今见嫂子是个有说有笑极疼人的,我怎么不来?死了也情愿!'凤姐笑道:'果然你是个明白人,比贾蓉兄弟两个强远了!我看他们那样清秀,只当他们心里明白,谁知竟是两个糊涂虫,一点不知人心!'贾瑞听了这话,越发撞在心坎儿上,由不得又往前凑了一凑,觑着眼看凤姐的荷包,又问戴着什么的戒指,凤姐悄悄的道:'放尊重些!别叫丫头们看见了!'贾瑞如听纶音佛语一般,忙往后退。凤姐笑道:'你该去了!'贾瑞道:'我再坐一坐儿,好狠心的嫂子!'凤姐儿又悄悄地道:'大天白日,人来人往,你就在这里也不方便,你且去,等到晚上起了更,你悄悄地在西边穿堂儿等我!'贾瑞听了,如得珍宝,忙问道:你别哄我!但是那里人过多,怎么好躲呢?'凤姐道:'你只放心,我把上夜的小厮们都放了假,两边门一关了,再没有别人来!'贾瑞听了,喜之不尽,忙忙的告辞而去,内心以为得手,盼到晚上,果然黑地里摸入荣府,趁掩门时钻入穿堂,果见漆黑,无人来往,往贾母那边去的门已倒锁,只有向东的门未关!贾瑞侧耳听着,半日不见人来,忽听'咯噔'的一声,东边的门也关上了。贾瑞急的也不敢则声,只得悄悄出来,将门撼了撼,关得铁桶一般,此时要出去已不能了。南北俱是高墙,要跳也无法攀援，这屋内又是过门风，空落落的，现是腊月天气，夜又长，朔风凛凛，侵肌裂骨，一夜几乎不曾冻死！好容易盼到早晨，只见一个老婆子先将东门开了，进来去叫西门。贾瑞觑他背着脸，一溜抱了肩跑出来。幸而天气尚早，人都未起，从后门一径跑回家去。原来贾瑞父母早亡，只有他祖父代儒教养。那代儒素日教训最严，不许贾瑞多走一步，生怕他在外吃酒赌钱，有误学业。今忽见他一夜不归，只料定他在外非饮即赌，嫖娼宿妓，哪里晓得这段公案？因此气了一夜，贾瑞也捏着一把汗，少不得回来撒谎。只说往舅舅家去的，天黑了，留我住了一夜。代儒道：'自来出外，不禀明不敢擅出，如何昨日私自去了？据此也该打！何况是撒谎？'因此，发狠撅倒，打了三四十板，还不许吃饭，命他跪在院内读文章，定要补出十天功课来方罢。贾瑞先冻一夜，又遭了打，且饿着肚子，跪在风地里，读文章，其苦万状。"（第十二回）此时若果贾瑞能因此觉悟凤姐对他的玩弄，和祖父家贫的境况，悬崖勒马，斩断妄念，还可以得救，但这非有凤慧，有大勇的不能，贾瑞何足以语此？所以他虽然遭了打击，可惜他"邪心未改，再想不到凤姐捉弄他！过了两日，得了空，仍来找寻凤姐。凤姐故意抱怨他失信，贾瑞急得赌咒发誓。凤姐因他自投罗网，少不得再寻别计，令他知改，故又约他道：'今日晚上，你别在那里了。你在我这房后，小过道里那间空房里等我，可别冒撞了！'贾瑞道：'果真？'凤姐道：'谁来哄你？你不信就别来！'贾瑞道：'来！来！来！死也要来！'凤姐道：'这会子你先去吧！'贾瑞料定晚间必妥，此时先去了。凤姐在这里便点兵派将，设下圈套。贾瑞只盼不到晚上，偏生家里亲戚又来了，直吃了晚饭才去，那天已有掌灯时分，又等他祖父安歇，方溜进荣府，直往那夹道中屋子里等着，热锅上蚂蚁一般，只是左等不见人影，右闻也没声响，心中害怕，不住猜疑道：'别是又不来了，又冻一夜不成？'正在胡猜，听见黑魆魆的来了一个人，刚至面前，便如饿虎扑食，猫儿捕鼠的一般，抱住叫道：'亲嫂子！等死我了！'说着，抱到屋里炕上，就亲嘴扯裤子，满口里'亲爹''亲娘'的乱叫起来，那人只不做声。贾瑞扯了自己的裤子硬帮帮就想顶人，忽觉灯光一闪，听见贾蔷举着个蜡台照道：'谁在屋里？'听见炕上那人笑道：'瑞大叔要肏我呢！'贾瑞一见，却是贾蓉，直臊得无地可人，不知怎样才好，回身就要跑脱，被贾蔷一把揪住道：'别走！如今琏二婶已经告到太太跟前说你调戏她，她暂用了脱身计，哄你在那边等着，太太气死过去，因此叫我来拿你，快跟我去见太太！'贾瑞听了，魂不附体，只说好侄儿，你只说没有见我，我重重谢你。贾蔷道：'放你不值什么！只不知你谢我多少？况且口说无凭，写一文契来！'贾瑞道：'这如何落纸呢？'贾蔷道：'这也不妨，写个赌钱输了外人账目，借头家银若干两便罢！'贾瑞道：'这也容易。'贾蔷翻身出来，纸笔现成，拿来命贾瑞写。他两个做好做歹，只写了五十两银子，画了押。贾蔷收起来，然后劝贾蓉，贾蓉先咬定牙不依，只说'明日告诉族中的人评理！'贾瑞急得至于叩头。贾蔷作好作歹的，也写了一张五十两欠契，才罢。"（第十二回）贾蓉兄弟的一切举动，自然都是受命于凤姐的，稍微存心忠厚的人，做到此处，叫他知罪，已经够了，但是凤姐是不饶人的，而且一不做二不休的，所以"贾蔷又道：'如今要放你，我就担着不是。老太太那边的门，早已关了，老爷正在厅上，看南京来的东西，那一条路定难过去，如今只好走后门。若这一走，倘或遇见了人，连我也不好。等我先去探探，再来领你。这屋里你还藏不住，少时就来堆东西，等我寻个地方。'说毕，拉着贾瑞，仍熄了灯，出至院外，摸到大台阶底下，说道：'这个窝儿好，你只蹲着，别哼一声，等我来再走！'说毕，二人去了。贾瑞此时身不由己，只得蹲在那台阶下，正要盘算，只听头顶上一声响，豁刺刺一净桶尿粪，从上面直泼下来，可巧浇了他一身。贾瑞忍不住，'啊呀！'一声，忙又掩住口，不敢声张。满头满脸皆是尿屎，浑身冰冷打战，只见贾蔷跑来，叫：'-陕走！快走！'贾瑞方得命，三步两步从后门跑到家中，天已三更，只得叫开了门，家人见他这般光景，问是怎样了，少不得撒谎说：'天黑了，失脚掉在茅厕里了！'一面即到自己房中，更衣洗涤，心下方想到凤姐玩他。"（第十二回）但他若果能从此斩断妄念，猛省回头，未始没有救，但他虽也"因此发一回恨，再想想凤姐的模样的标致，又恨不得一时搂在怀里，胡思乱想，一夜不曾合眼。自此虽想凤姐，只不敢往荣府去了。贾蓉等两个常常来索银子。他又怕祖父知道，正是相思尚且难禁，况又添了债务，日间功课又紧，他二十来岁的人，尚未娶亲，还来想着凤姐不能到手，未免有些指头儿告了消乏等事；更兼两回冻恼奔波，因此，三五下里夹攻，不觉就得了一病：心内发膨胀，口内无滋味，脚下如棉，眼中似醋，黑夜作烧，白日常倦，下溺遗精，嗽痰带血。诸如此症，不上一年，都添全了。于是不能支持，一头跌倒，合上眼，还只梦魂颠倒，满口说胡话，惊怖异常，百般请医疗治，皆不见效。"（第十二回）代儒向王夫人讨人参，王夫人叫凤姐务必"秤二两给他"，凤姐却左支右吾，弄些杂碎给他，并不给他好的。这表示凤姐必欲其死而后已！后来有一个跛足道人对他说："你这病非药可医，我有个宝贝与你，你天天看时，此命保矣！"这镜子上面錾着"风月宝鉴"四字，并嘱咐他看照时，"千万不可照正面，只照他的背面，要紧！要紧！"因为正面现出凤姐站在那里点首儿叫他；反面却只见一个骷髅。贾瑞先看反面吓怕起来，赶忙掩起，所以贾瑞只看正面，越看他的单相思病害得越凶，结果一命呜呼！论贾瑞这种人执迷不悟，只看正面，不看反面，死也是活该！不过凤姐想方设计，引诱他害起相思，致之死地，其用心之毒，实是少有！不但此也。凤姐既知贾母对于宝玉婚姻，决舍黛玉而娶宝钗，便不惜牺牲黛玉的性命和尊贵，钩心斗角，想出掉包的方法，又想出一个偷梁换柱之计，邀贾母欢心。黛玉死时，大观园，除了李纨和探春外，没有一个正经主子来看过，尤其是凤姐，忍心害理，只浮上水，什么骨肉至亲皆不能阻止她的毒手！但是你若正面看，凤姐何尝不是满面春风，满口道德，也不晓得她欺骗了好多人！害死了好多人！若从反面看她，便要望而却步，还敢对她转什么念头呢？这"正反"二字乃是观察自然现象、社会现象以及人类相与之种种现象之最善法门，也就是辩证法的最高原则。

其次是凤姐之妒。妒也是人类中随着经济生活与其他社会生活之发展所必不可免的一种情感，基督教的上帝还自称"我是妒忌的上帝！"就是说：我是世界唯一的神，天下万国皆应当侍奉我，崇拜我；你们所崇拜的别神，皆是邪魔外道。凡是一神的宗教都是这样：佛教的神和回教的也是如此。这种情绪在人类的性生活上更表现得充分。不过在原始氏族制度的社会里人类的最初婚姻形式是在一部落之内无拘束的性交，就是"一切女子属于一切男子，而一切男子也属于一切女子"，这时并没有妒忌可言。妒忌盖始于婚姻形式发展到一夫一妻或一妻多夫或一夫多妻制的时候。所以我们谈到近代的性生活，在一定的条件下，不能不承认男女的妒忌是应当被合理地承认的。所谓条件就是彼此的爱是最单纯的、唯一的：有一方不单纯，那对于对方的爱之授受就不好发生妒忌，这是后话。我们且看凤姐之妒如何？凤姐生在二百年前，中国的封建专制正在鼎盛的时候，男子，尤其是统治阶层贵族的男子，三妻四妾，是被公认为合法的；女子则不能不贞。凤姐是贾琏的正妻，原来他陪嫁来的丫鬟平儿照例是贾琏的妾而外，这时还没纳其他姬妾，就是平儿，贾琏也不敢彰明较著地和她亲近，还敢和别人发生关系么？但是贾琏本是一个色情狂，是不可一日无此君的！因此就不得不偷偷摸摸地满足他的肉欲了。其中表现凤姐之妒的有三次。第一次是在"凤姐之女大姐儿"出天花的时候，贾琏与凤姐隔房，遂搬出外书房安歇，独寝了两夜十分难熬，只得暂将小厮内清俊的选来出火，但这是只可暂不可久。"不想荣国府内有一个极不成才破烂酒头厨子，名唤'多官人'，人见他懦弱无能都唤他作'多浑虫'。因他父母给他娶了一个媳妇，今年方二十岁，也有几分人材；又兼生性轻薄，最喜拈花惹草，多浑虫又不理论，只是有酒、有肉、有钱，便诸事不管了。所以宁荣二府之人，都得人手。因这媳妇妖娆异常，轻浮无比，众人都呼她做'多姑娘儿'。如今贾琏在外熬煎，往日也曾见这媳妇，垂涎久了，只是内惧娇妻，外惧娈童，不曾下得手。那多姑娘儿也有意于贾琏，只恨没空。今闻贾琏搬在外书房来，他便没事也要走三四回，去招惹。"（第二十一回）自然容易成功。"是夜多浑虫醉倒在炕，二鼓人定，贾琏便溜进相会，一见面早已神魂失据，也不及情谈款叙"便如此这般。多姑娘儿使出过人的奇趣，贾琏也不禁丑态毕露，自此两人遂成相契。后来大姐儿好了，贾琏搬回上房后，"平儿收拾外边拿进来的衣服铺盖，不承望枕套中,抖出一绺青丝来。平儿会意,忙藏在袖内,便走至这边房内,拿出头发来向贾琏笑道:'这是什么?'贾琏忙抢上来要夺。平儿便跑,被贾琏一把揪住,从手中来夺,平儿笑道:'你是没良心的!我好意瞒着她,来问你,你到赌狠!等她回来,我告诉了,看你怎么样!'贾琏听说,忙陪笑央求道:'好人!你赏我吧!我不敢赌狠了!'一语未了,只听凤姐声音进来。贾琏听见,松又不是,抢又不是。只叫:'好人,别叫他知道!'平儿才起身,凤姐已走进来,命平儿:'-陕开匣子,替太太找样子!'平儿忙答应了。找时,凤姐道:'可少什么没有?'平儿道:'细细查了,并没少了一件儿!'凤姐又道:'可多什么没有?'平儿笑道:'不少就是了,怎么还有多出来?'凤姐又笑道:'这半个月难保干净,或者有相厚的丢下那东西,戒指、汗巾等物,亦未可定。'一席话说得贾琏脸都黄了,在凤姐背后只望着平儿杀鸡抹脖,使眼色,求她遮盖。"(第二十一回)凤姐命平儿查看贾琏外边搬来的东西,贾琏听见"脸都黄了",可见凤姐之妒也有八开了;贾琏并使眼色求平儿遮盖,更足形容凤姐之妒而且悍了!又有一次,贾母攒凑分子给凤姐做寿,大观园上上下下吃得正热闹的时候,凤姐儿泼起醋罐子来了,起了一场大风波。原来凤姐正在受众人的称觞祝寿,黄汤已经灌得差不多了,"凤姐儿自觉酒沉了,心里突突的往上撞,要往家去歇歇,只见那要百戏的上来便和尤氏说:'预备赏钱,我要洗洗脸去。'尤氏点头,凤姐儿觑人不防,便出了席,往房门后檐下走来,平儿留心,也忙跟了来,凤姐便扶着他,才至穿廊下,只见他房里的一个小丫头正在那里站着,见他两个来了,回身就跑。凤姐儿便疑心,忙叫那丫头,先只装着不听,无奈后面连声儿叫,也只得回来,凤姐儿越发起了疑心,忙和平儿进了穿廊,叫那小丫头子也进来,把格扇开了,凤姐坐在小院子的台阶上,命那小丫头跪了,喝命平儿叫两个二门上的小厮来,拿绳子、鞭子把眼睛里没主子的小蹄子打烂了。那小丫头子已经吓得魂飞魄散,哭着,只管磕头求饶。凤姐问道:'我又不是鬼,你见了我不识规矩站住,怎么倒往前跑?'小丫头子哭道:'我原没看见奶奶来,我又记挂着房里无人,所以跑了!'凤姐儿道:'房里既无人，谁叫你出来的？你便没看见，我和平儿在后头拉着嗓子，叫了你十来声，越叫越跑，离得又不远，你还和我犟嘴？'说着，便扬手一掌，打在脸上，打的那小丫头子一栽，这边脸上又一下，登时小丫头两腮紫胀起来，平儿忙劝：'奶奶仔细手疼。'凤姐便说：'你再打着问他跑什么？他再不说，把嘴撕烂了他的！'那小丫头子先还犟嘴，后来听见凤姐儿要烧了红烙铁来烙嘴，方哭道：'二爷在家里，打发我来这里瞧着奶奶的，若见奶奶散了，先叫我送信去的，不承望奶奶这会子就来了！'凤姐儿见话中有文章，便又问道：'叫你瞧着我做什么？难道怕我家去不成？必有别的原故！快告诉我，我从此以后疼你；你若不细说，立刻拿刀子来割你的肉！'说着，回头向头上拔下一根簪子来，向那丫头嘴上乱戳，吓得那丫头一行躲，一行哭求道：'我告诉二奶奶，可别说我说的。'平儿一面催他，叫他快说了，丫头便说道：'二爷是才来，来了就开箱子，拿了两块银子，还有两只簪子，两匹缎子，叫我悄悄地送给鲍二的老婆去，叫他进来，他收了东西，就往咱们家里来了！二爷叫我瞧着奶奶，底下的事我就不知道了！'凤姐听了，已气得浑身发软，忙立起身来，一径来家，刚至院门，又见有一个小丫头在门前探头儿，一见了凤姐，也缩头就跑，凤姐儿提着名字喝着，那丫头本来伶俐，见躲不过了，越发的跑了出来，笑道：'我正要告诉奶奶去呢，可巧奶奶来了！'凤姐道：'告诉我什么？'那丫头便说：'二爷在家。'这般如此，将方才的话也说了一遍，凤姐啐道：'你早做什么了？这会子我看见你了，你来推干净儿！'说着，扬手一下，打得那丫头一个趔趄，便蹑手蹑脚儿走了。凤姐来至窗前，往里听时，只听里头说笑道：'多早晚你那阎王老婆死了，就好了！'贾琏道：'她死了，再娶一个，也是这样，又怎么样呢？'那妇人道：'他死了，你倒是把平儿扶了正，只怕还好些！'贾琏道：'如今连平儿，她也不叫我沾一沾了！平儿也是一肚子委屈不敢说，我命里怎么就该犯了夜叉星。'凤姐听了，气得浑身乱战，又听他们都赞平儿，便疑平儿素日背地里，自然也有怨语了，那酒越发涌上来了，也并不忖度，回身把平儿先打了两下，一脚踢开了门进去，也不容分说，抓着鲍二家的厮打一顿，又怕贾琏走出去，便堵着门，站着骂道：'好娼妇！你偷主子汉子，还要治死主子老婆，平儿过来！你们娼妇们一条藤儿都嫌着我！外面儿你哄着我！'说着，又把平儿打了几下，打得平儿有冤无处诉，只气得干哭，骂道：'你们做没脸的事，好好的又拉上我做什么？'说着，也把鲍二家的厮打起来。贾琏也因吃多了酒，进来高兴，未曾做的机密，一见凤姐来了，已没了主意，又见平儿也闹起来，把酒也气上来了。凤姐儿打鲍二家的，他已又气又愧！只不好说的，今见平儿也打，便上来踢骂道：'好娼妇！你也动手打人！'平儿气怯，忙住了手哭道：'你们背地里说话，为什么拉我呢？'凤姐见平儿怕贾琏，越发气了，又赶上来，打着平儿，偏叫他打鲍二家的。平儿急了，便跑出来找刀要寻死，外面众婆子丫头忙拦住劝解，这里凤姐见平儿寻死去，便一头撞在贾琏怀里，叫道：'你们一条藤儿害我，被我听见，倒都吓起我来！你也勒死我吧！'贾琏气得墙上拔出剑来说道：'不用寻死，我也急了，一齐杀了，我偿了命，大家干净！'"（第四十四回）贾琏这种只知满足肉欲，饿不择食似地嫖女人，当然不值一谈，而凤姐之因妒而泼，更是火上加油，难乎其难的鲍二家的，终因此吊死。这也表示地主贵族对于奴才的贞操是可以随便蹂躏的，她们的生命——生与死皆无大关系的。不过，鲍二家的，还不是凤姐直接置之死地，而是因辱而自杀的，至于尤二姐，则是凤姐因吃醋而活活地把她逼死的。原来，这尤二姐不是别人，就是东府里贾珍的夫人尤氏的妹妹，不过，她的母亲乃是尤氏的后母，而这个尤老娘是个二婚头，二姐、三姐是她的"拖油瓶"。所谓"拖油瓶"就是前夫的儿女带到后夫那里来的。二姐、三姐虽然同母，但是性格完全两样，我们谈到尤二姐时，绝不可联想到尤三姐；三姐我们将来要郑重地介绍的。贾珍对于他的这位小姨已经垂涎好久，而二姐已经是成了他的掌中物了；不惟贾珍，即贾蓉也想染指分肥，贾琏也看中了，即由贾蓉从中穿插；得了贾珍的同意，便娶了她做二房，瞒着凤姐，在外边租了房子另住。贾珍父子之意，以为这么一来，他们更好趁机求欢无所顾忌；哪知事为凤姐所知，卑词厚礼，和颜悦色，恭恭敬敬地把尤二姐骗进贾府。说是以平等相待，姊妹相称，实则是存心要逼死她，因为她既把尤二姐骗到家里，尤二姐原是真心实意，委身相依，哪知她是投身虎口！凤姐把她的心腹丫头善姐派去伺候尤二姐，遇事给她不遂心，始而还可以喊得动，继而饭也不给开了；凤姐一方面暗唆尤二姐的未婚夫上控贾琏于都察院，说贾琏"国孝家孝"在身，"背旨瞒亲，仗财依势，强逼退亲，停妻再娶"等语，一面加紧凌逼二姐，可巧贾赦又把大丫头秋桐赏给贾琏，凤姐虽然未免恨上加恨，妒上加妒，但两敌当前，只好远交近攻，借秋桐以杀二姐，然后再慢慢对付秋桐，这便是凤姐老谋深算的得意手段——"用借刀杀人之法，坐山观虎斗。"（第六十九回）一面对二姐假意殷勤，口是心非；一面激动秋桐与二姐作对。等到秋桐大骂二姐，她便"缩在屋里，只装着不敢出声儿"，又唆使秋桐在贾母面前说二姐怎样怎样不好，"破鼓一齐擂"，各方面凑拢来，把一个"花为肠肚，雪作肌肤"的人——尤二姐活活气得恹恹得了一病：四肢懒动，茶饭不进，渐次黄瘦下去。"冤家路窄"，又被庸医误投一剂药，把她所怀的男胎打了下来，二姐此时自然是痛不欲生，又加上秋桐百般辱骂，于是吞金自尽，"凤姐也假意哭道：'狠心的妹妹！你怎么丢下我去了！辜负了我的心！'"（第六十九回）这两条命债应该完全记在凤姐的血账上！自然！直接杀人者是凤姐，而促使凤姐因妒而杀人的乃是封建社会一夫多妻的婚姻制度。研究社会问题的，又不能专从道德观点出发，应从产生这种妒心的婚姻制度、社会制度着想，才是科学的态度。

其次是凤姐之淫。凤姐既然有才有貌，又生长富贵家庭，自然对于性生活的要求也不会低于男子。她的荒淫处，本书没有直接的叙述，但从字里行间，或他人口中，也可以推得一二。有一次刘姥姥正在和凤姐谈话，"只听二门上小厮们回说：'东府里小大爷进来了！'凤姐忙止道：'刘姥姥不必说了！'一面便问：'你蓉大爷在哪里呢？'只听一路靴子脚响，进来了一十七八岁的少年，面目清秀，身材夭矫，轻裘宝带，美服华冠。刘姥姥此时坐不是，立不是，藏莫藏处，凤姐笑道：'你只管坐！这是我侄儿。'刘姥姥扭扭捏捏在炕沿上坐了。贾蓉笑道：'我父亲打发我来求婶子说：上回老舅太太给婶子的那架玻璃炕屏，明儿请一个要紧的客,借去略摆一摆,就送来的。'凤姐道:'迟了一日,昨儿已给了人了。'贾蓉听说,便嘻嘻的笑着,在炕沿子上下个半跪道:'婶子若不借,我父亲又说我不会说话了,又挨了一顿好打呢!婶子只当可怜侄儿吧!'凤姐笑道:'也没见我王家的东西都是好的!你们那里也放着那些好东西,只是看不见我的才罢,一见了,就要想拿去!'贾蓉笑道:'只求开恩吧!'凤姐道:'破坏一点,你可仔细你的皮!'因命平儿拿了楼门上锁匙,传几个妥当人来抬去。贾蓉喜得眉开眼笑,忙说:'我亲自带了人拿去,别由他们乱碰!'说着,便起身出去了。这凤姐又想起一事来,便向窗外叫:'蓉儿回来!'外面几个人接声说:'请蓉大爷快回来!'贾蓉忙转回来,垂手侍立,听何指示。那凤姐只管慢慢的吃茶,出了半日神方笑道:'罢了!你且去吧!晚饭后,你再来说吧!这会子有人,我也没精神了!'贾蓉方慢慢的退去。"(第六回)我们闭着眼睛心领神会地把凤姐和贾蓉会谈这一段叙述想一想,把贾蓉的态度、凤姐的神情和那临去而又叫回的那种低回流连、慢慢出神的意态,细细地咀嚼,则个中关系,也就可以体贴出几分来了!则凤姐与贾蓉之间实已超出普通婶侄的关系了!还有一段故事也值得我们来推敲推敲:有一次,宝玉从"前头房屋出去,一直往西院来,可巧走到凤姐儿院前,只见凤姐在门前站着,倚着门槛子拿耳挖子剔牙,看着十个小厮们拿花盆儿,见宝玉来了,笑道:'你来的好!进来,进来,替我写几个字儿。'宝玉只得跟了进来,到了房里,凤姐命人取笔砚纸来,向宝玉道:'大红妆缎四十匹,蟒缎四十匹,各色上用纱一百匹,金项圈四个。'宝玉道:'这算什么?又不是账,又不是礼物,怎么个写法?'凤姐道:'你只管写上,横竖我自己明白就罢!'宝玉听说,只得写了。凤姐一面收拾起来,一面笑道:'还有句话告诉你,不知依不依?你屋里有个丫头叫小红的,我要叫了来使唤,明儿我再替你挑几个,可使得么?'宝玉道:'我屋里人多的很,姐姐喜欢谁,只管叫了来,何必问我?'凤姐笑道:'既这么说,我就叫人带去了!'宝玉道:'只管带去!'说着,便要走,凤姐道:'你回来,我还有一句话呢!'宝玉道:'老太太叫我呢,有话等回来吧!'说着……"（第二十八回）便一直走了。凤姐还要对宝玉说什么话，至今是个谜！自然我们不能说她们嫂叔之间有任何微妙的关系，但凤姐这么一声："你回来，我还有一句话呢！"不能不令人回忆到她叫蓉儿回来那种声音！或者有人说："这太莫须有了，太周纳了！"是的，但焦大的话，不能不包含着凤姐的分儿。有一次宁府亲戚秦钟——贾蓉的小舅子晚上要回家，"尤氏问：'派谁送去？'媳妇们回说：'外头派了焦大，谁知焦大醉了，又骂咧！'尤氏、秦氏都道：'偏又派他作什么。那个小子派不得？偏又惹他！'凤姐道：'成日家说你太软弱了，纵得家里人这样，还了得么！'尤氏道：'你难道不知这焦大的？连老爷都不理他的！你珍大哥哥也不理他。因他从小儿跟着太爷，出过三四回兵，从死人堆里把太爷背了出来，得了命；自己挨着饿，却偷了东西给主子吃。两日没水，得了半碗水给主子吃，自己喝马溺。不过仗着这些功劳情分，在祖宗时，都另眼相待。如今谁肯难为他。他自己又老了，又不顾体面，一味的好酒。喝醉了无人不骂，我常说给管事的，以后不要再派他差使，只当他是个死的，就完了！今又派了他！'凤姐道：'我何曾不知这焦大？到底是你们没主意，何不远远的打发他到庄子上就完了？'说着，因问：'我们的可齐备了？'众媳妇说：'伺候齐了！'凤姐也起身告辞，和宝玉携手同行。尤氏等送至大厅，见灯火辉煌，众小厮都在丹墀侍立。那焦大又恃贾珍不在家，因趁着酒兴，先骂大总管赖二，说他：'不公道，欺软怕硬，有好差使派了别人。这样黑更半夜送人就派我！没良心的忘八羔子，瞎充管家。你也不想想焦大太爷，跷起一只腿，比你的头还高些。二十年头里的焦大太爷眼里有谁？别说你们这一把子的杂种们……'正骂得高兴头上，贾蓉送凤姐的车出来，众人喝他不住，贾蓉忍不得，便骂了几句：'叫人捆起来等明日酒醒了，问他还寻死不寻死？'那焦大哪里有贾蓉在眼里？大叫起来，赶着贾蓉叫：'蓉哥儿，别在焦大跟前，使主子性儿！别说你这样儿的，就是你爹你爷爷也不敢和焦大挺腰子呢！不是焦大一个人，你们作官儿，享荣华，受富贵，你们祖宗九死一生挣下这个家业，到如今不报我的恩，反和我充起主子来了！不和我说别的还可，再说别的，咱们白刀子进去，红刀子出来！'凤姐在车上说与贾蓉：'还不早些打发了没王法的东西？留在家里，岂不是害？亲友知道，岂非笑话？咱们这样的人家连个规矩都没有？'贾蓉答应'是了！'众人见他太撒野，只得上来了几个，揪翻捆倒，拖往马圈里去。焦大益发连贾珍都说出来，乱嚷乱叫说：'我要往祠堂里哭太爷去，哪里承望到如今生下这些畜生来？每日偷鸡戏狗，爬灰的爬灰，养小叔子的养小叔子，我什么不知道？咱们膊子折了往袖子里藏！'众小厮见他说出话来，有天没日的，吓得魂飞魄丧，便把他捆起来，用土和马粪满满的填了他一嘴。凤姐和贾蓉也遥遥听得，都装着不听见。宝玉在车上听见，因问凤姐道：'姐姐，你听他说爬灰是什么？'凤姐连忙喝道：'少胡说！那是醉汉嘴里胡诌！你是什么样的人，不说不听见，还倒细问！等我回了太太，仔细捶你！'吓得宝玉连忙央告道：'好姐姐我再不敢说了！'凤姐哄他道：'好兄弟！这才是！等回去，咱们回了老太太，打发你同秦家侄儿家学里念书去要紧。'"（第七回）焦大好似梁山泊上的花和尚鲁智深，吃醉了酒是要寻事的，但是"酒后吐真言"，他说的话大概是不离八九，因为荣宁两府的人都听见，尤其是凤姐、贾蓉"都装着不听见"，便先软了一着，所谓"爬灰"云云，大概是指贾珍和秦氏而言，而所谓"养小叔的养小叔子"，凤姐听了似不能无动于衷！但有人要说：凤姐之淫若以这等事出有因、查无实据的一时酒后辱骂之辞为定谳，则未免有失审慎。好，现在我们再拿贾琏自己批评凤姐的话做个证据如何。有一次，贾琏"搂着"平儿"求欢"，平儿夺手跑了，"急得贾琏弯着腰恨道：'促狭小娼妇儿！一定浪上人的火来，他又跑了！'平儿在窗外笑道：'我浪我的，谁叫你动火？难道图你受用，叫他知道了，又不肯待我呀！'贾琏道：'你不用怕他，等我性子上来，把这醋罐子打个稀烂，他才认得我呢。他防我像防贼似的，只许他同男子说话，不许我和女人说话。我和女人说话略近些，他就疑惑，他不论小叔子侄儿，大的小的说说笑笑，就不怕我吃醋了，以后我也不许他见人！'"（第二十一回）把贾琏口中的"小叔子"和焦大口中的"小叔子"对照起来；把凤姐当着刘姥姥所叫出的"侄儿"和贾琏口中的"侄儿"对照起来，则凤姐之淫，也可成为定论了吧。

最末说凤姐与贾府。凤姐出场是在贾府还算兴盛的时候，但在她总理荣国府家务的当口，贾府也渐渐露出日即衰败的现象了。大凡贵族家庭只知衣租食税，追求享乐，自然而然会渐渐显出他那"捉襟见肘"的现象来。因为租税所出，和农民的血汗总是有限的，而他们的穷奢极欲是没有止境的，自然就感觉到生之者寡，食之者众了。凤姐想提议减少各房的婢仆人等，探春把大观园中的空地和花草都租给老婆子们，视为兴利除弊之策。贾母的饭仅仅够吃，别人便没有添的，鸳鸯至有"如今都是可着头做帽子"之叹。贾琏、凤姐甚至央求鸳鸯偷当贾母的体己东西，"鸳鸯一面说，一面起身要走。贾琏忙也立起身来说道：'好姐姐！略坐一坐儿，兄弟还有一事相求。'说着便骂小丫头：'怎么不泡好茶来！快拿干净盖碗把昨日进上的新茶泡一碗来！'说着，向鸳鸯道：'这两日因老太太千秋，所有的几千两都使完了。几处房租、地租统在九月才得。这会子竟接不上。明儿又要送南安府里的礼，又要预备娘娘重阳节，还有几家红白大礼，至少还要二三千两银子用，一时难去支借。俗语说得好，求人不如求己。说不得姐姐担个不是，暂且把老太太查不着的金银家伙，偷着运出一箱子来，暂押千数两银子，支腾过去。'"（第七十二回）这证之以贾珍和乌进孝的谈话，更加明白。"贾珍道：'如何呢？我这边倒可以，没什么外项大事，不过是一年的费用……比不得那府里（荣国府）这几年添了许多花钱的事，一定不可免是要花的，却又不添银子产业。这一二年里赔了许多，……'乌进孝笑道：'那府里如今虽添了事，有去有来。娘娘和万岁爷岂不赏吗？'贾珍听了，笑向贾琏等道：'你们听听他说的好笑不好笑？'贾蓉等忙笑道：'你们山坳海沿子上的人哪里知道这道理？娘娘难道把皇上的库给我们不成？……就是赏也不过一百两金子。才值一千多两银子，够什么？这二年，哪一年不赔出几千两银子来？头一年省亲，连盖花园子，你算那一注花了多少，就知道了！再二年再省一回亲，只怕精穷了！'……贾蓉又说又笑向贾珍道：'果真那府里穷了。前儿我听见二姨娘和鸳鸯悄悄商议要偷老太太的东西去当银子呢！'"（第七十三回）凡此种种都是凤姐当权的时候亲身经历的，自然她不能与它没关系了。加上她那贪赃枉法，假公济私，"官船漏，官马瘦"，都饱了她的私囊，一个轰轰烈烈的侯门公府被她弄得马仰人翻，凤姐之罪大矣。结果她一生的积蓄也随大观园的被抄而丧失殆尽，一命呜呼！我们可以说：凤姐的出现于大观园的舞台与她的没落实与贾府的命运相终始。

四　几个奇女子

大观园中的人物上自贾母，下至一婢一仆，无人不是各有其特性，就是各有奇处：不惟美的奇，丑的也奇；不惟善的奇，恶的也奇。我这次整个讲演，侧重于大观园中一些女子，理由在第一次已略略表明。但是大观园中，上上下下，男男女女，老老少少，几百口子，女子至少有一半，这一两百口子，若是一一说来，自然绝不可能，现在只能割爱，选择其中最富特性，最值得我们注意的，提出八个人来说一说。这八个人就是：

妙玉　尤三姐　晴雯　司棋
鸳鸯　紫鹃　平儿　袭人

至于香菱，前次所说已足表现其为人；贾氏四姊妹则在说贾母时，将加以描述，侍书也要附带及之。挂漏所不能免，这是没有办法的事。不过有一事要特别声明，凡我所提出的这些女子，只从奇之一点出发，至于她们的善与恶、忠与奸、正与邪、是与非，一听众人之评判，见仁见智不愿有所意必也。现在先说妙玉。

妙玉的来历书中不曾叙得明白，我们只知道她是贾府预备贵妃省亲，接她进了大观园，来做点缀品的；第十七回只说她是"一个带发修行的，本是苏州人氏，祖上也是读书仕宦之家，自幼多病，买了许多替身，皆不中用，到底这姑娘入了空门，方才好了，所以带发修行。今年十八岁，取名妙玉。如今父母俱已亡故，身边只有两个老嬷嬷、一个小丫头服侍。文墨也极通，经典也极熟，模样又极好，因听说长安城中有观音遗迹，并贝叶遗文。随了师父上来，现在西门外牟尼院住着。他师父精演先天神数，于去冬圆寂了。遗言说他不宜回乡，在此静候，自有结果。所以未曾扶柩回去。"（第十七回）这是林之孝家的报告王夫人的话。这里我觉得有一点可疑。妙玉既是仕宦之家的闺秀因病出家，她的爹娘姓啥名甚，为什么不明白地表而出之，这大概是有什么不得已罢。依我的揣想（自然是以小人之心，度君子之腹），妙玉出家的原因，并不如她自己所宣布的是"因……多病"。照我们几十年短短的经验看来，女子出家，我们虽然没有这种统计，原因大概是由于旧式的恋爱的失败：这其间包括对等的恋爱之被遗弃，或为人做妾者之被遗弃，或不堪大妇之虐待，而削发为尼，或因家庭环境不良，顿生厌世之心，遁入空门。凡恋爱失败或被人遗弃的皆不愿露出自己的真姓名，盖旧时道德观念恐贻自家门第之羞也，妙玉之不表白家世，或系由此。但我们有了这种假定，对于我们后来研究妙玉的为人和性情，或许是有帮助的。妙玉的文学很有根底，有一次正当贾母带着全家在大观园赏月，黛玉和湘云两人独在凹晶馆联句，直联到夜阑人静，黛玉方念出"冷月葬诗魂"之句，"一语未了，只见阑外山石后，转出一个人来，笑道：'好诗，好诗！果然太悲凉了，不必再往下做。若底下只这样下去，反不显这两句了，倒弄得堆砌牵强了！'二人不防，倒吓了一跳。细看时，不是别人，却是妙玉。二人皆诧异，因问：'你如何到了这里来？'妙玉笑道：'我听见你们大家赏月，又吹得好笛，我也出来玩赏这清池皓月！顺脚走到这里，忽听见你两个吟诗，更觉清雅异常，故此就听住了。只是方才听见这一首中，有几句虽好，只是过于颓败凄楚，此亦关人之气数而有，所以我出来止住。如今老太太都早已散了，满园的人想俱已睡熟了。你两个丫头还不知在哪里找呢？你们也不怕冷了！快同我来！到我那里去吃杯茶，只怕就天亮了！'黛玉笑道：'谁知道就这个时候了！'三人遂一同来至栊翠庵中，只见龛焰犹青，炉香未烬。几个老嬷嬷也都睡了，只有小丫头在蒲团上垂头打盹。妙玉唤她起来，现烹茶。忽听叩门之声，小丫鬟忙去开门看时，却是紫鹃、翠缕与几个老嬷嬷来找他姊妹两个,进来见他们正吃茶,因笑道:'要我们好找!一个园里走遍了,连姨太太那里都找到了!才到了那小亭里找时,可巧那里上夜的正睡醒了,我们问他们',他们说:'方才亭外头棚下两个人说话,后来又添了一个人,听见说,大家往庵里去,我们就知道是这里了!'妙玉忙命小丫鬟引他们到那边去坐着歇着吃茶,自己却取了笔砚纸墨出来,将方才的诗,命他二人念着,遂从头写了出来,黛玉见他今日十分高兴,便笑道:'从来没见你这样高兴,我也不敢唐突请教。这还可以见教么?若不堪时,便就烧了。若或可改,即请改正改正。'妙玉笑道:'也不敢妄评,只是这才有了二十二韵,我意思想着你二位警句已出,若再续时,倒恐后力不加,我竟要续貂,又恐有玷!'黛玉从没见过妙玉做过诗,今见她高兴如此,忙说:'果然如此,我们的虽不好,亦可以带好了!'妙玉道:'如今收结,到底还该归到本来面目上去。若只管丢了真情真事,且去搜奇检怪,一则失去了咱们的闺阁面目,二则也与题目无涉了。'林、史二人皆道:'极是!'妙玉提笔一挥而就。递与他二人道:'休要见笑,依我必须如此,方翻转过来。虽前头有凄楚之句,亦无甚碍了。'二人接了看时,只见他续道:

'香篆销金鼎,冰脂腻玉盆。箫增嫠妇泣,衾倩侍儿温。空帐悲文凤,间屏散彩鸳。露浓苔更滑,霜重竹难扪。犹步萦纡沼,还登寂寞原。石奇神鬼缚,木怪虎狼蹲。赑屃朝光透,罘罳晓露屯。振林千树鸟,啼谷一声猿。岐熟焉忘径,泉知不问源。钟鸣栊翠寺,鸡唱稻香村。有兴悲何极,无愁意岂烦。芳情原自遣,雅趣向谁言?彻旦休云倦,烹茶更细论。'

后书'右中秋夜大观园即景联句三十五韵。'黛玉湘云二人称赞不已,说:'可见我们天天是舍近就远,现有这样诗人在此,却天天纸上谈兵!'"(第七十六回)妙玉续句十三韵虽也有一两韵好的,但通体说来,只平平,不过于此也可见她于此道是内行,联句很难做得好诗。也难怪她。

妙玉不但懂诗，也会下棋，七弦琴也是知音。她的棋在贾四姑娘惜春之上，琴的造诣比较更高些。有一次，妙玉从蓼风轩（惜春所居）那里出来，宝玉领路，弯弯曲曲走近潇湘馆，忽听得叮咚之声，"妙玉道：'哪里的琴声？'宝玉道：'想必是林妹妹那里抚琴呢！'妙玉道：'原来她也会这个？怎么素日不听见提起？'宝玉悉把黛玉的事述了一遍，因说：'咱们去看她！'妙玉道：'从古只有听琴，再没有看琴的。'宝玉笑道：'我原说我是个俗人。'说着，二人走至潇湘馆外，在小石上坐着静听，甚觉音调清切，只听得低吟道：

风萧萧兮秋气深，
美人千里兮独沉吟，
望故乡兮何处？
倚阑干兮涕沾襟！

歇了一回，听得又吟道：

山迢迢兮水长，
照轩窗兮明月光。
耿耿不寐兮银河渺茫，
罗衫怯怯兮风露凉！

又歇了一歇，妙玉道：'刚才侵字韵，是第一叠，如今扬字韵是第二叠，咱们再听。'里边又吟道：

予之遭兮不自由，
予之遇兮多烦忧，
之子与我兮心焉相投，

思古人兮俾无尤!

妙玉道:'这又是一拍,何忧思之深也!'宝玉道:'我虽不懂得,但听他的音,也觉得过悲了!'里头又调了一回弦,妙玉道:'君弦太高了,与无射律只怕不配呢。'里边又吟道:

人生斯世兮如轻尘,
天上人间兮感夙因。
感夙因兮不可愰,
素心如何?天上月。

妙玉听了,哑然失色,道:'如何忽作变徵之声?音韵可裂金石矣!只是君弦太过。'宝玉道:'太过便怎么?'妙玉道:'恐不能持久!'正议论时,听得君弦'嘣'的一声断了,妙玉站起来,连忙就走。宝玉道:'怎么样?'妙玉道:'日后自知!你也不必多说!'竟自走了。"(第八十七回)据此看来,妙玉对于中国的音乐确算得知音。因为"声音之道"出于人心之自然,在音乐中,尤其是在七弦琴上,可以听出人的喜怒哀乐爱恶欲的情绪来。

妙玉之文学与音乐的天才和修养既如上述,那么,妙玉之性情又怎样呢?妙玉的性情可以两字括之:就是"孤僻",而且乖僻得不近人情。有一次宝玉的生日,大观园诸姊妹和嫂嫂正在给他做寿,妙玉打发一个人送了一张粉红笺纸来,上面写着"槛外人妙玉恭肃遥叩芳辰","宝玉看毕,直跳了起来",因为"看他下着'槛外人'三字,自己竟不知回帖上回个什么字样才相敌",打算去问黛玉,可巧路遇邢岫烟(邢夫人的侄女),"宝玉忙问'姐姐哪里去?'岫烟笑道:'我找妙玉说话!'宝玉听了诧异道:'她为人孤僻,不合时宜,万人不入他的目。原来他推重姐姐,竟知姐姐不是我们一流的俗人!'岫烟笑道:'他也未必真心重我,但我和他做过十年的邻居,只一墙之隔。她在蟠香寺修炼,我家原寒素,赁房居住，就赁了他的庙里的房子，住了十年。无事到他庙里去作伴，我所认得的字都是承他所授。我和她又是贫贱之交，又有半师之分，因我们投亲去了，闻得他不合时宜，权势不容，竟投到这里来。如今又天缘凑合，我们得遇，旧情竟未改易。承他青目，更胜当日。'"（第六十三回）因此宝玉便把这件为难的事告诉岫烟，说着，遂把"拜帖取与岫烟看，岫烟笑道：'她这脾气竟不能改！竟是生成这等放诞诡僻了！从来没见拜帖上写别号的！这可是俗语说的僧不僧，俗不俗，女不女，男不男，成个什么理数？'宝玉听了，忙笑道：'姐姐不知道！他原不在这些人中算，他原是世人意外之人，因取了我是个些微有知识的，方给我这帖子！我因不知回什么字样才好，竟没了主意，正要去问林妹妹，可巧遇见了姐姐！'岫烟听了宝玉这话，且只管用眼上下细细打量了半日，方笑道：'隆道俗语说的：闻名不如见面！又怪不得妙玉竟下这帖子给你，又怪不得上年竟给你那些梅花！既是他这样，少不得我告诉你原故。他常说：古人中，自汉晋五代唐宋以来，皆无好诗，只有两句好，说道：纵有千年铁门槛，终须一个土馒头。所以他自称槛外之人。又常赞：文是庄子的好，故又或称为畸人。他若帖子上是自称畸人的，你就还他个世人。畸人者，他自称是畸零之人；你谦自己乃世中扰扰之人，他便喜了。如今他自称槛外之人，是自谓蹈于铁槛之外了！故你如今只下槛内人便合他的心了！'"（第六十三回）这种真够乖僻的了！但只是在名相上兜圈子，不惟说不上佛，也说不上有得于庄子，因为佛与庄最大的努力就是要打破一切名相。

妙玉只是乖而已矣，僻而已矣。但他的洁癖更是够受！第四十一回说："当下贾母等吃过了茶，又带了刘姥姥至栊翠庵来。妙玉忙接了进去，众人至院中，见花木繁盛，贾母笑道：'到底是他们修行的人，没事常常修理，比别处越发好看。'一面看，一面便往东禅堂来。妙玉笑往里让，贾母道：'我们才都吃了酒肉。你这里头有菩萨，冲了罪过。我们这里坐坐，把你的好茶拿来，我们吃一杯就去了。'妙玉听了，忙去烹了茶来。宝玉留神看他是怎样行事。只见妙玉亲自捧了一个海棠花式雕漆填金云龙献寿的小茶盘，里面放一个成窑五彩小盖盅，捧与贾母。贾母道：
'我不吃六安茶。'妙玉笑道：'知道！这是老君眉。'贾母接了，又
问：'是什么水？'妙玉笑道：'是旧年蠲的雨水。'贾母便吃了半盏，
笑着，递与刘姥姥说：'你尝尝这个茶！'刘姥姥便一口吃尽，笑道：
'好是好！就是淡些，再熬浓些，便好了！'贾母众人都笑起来。然后众
人都是一色官窑脱胎填白盖碗。那妙玉便把宝钗、黛玉的衣襟一拉，二人
随他出去，宝玉悄悄地随后跟了来，只见妙玉让他二人在耳房内，宝钗便
坐在榻上，黛玉便坐在妙玉的蒲团上，妙玉自向风炉上扇滚了水，另泡了
一壶茶，宝玉便走了进来！笑道：'偏你们吃体己茶么？'二人都笑道：
'你又赶了来饔茶吃，这里并没你吃的。'妙玉刚要去取杯，只见道婆收
了上面茶盏来，妙玉忙命将那成窑的茶杯别收，'搁在外头去罢！'宝玉
会意，知为刘姥姥吃了，他嫌肮脏不要了。又见妙玉另拿出两只杯来，一
个旁边有一耳，杯上镌着'狐爬斝'三个隶字，后有一行小真字是'晋王
恺珍玩'，又有'宋元丰五年四月眉山苏轼见于秘府'一行小字。妙玉斟
了一斝，递与宝钗，那一只形似钵而小，也有三个垂珠篆字镌着'点犀
盉'，妙玉斟了一盏与黛玉。仍将前番自己常日吃茶的那只绿玉斗来斟与
宝玉，宝玉笑道：'常言世法平等，他两个就用那样古玩珍奇，我就是个
俗器了！'妙玉道'这是俗器？不是我说狂话，只怕你家里未必找的出这
么一个俗气来呢？'宝玉笑道：'俗语说：随乡入乡，到了你这里，自然
把这金玉珠宝一概贬为俗器了。'妙玉听如此说，十分欢喜，遂又寻出一
只九曲十环二十节，蟠虬整雕竹根的一个大盏出来，笑道：'就剩了这一
个，你可吃的了这一海？'宝玉喜的忙道：'吃的了！'妙玉笑道：'你
虽吃的了，也没这些茶你糟踏！岂不闻一杯为品，二杯即是解渴的蠢物，
三杯是饮驴了，你吃这一海更成什么呢？'说的宝钗黛玉都笑了。妙玉执
壶，只向海内斟了约有一杯。宝玉细细吃了，果觉清淳无比，赏赞不绝。
妙玉正色道：'你这遭吃茶，是托他两个的福，独你来了，我是不能给
你吃的！'宝玉笑道：'我深知道，我也不领你的情，只谢她二人便是
了！'妙玉听了，方说：'这话明白！'黛玉因问：'这也是旧年的雨

水？'妙玉冷笑道：'你这么个人，竟是大俗人！连水也尝不出来！这是五年前，我在玄墓蟠香寺住着，收的梅花上的雪，统共得了那一鬼脸青的花瓶一瓶，总舍不得吃，埋在地下，今年夏天才开了。我只吃过一回，这是第二回了。你怎么尝不出来？隔年蠲的雨水哪有这样清淳？如何吃得？'黛玉知他天性怪僻，不好多话，亦不好多坐，吃过茶便约着宝钗走了出来，宝玉和妙玉陪笑道：'那茶杯虽然肮脏了，白撩了，岂不可惜？依我说，不如就给那贫婆子罢。他卖了也可以度日，你道使得么？'妙玉听了，想了一想，点头道：'这也罢了，幸而那杯子是我没吃过的；若是我吃过的，我就砸碎了，也不能给他。你要给他，我也不管，你只交给他，快拿了去罢！'"（第四十一回）妙玉因刘姥姥吃过的，便不叫道婆把那成窑五彩小盖盅收了进来，因为刘姥姥乃是乡下的土老二，牛屎腿，嘴自然是肮脏的，妙玉之洁癖真正有个八开，而且这一事实不只表现妙玉的好洁，并露出她内心中对于人类的社会观念。但是她这种怪僻的性情，也只有宝玉体贴得出。所以他连忙接口"道：'自然如此，你哪里和她说话去？越发连你都肮脏了。只交与我就是了。'妙玉便命人拿来递与宝玉，宝玉接了又道：'等我们出去了，我叫几个小么儿来，河里打几桶水来洗地如何？'妙玉笑道：'这更好了！只是你嘱他们抬了水，只搁在山门外头墙根下，别进门来！'宝玉道：'这是自然的！'"（第四十一回）妙玉的文学修养，她的音乐造诣等等既如彼，她的乖僻和洁癖又如此，大家一定会惊讶道："这真是个奇人！"但是我们若追求她的生活状态，则她的这种乖僻行径和性情，不是不可解释的。因为（1）看她的文学修养，艺术造诣，必然是出身富贵之家；（2）看她不露真姓名，大概是在恋爱战场上失败而被遗弃的人。人生受了这种打击，她的性情必然要受得剧烈的变动。——结果必变成古里古怪的脾气，就是乖僻，事事不近人情。我自己曾经遇见一个少年尼姑，她虽没有妙玉那样才貌，但她的中文也不错，唯识学也有好多年的功夫了。她那种多猜多忌、不近人情的性情行为，倒也差不多可与妙玉拜姊妹了。然而因为她对于人情世故一点也不知道，忽而还俗，忽而为尼，忽而留发，忽而削发，几乎为人所误。我细细体察她的这行动,知道她之削发为尼,大概也是情场失败的结果。因情场失败,而生活偏枯、忧郁,得不到性的调和,性情行为自然会流于偏倚,久而久之,遂习若天性了!不是奇人而是妙玉所自称的"畸人"了!但是也不过是"畸"其形,其心则实未尝"畸"也!因为她的内心也和我们一样地爱好人类的同居生活,她的心灵和肉体也和我们一样有一种迫切的需要——需要性的调和,并且需要得利害,需要得像饿猫一样,诸位不信,请听我道来:当她和惜春正在下棋时,宝玉来了,宝玉见了女子是最会殷勤的,一面和惜春说话,一面与妙玉施礼,一面又笑问道:'妙公轻易不出禅关,今日何缘下凡一走?'妙玉听了,忽然把脸一红,也不答言,低了头自看那棋!"(第八十七回)为什么忽然把脸一红,不是有动于中么?"不答言"比答言还要一往情深,"低了头"并不是"看棋",而是神魂飘荡,藉着"看棋"想收那"心猿意马"罢了!底下说得更明白:"宝玉自觉造次,连忙陪笑道:'倒是出家人比不得我们在家的俗人,头一件心是静的,静则灵,灵则慧,……'宝玉尚未说完,只见妙玉微微的把眼一抬,看了宝玉一眼,复又低下头去,那脸上的颜色渐渐地红晕起来。"(第八十七回)妙玉见了宝玉,又听了他的"轻易不出禅关"一句,已是局促不安,又被他这么一挑,更是尘心陡萌,情不自禁了,所以脸上才不知不觉地"红晕"起来,这时妙玉心里一定在说,什么在家出家?什么心灵心慧?老实说,假使不是种种关碍,我也与林黛玉、薛宝钗一样,和你耳鬓厮磨,形影相伴,以慰我这一颗渴望温情的寂寞心灵呢!诸位不要说我是锻炼周纳,其实我正是和弗洛夷德(Freud)一样,在做心理的分析。诸位不信,请再听我道来。妙玉自从和宝玉白天接触以后,又同他一阵听到林黛玉的琴音和歌吟,回至庵中:

"掩了庵门,坐了一回,把禅门日诵,念了一遍,吃了晚饭,点上香,拜了菩萨,命道婆自去歇着,自己的禅床靠背,俱已整齐,屏息垂帘,跏趺坐下,断除妄想,趋向真如。坐到三更过后,听得屋上'咯碌碌'一片瓦响,妙玉恐有贼来,下了禅床,出到前轩,但见云影横空,月华如水。那时天气尚不很凉,独自一个凭栏站了一会,忽听房上两个猫儿一递一声厮叫,那妙玉忽想起日间宝玉之言,不觉一阵心跳耳热。自己连忙收慑心神,走进禅房,仍到禅床上坐了,怎奈神不守舍,一时如万马奔驰,觉得禅床便恍(似应作晃)荡起来,身子已不在庵中,便有许多王孙公子要来娶她;又有些媒婆扯扯拽拽扶她上车,自己不肯去;一会儿又有盗贼劫她,持刀执棍的逼勒,只得哭喊求救。"(第八十七回)

妙玉的梦乃是日间和宝玉打了交道以后所引起的种种心情和平日所浮泛在脑里的思想之复映,如同影片一般,经过一种电力的发动,便一幕一幕地映了出来。因为人类有一种潜在的意识,凡人心有所欲而不可以告人;或爱某个至亲,而为礼教所束缚,不敢明言,潜在意识是没有什么道德观念的,但同时人类经过极悠久的社会生活和某一种礼教观念所熏陶又形成一种意识,它时时顾到社会的利害,所以人做梦时,有两个观念在冲突:一种是要冲破一切樊篱,直抒胸臆;一种则加以反对,此妙玉所以有种种矛盾的梦境也。后来她的结局,竟不出她的梦中所预示的兆头——被人抢去,虽不能说有什么直接因果关系,但她平日"毕竟尘缘未断",不能"一念不生,万缘俱寂",如四姑娘所说,则无可讳言!然而我要特别声明一句,我不是用礼教观念论妙玉,也不愿人"一念不生,万缘俱寂",其实"不生"是不可能,"俱寂"也绝对不可能!

尤三姐真是可敬可佩、可亲可爱,但她偏生在尤氏的后娘尤老娘怀里,给她做了拖油瓶,拖到尤家又偏碰到贾珍父子,是她们的至亲。尤二姐又偏偏由贾珍父子认得了贾琏,便上了钩,偷偷地、不明不白地嫁给贾琏做二房。又偏偏地柳湘莲路上救了薛蟠,又偏偏遇到贾琏,给她做了媒,把她许给小柳,可谓"天从人愿",哪知小柳误把三姐也当做二姐看待;又因东府(宁府)秽德彰闻,甚至当面对宝玉说:"你们东府里,只有一对石狮子是洁净的。"因而对于三姐的贞操发生怀疑,遂发生讨回送做定礼的"鸳鸯剑",取消婚约,而三姐竟引剑自刎的悲剧;小柳实无福消受这女中豪杰的温柔!但是三姐这种不屈不挠的精神是值得我们馨香顶礼的,单拿她那天晚上对付贾珍兄弟的那一幕说,比项羽、刘邦的鸿门宴上樊哙所表演的身手还要有声有色!却说贾琏娶了尤二姐,正在心满意足，而尤二姐因三姐的婚事没有着落，又因贾珍放了尤二姐，自然属意尤三姐。那天晚上偷偷地跑到贾琏的小公馆里，可巧贾琏也回来了，尤二姐和贾琏就想就此做成这事，贾琏遂跑到对过房里，"忙命人拿酒来，我和大哥吃两杯！因又笑嘻嘻向三姐儿道：'三妹妹为什么不和大哥吃个双杯儿？我也敬一杯给大哥和三妹妹道喜！'三姐儿听了这话，就跳起来，站在炕上，指着贾琏冷笑道：'你不用和我花马吊嘴的！咱们清水下杂面，你吃我看！见提着影戏人子上场儿，好歹别戳破这层纸！你别糊涂油蒙了心！打量我们不知道你府上的事么？这会子花了几个臭钱，你们哥儿两个，拿着我们姊妹两个权当粉头来取乐儿，你们就打错了算盘了！我也知道你那老婆太难缠，如今把我姐姐拐了来，做了二房；偷来的锣鼓儿打不得！我也要会会那凤奶奶去，看他是几个脑袋、几只手。若大家好，取和儿，便罢；倘或有一点叫人过不去，我有本事先把你两个的牛黄狗宝掏出来，再和那泼妇拼了这条命！吃酒怕什么？咱们就吃！'自己拿起壶来斟了一杯，自己先吃了半杯，揪过贾琏来就灌，说：'我倒不曾和你哥哥吃过，今日倒要和你吃一吃！咱们也亲近亲近！'吓得贾琏酒都醒了。贾珍也不承望尤三姐是这等拉的下脸来。弟兄两个本是风流场中耍惯的，不想今日反被这个闺女一席话说得不能答言。尤三姐看了这样，越发一迭连声，又说：'将姐姐请来要乐！咱们四个大家一处乐'。俗语说的'便宜不过当家，你们是哥哥兄弟；我们是姐姐妹妹，又不是外人，只管上来。'尤二姐反不好意思起来。贾珍得便就要溜，尤三姐哪里肯放？贾珍此时反后悔，不承望她是这种人，与贾琏反不好轻薄起来。"（第六十五回）尤三姐不但把贾珍、贾琏当做"牛"和"狗"看待，使他们近她不得；并且嬉笑怒骂，直把两个草包的公子哥儿，玩弄于股掌之上，"这尤三姐索性卸了妆饰，脱了大衣服，松松的挽个髻儿，身上只穿着大红袄儿，半掩半开，故意露出葱绿抹胸，一痕雪脯底下，绿裤红鞋，鲜艳夺目，忽起忽坐，忽喜忽嗔，没半刻斯文。两个坠子就和打秋千一般，灯光之下，越显得柳眉笼罩，檀口含丹。本是一双秋水眼，再吃了几杯酒，越发横波入鬓，转盼流光，真把那贾珍二人弄得欲近不敢，欲远不舍！迷离恍惚，落魄垂涎。再加方才一席话，直将二人禁住，弟兄两个竟全然无一点儿能为！别说调情斗口，竟连一句响亮话都没了！尤三姐自己高谈阔论，任意挥霍，村俗流言，洒落一阵，由着性儿拿他弟兄二人嘲笑取乐。一时他的酒足兴尽，更不容他弟兄多坐，竟撵了出去，自己关门睡去了。"（第六十五回）尤三姐所以如此泼辣，并非偶然，乃是深深识透这些纨绔子弟的心理，不如此不足以震慑他们那种"癞虾蟆想吃天鹅肉"的妄念，拘束他们那种肆行无忌的行动。不但此也，并且再进一步，露出自己的美的胸脯，显给他们看，这便是现在摩登小姐袒胸赤腿现出那足以引诱人的肉的美来的用意，是不尽相同。现代女郎之现出肉的美是叫人爱慕，但对于人家的爱，却未必也和尤三姐一样地这样严格。尤三姐故作此态，乃是示以色相，同时又使他们可望而不可即，直视贾氏弟兄为无物，为天下后世被人欺污的女子出了一口不平之气！但是列位！尤三姐果真是白痴么？果真没有性的需要，即异性爱么？大大地不然！因为：

"他母亲和二姐儿也曾十分相劝，他反说：'姐姐糊涂！咱们金玉一般的人，白叫这两个现世宝玷污了去，也算无能，而且他家现放着个极利害的女人，如今瞒着自然是好的，倘或一日，她知道了，岂肯干休？势必有一场大闹，你二人不知准生谁死，这如何便当作安身乐业的去处？'"（第六十五回）

这一方面表示她的自尊心，真正有自尊心的人，才能自爱。另一方面表示她的锐利观察，她对于世情极其透彻，所以不肯白糟踏了自己的身子。但这只是表示她对于爱情十分慎重的态度。而且她不是个无情的女子，因为她十分慎重，不肯轻易表示，而且人世滔滔，满意的人不易得，不得不加以选择，即有所择，亦不肯轻易透露。一日尤二姐和贾琏备了酒请她吃饭，打算诚心相劝，尤三姐"也不用她姐姐开口，便先滴泪说道：'姐姐今日请我，自然有一番大道理要说，但只我也不是糊涂人，也不用絮絮叨叨的。从前的事情我已尽知，说也无益！既如今姐姐也得了好处安身，妈妈也有了安身之处，我也要自寻归结去，方是正礼，但终身大事一生至一死非同儿戏。向来人家看着咱们娘儿们微息，都安着不知什么心，我所以破着没脸，人家才不敢欺侮，这如今要办正事，不是我女孩儿家没羞耻，必得我拣一个素日可心如意的人方跟他，若凭你们拣择，虽是有钱有势的我心里进不去，白过了这一世。'"（第六十五回）

尤三姐这一段慷慨陈词，简直可以做我们的"爱经"读。第一，她在二百年前，"父母之命，媒妁之言"的礼教圈子内，竟而标出自由恋爱——拣一个可心如意的人方跟他——的旗帜，身体而力行之，这是何等的先见？！何等的勇敢？！第二，她始终瞧不起贵族世家中的纨绔子弟，所以决心不跟贾珍一辈人打交道，因为她"心里进不去"，恐怕"白过了这一世"。这又是何等自尊自爱的精神？！第三，现在的摩登小姐，我们在大都市中常常看见，她和他见面还不到几点钟，便订起婚约来，不到几天，便大结其婚，又不到几天，却又看她们到律师那里办离婚手续，在报上登离婚启事了！尤三姐这一段话对他们又是何等的讽刺啊！第四，尤三姐既如此刚烈，如此自尊自爱，那么对于尤二姐嫁贾琏做二房当然是极端反对的；背前背后，她劝阻尤二姐当然不止一次，这也是可以揣测得到的。而尤二姐竟嫁了贾琏，这在她看来是何等的侮辱？何等的可耻？何等的危险？她的内心又何等痛苦啊！而她之自处又何等冰清玉洁、庄严神圣啊！不幸，她生在尤家，不幸和太不自爱的尤二姐为姊妹，又不幸处在秽行彰闻的贾珍家里的瓜田李下，他的意中人柳湘莲竟误下断语，把三姐看成二姐一样人物，又把她看做东府里一堆肮脏东西的一个，这固然是小柳无福，亦可见环境之误人大矣！然而三姐毫不迟疑地以颈血雪此奇耻，践彼前言，俯仰无愧，青年男女均当绣像祀之！

晴雯原来是伺候贾母的丫头，后来拨给宝玉的，晴雯是宝玉房中一个最出色的丫头。她为人又美貌，又伶巧，又锋利，又决断，又有志气。那么，她的貌是怎样的美呢？晴雯的貌，差不多像林黛玉，王夫人检查大观园时：

"猛然触动往事，便问凤姐道：'上次我们跟了老太太进园逛去，有一个水蛇腰、削肩膀儿、眉眼又有些像你林妹妹的，正在那里骂小丫头，我心里很看不上那狂样子，因同老太太走，我不曾说得。后来要问是谁，又偏忘了。今日对了栏儿，这丫头想必就是他了。'凤姐道：'若论这些丫头们，总共比起来，都没晴雯生得好……'"（第七十四回）

　　据此，则晴雯之貌，在大观园的众丫鬟中，当推为皇后了。那么伶巧又是怎样呢？有一次，宝玉出去应酬，贾母赐他一件"金翠辉煌，碧彩闪灼"的名叫"雀金呢""孔雀毛的氅衣"。这件氅衣的料子乃是"俄罗斯国拿孔雀毛拈了线织的"，贾母只有这一件了，其宝贵可知。不料宝玉出客回来，发现它的"后襟子上烧了一块"，他便"瞎声顿足"地说："今儿老太太欢欢喜喜地给了我这件褂子！"（第五十二回）而且明天还要出去穿。要拿出去织补，天已晚了，来不及；若不拿出去织补，房中的丫头们，只有晴雯一个有这种本领，她恰巧又在病中。大家正在没法，"晴雯听了半日，忍不住翻身说道：'拿来我瞧瞧罢？没那福气穿就罢了！'说着，麝月便递与晴雯，移过灯来，细瞧了一瞧，说道：'这是孔雀金线的，如今咱们也拿孔雀金线，就像界线似的，界密了，只怕还可混得过去！'麝月道：'孔雀金线现成的，但这里除你还有谁会界线？'晴雯道：'说不得，我挣命罢了！'宝玉忙道：'这如何使得？才好了些，如何做得生活？'晴雯道：'不用你蝎蝎螫螫的！我自知道。'一面说，一面坐起来，挽了一挽头发，披了衣裳，只觉头重身轻，满眼金星乱进，实在撑不住，待不做又怕宝玉着急，少不得狠命咬牙挣着，便命麝月只帮着拈线，晴雯先拿了一根比一比，笑道：'这虽不很像，若补上，也不很显。'宝玉道：'这就很好，哪里又找俄罗斯国的裁缝去？'晴雯先将里子拆开，用茶杯口大小一个竹弓钉绷在背面，再将破口四边用金刀刮得散松松的，然后用针缝了两条，又看看织补不上三五针，便伏在枕上歇一会。宝玉在旁，一时又拿一件灰鼠斗篷替他披在背上，一时又拿个枕头与他靠着，急得晴雯央道：'小祖宗，你只管睡罢！再熬上半夜，明儿把眼睛抠搂了，那可怎样好？'宝玉见他着急，只得胡乱睡下。仍睡不着。一时只听自鸣钟已敲了四下，刚刚补完，又用小牙刷慢慢地刷出绒毛来。麝月道：'这就好了！若不留心，再看不出的！'……晴雯已嗽了几阵，好容易补完了，说了一声：'补虽补完了，到底不像，我再也不能了。'嗳唉了一声，便身不由主倒下了！"（第五十二回）这一段故事不但表现了晴雯的聪明伶巧和技能，并表示她一心怕宝玉吃苦，丝毫不曾顾惜她自己的身子，确是个有肝胆的女子！晴雯说话也极锋利，当王夫人搜查大观园，派人叫了她来"冷笑道：'好个美人儿！直像个病西施了！你天天作这轻狂样儿给谁看？你干的事打量我不知道么？我且放着你，自然明儿揭你的皮！宝玉今日可好些？'晴雯一听如此说，心内大异，便知有人暗算了他。虽然着恼，只不敢作声。她本是个聪明过顶的人，见问：'宝玉可好些？'便不肯以实话答应，忙跪下回道：'我不大到宝玉房里去，又不常和宝玉在一处，好歹我不能知，那都是袭人和麝月两个人的事。太太问他们。'王夫人道：'这就该打嘴！你难道是死人，要你们做什么！'晴雯道：'我原是跟老太太的人，因老太太说，园里空大人少，宝玉害怕，所以拨了我去外间屋里上夜。不过看屋子。我原回过：我怕不能服侍。老太太骂了我：又不叫你管他的事，要伶俐的做什么？我听了，不敢不去，才去的。不过十天半月之内，宝玉叫着了，答应几句话就散了；至于宝玉的饮食起居，上一层有老奶奶、老妈妈们；下一层有袭人、麝月、秋纹几个人。我闲着还要做老太太屋里的针线，所以宝玉的事竟不曾留心，太太若怪，从此后我留心就是了！'"（第七十四回）本来她是宝玉最得意的一个丫头，也是最亲密的一个丫头。有一次她把宝玉的一把扇子跌断了，宝玉生了气，她也火了，宝玉竟搬了一大堆好扇子，给她撕，她一口气撕了好几把，撕累了，才不撕，可见宝玉对她的情分了。她今天看了王夫人的来势不对，便转过口气，用金针倒顶门的法子，说她不常和宝玉接近，"太太若怪，从此后我留心就是了"堵住了王夫人的嘴，虽然这话救不了她，但她的言语却是锋利而机警的。那天，晴雯、宝玉正在生气，晴雯顶撞了几句，宝玉气得浑身乱战。正在不开交的时候，"袭人忙过来向宝玉道：'好好的，又怎么了？可是我说的，一时我不到，就有事故儿？'晴雯听了冷笑道：'姐姐既会说，就该早来也省了爷生气。自古以来就是你一个人服侍爷的，我们原没服侍过。因为你服侍的好，昨日才挨窝心脚，我们不会服侍的，明日还不知是个什么罪呢！'袭人听了这话，又是恼，又是愧，待要说几句话，又见宝玉已经气得黄了脸，少不得自己忍了性子，推晴雯道：'好妹妹你出去逛逛，原是我们的不是！'晴雯听了他说'我们'二字，自然是他和宝玉了，不觉又添了醋意，冷笑几声道：'我们不知道你们是谁？别叫我替你们害臊了！便是你们鬼鬼祟祟干的那事，也瞒不过我去，哪里就称起我们来了！那明公正道连个姑娘还没有挣上去呢，也不过和我似的，哪里就称上我们了？'"（第三十一回）这一席话赛过一把尖刀直刺入袭人的心坎，晴雯姑娘的嘴好锋利啊！晴雯做事也果决，恶恶之心太甚。有一次宝玉房里小丫头坠儿偷了东西，被她晓得了，正当她病时"吃了药仍不见病退，急的乱骂大夫说：'只会骗人的钱，一剂好药也不给人吃。'麝月笑劝他道：'你太性急了！俗语说，病来如山倒，病去如抽丝。又不是老君仙丹，哪有这样灵药？你只静养几天，自然好了，你越急越难着手。'晴雯又骂：'小丫头子哪里攒沙去了？瞧我病了，都大着胆子走了，明儿我好了，一个一个的才揭了你们的皮呢，'吓的小丫头子定儿忙进来问：'姑娘做什么？'晴雯道：'别人都死绝了，就剩了你不成？'说着只见坠儿也蹭了来，晴雯道：'你瞧瞧这小蹄子，不问他，还不来呢！这里又放月钱了，又散果子了，你该跑在头里了，你往前些，我不是老虎吃了你！'坠儿只得往前凑了几步，晴雯便冷不防，欠身一把将他的手抓住，向枕边拿起一丈青，向他手上乱戳，口内骂道：'要这爪子作什么？拈不得针，拿不动线，只会贪嘴吃，眼皮子浅，爪子又轻，打嘴现世的不如戳烂了！'坠儿疼得乱喊，麝月忙拉开，按着晴雯躺下道：'你才出了汗，又作死；等你好了，要打多少，打不得？这会子闹什么？'晴雯便命人叫宋嬷嬷进来，说道：'宝二爷才告诉了我：叫我告诉你们：坠儿很懒，宝二爷当面使他，他拨嘴儿不动，连袭人使他也背地骂她。今儿务必打发他出去，明儿宝二爷亲自回太太就是了。'"（第五十二回）宝玉多少大丫头听见坠儿偷东西，都没发作，惟有晴雯枪到马快，说做就做，毫不犹疑。后来她带着病，被人暗算怂恿王夫人把她撵出大观园，一病呜呼，但是她在弥留之际，宝玉偷着去看病那一幕，着实悲惨生动：

四 几个奇女子

"一日（晴雯），才朦胧睡了，忽闻有人唤她，强展双眸，一见是宝玉，又惊，又喜，又悲，又痛，一把死搢住他的手，哽咽了半日，方说道：'我只当不得见你了。'接着便嗽个不住，宝玉也只有哽咽之意。晴雯道：'阿弥陀佛！你来得好，且把那茶倒半碗我吃，渴了半日，半个人也叫不着'，宝玉听说，忙拭泪问：'茶在哪里？'晴雯道：'在炉台上。'宝玉看时，虽有个黑煤乌嘴的吊子，也不像个茶壶。只得桌上去拿个茶碗，未到手先闻得油膻之气。宝玉只得拿些水洗了两次，复用自己的绢子拭了，闻了闻，还有些气味，没奈何提起壶来斟了半碗，看时，绛红的，也不大像茶，晴雯扶枕道：'快给我吃一口罢，这就是茶了，哪里比得咱们的茶呢？'宝玉听说，先自己尝了一尝，并无茶味，咸涩不堪，只得递与晴雯。只见晴雯如得了甘露一般，一气灌下去了。宝玉看着，眼中泪直流下来，连自己的身子都不知为何物了。一面问道：'你有什么说的，趁着没人，告诉我。'晴雯呜咽道：'有什么说的？不过捱一刻是一刻，捱一日是一日。我已知横竖不过三五日的光景我就好回去了，只是一件我不甘心，我虽生得比别人好些，并没有私情勾引，怎么一口死咬定了我是个狐狸精！我今日既担了虚名，况且没了远限，不是我说一句后悔的话，早知如此，我当日……'说到这里，气往上咽，便说不出来，两手已经冰冷。宝玉又痛，又急，又害怕，便歪在席上，一只手搭着他的手，一只手给他轻轻地捶打着，又不敢大声地叫，真真万箭穿心。两三句话时晴雯才哭出来。宝玉拉着她的手，只觉枯瘦如柴，腕上犹戴着四个银镯，因哭道：'除下来，等好了再戴上去罢。'又说：'可惜这两个指甲，好容易长了两寸长，这一病好了，又伤好些。'晴雯拭泪把那手用力拳回搁在口边，狠命一咬，只听'嗤'的一声，把两根葱管一般的指甲齐根咬下，拉了宝玉的手，将指甲搁在他手中，又回手硬撑着连揪带脱，在被窝内，将贴身穿着的一件旧红绫小袄脱下，给了宝玉，不想虚弱透了的人，哪里禁得这样的抖搂。早喘成一处了。宝玉见了他这般，已经会意，连忙解开外衣，将自己的袄儿褪下来，盖在她身上，却把这件穿上，不及扣纽只用外间衣服掩了。刚系腰时，只见晴雯睁眼道：'你扶我起来坐坐。'宝玉只得扶他,哪里扶得起?好容易欠起半身,晴雯伸手把宝玉的袄儿往自己身上拉,宝玉连忙给他披上了,拖着胳膊,伸上袖子,轻轻放倒,然后将他的指甲装在荷包里,晴雯哭道:'你去罢!这里肮脏,你哪里受得?你的身子要紧!今日这一来,我就死了,也不枉担了虚名!'"(第七十七回)宝玉脱险走了。晴雯不久也就怀着恨,结束了她的一生。关于晴雯除了我们前面所举的她的美德外,还有两件事情须得郑重指出:第一,晴雯被人暗算,逐出大观园,乃是鼓着勇气出来的,丝毫没向人求饶,这是值得我们顶礼的;第二,她虽和宝玉那样亲密,甚至宝玉曾叫她到被窝里取暖,她始终没有"私情勾引",只是一团可爱的天真友谊,然卒被她者中伤以逐以死,也是值得我们对她洒一掬同情之泪的!

司棋是迎春的丫头。有一次鸳鸯从李纨那里(稻香村)回来,"刚至园门前,……独自一人,脚步又轻,所以该班的人(指看守园门的人而言)皆不理会,偏要小解,因下了甬道,找微草处走动。行至一块湖山石后,大桂树底下来。刚转至石后,只听一阵衣衫响,吓了一惊不小,定睛一看,只见是两个人在那里,见他来了,便想往树丛石后藏躲,鸳鸯眼尖,趁着半明的月色,早看见一个穿红裙子、梳鬅头、高大丰壮身材的是迎春房里的司棋。鸳鸯只当他和别的女孩子,也在此方便,见自己来了,故意藏躲吓着玩耍。因便笑叫道:'司棋你不快出来,吓着我,我就喊起来,当贼拿了!这么大丫头,也没个黑夜白日,只是顽不够!'这本是鸳鸯戏语,叫他出来,谁知他贼人胆虚,只当鸳鸯已看见他的首尾了,生恐叫喊出来,使众人知觉更不好,且素日鸳鸯又和自己亲厚,不比别人,便从树后跑出来,一把拉住鸳鸯,便双膝跪下,只说:'好姐姐千万别嚷!'鸳鸯不知为什么,忙拉起来,问道:'这是怎么说?'司棋只不言语,拿手帕拭泪,鸳鸯越不解,再瞧了一瞧,又有一个人影儿,恍惚像个小厮,心下便猜着了八九分,自己反羞得心跳耳热,又怕起来。因定了一会,忙悄问:'那一个是谁?'司棋又跪下道:'是我姑舅哥哥!'鸳鸯啐了一口,却羞得一句话也说不出来,司棋又回头悄叫道:'你不用藏躲,姐姐已经看见了,快出来叩头。'那小厮听了,只得从树后跑出来叩头如捣蒜。鸳鸯忙要回身，司棋拉住苦求，哭道：'我们的性命，都在姐姐身上！只求姐姐超生我们罢。'鸳鸯道：'你不用多说了，快叫他去罢！横竖我不告诉人就是了。'"（第七十一回）鸳鸯不惟没告诉人，因司棋吓病了，她反倒去看她，安慰她。这是后话。却说，司棋的姑舅兄弟一吓，第二天就"逃之夭夭"了。"司棋听了，又急，又气，又伤心，因想道：'纵然闹出来也该死在一处！真真男人无情意，先就走了！'"（第七十二回）司棋这却错怪了好人，后来王夫人惑于少数人的谰言，检查大观园，在司棋的箱中搜出"一双男子棉袜，并一双缎鞋，又有一个小包袱，打开看时，里面是一个同心如意，并一个字帖儿"（第七十四回）。上面写着她们的情话，在那时，一个丫头偷情，是犯大逆不道的，登时第二天，被赶了出来。但是这时司棋只是"低头不语也并无畏惧惭愧之意"，乖觉的凤姐，已经觉得可异了。"忽然那一日他表兄来了，他母亲见了，恨得什么是的，说：他害了司棋，一把拉住要打，那小子不敢言语，谁知司棋听见了，急忙出来，老着脸和他母亲道：'我是为他出来的，我也恨他没良心，如今他来了，妈又打他，不如勒死了我。'她母亲骂她：'不害臊的东西，你心里要怎样？'司棋说道：'一个女人配一个男人，我一时失脚上了他的当，我就是他的人了。绝不可再失身给别人的，我恨他为什么这样胆小，一人作事一人当，为什么要逃，就是他一辈子不来了，我也一辈子不嫁人的；妈要给我配人，我原拼着一死的，今日他来了，妈问他，怎么样？若是他不改心，我在妈跟前叩了头，只当是我死了，他到哪里我跟到哪里，就是讨饭吃，也是愿意的。'他妈气得了不得，便哭着骂着说：'你是我的女儿，我偏不给他，你敢怎么着？'哪知道那司棋这东西糊涂，便一头撞在墙上，把脑袋撞破，鲜血直流竟死了。他妈哭着，救不过来，便叫那小子偿命，他表兄说道：'你们不用着急，我在外头原发了财，因想着他才回来的，心也算是真了。你们若不信，只管瞧。'说着，打怀里掏出一匣子金珠首饰来，他妈妈看见了，便心软了说：'你既有心，为什么总不言语？'他外甥道：'大凡女人都是水性杨花，我若说有钱，他便是贪图银钱了，如今他的为人，就是难得。我把金珠给你们，我去买棺盛殓她。'那司棋的母亲接了东西也不顾女孩儿了，便由着外甥去。哪里知道叫人抬了两口棺材来。司棋的母亲看了诧异说：'怎么棺材要两口？'他外甥笑道：'一口装不下，得两口才好。'司棋的母亲见他的外甥又不哭，只当是他心疼傻了，岂知他忙着就把司棋收拾了，也不啼哭，眼错不见，把带的小刀子，往脖子里一勒，也就死了！司棋的母亲懊悔起来，倒哭得了不得。"（第九十二回）可怜这两条葱管般可爱的青春少年，就这样玉碎花凋了！但我们就这一件事实便看出如下几个可宝贵的教训：（1）司棋真是二三百年前中国封建礼教中一个明目张胆向亲权提出了自由结婚的要求；不得，则以颈血溅之的巾帼英雄。（2）她虽提出了自由恋爱的要求，同时却又坚决地主张"一个女人配一个男人"；只要对方"不改心"，那就"他到哪里，我就跟到哪里，就是讨饭，也是愿意的"。这才是真正的"情种"！才配说恋爱！才不辱没这个圣洁的名词——爱！（3）司棋的表兄小潘也和她一样，了无愧色！他那种从容不迫地给司棋装殓，又从从容容地自刎而死，这又是一个真正的情种！这一对情种不出自世代簪缨、钟鸣鼎食之家，如贾府，而乃出自奴婢之家，这是多么尖刻的讽刺啊！现在一般男女讲恋爱，十九都是先要采问对方的财产、地位，或则今天见面，立刻之间便订婚、结婚，两人同到报馆联名登报，通告亲友，报喜；也许明天或后天两人便又同到同一报馆联名登报离婚。那么，司棋她们一对爱人的悲剧，对于现世的一些儿女，又是多么尖刻的讽刺啊！（4）司棋的母亲在不到半天工夫之内，所表现的面目、情感和心理状态是多么冷暖和矛盾，那对于当时的，甚至后世的社会人心，又是多么辛辣的一幅人心解剖的画图啊！当她的外甥回来，没有说明自己有了钱的时候，她又打又骂，恨不得把他挥诸大门之外，自然谈不上把女儿嫁给他了。及至，女儿死了，见了小潘的"金珠首饰"，便另换了一种面孔，只顾照顾小潘，直取金银珠宝，不但又认得外甥，甚至"接了东西，也不顾女孩儿了"，甚至埋怨她的外甥"为什么不早说？"这种无耻的狗脸，真是"肺肝如见"！小潘回答却也犀利无比！他道："大凡女人都是水性杨花：我若说有钱，他便是贪图银钱了！"司棋真丝毫没贪图银钱！但这几句话却把司棋母亲一流人物，甚至她们的祖宗八代都骂尽了！甚至她们后代儿孙这一流的，也都骂尽了！我读红楼至此常常引曾国藩给朋友的信上的一句话："积年养疥为君一搔！"连那个贪毒无耻、残贼不仁的凤姐对于司棋都不得不做如下的赞叹：

"哪有这样傻丫头！偏偏就碰见这个傻小子！怪不得那一天翻出那些东西来，他心里没事人似的，敢只是这么个烈性孩子！"（第九十二回）

紫鹃也是贾府的一个丫头，原来是伺候贾母的，黛玉来了以后，虽然随身带有雪雁，但贾母不放心，便把紫鹃派给黛玉。说来也奇！俗话道："生得亲，不如过得亲。"雪雁虽是黛玉从南边带来的，但其人糊糊涂涂，一团孩稚气，对于黛玉并不细心体贴。紫鹃却恰恰相反。她虽是贾母派来的，却和黛玉非常相投，对于黛玉实能体贴周到，差不多可以说，她和黛玉息息相关，黛玉的一举一动，一颦一笑，她都留心。她是黛玉的唯一同情者，同时就是黛玉的唯一拥护者。每逢黛玉和宝玉拌嘴时，紫鹃总是在旁劝解，尽力调护。有一次宝玉来了，要吃茶，黛玉命紫鹃不要睬他，紫鹃笑道：他是客原该倒给他吃的。这在表面上看来，似乎是紫鹃不听话，实则正是极力维持宝黛两人的交情。又有一次，黛玉和宝玉拌嘴，宝玉砸玉，黛玉则哭，把汤药都吐了出来。紫鹃忙上来用手帕子接住，登时一口一口地把块手帕子吐湿……紫鹃道："虽然生气，姑娘到底也该保重着，才吃了药好些，这会子因和宝二爷拌嘴，又吐了出来，倘或犯了病，宝二爷怎么过得去呢？"这话虽然和袭人劝宝玉的话："你和妹妹拌嘴，不犯着砸他（指玉），倘或砸坏了，叫他心里脸上怎么过得去？"差不多同一声口，但袭人注重脸上，便是世俗之情，与紫鹃用心不同。且袭人之于宝玉有始无终，此种解劝便无真情；紫鹃后来对于黛玉始终其事，便证明此等劝解，乃系吐自肝胆，真情实话。

有一次，乱子闹得可大了！"这日宝玉因见湘云渐愈，然后去看黛玉。正值黛玉才歇午觉，宝玉不敢惊动，因紫鹃正在回廊上，手里作针线，便上来问他：'昨日夜里咳嗽可好些？'紫鹃道：'好些了。'宝玉笑道：'阿弥陀佛！宁可好了罢！'紫鹃笑道：'你也念起佛来了，真是新闻!'宝玉笑道:'所谓病笃乱投医了。'一面说,一面见他穿着弹墨绫薄棉袄,外面只穿着青缎夹背心,宝玉便伸手向他身上摸了一摸,说道:'穿这样单薄还在风口里坐着,时气又不好,你弄病了,越发难了!'紫鹃便说道:'从此咱们只可说话,别动手动脚的;一年大二年小的,叫人看着不尊重,打紧的那起混帐行子背地里说你,你总不留心,还只管和小时一般行为,如何使得?姑娘常常吩咐我们,不叫和你说笑。你近来瞧着他远着你还恐不及呢?'说着,便起身携了针线,进别的屋里去了。"(第五十七回)紫鹃对宝玉这种态度,完全是从黛玉的内心深处出发,一来是替黛玉担忧,因而对于宝玉的爱情还不敢确信;二来是想用这种"激将法"一激,看看宝玉发生什么反应;三来是因此促进宝玉对于黛玉的爱情益发明朗化。若果我这种分析不错的话,那紫鹃的目的可算是件件都达到了,因为"宝玉见了他这般景况,心中像浇了一盆冷水一般,只瞧着竹子发了一回呆,因祝妈正在那里挖土种竹,扫竹叶子,顿觉一时魂魄失守,随便坐在一块山石上出神,不觉滴下泪来,直呆了一顿饭工夫,千思万想,总不知如何是可。"(第五十七回)旋被雪雁看见了,劝他"快家去",宝玉说了许多似疯似癫的气话,雪雁回去,便一五一十地把她所见所闻的告诉了紫鹃,雪雁还在鼓里蒙着,莫名其妙,紫鹃却胸中雪亮,"听了"这番话,便"忙问:'在哪里?'雪雁道:'在沁芳亭后头桃花底下呢!'紫鹃听说,忙放下针线,又嘱咐雪雁:'好生听叫!若问我,答应我就来!'说着便出了潇湘馆,一意来寻宝玉。走至宝玉跟前含笑道:'我不过说了那两句话,为的是大家好,你就一气跑到这风地里来哭,弄出病来还了得!'宝玉笑道:'谁赌气了?我因为听你说得有理,我想:你们既这样说,自然别人也是这样说,将来渐渐的都不理我了!我所以想到这里,自己伤起心来了!'紫鹃也便挨他坐着,宝玉笑道:'方才对面说话,你尚走开,这会如何又来挨我坐着?'"紫鹃这时才晓得了宝玉对黛玉的心并没有改变,目的已达;又恐怕宝玉太伤心,便用话岔开道:"'你都忘了!几日前你们姊妹两个正说话,赵姨娘一头走了进来,道:我才听见他不在家,所以我来问你;正是,前日你和她才说了一句燕窝，就歇住了，总没提起，我正想着问你。'宝玉道：'也没什么要紧。不过我想着宝姐姐也是客中，既吃燕窝，又不可间断，若只管和她要，也太托实，虽不便和太太要，我已经在老太太跟前，略露了个风声，只怕老太太和凤姐说了。我告诉他的，并没告诉完；如今我听见：一日给你们一两燕窝，这也就完了。'紫鹃道：'原来是你说了，这又多谢你费心！……'"（第五十七回）好个紫鹃丫头！她简直是黛玉的全权代表了！你听她的口气——"这又多谢你费心！"多么贴心的一个丫头！不过紫鹃对于宝玉还不十分放心，想再依前法，进一步，试探一下，她借着宝玉笑道："这要天天吃惯了，吃上二三年就好了"的一句话，挑逗"道：'在这里吃惯了，明年家去，哪里有这闲钱吃这个？'宝玉听了，吃了一惊，忙问：'谁家去？'紫鹃道：'妹妹回苏州去！'宝玉笑道：'你又说白话！苏州虽是原籍，因没了姑母，无人照看，才接了来的。明年回去找谁？可见你扯谎！'紫鹃冷笑道：'你太看小了人！你们贾家独是大族，人口多的，除了你家，别人只得一父一母，房族中真个再无人了不成？我们姑娘来时，原是老太太心疼他年小，虽有叔伯不如亲父母，故此接来住几年，大了，该出阁时，自然该送还林家的，终不成林家女儿在你贾家一世不成？'"（第五十七回）你听听什么"你家"、"你们贾家"、"我们姑娘"、"林家"、"你贾家"！林贾二家、你们我们分得清清楚楚，则紫鹃死心塌地忠于黛玉，真可说是"诚诸中而形诸外"了！这还不算，她又接着一步紧一步地道："林家虽贫到没饭吃，也是世代书香人家，断不肯将他家的人丢与亲戚冥落耻笑；所以早则明年春天，迟则秋天，这里总不送去，林家亦必有人来接的。前日夜里姑娘和我说了，叫我告诉你：将从前小时顽的东西，有他送你的，叫你都打点出来，还他；他也将你送她的打点在那里呢！"（第五十七回）紫鹃凭空造出这一大篇诓，有两种动机：一是代黛玉说出不平之气，免得人家，甚至宝玉，因林家家道衰微而看轻了黛玉；二是要借着这等于"哀的美敦书"的口气，逼出宝玉关于他和黛玉婚姻问题的最后一句诺言，却不料几乎闹了大乱子！因为"宝玉听了，便如头顶上响了一个焦雷一般。紫鹃看他怎样回答，等了半天，见他只不作声，才要再问，只见晴雯找来说：'老太太叫你呢！谁知在这里？'紫鹃笑道：'在这里问姑娘的病症，我告诉了他半日，他只不信，你倒拉他去罢！'说罢，自己便走回房去了。晴雯见他呆呆的一头热汗，满脸紫涨，忙拉他的手一直到怡红院中。袭人见了这般，慌起来了。只说时气所感，热身被风扑了。无奈宝玉发热事犹小可，更觉两个眼珠儿直直的起来，口角边津液流出，皆不知觉。给他个枕头，他便睡下；扶他起来，他便坐着，倒了茶来，他便吃茶。众人见了这样，一时忙乱起来，又不敢造次去回贾母。先便差人去请李嬷嬷来。一时李嬷嬷来了，看了半日，问他几句话也不回答，用手向他脉上摸了摸，嘴唇人中上着力掐了两下，掐得指印如许来深，竟也不觉疼。李嬷嬷只说了一声'可了不得了！''呀'的一声，便搂头放声大哭起来。急得袭人忙拉她说：'你老人家瞧瞧如何？且告诉我们，去回老太太、太太去！你老人家怎么先哭起来？'李嬷嬷捶床倒枕说：'这可不中用了！我白操了一世的心了！'袭人因他年老多知，所以请他来看，如今见他这般一说，信以为实，也哭起来了。晴雯便告诉袭人，方才如此这般，袭人听了，便忙到潇湘馆来，见紫鹃正服侍黛玉吃药，也顾不得什么，便走上来问紫鹃道：'你才和我们宝玉说了些什么话？你瞧瞧他去！你回老太太去，我也不管了！'说着，便坐在榻上。黛玉忽见袭人满面急怒，又有泪痕，举止大变，便不免也着了忙，因问：'怎么了？'袭人定了一回，哭道：'不知紫鹃姑奶奶说了些什么话，那个呆子眼也直了，手脚也冷了，话也不说了，李嬷嬷掐着也不疼，已死了大半个子！连李嬷嬷都说不中用了，那里放声大哭，只怕这会子都死了！'"（第五十七回）惹起宝玉发了狂，害了一场大病，几乎把命送了。"解铃还须系铃人"，后来还亏紫鹃去伺候他，才把他的牛心回转过来。紫鹃只得无事时，把真话告诉他道："那些顽话都是我编的，林家实没了人口，纵有，也是极远的族中，也都不在苏州住，各省流寓不定。纵有人来接，老太太也未必放去。"宝玉道："便老太太放去，我也不依。"这已到"图穷匕首见"的时候，紫鹃又一逼，笑道："果真的不依，只怕是口里的话；你如今也大了，连亲也定了，过二三年再娶了亲，你眼睛里还有谁了？"又惹宝玉指天誓日地发了一大泡子废话；紫鹃又逼紧一步，明白告诉宝玉，她之所以要说这些话来试探的心思，却仍转了一个大弯子，笑道："你知道，我并不是林家的人，我和袭人、鸳鸯是一伙的，偏把我给了林姑娘使，偏生他又和我极好，比他苏州带来的还好十倍。一时一刻我们两个都离不开。我如今心里却愁他，倘或要去了，我必要跟了他去的。我是合家在这里，我若不去，辜负了我们素日的情义；若去，又弃了本家。所以我疑惑，故说出诳话来问你，谁知你就傻闹起来。"紫鹃这种设词，拿自己做个幌子，既保持黛玉的身份，又不露一点痕迹，自然高人一等，逼出宝玉的真情实话来："从此你别愁，我告诉你一句打夯儿的话：活着，咱们一处活着；不活着，咱们一处化灰化烟，如何？"紫鹃这时才算如愿以偿，所以"心下暗暗筹算"。这种筹算自然非为己谋，仍是全然为黛玉打算。现在"探骊"既已"得珠"，眼看着宝玉也好了，心里倒是记挂着那一个，便同宝玉商量，得了他的允诺，便"打叠铺盖妆奁之类"，"然后别了众人，自回潇湘馆来"了。"夜间人静后，紫鹃已宽衣卧下之时"，便把他的观察侦探所得告诉了黛玉，但他并不郑重其事的，只得搭逗着说笑道："宝玉的心倒实，听见咱们去，便那样起来。"黛玉不答。紫鹃停了半晌，自言自语地说道："一动不如一静；我们这里就算好人家，别的都容易，最难得的是从小儿一处长大，脾气性情都彼此知道的。"黛玉啐道："你这几次还不乏？趁这回子不歇一歇，还嚼什么蛆？"紫鹃笑道："这不是白嚼蛆，我倒是一片真心为姑娘，替你愁了这几年了。无父无母，无兄弟，谁是知冷知热的人？趁早儿，老太太还明白硬朗的时节，作定了大事要紧。俗语说：'老健春寒秋后热'，倘或老太太一时有个好歹，那时虽也完事，只怕耽误了时光，还不得称心如意呢！公子王孙虽多，哪一个不是三房四妾，今日朝东，明日朝西，娶一个天仙来，也不过三夜五夜，也就丢在脖子后头！甚至于怜新弃旧，反目成仇的。若娘家有人有势的，还好些；若姑娘这样的人家，有老太太一日还好一日；若没了老太太，也只是恐人去欺负罢了，所以说拿主意要紧。姑娘是个明白人，岂不闻俗语说的'万两黄金容易得，知心一个也难求？'"（第五十七回）紫鹃这番话的动机是非常纯洁可爱的；她为黛玉设想，真是"一片真心"，黛玉心里虽是十二分首肯她的话，但怎么办呢？在当时那种礼教的环境中，明知是一条死路，也是无法逃脱的。紫鹃之言仅是孩稚的天真罢了，对于黛玉却没有丝毫帮助，无怪被黛玉抢白了一顿完事。但她对于黛玉的忠诚是始终不渝的。当宝玉被贾母、王熙凤以下捉弄着去和薛宝钗结婚这一幕悲剧正在演出的前后，紫鹃所扮演的人物真是值得我们馨香顶礼的。始也，雪雁听见说"宝玉定了亲了，紫鹃听了"，固然"吓了一跳"，而黛玉听了，更是病上加病。后来听说没成功，才放下心去，黛玉也才轻松一些。后来果真要成亲了。这消息本是被大观园的最高统治者的命令，经过王熙凤的布置，封锁得水泄不通的；不唯黛玉无从知悉，即宝玉也是在五里雾中。他虽知道要结婚，但还以为是给他娶林妹妹，哪知道是王熙凤玩的"掉包儿"的把戏？不过"要得人不知，除非己不为"，"墙有缝，壁有耳"，这消息竟无意中被一个名叫"傻大姐"的傻丫头泄露给黛玉；黛玉便从此入了最后的绝径，一天一天地加紧自戕，以求速死；而宝玉与宝钗吃"交杯盏"的时候，正是黛玉结束她那如花似玉的生命的时候。大观园中的一般人都在兴高采烈给宝玉办喜事，谁敢不奉承贾母？又谁敢不跟在凤姐后面凑热闹？在这个当口，黛玉成了一个四无依傍、孤苦伶仃的畸零之人。贾母虽是她的外祖母，然被子孙观念，尤其是男统的观念浸淫最久、中毒最深的她，也就不知不觉地忍心害理，把死的女儿，和这奄奄一息的外孙女丢在九霄云外了！所以紫鹃心里想道："这些人怎么竟这样狠毒冷淡！"又"想到黛玉这几天竟连一个人问的也没有！越想越悲。"她"发了一回呆，忽然想起黛玉来，这时候还不知是死是活，因而泪汪汪，咬着牙发狠道：'宝玉！我看他明儿死了，你算是躲得过不见了；你过了你那如心如意的事儿，拿什么脸来见我？'"这时的紫鹃已完全代表了黛玉如怨如诉的心情；而大观园一些人物之狼心狗肺恰与紫鹃之为人成了一个对照。这还不算，最残酷的是王熙凤的那一条"偷梁换柱之计"；要用紫鹃去做宝钗的陪嫁丫鬟，希图在举行婚礼之时，欺骗宝玉；以为这就是给他娶了他的林妹妹来了。当王熙凤派林之孝家的来和李纨商量，转述凤姐之意，叫紫鹃去"使唤使唤"时，"李纨还未答言，只见紫鹃道：'林奶奶！你先请罢，等着人死了，我们自然是出去的，哪里用这么！……'说到这里，却又改说道：'况且我们在这里守着病人，身上也不洁净。林姑娘还有气儿呢，不时的叫我！……'李纨在旁解说道：'当真！这林姑娘和这丫头也是前世的缘法！倒是雪雁，是他南边带来的，他倒不理会！惟有紫鹃，我看他两个一时也离不开！'林之孝家的头里听了紫鹃的话，未免不大受用，被李纨这番一说，却也没的说，又见紫鹃哭得泪人一般，只好瞧着他微微的笑，因又说道：'紫鹃姑娘这些闲话倒不要紧，只是他却说得出，我可怎么回老太太呢？况且这话是告诉得二奶奶的么？'"（第九十七回）亏得平儿来了，一肩担了去，把雪雁代替了紫鹃，才算解决了这件公案。但是林之孝家的之"不受用"和"瞧着"紫鹃"微微的笑"十足地表现贵族家庭中的一般人缺乏同情心，益发显得紫鹃姑娘之忠义可感。她这时完全为了黛玉，却丝毫不曾顾到自己的利害；但是我们也可以说：她为了黛玉，把自己的前途已经决定，即：忍受一切的痛苦！所以她的态度才能以如此坚决，绝非徒凭一时感情所能办得到的。也不枉黛玉临终时"向紫鹃说道：'妹妹：你是我最知心的！虽是老太太派你服侍我这几年，我拿你就当着我的亲妹妹！'"又对紫鹃"说道：'妹妹！我这里没亲人！……'"（第九十八回）那么，只有紫鹃是她的亲人了！是的，也只有紫鹃才配！黛玉死后，她虽然仍归在宝玉房中，但她始终不睬宝玉；到后来仍是跟了四姑娘出了家完事！世界古今，像紫鹃这样的人才可算得是一个有情有义的人！

平儿是"凤姐的一个心腹通房的大丫头"，同时也就是贾琏的侍妾了。平儿这个人自然是经凤辣子严格训练出来的，但她的性情行为却与凤姐大大地不同，待我慢慢地说来。

（一）她在一个阎王似的主子——王熙凤手下过生活，一方面贾琏又是个色中饿痨，放着平儿这样美貌的侍妾在旁边，犹如猫见了耗子似的，哪有不把她放在口中的道理？但是凤姐这个家伙，本是一个道地的醋罐子，虽然在名义上，她不能干涉贾琏和平儿的性生活，然而她以主子的权威，有时虽让贾琏亲近了平儿一两次，但她要放在嘴边嚼多少天。所以平儿总是避着贾琏。因此"左右做人难"，亏得她的忍耐力强，竟能在这一对蛮横刁钻、恶辣无情的主子中间生活下去！

（二）她所以能在这种环境生活下去，并得到狡悍险毒的主妇的欢心和信任，除了她的忍耐力之外，还有一种应对的特殊天才。我们晓得：在凤姐面前说话是不容易的，但是平儿却能随机应变，对内对外，有一次凤姐正在和贾琏说话，"只听外间有人说话，凤姐便问：'是谁？'平儿进来回道：'姨太太打发了香菱妹子，来问我一句话，我已经说了，打发他回去了。'……贾琏忙忙整衣出去，这里凤姐乃问平儿：'方才姨妈有什么事？巴巴儿的打发香菱来？'平儿道：'哪里来的香菱？是我借他暂撒个诓儿。奶奶！你说旺儿嫂子越发连个成算也没了！'说着，又走至凤姐身边悄悄说道：'奶奶的那利银迟不送来，早不送来。这会子二爷在家，他偏送这个来了！幸亏我在堂屋里碰见，不然，他走了来回奶奶，二爷少不得要知道。我们二爷那脾气，油锅里的还要捞出来花呢！知道奶奶有了体己，他还不大着胆子花么？所以我赶着接过来，教我说了他两句，谁知奶奶偏听见了！我故此当着二爷跟前，只说香菱儿来。'"（第十六回）这样替主子当事，哪有不得主子欢心的。但是平儿之善于应对还不止此；她在外边，对待一班太太小姐说话，不惟不替主子生事，反替主子省了多少事，维持了多少场面。有一次探春正在因为要兴革大观园的利弊而对吴兴登的媳妇发脾气，后来又与赵姨娘口角。这时凤姐也为了赵姨娘的兄弟没了，打发平儿来和探春等商议此事，"李纨见平儿进来，因问她：'来做什么？'平儿笑道：'奶奶说：赵姨娘的兄弟没了，恐怕奶奶和姑娘不知有旧例。若照旧例，只得二十两。如今请姑娘裁度着，再添些也使得。'探春不依，平儿一来时，已明白了对半；今听这话，越发会意，见探春有怒色，便不敢以往日喜乐之时相待，只一边垂手默侍。"当探春因哭过，盥洗整妆时，"平儿见侍书不在这里，便忙上来与探春挽袖卸镯，又接过一条大手巾来，将探春面前衣襟掩了"，帮着伺候，探春的气已被她缓和了一半;而当"探春方伸手向脸盆中盥沐,媳妇便回道:'奶奶,姑娘,家学里支环爷和兰哥儿一年的公费!'平儿先道:'你忙什么?你睁着眼看见姑娘洗脸,你不出去侍候着,倒先说话来!二奶奶跟前你也这样没眼色来着!姑娘虽宽恩,我去回了二奶奶,只说,你们眼里没姑娘,你们都吃了亏,可别怨我!'"(第五十五回)才把那个媳妇"吓"住,"又陪笑向探春道:'姑娘知道奶奶本来事多,哪里照看得这些?保不住不忽略,俗语说,旁观者清,这几年姑娘冷眼看着,或有该添的;或有该减的去处,奶奶没行到,姑娘竟一添减;头一件与太太有益;第二件也不枉姑娘待我们奶奶的情义了!……'"(第五十五回)这种话说得如情如理:第一件何等冠冕堂皇?第二件,何等委婉动人?无怪乎她"话未说完,宝钗、李纨皆笑道:'好丫头!真怨不得凤丫头偏疼你!本来无可添减之事,如今听你一说,倒要找出两件来斟酌斟酌,不辜负你这话!'探春笑道:'我一肚子气正要拿他奶奶出气去,偏他碰了来,说了这些话,叫我也没了主意了!'"(第五十五回)你看!这不是替凤姐省了多少事么?不但此也,当探春发表她的大观园兴革大计时,平儿又奉承着道:"这件事须得姑娘说出来,我们奶奶虽有此心,未必好出口。此刻姑娘们在园里住着,不能多弄些玩意儿陪衬,反叫人去监管修理,图省钱,这话断不好出口!"(第五十六回)你看!这话说得多么冠冕,所以"宝钗忙走过来,摸着他的脸笑道:'你张开嘴,我瞧瞧你的牙齿舌头是什么做的?从早起来到这会子,你说了这些话,一套一个样子:也不奉承三姑娘;也不说你们奶奶才短。想不到:三姑娘说一套话出来,你就有一套话回奉;总是三姑娘想得到的,你们奶奶也想到了,只是必有个不可办的原故。这会子又是因姑娘们住的园子,不好因省钱令人去监督。你们想想这话!若果真交与人弄钱去的,那人自然是一枝花也不许插,一个果也不许动了。姑娘们分中自然是不敢讲究,天天和小姑娘们就噪不清。他这样远愁近忧,不亢不卑,他们奶奶便不是和咱们好,听他这一番话,也必要自愧的变好了!'探春笑道:'我早起一肚子气,听他来了,忽然想起他主子来,素日当家使出来的好撒野的人,我见了他更生气了。谁知他来了,只避猫鼠儿似的，站了半日，怪可怜的！接着又说了那些话，不说他主子待我好，倒说：不枉姑娘待我们奶奶素日的情意了！这一句话不但没了气，我倒愧了，又伤起心来。……'"（第五十六回）言语行动之感人如此之深，平儿诚可人哉！

（三）平凡虽跟了个天性凉薄、残暴不仁的主子王熙凤，她自己除了应付环境，不得不与之周旋以外，却丝毫不曾利用她主子的权威欺压过任何人，做过任何不道德、不公平的事。恰恰相反，她有遇事成全的德性，对于被压迫者具有深切的同情心。她对于人家的事总是得成全处且成全；从不作威作福，也不想营私舞弊，譬如她对于刘姥姥之招待，对于贾府许多小丫头和女人们遇事帮忙，为之开脱，所以大观园中上上下下虽然都恨死了凤姐，却对于她没有不感恩戴德的。最明显的是她对于尤二姐的态度。论理：贾琏多娶一个妾，自然要对凤姐和她要多冷淡一分；她自然要站在凤姐方面，去压迫尤二姐。贾赦赐给贾琏的那个丫头秋桐就是这一路的。王熙凤自然既恨尤二姐，又恨秋桐，但她知道秋桐也是个十足的醋罐子，对尤二姐是不肯放松的，正好先利用她去对付尤二姐，然后再对付她；又暗地吩咐丫头媳妇们作践尤二姐，自己却装着不知。惟有平儿不然，所以第六十九回说："凤姐听了暗乐。自从装病，便不和尤二姐吃饭。每日只命人端了菜饭，到他房中去吃。那菜饭都系不堪之物。平儿看不过，自拿钱出来弄菜与他吃；或是有时，只说和他园中去顽，在园中厨内，另做了汤水与他吃，也无人敢回凤姐。只有秋桐撞见了，便去掉舌告诉凤姐，说姐姐名声尽是平儿弄坏了的。……凤姐听了骂平儿道：'人家养猫拿耗子，我的猫只倒咬鸡！'平儿不敢多说，自此也要远着了。"后来尤二姐被她们气病了，因吃错了药，把男胎打下来了，尤二姐夜里也就吞了金，一命呜呼。"当下人不知，鬼不觉。到第二日早晨，丫鬟媳妇们见他不叫人，乐得自己梳洗。凤姐、秋桐都上去了，平儿看不过，说丫头们：'就这等没人心的，打着骂着使，也罢了！一个病人也不知可怜可怜。他虽好性儿，你们也该拿出个样儿来，别太过逾了，墙倒众人推。丫鬟听了，急推房门进来看时，却戴的齐齐整整，死在炕上。于是方吓慌了，喊叫起来。平儿进来瞧，不禁大哭，……贾琏进来，搂尸大哭不止。凤姐也假意哭道：'狠心的妹妹！你怎么丢下我去了！辜负了我的心！'"（第六十九回）他们三个人同一哭也，而哭的情形不同：贾琏是哭他的爱妾，凤姐是"猫哭老鼠"，平儿之哭乃是一股同情的热泪。尤其难得的：当尤二姐的尸停在床上，贾琏问凤姐要银子去买棺木，凤姐推三阻四地"说：'家里近日艰难你还不知道？咱们的月例一月赶不上一月。昨儿我把两个金项圈当了三百两，用剩了还有二十几两，你要就拿去！'说着，命平儿拿了出来，递与贾琏，接着贾母有话，又去了。恨得贾琏无话可说。"就是说，尤二姐死了，她一概不管，平儿见了："又是伤心……连忙将二百两一包碎银，偷了出来，悄递与贾琏道：'你别言语才好！你要哭，外头哪里不好哭？又跑了这里来点眼。'"（第六十九回）平儿这种言动，只是出于天真的同情心，由同情心生出了侠义的气概、慷慨的行为！要用一句成语来赞叹她，那就是"见义勇为"！

（四）实则她的见义勇为的事迹，更有大于此者：贾府抄了家，贾赦、贾珍充了军以后，"树倒猢狲散"，接连着贾母一死，凤姐的威风便没了，不久也死了。贾府便天翻地覆闹得不成个样子，于是一窝子至亲骨肉：里面如贾环、贾芸，外面如王仁、邢大舅串通起来，哄着那位心地糊涂，且死好玩心眼的邢夫人，把凤姐的女儿巧姐出卖给某藩王做侍妾，事情他们做得很机密，邢夫人硬要自己做主，做这门亲事，不要王夫人管，事事都瞒着她。幸亏平儿人缘好，"那些丫头婆子都是平儿使过的。平儿一问，所有听见外头的风声都告诉了平儿，便吓得没了主意，虽不和巧姐说，便赶着去告诉了李纨、宝钗，求他二人告诉王夫人；王夫人知道这事不好，便和邢夫人说知。怎奈邢夫人信了兄弟并王仁的话，反疑心王夫人不是好意，便说：'孙女儿也大了，再琏儿不在家，这件事我还做得主。况且是他亲舅爷爷和他亲舅舅打听的，难道倒比别人不真么？我横竖是愿意的，倘有什么不好，我和琏儿也抱怨不着别人！'王夫人听了这话，心下暗暗生气，勉强说些闲话，便走了出来，告诉了宝钗，自己落泪。……正说着，平儿过来瞧宝钗，并探邢夫人的口气。王夫人将邢夫人的话说了一遍。平儿呆了半天，跪下求道：'巧姐儿终身全仗着太太，若信了人家的话，不但姑娘一辈子受了苦，便是琏二爷回来，怎么说呢？'王夫人道：'你是个明白人。起来，听我说！巧姐儿到底是大太太的孙女儿，她要作主，我能够拦她么？'"（第一一八回）后来，贾环赶着同贾芸，"邀着王仁到那外藩公馆，立文书，兑银子去了"。哪知这些消息"早被跟邢夫人的丫头听见。那丫头是求了平儿才挑上的，便抽空儿赶到平儿那里，一五一十地都告诉了。平儿早知此事不好，已和巧姐细细地说明。巧姐儿哭了一夜，必要等他父亲回来做主，大太太的话不能遵！今儿又听见这话，便大哭起来，要和太太讲去。"（第一一九回）到了此时，已是山穷水尽之时，平儿却自有主张，"急忙拦住道：'姑娘且慢着！大太太是你的亲祖母，他说二爷不在家，大太太做得主的，况且还有舅舅做保山，他们都是一气，姑娘一个人，哪里说得过呢？我到底是下人，说不上话去！如今只可想法儿，断不可冒失的！'邢夫人那边的丫头道：'你们快快的想主意！不然，可就要抬去了！……'平儿回过头来，见巧姐儿哭作一团，连忙扶着道：'姑娘！哭是不中用的！……'"（第一一九回）正在打饥荒，刘姥姥却赶了来了。依着王夫人，就要"回了他去罢！"还是平儿有主见，劝王夫人命人带她进来，这才绝处逢生，还是平儿作主，说动了王夫人，让她带着巧姐儿跟着刘姥姥"扔崩"一下走了，才救了巧姐儿，保全了她的名节。

从以上种种，我们可以下一断语：平儿不但是个善于说话的人，并且是一个最富于同情心的人；不惟富于同情心，并且是个有机智、有决断、有担当的人！

袭人："原来这袭人亦是贾母之婢，本名珍珠。贾母因溺爱宝玉，生恐宝玉之婢，不中任使；素知袭人心地纯良，遂与宝玉。宝玉因知她本姓花，又曾见旧人诗句，有'花气袭人'之句，遂回明贾母，即更名袭人。这袭人有些痴处，服侍贾母时，心中眼中只有一个贾母；今跟了宝玉，心中眼中又只有一个宝玉。"这几句话已经把袭人的性行和此后趋向都断定了。因为袭人这个人乃是大观园中——贵族地主社会一个典型的乡愿人物,她是薛宝钗一个影子;也犹之乎晴雯是林黛玉的影子一样。若说:袭人是个典型的乡愿人物,那薛宝钗更是双料的典型的乡愿人物。

袭人是与宝玉发生肉体关系的唯一人物,根据红楼梦本书看来。却说:宝玉在秦可卿的卧室里午睡,梦游太虚幻境醒来以后,正在"迷迷惑惑,若有所失。众人忙端上桂圆汤来,喝了两口,遂起身整衣,袭人与他伸手系裤带时,刚伸手至大腿处,只觉冰冷一片粘液,吓得忙伸出手来,问是怎么了!宝玉红涨了脸,把他的手一捻,袭人本是个聪明女子,年纪又比宝玉大两岁,近来也渐省人事,今见宝玉如此光景,心中更觉察了一半,不觉羞得红涨了脸面,遂不敢再问,仍旧理好了衣裳,随至贾母处来,胡乱吃过晚饭,过这边来。袭人趁众奶娘、丫鬟不在旁时,另取出一件中衣,与宝玉换上,宝玉含羞央道:'好姐姐,千万别告诉别人!'袭人笑问道:'你梦见什么故事了?是哪里流出来的那些脏东西?'宝玉道:'一言难尽!'便把梦中之事细说与袭人知了。说至警幻所授云雨之情,羞得袭人掩面伏身而笑,宝玉亦素喜袭人柔媚姣俏,遂与袭人同领警幻所训云雨之事。袭人自知系贾母将他与了宝玉的,今便如此,亦不为越理。自此宝玉视袭人更与别人不同;袭人待宝玉越发尽职。"(第六回)所以有一次晴雯和宝玉拌嘴,宝玉气黄了脸,袭人便"忍了自己的性子,推晴雯道:'好妹妹,你出去逛逛,原是我们的不是!'晴雯听了他说我们二字,自然是她和宝玉了,不觉又添了醋意,冷笑几声道:'我倒不知道你们是谁?别叫我替你们害臊了!便是你们鬼鬼祟祟干的那事,也瞒不过我去,哪里就称起我们来了?那明公正道,连个姑娘还没挣上去呢!也不过和我似的,哪里就称上我们了?'"(第三十一回)这几句话字字都刺入袭人的心坎,触到她的痛处,所以她"羞得脸紫涨起来"。她虽与宝玉还未"择吉开张",却早已"先行交易"了!这是我们乡愿的第一个写照!

袭人是个貌为忠厚,而狡狯成性的人。贾府自贾母、王夫人以下没有不受她愚弄欺骗的,而宝玉尤甚!她是贾府买的一个大丫头,家中乃是一个贫寒人家,到了贾府,自然是上了天堂一般,何况给宝玉做了屋里人,总算"得其所哉",而且又同宝玉"有一手",更是"此间乐,不思蜀"了!但她的母亲有一天接她回去耍,她母亲要向贾府请求放她出来,她自然不愿意,正在吵闹,不料宝玉找了来,后来回到贾府,谈起袭人家人,袭人故意"叹道:'自从我来这几年,姊妹们都不得在一处,如今我要回去了,他们又都去了!'"说了"要回去了!"不怕宝玉不问。果然,"宝玉听这话内有文章,不觉吃一惊,忙丢下栗子问道:'怎么你如今要回去了?'袭人道:'我今儿听见我妈和哥哥商议,教我再耐烦一年,明年他们上来,就赎我出去呢!'"她说这话,是要试探宝玉对她的心,"宝玉听了这话,越发怔了,因问:'为什么要赎你?'袭人道:'这话奇了!我又比不得是你这里的家生子儿。我一家都在别处,独我一个人在这里,怎么是个了局?'宝玉道:'我不叫你去,也难!'"实则"正合孤意!"但狡狯的袭人故意一纵"道:'从来没有这个理!便是朝廷宫里,也有定例;或几年一选,几年一赦,没有长远留下人的理,别说你家?'宝玉想一想,果然有理。又道:'老太太不放你,也难!'袭人道:'为什么不放?我果然是个最难得的;或者,感动了老太太、太太,不必放我出去的。设或多给我家几两银子留下,然或有之。其实我也不过是个最平常的人,比我强的多而且多。自从我小儿来跟着老太太,先服侍了史大姑娘几年,如今又服侍了你几年。如今我们家来赎,正是该叫去的,只怕连身价也不要,就开恩叫我去呢!若说为服侍得你好,不叫我去,断然没有的事!那服侍得你好,分内应当的,不是什么奇功。我去了,仍旧又有好的来了,不是没了我,就成不得的!'"(第十九回)这其间包括了几纵几擒,把一个宝玉弄得神魂颠倒,所以"宝玉听了这些话,竟是有去的理,无留的理,心里越发急了。因又道:'虽然如此说,我的一心要留下你,不怕老太太不和你母亲说,多多给你母亲些银子,她也不好意思接你了!'袭人道:'我妈自然不敢强;且慢些和她说,说了多给银子,就便不好,和她说,一个钱也不给,安心要强留下我,她也不敢不依。但只是咱们从没干过这倚财仗势霸道的事,这比不得别的东西,因为喜欢,如十倍利弄了来给你,那卖的人不得吃亏,可以行得。如今无故凭空留下我，于你又无益，反叫我骨肉分离，这件事老太太、太太断不肯行的。'宝玉听了，思忖了半晌，乃说道：'依你说来说去，是去定了？'袭人道：'去定了！'宝玉听了，自思道：'谁知这样一个人，这样薄情无义呢？'乃叹道：'早知都是要去的，我就该不弄了来！临了剩了我一个孤鬼儿！'说着，便赌气上床睡了。"袭人"知其情有不忍，气已馁堕"，"自己来推宝玉；只见宝玉泪痕满面，袭人便笑道：'这有什么伤心的？你果然留我，我自然不出去了！'宝玉见这话有因，便说道：'你倒说说，我还要怎样留你。我自己也难说！'袭人笑道：'咱们素日好处，自不用说。但今日你要安心留我，不在这上头，我另说出三件事来，你果然依了我，就是你真心留我了，刀搁在脖子上，我也是不出去的了！'宝玉忙笑道：'你说哪几件？我都依你。好姐姐！好亲姐姐！别说两三件，就是二三百件我也依的。只求你们同看着我，守着我，等我有一日化成了飞灰；飞灰还不好，有形有迹，还有知识，等我化成一股轻烟，风一吹便散了。那时候，你们也等不得我，我也顾不得你们了。那时凭我去，我也凭你们爱哪里去就去了！'急得袭人忙捂他的嘴，说：'好好！我正为劝你这些，更说的狠了！'宝玉忙道：'再不说这话了！"宝玉真堕其术中了！于是袭人便接着说道：'这是第一件要改的！'宝玉道：'改了！再说，你就拧嘴。还有什么？'袭人道：'第二件：你真喜读书也罢，假喜也罢，只在老爷跟前，或在别人跟前，你别只管批驳诮谤，只作出个喜读书的样子来，也叫老爷少生些气，在人前也好说嘴！……而且背前背后乱说那些混话，凡读书上进的人，你就起个名字叫做禄蠹；又说：只除明明德外无书，都是前人自己不能解圣人之书，便另出己意混编纂出来的！这些话，怎怨他老爷不气！不时时打你！叫别人怎么想你！"（第十九回）袭人这番话十足表示她是乡愿的代表。她为了敷衍"老爷"的面子，敷衍他不发脾气，便教宝玉对他父亲"装腔作势"，作伪欺骗；教他对人也学着"口是心非"、"随波逐流"，做到十足庸俗之态，而真意云亡。自然凡是袭人所说的这番话，都是薛宝钗心里所要说的，但是乖巧的宝钗却自己不说，而更庸俗的袭人则做她的"代言人"，所以我说：袭人是和薛宝钗同一典型的人物。至于她劝宝玉的那几件事更可笑了，"袭人道：'谤僧毁道，调脂弄粉。还有更要紧的一件事：再不许吃人嘴上擦的胭脂了，与那爱红的毛病呢！'"在这一段话里面，不要"谤僧毁道"只是乡愿的借口，主要的目的在劝告他"再不许吃人家嘴上擦的胭脂"，不许再有"那爱红的毛病"。"胭脂"与"红"本身并没有什么神通能以吸引宝玉，只因它们与美貌的女子的玉体结合起来，就是说附着在美貌女郎的某一部分之上，才有这种力量。前天有几位对于红楼梦颇有兴趣的朋友问我："为什么宝玉爱吃胭脂呢？又为什么有爱红的毛病呢？"我说："这个问题你可拿性心理学去解释，也可以拿物理心理学去解释，随你的便；但是在我看来，却很简单：假使"胭脂"不擦在少女唇边，而是擦在焦大或包勇的手上或额上，你看宝玉吃不吃？假使那红不是附着在少女的身上或裙边，或袖底，或巾上，而是附着在我这老人头上，或是老太婆身上，你看宝玉爱也不爱？这个问题，谁也可以立刻给你一个"否定"的回答。再反过来说：袭人反对宝玉这种怪脾胃，着实是不要他吃"人"嘴上的胭脂，不要他对人犯那爱红的毛病，但是，如果宝玉要吃袭姑娘嘴上的胭脂，爱袭姑娘身上的红，我想袭姑娘是一定不会反对的！不然的话，当宝玉与她同领警幻仙子所训云雨之事的时候，宝玉能不吃她嘴上的胭脂么？假是要吃的话，她能拒绝么？假使她那"破瓜"的当儿，宝玉能不爱她那破题儿第一遭的"红"么？袭姑娘又将何以自解？袭姑娘这种妒忌狡狯的心情，岂不肺肝如见么？但是袭人因她的出身寒微，差不多可以说，生来就养成她那做婢妾的心理；不过婢妾也一样的有妒的情感，而她之与薛宝钗里应外合，狼狈为奸，破坏黛玉和宝玉的婚姻，促成宝钗和宝玉的婚姻，皆是基于她内心中自己防卫的一种观念；而晴雯之所以被驱逐，其机括也在此。所以当晴雯被逐时，宝玉对着袭人说道："咱们（指晴雯和他）私自顽话，怎么也知道了！又没外人走风，这可奇怪了！"（第七十四回）言外之意，当然是说：必有人告密；而这种告密的人，袭人当然是"瓜田李下"了，下面的反诘，逼得更紧，宝玉对袭人和麝月、秋纹说："怎么人人的不是，太太都知道了，单不挑出你和麝月、秋纹来?!"这岂不是断定告密的不是别人,就是袭人吗?再不然就是和她一鼻孔出气的麝月、秋纹了。因为宝玉接着又讥讽她道:"你(指袭人)是头一个出了名的至善至贤的人,他两个(指麝月、秋纹)又是你陶冶教育的,焉得有什么该罚之处?!"这更坐实了袭人是驱逐晴雯的主动者了!

至于她对于黛玉的用心更深,其阴狠之处也就最厉害。但这不是无因的。第八十二回中说道:"且说宝玉上学之后,怡红院中,甚觉清净闲暇,袭人倒可做些活计,拿着针线,要绣个槟榔包儿;想着如今宝玉有了工课,丫头们可也没有饥荒了。早要如此,晴雯何至弄到没有结果?兔死狐悲,不觉滴下泪来。"晴雯在日,侍候宝玉,有手有口,有姿色,庸俗的人自然视之为眼中钉,现在她已死了,想到自己,自然是"物伤其类";但她那种眼泪,却不是对于晴雯的同情心的表示。所以底下便紧接着描述她道:"忽又想到自己终身,本不是宝玉的正配,原是偏房。宝玉的为人却还拿得住,只怕娶了一个利害的,自己便是尤二姐、香菱后身。素来看着贾母、王夫人光景,及凤姐儿,往往露出话来,自然是黛玉无疑了。那黛玉就是个多心人!想到此际,脸红心热,拿着针不知戳到哪里去了。把活计放下,走到黛玉处,去探探他的口气。黛玉正在那里看书,见是袭人,欠身让坐。袭人也连忙迎上来,问:'姑娘这几天可大好了?'黛玉道:'哪里能够?不过略硬朗些。你在家里做些什么呢?'袭人道:'今宝二爷上了学,房中一点事儿没有,因此来瞧瞧姑娘,说说话儿!'说着,紫鹃拿茶来,袭人忙站起来道:'妹妹坐着罢!'因又笑道:'我前儿听见秋纹说,妹妹背地里说我什么来着?'紫娟笑道:'姐姐信他的话!我说宝二爷上了学,宝姑娘又隔绝了,连香菱也不过来,自然是闷的。'袭人道:'你还提香菱呢!这才苦呢!撞着这位太岁奶奶,难为她怎么过!'把手伸着两个指头道:'说起来比他还厉害,连外头的脸面都不顾了!'黛玉接着道:'他也够受了!尤二姑娘怎么死了?'袭人道:'可不是!想来都是一个人,不过名分里头差些,何苦这样毒?外面名声也不好!'黛玉从不闻袭人背地里说人,今听此话有因,便说道:'这也难说：但凡家庭之事，不是东风压了西风，就是西风压了东风！'"（第八十二回）黛玉虽知袭人说话有因，却不防原是探听她的，所以照实说了，却正刺着袭人的心头，而她反对黛玉，阴谋陷之的心也就因此愈加坚定，黛玉遂不知死所矣！她在前已经在王夫人跟前说了许多献殷勤的话（第三十四回），这一番无异对于黛玉放了一枝冷箭，隐隐约约地已把黛玉不应同宝玉太亲密、太接近、太不拘形迹的理由说明了，无异说他们有不正当的行为，说得王夫人信以为真，真是"大奸似忠，大诈似信"。后来贾母、王夫人问她关于宝玉和黛玉的事，她虽然深知宝玉心在黛玉，假使不给他娶林姑娘，给他娶别人，除非他失了知觉，不省人事方可，这种情形，袭人虽然也报告过王夫人，但她的内心中，利害冲突，因此就没表示反对，并最后要求要"想个法儿才好"！这句话已经给凤姐开了个后门，所以她才会想出那没出息的"掉包儿"和"偷梁换柱"之法，给宝黛的婚姻掘了坟墓；给钗玉良缘撞了丧钟；结果，自己也受了应受的惩罚，姨奶奶做不成，同样地扑了一个空！我们看她嫁给蒋玉菡一段经过，则袭人之奸更是昭然若揭，其心可诛！

宝玉和宝钗结了婚，而黛玉适于是时结束其生命。花烛洞房，虽然宝玉犹疯疯癫癫，苦念着黛玉，但袭人总算做稳了姨奶奶，可说是"如愿以偿"，但是天不由人愿，宝玉下科场出来，便飘然而去，别人听了这消息虽然惊慌，宝钗听了不言语："这是宝钗高明处，因为他已了然宝玉并非彼辈中人，也绝不能终为彼辈所有，故还可克制自己。袭人哪里忍得住？心里一疼，头上一晕，便栽倒了！"这一晕厥乃是袭人一生的一个转折点：一方面，表示她对于宝玉的关切和爱；另一方面，也就打消了她做姨娘和跟着宝玉享荣华富贵的念头。但是从这个念头转到另一个新的念头，这种心理过程，当然要千回百折，这是值得我们加以研究的："原来袭人模糊听见说，宝玉若不回来，便要打发屋里的人都出去，一急越发不好了。"这时的袭人还是心向着宝玉，以后便开始动摇了："到大夫瞧后，秋纹给他煎药，他独自一人躺着，神魂未定，好像宝玉在他面前，恍惚又像是见个和尚手里拿着一本册子揭着看，还说道：'你别错了主意，我是认不得你们的了！'袭人似要和他说话，秋纹走来说：'药好了，姐姐吃罢！'袭人睁开眼一瞧，知是个梦，也不告诉人，吃了药，便自己细细地想：'宝玉必是跟了和尚去；上回，他要拿玉出去，便是要脱身的样子，被我揪住，看他竟不像往常，把我混推混扯的，一点情意都没有。后来待二奶更生厌烦，在别的姊妹跟前，也是没有一点情义，这就是悟道的样子！'"大凡一个人要改变他以前的行为，在心理上，其潜意识是要先寻得一个理由来做自欺其良心的根据的。袭人首先想到宝玉做了和尚，说是不认得他们了，想到他把她"混推混扯的，一点情意都没有"，"在别的姊妹跟前，也是没一点情意"，岂不是在搜寻借口，自欺其良心吗？后来慢慢地说到自己，为自己开脱：所以接着想道："但是你悟了道，抛了二奶奶，怎么好！我是老太太派我服侍你，虽是月钱照着那样的分例，其实我究竟没有在老爷太太跟前回明就算了你的屋里人！"这岂不是意在言外说："你既无情，我便无义"吗？但袭人姑娘此时为什么不想一想：当你和宝玉同领警幻所训云雨之事的时候，何等恩深义重？当你要求宝玉依你三件事时，海誓山盟，何等坚决？自然，她这时是怕想到这种情景的了，所以她又紧接着想道："若是老爷太太打发我出去，我若死守着，又叫人笑话；若是我出去，心想宝玉待我的情分，实在不忍。左思右想，实在难处。"袭人现在是天人交战的时候，照情感说，照那时的人生观或道义说，也不当去，但她的内心既动摇，已经在寻找借口，好欺骗自己的良心。到此只有一个问题须解决，就是：宝玉现在对她还有没有情义可言？她和宝玉若无情义可言，那她便可另打主意。于是遂"想到刚才的梦，好像和我无缘的话，倒不如死了干净。岂知吃药以后，心痛减了好些，也难躺着，只好勉强支持。"后来王夫人和薛姨妈商议定了，要给袭人配了人出去，因此"薛姨妈道：'……只要姊姊叫他（袭人）本家的人来，狠狠地吩咐他，叫他配一门正经亲事，再多多地赔送他些东西，那孩子的心肠也好，年纪儿又轻，也不枉跟了姐姐。这会子也算姐姐待他不薄了。袭人那里，还得我细细劝他，就是叫他家的人来，也不用告诉他，只等他家里，果然说定了好人家儿，我们还打听打听。若果足衣足食，女婿长得像个人儿,然后叫他出去。'王夫人听了道:'这个主意很是。不然,叫老爷冒冒失失的一办;我可不是又害一个人么?'薛姨妈听了点头道:'可不是么?'又说了几句便辞了王夫人,仍到宝钗房中去了,看见袭人泪痕满面。"诸位注意!袭人此时的泪并不完全是为宝玉而哭,乃是她左右为难,找不着出路,急得哭,这乃是一般女子的常态。若果真正有情有义,实践她对宝玉的诺言,那这时她已下了决心。一有决心,便可从容将事,不会再淌眼泪了。现在她正在徘徊歧路,其实她的心已偏到另一方面去了,所以表现得十分可怜、十分和柔,"薛姨妈便劝解譬喻了一会,袭人本来老实,不是伶牙俐齿的人。薛姨妈说一句,他应一句,回来说道:'我是做下人的,姨太太瞧得起我,才和我说这些话,我是从不敢违拗太太的!'薛姨妈听她的话:'好一个柔顺的孩子,心里更加喜欢。'"(第一二〇回)这里我们得注意,一个"不是伶牙俐齿的人",不见得就是"老实"人;有时,恰恰相反。譬如晴雯和袭人两个吧:晴雯可算得"伶牙俐齿",袭人则反之。但是她俩为人,却又相反:袭人阴柔而奸猾险狠,晴雯则阳刚而忠实正派。此其一。袭人此时难得薛姨妈来劝她这个机会,所以"就腿搓绳"说:"姨太太瞧得起我,才和我说这些话,我是从不敢违拗太太的。"这明明是向薛姨妈送秋波,已经是表明她甘心情愿出去了!此其二。而她出嫁的最后一幕的心理变化过程,更是肺肝如见:"丫头回道:'花自芳的女人进来请安!'王夫人问几句话,花自芳的女人将亲戚作媒,说的是城南蒋家的,现在有房有地,又有铺面,姑爷年纪略大几岁,并没有娶过的,况且人物儿长的是百里挑一的。'王夫人听了愿意,说道:'你去应了,隔几日进来,再接你妹子罢!'王夫人又命人打听,都说是好。王夫人便告诉了宝钗,仍请了薛姨妈细细地告诉了袭人,袭人悲伤不已,又不敢违命呢!心里想起宝玉那年到他家去,回来说的死也不回去的话:'如今太太硬作主张。若说我守着,又叫人说我不害臊;若是去了,实不是我的心愿',便哭得哽咽难鸣。又被薛姨妈、宝钗等苦劝,回过念头想道:'我若是死在这里,倒把太太的好心弄坏了,我该死在家里才是!'于是袭人含悲叩辞了众人。那姐妹分手时,自然更有一番不忍说。袭人怀着必死的心肠上车,回去见了哥哥嫂子,也是哭泣,但只说不出来。那花自芳悉把蒋家的聘礼送给她看,又把自己所办妆奁一一指给她瞧,说:'那是太太赏的,那是置办的。'袭人此时更难开口。住了两天,细想起来:哥哥办事不错;若是死在哥哥家里,岂不又害了哥哥呢?千思万想,左右为难。真是一缕柔肠,几乎才断,只得忍住。那日已是迎娶吉期,袭人本不是那一种撒泼的人,委委曲曲的上轿而去。心里原想:到那里再作打算。岂知过了门,见那蒋家办事极其认真,全都按着正配的规矩,一进了门,丫头仆妇都称'奶奶',袭人此时欲要死在这里,又恐害了人家,辜负了一番好意。那夜原是哭着不肯俯就的,那姑爷却极柔情曲意的承顺。到了第二天开箱,这姑爷看见一条猩红汗巾,方知是宝玉的丫头。原来当初只知是贾母的侍儿,亦想不到是袭人。此时蒋玉菡念着宝玉待他的旧情,倒觉满心惶愧,更加周旋,又故意将宝玉所换那条松花红汗巾拿出来。袭人看了,方知这姓蒋的原来就是蒋玉菡,始信姻缘前定。袭人才将心事说出,蒋玉菡也深为叹息敬服,不敢勉强,并越发温柔体贴,弄得个袭人真无死所了!"(第一二〇回)这一段不但把袭人徘徊于生死之间的心理及其发展过程,描写得非常细腻而深刻!若从写实主义的观念看来,文章应该到此结束,不可再加如下的主观的伦理的批评:"看官听说:虽然事有前定,无可奈何,但孽子孤臣,义夫节妇,这'不得已'三字也不是一概推诿得的。此袭人之所以又在副册也!"因为文学家的写实作品,只需用深刻的眼光、最巧妙的技术再加以最伟大的幻想力的驱策,如实地描写出某种社会现象和心理现象。至于所描述的事实与人物之是非善恶完全让读者去批评。若自加断案,便有类蛇足。

五　两个老太婆——贾母与刘姥姥

贾母和刘姥姥是两个不同社会的典型人物：贾母是贵族老封君，有钱有势，富贵寿考，儿孙满堂，仆从满前，享尽人间的福分，所谓"福慧双修"是也。刘姥姥则是一个农村中无儿无孙，依女婿过活的孤寡老太婆。我今天把她俩放在一块来讲，似乎有点不伦不类，但是，这也有说：贾母和刘姥姥之出场与收场关系贾府的兴衰隆替，而她俩又都是久经世故，且又数度发生关系，实为红楼梦全书关键，故相提并论，并不违背本书作者的原意，因为他在第六回中曾郑重说明道：

"按荣府一宅中合算起来，人口虽不多，从上至下，也有三百余口，事虽不多，一天也有一二十件，竟如乱麻一般，并没有个头绪，可作纲领。正寻思从哪一件事，哪一个人写起方妙。却好，忽从千里之外，芥豆之微，小小一个人家，因与荣府略有些瓜葛，这日正往荣府中来，因此便就这一家说起，倒还是个头绪。"

把这一家做个"头绪"、做个"纲领"，可见这家在本书中的地位非同小可，而这一家的主角正是刘姥姥。换句话说，就是拿刘姥姥做纲领，从她说起，所以把她和贾母一块儿说，正是理所当然。而且比"韩非与老子同传"还要合理些！

我们现在先说贾母。贾母一人是贾府的一个总根儿，我且把她分成三个节目来说：（一）子孙满前的贾母，（二）慈祥恺恻、能富贵能贫贱的贾母，（三）临终一幕。

一、子孙满前的贾母

说到贾母的子孙，势必要先把贾府的世系略说一说。"当日宁国公与荣国公是一母同胞，弟兄两个：宁公居长，生了四个儿子。宁国公死后，长子贾代化袭了官，也养了两个儿子：长名敷，八九岁上死了，只剩了一个次子，贾敬，袭了官。如今一味好道，只爱烧丹炼汞，余者一概不在他心上。幸而早年留下一子，名唤贾珍。因他父亲一心想作神仙，把官倒让他袭了。他父亲又不肯回原籍来，只在都中城外，和那些道士们胡羼。这位珍爷也倒生了一个儿子，今年才十六岁，名贾蓉。如今敬老爷是一概不管。这珍爷哪里肯读书，只一味享乐不了，把一个宁国府竟翻了过来，也没有敢来管他的人！"（第二回）这段话本是冷子兴告诉贾雨村的，我们可以藉此交代了宁国府的一支；冷子兴又说道："再说荣府你听：……自荣公死后，长子贾代善袭了官，娶的是金陵世家史侯的小姐为妻，生了两个儿子：长子贾赦，次名贾政，如今代善早已去世，太夫人尚在。长子贾赦袭了官，为人平静中和，也不管家务；次子贾政自幼酷喜读书，为人端方正直，祖父钟爱，原要他以科甲出身的。不料代善临终时，遗本一上，皇上因恤先臣，即时令长子袭了官，问：'还有几子？立刻引见。'又额外赐了这政老爷一个主事之衔，令其人部学习，如今现已升了员外郎。"（第二回）话中所谓"史侯的小姐"就是我们所要说的贾母。可见她和贾家结亲：一公一侯的子女，真是"门当户对"了！第一代宁国公是贾演，第二代就是贾代化；第一代荣国公是贾源，第二代是贾代善。我们先说宁府。代化的孙子贾珍是个荒淫无度的家伙，不爱读书，镇日价只知斗鸡走狗，窝赌嫖娼，家庭之间也弄得帷簿不修，秽行彰闻。第一，他同秦可卿的关系；第二，他同尤氏姊妹的关系；第三，他同一班世家子弟的交往，皆是昭昭在人耳目。那么，他同秦可卿怎样呢？秦可卿是他的媳妇，红楼梦作者并没在书中说明他们的行为，但从贾珍对秦可卿之死的一切举动推测下去，可以断定他们翁媳之间，关系非常微妙。秦可卿病的时候，贾珍是如何关切，这且不说，可卿一死，他对于她的丧事那种铺张扬厉，他那种哀痛逾恒，简直比死了父母还厉害了，我们只要把他所办的两个丧事：一个是秦可卿的丧事，一个是他父亲贾敬的丧事，比较一下，便可得到合理的结论，而他对于他的媳妇，必别有一段不可告人的事了！"贾珍哭的泪人一般，正和贾代儒等说道：'合家大小，远亲近友，谁不知道我这媳妇比儿子还强十倍？如今伸腿去了，可见这长房内绝灭无人了。'说着，又哭起来。"（第十三回）这简直是"如丧考妣"、"哀毁过甚"的仁人孝子之言，不是公公哀悼媳妇的样子，真是语无伦次，也就可见他是乱了伦了。贾珍对他的媳妇既然如此，则对亲戚自然更是乱来了！他的夫人尤氏的两个异母异父的妹妹，虽然，是她后母的两个"拖油瓶"，但总是至亲骨肉，而且无依无靠，住在宁府，以常理论，正应该视她们若亲姊妹，以婚以嫁。但贾珍和他的儿子贾蓉却视她们姊妹为求欢的对象。尤二姐生来水性杨花，就书中所描写的看来，是早已被贾珍弄上了手了，恐怕贾蓉也染了指，真是"父子俱宠"！但是"野鸡窠里出凤凰"，尤三姐却另是一种人，"在几个奇女子"一讲中，我们已经说过，兹不再表。至于贾珍的勾引世家子弟狂嫖滥赌更是有凭有据的。有一天，尤氏从荣府回来，"在车内，因见自己门首两边狮子下，放着四五辆大车，便知系来赴赌之人。向小丫头银蝶儿道：'你看坐车的是这些，骑马的又不知有几个呢！……'这些都是少年，正是斗鸡走狗，问柳评花的一干游侠纨绔。……"他们的赌局中，还有"两个陪酒的小么儿，都打扮得粉妆锦饰"，这当然是北京的"兔子"之类的东西了。他们在赌博中和在酒席上，闹得实在太不像话，所以尤氏才"悄悄的啐了一口骂道：'你听听这一起没廉耻的小挨刀的，再灌丧了黄汤，还不知诌出些什么新样儿的来呢？！'"（第七十五回）宁府的家主是这个样子，其他就可想而知了。

现在我们来说荣府：贾母，贾老太君的两个儿子：贾赦、贾政也性格各异。贾赦好色、好货、包揽词讼。贾政人虽正派，然失之迂拘。怎么说贾赦好色呢？他左一个小老婆，右一个小老婆娶，搁着官儿不好好去做，还垂涎贾母的一个最得力的丫头——鸳鸯，想要立做小老婆，不但被贾母大大地教训了一顿，并遭到鸳鸯死命地反抗（语见"见个奇女子"一讲），这不是个色鬼吗？怎么说他好货呢？他因爱好人家的几把古扇，竟由贾雨村栽诬以法，抄没人家的家产而取得此等扇子，且因此致人于死，岂非好货而何？怎么说他包揽词讼呢？因为他后来抄家，革职发台的罪名就是"交通外官，恃强凌弱"的罪名，岂非包揽词讼而何？贾政这个人本质是个正派人，但瞢于世情，一心想做孔子之徒，一心要做好官，但为左右和子侄所欺，家里既弄得一塌糊涂，官声也不佳，遂被揭参。他的确是中国社会中一个儒家的代表人物，他那种"非三代两汉之书不敢观，非圣人之志不敢存"的气派，在他的家庭教育上十足地表现出来了。但是他这种儒家的教育的结果，不惟把一个活泼泼的青年完全葬送了，且使青年人必然走到自欺欺人的路上去。宝玉处处表示对于这种教育的反抗，但专制的亲权把他压住了，使他透不过气来，只好大家姊妹丫鬟们联合起来替他打枪，去欺骗他老子——贾政，袭人劝他的话，可以充分表示他这种教育的恶结果。她劝宝玉，大意说：你在书房愿意读书也罢，不愿读书也罢，都不要紧，只要把老爷哄过去，便算完事，只是切不可乱加批评，什么"禄蠹"咧，什么"读圣贤书"皆是欺人之谈咧，那却要不得。儒家者流只是讲形式，不切实际。只知要做好官，而自己的吏胥狼狈为奸，把他团团包围起来，使他无法摆脱贪污之牢笼。因为他只知道要清廉，不要人赚钱，但又不能解决吏胥的生活问题，薪俸不足以养廉，不贪污又怎么办呢？不揣其本，而齐其末，便是"官僚政治"掩耳盗铃的一贯作风，又岂独贾政为然哉？又岂独其家人李十儿为然哉？贾政之被参，还是上司体恤他，不然的话，一直下去，真会闹出大乱子，把脑袋都会闹掉的！贾母的两个儿子，平心而论，还是贾政比较算个好人。

贾母的亲孙子有三个：贾珠是长孙，死得早，遗下寡妇孙媳妇李纨和一个重孙子贾兰；次孙是贾琏；宝玉是第三个。珠、宝是贾政的儿子，王夫人所出；贾琏是贾赦的儿子，邢夫人所出。此外，贾政的姨太太赵姨娘也生了个儿子名贾环。贾琏是个伧夫、俗子、色中饿鬼。贾环，我不好骂他，真不是好娘养的，不成材的东西！只有宝玉是个天之骄子，人品天才都是超群出众，不怪贾母爱之如掌上明珠。孙女则有：元春、迎春和探春，至于惜春则是宁府赦老的庶出。我们先说：元春。元春是贾母的长孙女，贾政王夫人所出，后来被选入宫，做了妃子，因此，贾府便成了椒房之亲，也可以说是"外戚"了，但元春未能永享荣华，不久便一病而死。迎春为人是个好好先生，太无用，嫁了个夫婿，又是个混账东西、势利鬼，她不久便活活地被他蹂躏死了！只有探春是个角色，她在大观园曾经做了两件值得钦佩的事：第一件是王夫人误听人言，说是大观园内有许多越理犯分的人事，须得搜查一下，果真命凤姐率领一些仆从亲自到园内抄检一番。这件事的发动，远因自然很复杂；近因乃是邢夫人的心腹王善保家的怂恿，王善保家的因此也就被王夫人派了来随同抄检，她并异常认真出力，百般挑剔，遂不觉得意忘形，赶到"……凤姐合王善保家的，又到探春院内，谁知早有人报与探春了，探春也就猜着，必有原故，所以引出这些丑态来，遂命众丫头秉烛开门而待。一时众人来了，探春故问：'何事？'凤姐笑道：'因丢了一件东西，连日访察不出人来，恐怕旁人赖这些女孩子们，所以大家搜一搜，使人去疑儿，倒是洗净他们的好法子。'探春冷笑道：

'我们的丫头自然都是些贼，我就是头一个窝主！既如此，先来搜我的箱柜！他们所偷了来的都交给我藏着呢！'

说着，便命丫鬟把箱一齐打开，将镜奁、妆盒、衾袱、衣包若大若小之物，一齐打开——请凤姐去抄阅。凤姐陪笑道：'我不过是奉太太的命来，妹妹别错怪了我！'因命丫鬟'快快给姑娘关上！'。平儿、丰儿等先忙着替侍书等关的关、收的收。探春道：

'我的东西倒许你们搜阅，要想搜我的丫头，这却不能！我原比众人歹毒，凡丫头所有的东西，我都知道，都在我这里间收着：一针一线他们也没的收藏；要搜，所以只来搜我！你们不依，只管去回太太，说我违背了太太，该怎么处治，我自去领。你们别忙，你们抄的日子有呢！你们今日早起不是议论甄家，自己盼着好好的抄家，果然今日真抄了！咱们也渐渐的来了！可知这样大族人家，若从外头杀来，一时是杀不死的？这可是古人说的：百足之虫，死而不僵，必须先从家里自杀自灭起来，才能一败涂地呢！'

说着，不觉流下泪来。"（第七十四回）不料"那王善保家的，本是个心内没成算的人，素日虽闻探春的名，他想：众人没眼色，没胆量罢了。哪里一个姑娘就这样利害起来？况且又是庶出？他敢怎么着？自己又仗着邢夫人的陪房，连王夫人尚另眼相待，何况别人？今见探春如此，他只当是探春认真单恼怒凤姐，与他们无干，他便要乘势作脸，因越众向前，拉起探春的衣襟，故意一掀，嘻嘻的笑道：'连姑娘身上我都搜了，果然，没有什么！……'一语未了，只听'啪'的一声，王善保家的脸上早着了探春一巴掌。探春登时大怒，指着王善保家的问道：

'你是什么东西，敢来拉扯我的衣裳？！我不过看着太太的面上，你又有几岁年纪，叫你一声妈妈，你就狗仗人势，天天作耗，在我们跟前逞脸，如今越发了不得了，你索性望我动手动脚的了！你打量我是同你们姑娘那么好性儿，由着你们欺侮，你就错了主意了！你来搜检东西，我不恼，你不该拿我取笑儿。'说着，便要亲自解钮子……"（第七十回）

我们从这一段故事中，便可以看出：（1）探春是大观园中的一个有胆有识、敢作敢为的女子；（2）她的说话多么老辣！她的行动多么果断；（3）她丝毫不为她的环境、地位所囿，大刀阔斧，旁若无人。这故事只足表现探春的消极方面的性格，她的性格之积极的一面，更足表现她是个大有为的人。当凤姐有病，而荣府事忙，无人料理时，便命探春、李纨暂行协理，后来又"特请了宝钗来"成立了"三人小组"，共同处理大观园一切事情。这三人中：李纨是位观音菩萨不问事的，即问事，人也不去怕她；宝钗是阅历深而趋避速，也不过是敷衍王夫人的面子，难靠她实心在事；只有探春是个强者，镇日价要找事做。她不但严词拒绝了她生母赵姨娘的无理要求——要探春拉扯她，——道：

"哪个好人用人拉扯的？！"

又责备她的母亲说：

"谁不知道我是姨娘养的！必要过两三个月寻出由头彻底的翻腾一阵，怕人不知道，故意表白表白……"

她一点也不徇情，后来看出大观园中许多开支都不合理，眼见得各种浪费陋规，便做主裁减的裁减，改革的改革。她有一次随着贾府女眷应赖大家之宴，在赖家园子里"和他们家的女孩儿说闲话儿，竟发现他们的园子一年的出息"，"除他们带的花儿、吃的笋菜鱼虾"，"还有人包了去，年终足有二百两银子剩"。她因此悟到"一个破荷叶，一根枯草根子，都是值钱的"。因此她就和李纨、宝钗二人商量道：

"咱们这个园子只算比他们的多一半，加一倍算起，一年就有四百银子的利息。若此时也出脱生发银子，自然小器，不是咱们这样人家的事。若派出两个一定的人来，既有许多值钱之物，一味任人作践，也似乎'暴殄天物'。不如在园子里所有的老妈妈中，拣出几个本分老成，能知园圃的，派他们收拾料理，也不必要他们交租纳税，只问他们一年可以孝敬我们些什么？一则园子有专定之人，修理花木，自然一年好似一年的，也不用临时忙乱。二则也不致作践，白辜负了东西。三则老妈妈们也可借此小补，不枉年日在园中辛苦。四则亦可以省了这些花儿匠、山子匠，并打扫人等的工费。将此有余，以补不足，未为不可。"（第五十六回）

这个兴利除弊的意见果然被凤姐采纳了，大观园便顿然改观。探春这种理财和处置事理的才情，实具有政治家的规模。即此两事，已足以扬名列女传而无愧了！后来远嫁，仅一度归宁之后，便寂然无闻。

至于惜春乃是贾珍的妹子，性情乖僻，最喜欢同妙玉在一块，会棋，会画，从小就亲近尼姑，这其间大概是她在家庭之间，受了什么刺激所致。她一向跟着贾母这边，后来就在大观园中与诸姊妹一处居住。她对于她的哥嫂的观感不好，对于宁府的观感也不好。后来，贾府抄家，贾母去世，妙玉被劫，她更看破红尘，愿削发为尼，即在"栊翠庵"养静，藉了一生。贾母的四个孙女之为人及其结果如此。我们现在可以借着贾琏的小厮兴儿的几句话做她们的"传赞"吧！兴儿道：

"我们大姑娘（指元春）不用说是好的了；二姑娘（迎春）的混名儿叫'二木头'；三姑娘（探春）的混名儿叫'玫瑰花儿'，又红又香，无人不爱，只是有刺戳手，不是太太养的；'老鸹窝里出凤凰！'四姑娘小正经！是珍大爷的亲妹子……"

如上所述，贾母真是儿孙满堂的福人了。但是"高明之家，鬼瞰其室"，贾府终被抄了。事情是这样的：贾政从江西粮道任内，被参回来，仍命他做京官，倒也合算，一天"正在那里设宴请酒，忽见赖大急忙走上荣禧堂来，回贾政道：'有锦衣府堂官赵老爷带领几位司官说来拜望。奴才要取职名来回，赵老爷说：我们至好，不用的。一面就下车走进来了！请老爷同爷们快接去！'贾政听了，心想：'和赵老爷并无来往，怎么也来？现在有客，留他不便，不留又不好。'正自思想，贾琏说：'叔叔快去罢！再等一回，人都进来了！'正说着，只见二门上家人又报进来说：'赵老爷已进二门了！'贾政等抢步接去，只见赵堂官满面笑容，并不说什么，一径走上厅来。后面跟着五六位司官，也有认得的，也有认不得的，但是总不答话。贾政心里不得主意，只得跟了上来让坐。众亲友也有认得赵堂官的，见他仰着脸，不大理人，只拉着贾政的手笑着，说了几句寒温的话，众人看见来头不好，也有躲进里面屋里的，也有垂手伺立的。贾政正要带笑叙话，只见家人慌张报道：'西平王爷到了。'贾政慌忙去接，已见王爷进来，赵堂官抢上去请了安，便说：'王爷已到，随来各位老爷就该带领府役把守前后门！'众官应了出去。贾政等知事不好，连忙跪接。西平郡王用两手扶起，笑嘻嘻的说道：'无事不敢轻造，有奉旨交办事件；要赦老接旨，如今满堂中筵席未散，想有亲友在此未便，且请众位府上亲友各散，独留本宅的人听候！'赵堂官回说：'王爷虽是恩典，但东边的事，这位王爷办事认真，想是早已封门。'众人知是西府干系，恨不能脱身。只见王爷笑道：'众人只管就请，叫人来，给我送出去。告诉锦衣府的官说：这都是亲友，不必盘查，快快放出。'那些亲友听见，就一溜烟如飞的出去了。独有贾赦、贾政一干人吓得面如土色，满身发颤。不多一回，只见进来无数番役，各门把守。本宅上下人等，一步不能乱走。赵堂官便转过一副脸来,回王爷道:'请爷宣旨意,就好动手。'……西平王慢慢的说道:'小王奉旨带领锦衣府赵全来查看贾赦家产!'贾赦等听见,俱俯伏在地。王爷便站在上头,说有旨意:贾赦交通外官,依势凌弱,辜负朕恩,有忝祖德,着革去世职。钦此……'赵堂官一叠声叫:'拿下贾赦!'……"(第一〇五回)这便是抄家了。贾母年高遭了这个意外,自然很够受的。无形之中身体精神已受了很大的打击。但她还是撑得起。这且不说。且说贾府所以被抄,平心而论,固是贵族社会之常有的现象,贵族家庭无恶不作,如凤姐之奸恶、贪毒,贾赦之蛮横,贾珍辈之奸淫霸道,有以致之,然而若不是贾雨村始而忘恩负义,投井下石,也不会闹出这种大乱子。贾雨村借着贾府的力量飞黄腾达,复官之后,又逢君之恶,事事仗着贾赦欺压贫弱,到了贾府势力有渐衰之象,则又滑地撑人,乘势踢人一脚,希图自保,这种人最是可怕,最是可耻、可恨!

二、能富贵能贫贱的贾母

贾母这个老太婆,当贾府鼎盛时,她是一味地想着舒服,事事不管。但她对人是再慈祥恺恻没有的了。她从没对下人发过脾气,待人总是宽厚大方。到了抄家以后,她更显得自己与常人不同。"且说:贾母见祖宗世职革去,现在子孙在监质审,邢夫人、尤氏等日夜啼哭,凤姐病在垂危,虽有宝玉、宝钗在侧,只可解劝,不能分忧。所以日夜不宁,思前想后,眼泪不干。一日傍晚,叫宝玉回去,自己强着坐起,叫鸳鸯等各处佛堂上香。又命自己院内,焚起斗香,用拐拄着,出到院中,琥珀知是老太太拜佛,铺下大红短毡拜垫。贾母上香跪了。叩了好些头,念了一回佛,含泪祝告天地道:'皇天菩萨在上,我贾门史氏,虔诚祷告,求菩萨慈悲。我贾门数世以来,不敢行凶霸道。我帮夫助子,虽不能为善,亦不敢作恶。必是后辈儿孙骄奢暴佚、暴殄天物,以致阖府抄检。现在儿孙监禁,自然凶多吉少，皆由我一人罪孽，不教儿孙，所以至此。我叩求皇天保佑：在监的逢凶化吉，有病的早早安身。今总有阖家罪孽，情愿一人承当，只求饶恕儿孙。若皇天见怜，念我虔诚，早早赐我一死，宽免儿孙之罪，……"（第一〇六回）这些话虽是老太婆的见解，但她的心胸和担当以及慈祥恺恻的心情也就可以想见了。赶到贾赦、贾珍要充军远去，又看见东西两府的女眷哭哭啼啼，生活登时发生恐慌，遂"叫邢王二夫人同了鸳鸯等开箱倒笼将做媳妇到如今的积攒的东西都拿出来；又叫贾枚、贾政、贾珍等一一的分派，说：'这里现有的银子交贾赦三千两：你拿二千两去做你的盘费使用，留一千给大太太另用；这三千给珍儿：你只许拿一千去，留下二千交你媳妇过日子，仍旧各自度日。房子是在一处，饭食各自吃罢。四丫头的亲事将来还是我的事，只可怜凤丫头操心了一辈子，如今弄得精光，也给她三千两，叫她自己收着，不许教琏儿用。如今她还病得神昏气丧，叫平儿来拿去。这是你祖父留下来的衣服，还有我少年穿的衣服、首饰，如今我用不着。男的呢，叫大老爷、珍儿、琏儿、蓉儿拿去分了；女的呢，叫大太太、珍儿媳妇、凤丫头拿了分去。这五百两银子交给琏儿，明年将林丫头的棺材送回南去。……那些田地原交琏儿清理，该卖的卖，该留的留，断不要支架子、做空头。我索性说了罢：江南甄家，还有几两银子，二太太那里收着，该叫人送去罢，倘或再有点事出来，可不是他们躲过了风暴又遇了雨吗？'……"（第一〇七回）这是多么精细，多么令人感激涕零的言语行动啊！这么大年纪的老人，神志这样清明，分派这样公允，体贴这样入微，想得这样周到，实在少有！不仅此也。她看见儿孙们悲伤，反倒转过来，安慰贾政他们道："你们别打量我是享得富贵受不得贫穷的人哪。不过这几年看着你们轰轰烈烈，我落得都不管，说说笑笑，养养身子罢了。哪知道家运一败，直到这样？若说外头好看，里头空虚，是我早知道的了。只是'居移气，养移体'，一时下不得台来。如今借此正好收敛，守住这个门头，不然，叫人笑话你，你还不知。只打谅我知道穷了，便着急的要死。我心里是想着祖宗莫大的功勋，无一日不指望你们比祖宗还强，能够守住，也就罢了。谁知他们爷儿两个

（罕按：此指贾赦和贾珍两人）做些什么勾当……"（第一〇七回）贾母这段话确是实话。她真知道享福，也真知道做人。

三、临终一幕

贾母既然受到这种打击，暮年心事，自然是支不住的了，看她处置她的财产的一些步骤和交代，已是做她下世的准备。此后，虽然强自排解，强为挣扎，强为欢笑，贾府的人儿无论如何振作不起精神来了。不久贾母一病便尔不起，'当她临危之时，还坐了起来对着面前的儿孙们"说道：'我到你们家已经六十多年了！从年轻的时候到老来，福也享尽了。自你们老爷起，儿子孙子也都算是好的了。就是宝玉呢，我疼了他一场，'说到那里，拿眼满地下瞧着，王夫人便推宝玉走到床前，贾母从被窝里伸出手来，拉着宝玉道：'我的儿！你要争气才好！……'宝玉嘴里答应，心里一酸，那眼泪便要流下来，又不敢哭，只得站着。贾母说道：'我想再见一个重孙子，我就心安了！我的兰儿在哪里呢？'李纨也推贾兰上去。贾母放了宝玉，拉着贾兰道：'你母亲是要孝顺的！将来你成了人，也叫你母亲风光风光。凤丫头呢？'凤姐本来站在贾母旁边，赶忙走到跟前，说：'在这里呢！'贾母道：'我的儿！你是太聪明了！将来修修福罢！我也没有修什么，不过心实吃亏。那些吃斋念佛的事，我也不大干。就是旧年叫人写些金刚经送送人，不知送完了没有？'凤姐道：'没有呢！'贾母道：'早该施舍完了才好。我们大老爷和珍儿是在外头罢了，最可恶的是史丫头没良心，怎么总不来瞧我？'鸳鸯等明知其故，都不言语。贾母又瞧了一瞧宝钗，叹了口气，只见脸上发红……"（第一一〇回）便伸腿去子。这一幕虽然是照例应有之义，但描写得如情如理，贾母一生始终都非常堂皇冠冕，的确是一个福寿康宁的老封君的样子！

现在我们要说"刘姥姥"了。说到刘姥姥，便得从她的女婿狗儿家说起："原来这小小之家姓王，乃本地人氏。祖上曾做过一个小小京官。昔年曾与凤姐之祖,王夫人之父认识,因贪王家的势利,便连了宗,认作侄儿。那时只有王夫人之大兄,凤姐之父,与王夫人随在京的,知有此一门远族,余者皆不知也。目今其祖早故,只有一个儿子,名唤王成,因家业萧条,仍搬出城外原乡中住了。王成亦相继身故,有子小名狗儿,娶妻刘氏,生子小名板儿,又生一女名唤青儿。一家四口,以务农为业。因狗儿白日间又作些生计,刘氏又操井臼等事,青、板姊弟两个无人管着,狗儿遂将岳母刘姥姥接来,一处过活。这刘姥姥乃是个久经世代的老寡妇,膝下又无子息,只靠两亩薄田度日。如今女婿接了养活,岂不愿意?遂一心一计帮着女儿、女婿过活起来。"(第六回)但是刘姥姥为什么要访问贾府呢?

"因为这年秋尽冬初,天气冷将上来,家中各事未办,狗儿未免心中烦虑。吃了几杯闷酒,在家闲寻气恼,刘氏不敢顶撞。因此刘姥姥看不过,乃劝道:'姑爷,你别嗔着我多嘴,咱们村庄人家,哪一个不是老老实实,守着多大的碗吃多大的饭?你皆因年小时,托着那老的福吃喝惯了,如今所以把持不定。有了钱,就顾头不顾尾,没了钱就瞎生气,成了什么男子汉大丈夫了!如今咱们虽离城住着,终是天子脚下,这长安城中遍地皆是钱,只可惜没人会去拿罢了!在家跳达这也没用。'狗儿听了道:'你老只会在炕头上坐着混说,难道叫我打劫去不成?'刘姥姥说道:'谁叫你打劫去呢?也到底大家想个方儿才好。不然,那银子会自己跑到咱们家里来不成?'狗儿冷笑道:'有法儿还等到这会子呢?我又没有收税的亲戚、做官的朋友,什么法子可想的?便有人也只怕他们未必来理我们呢?'刘姥姥道:'这倒也不然。谋事在人,成事在天,咱们谋到了,靠菩萨的保佑,有些机会,也未可知。我倒替你们想出一个机会来!如今是你拉硬屎,不肯去俯就他,故疏远起来。想当初我和女儿还去过一遭,他家的二小姐着实爽快,会待人的,倒不拿大,如今现是荣国府贾二老爷的夫人。听得他们说,如今上了年纪,越发怜贫恤老,最爱斋僧布施。如今王府虽升了边任,只怕二姑太太还认得咱们,你何不去走动走动,或者他还念旧,有些好处,亦未可知。只要他发点好心,拨一根汗毛比咱们的腰还壮呢！……'刘氏在旁接口道：'你老说的是！你我这样嘴脸，怎么好到他们门上去？只怕他那门上人，也不肯去通报，没的去打嘴现世！'谁知狗儿利名心重，听如此说，心下便有些活动起来。又听他妻子这番话，便笑接道：'姥姥既如此说，况且当日你又见过这姑太太一次，何不你老人家明日就去走一遭？先试一试风头看！'刘姥姥道：'啊呀！可是说的：侯门深似海，我是个什么东西，他家人又不认得我，去了也是自去的！'狗儿道：'不妨，我教你个法儿；你竟带了外孙板儿，先去找陪房周瑞，若见了他，就有些意思了。这周瑞先时曾和我父亲交过一桩事，我们本极好的。'刘姥姥道：'我也知道：只是许多时不走动，知道他如今是怎样！这说不得的了。你是个男人，这样个嘴脸自然去不得。我们姑娘年轻媳妇，也难卖头卖脚去。倒还是舍了我这副老脸去碰一碰。果然有些好处，也大家有益。'当晚计议已定。次日，大天明时，刘姥姥便起来梳洗了。又将板儿教了几句话。那板儿五六岁的孩子，听见带了他进城逛去，便喜得无不应承。于是刘姥姥带了板儿进城至宁荣府街来。至荣府大门前石狮子旁，只见簇簇的轿马，刘姥姥便不敢过去，且掸掸衣服，又教板儿几句话，然后蹲在角门前。只见几个挺胸凸肚指手画脚的人，坐在大门上说东谈西的。刘姥姥只得挨上前来，问：'大爷们纳福。'众人打量了他一回，便问：'是哪里来的？'刘姥姥陪笑道：'我找太太的陪房周大爷的。烦哪位太爷替我请他出来！'那些人听了，都不睬他半日，方说道：'你远远的那墙脚下，等着一回子，他们那里有人就出来的。'内中有一位年老的说道：'不要错了他的事，何苦耍他！'因向刘姥姥道：'那周大爷往南边去了，他在后一带住着，他娘子却在家里。你从这边绕到后街门上就找到了。'刘姥姥谢了，遂携着板儿绕至后门上，只见门上歇着些生意担子；也有卖吃的。也有卖玩耍物件的，闹吵吵三二十个孩子在那里厮闹。刘姥姥便拉着一个道：'我问哥儿一声：有个周大娘可在家么？'孩子道：'不知是哪一行当上的？'刘姥姥道：'他是太太的陪房。'孩子道：'这个容易！你跟我来！'引着刘姥姥进了后院，至一院墙指道：'这就是他家。'忙又叫道：'周大妈！

有个老奶奶来找你呢！'周瑞家的在内忙迎了出来，问：'是哪位？'刘姥姥迎上来，问了个'好呀！周嫂子！'周瑞家的认了半日，方笑道：'刘姥姥，你好呀！你说这几年不见，我就忘了！请家里坐！'刘姥姥一面走，一面笑说道：'你老是贵人多忘事了！哪里还记得我们？'说着，来至房中。"（第六回）刘姥姥初次进荣府，见到周瑞家的，方算是得了门径。不然的话，那真如她说的"侯门深似海"，她一个乡下老婆子，怎样闯得进去呢？且说："周瑞家的命雇的小丫头倒上茶来，吃着，周瑞家的又问：'板儿倒长得这么大了！'又问些别后闲话。又问：'刘姥姥今日还是路过？还是特来的？'刘姥姥便说：'原是特来瞧瞧你嫂子，二则也请姑太太的安。若可以领我见一见更好。若不能，便借重嫂子转致意罢了。'周瑞家的听了，便已猜着几分来意。只因他丈夫昔年争买田地一事多得狗儿之力，今见刘姥姥如此，心中难却其意；二则也要显弄自己的体面。便笑说：'姥姥！你放心！大远的诚心诚意来了，岂有个不教你见个正佛去的？论理，人来客至回话却不与我相干，我们这里都是各占一样儿。我们男的只管春秋两季地租子，闲时带着小爷们出门就完了。我只管太太、奶奶们出门的事。皆因你老是太太的亲戚，又拿我当个人，投奔了我来，我竟破个例，与你通个信。但只一件，姥姥有所不知：我们这里不比五年前了。如今太太不大理事，都是琏二奶奶当家了。你道这琏二奶奶是谁？就是太太的内侄女儿，当日大舅老爷的女儿，小名凤哥的。'刘姥姥听了道：'原来是他！怪道呢！我当日就说他不错的！这等说来，我今儿还得见了他。'周瑞家的道：'这个自然的。如今有客来都是这凤姑娘周旋接待。今儿宁可不见太太，倒要见她一面才不枉走这一遭儿。'刘姥姥道：'阿弥陀佛！这全仗嫂子方便了！'周瑞家的说：'姥姥说哪里话来？俗语说的：自己方便，与人方便。不过用我一句话儿，哪里费了我什么事！'说着，便唤小丫头到侧厅上，悄悄地打听老太太屋里，摆了饭没有？小丫头去了。这里二人又说了些闲话。刘姥姥因说：'这位凤姑娘今年不过二十岁罢了！就这等有本事，当这样的家，可是难得了。'周瑞家的听了道："嗐！我的姥姥！告诉不得你呢！这位凤姑娘年纪虽小，行事却比别人都大呢!如今出挑得美人一般的模样儿,少说些,有一万个心眼子,再要赌口齿,十个会说的男人也说不过他呢!回来,你见了,就知道了!就这一件,待下人未免严了些。'说着,小丫头回来了,说:'老太太屋里摆完了饭。二奶奶在太太屋里呢!'周瑞家的听了,连忙起身,催着刘姥姥:'快走!这一下来,他吃饭是空儿,咱们先等着去罢!若迟一步,回事的人多了,就难说话。再歇了中觉,越发没了时候了!'说着,一齐下了炕,整顿衣服,又教了板儿几句话,随着周瑞家的逶迤往贾琏的住宅来,先至侧厅。周瑞家的将刘姥姥安插在那里,略等一等,自己先过影壁,走进了院门,知凤姐未出来,先找着了凤姐的一个心腹通房大丫头名唤平儿的。周瑞家的先将刘姥姥起初来历说明,又说:'今日大远的来请安,当日太太是常会的,今儿不可不见,所以我带了他进来,等奶奶下来,我细细回明,谅奶奶也不责我莽撞的!'平儿听了,便作了个主意,'叫他们进来,先在这里坐着,就是了!'周瑞家的方出去领了他们进来。"(第六回)刘姥姥初到荣府的第二道关口已经又闯过了。

一个乡下老妈妈,乍然进了侯门公府,自然是太不习惯,凡是耳闻目见的,都是新鲜别致,惊奇万状。周瑞家的带着她和板儿"上了正房台阶,打起了猩红毡帘,才入堂屋,只闻一阵香扑了脸来,竟不辨是何气味,身子便似在云端里一般。满屋中之物都是耀眼争光,使人头晕目眩。刘姥姥此时,点头咂嘴念佛而已。于是引他到东边这间屋里,乃是贾琏大女儿睡觉之所,平儿站在炕沿边,打量了刘姥姥两眼,只得问个'好',让了坐。刘姥姥见平儿遍身绫罗,插金戴银,花容月貌,便当是凤姐了,才要称姑奶奶,只见周瑞家的说:'他是平姑娘。'又见平儿赶着周瑞家的叫'周大娘',方知不过是个有体面的丫头。于是让刘姥姥、板儿上了炕,平儿和周瑞家的对面坐在炕沿上,小丫头们倒上茶来吃了。刘姥姥只听见咯当咯当的响声,大有似乎打罗柜筛面的一般,不免东瞧西望的。忽见堂屋中柱子上,挂着一个匣子,底下又坠着一个秤锤般一物,却不住的乱晃。刘姥姥心中想着:'这是什么东西?有什么用处?'正呆时,陡听得'当'的一声,又若金钟铜磬一般,倒吓了一跳。展眼接着又是一连八九下。方欲问时，只见小丫头们一齐乱跑，说：'奶奶下来了！'平儿与周瑞家的连忙起身，说：'刘姥姥只管坐着，等是时候，我们来请你。'说着，迎出去了。刘姥姥只屏声侧耳默候，只听远远有人笑声，约有一二十个妇人衣裙悉索，渐入堂屋，往那边屋内去了。又见三两个妇人都捧着大红漆盒，进这边来等候，听得那边说道：'摆饭！'渐渐的人才散出去，只有伺候端菜的几儿，半日鸦雀不闻，忽见两个人抬了一张炕桌来，放在这边炕上，桌上碗盘摆列，乃是满满的鱼肉在内，不过略动了几样。板儿一见了，便吵了要吃肉。刘姥姥一巴掌打了开去。忽见周瑞家的笑嘻嘻走过来，招手儿叫他，刘姥姥会意，于是带了板儿下炕，至堂屋中，周瑞家的又和他唧咕了一会，方蹲到这边屋内。只见门外铜钩上，悬着大红洒花软帘，南窗下是炕，炕上大红条毯。东边板壁，立着一个锁锦靠背与一个引枕，铺着金星线闪缎大坐褥，旁边有银唾盒。那凤姐家常带着紫貂昭君套，围着那攒珠勒子，穿着桃红撒花袄，石青刻丝灰鼠披风，大红洋绉银鼠皮裙。粉光脂艳，端端正正坐在那里，手内拿着小铜火箸儿拨手炉内的灰。平儿站在炕沿边捧着小小的一个填漆茶盘，盘内一个小盖盅。凤姐也不接茶，也不抬头，只管拨手炉内的灰，慢慢地道：'怎么还不请进来？'一面说，一面抬身要茶时，只见周瑞家的已带了两个人立在面前了。这才忙欲起身，犹未起身，满面春风的问好，又嗔周瑞家的：'怎么不早说？'刘姥姥已是在地下拜了数拜，问姑奶奶安。凤姐忙说：'周姐姐搀着不拜罢！我年轻不大认得，可也不知是什么辈数，不敢称呼。'周瑞家的忙回道：'这就是我才回的那个姥姥了。'凤姐点头。刘姥姥已在炕沿上坐下了。板儿更躲在他背后，百般的哄他出来作揖，他死也不肯。凤姐笑道：'亲戚们不大走动，都疏远了。知道的呢，说你们厌弃我们，不肯常来。不知道的，那起小人还只当我们眼里没有人似的。'刘姥姥忙念佛道：'我们家道艰难，走不起来了！这里没的给姑奶奶打嘴，就是管家爷们看着也不像！'凤姐笑道：'这话没的教人恶心！不过借赖着祖父虚名，作个穷官儿罢了，谁家有什么？不过是个旧日的空架子。俗语说：朝廷还有三门子穷亲戚呢！何况你我？'说着又问周瑞家的,'回了太太了没有?'周瑞家的道:'如今等奶奶的示下。'凤姐儿道:'你去瞧瞧,要是有人有事就罢,得闲呢,就回,看怎么说。'周瑞家的答应去了。这里凤姐叫人抓果子与板儿吃。……只见周瑞家的回来,向凤姐道:'太太说了:今日不得闲,二奶奶陪着便一样的,多谢费心。想着自来逛逛呢,便罢,若有甚说的,只管告诉二奶奶,都是一样。'刘姥姥道:'也没甚说的,不过是来瞧瞧姑太太、姑奶奶,也是亲戚们情分!'周瑞家的便道:'没有甚说的,便罢,若有话,只管回二奶奶,是和太太一样的。'一面说,一面递眼色与刘姥姥。刘姥姥会意,未语先飞红了脸。欲待不说,今日又所为何来?只得忍耻道:'论理,今日初次见姑奶奶,却不该说的。只是大远的奔了你老这里来,少不得说了!'刚说到这里,"刘姥姥进荣国府的目的,似乎已经达到了,后来凤姐的侄儿贾蓉来了,打了个岔子,等到贾蓉走了以后,"这刘姥姥身心方安,便说道:'我今日带了你侄来,不为别的,只因他爷娘在家里连吃的也没有,天气又冷了,只得带了你侄儿奔了你老来!'说着,又推板儿道:'你爹在家里怎么教你的?打发咱们来做什么的?只顾吃果子么?'凤姐儿早明白了,听他不会说话,笑止道:'不必说了,我知道了。'因问周瑞家的道:'这姥姥不知可用了早饭没有呢?'刘姥姥忙道:'一早就往这里赶咧,哪里还有吃饭的工夫么?'凤姐忙命'传饭来'。一时周瑞家的传了一桌客馔来,摆在那边屋里,过来带了刘姥姥和板儿过去吃饭。凤姐说道:'周姐姐好生让着些儿,我不能陪了。'于是过东边房里来。凤姐又叫过周瑞家的去问道:'方才回太太说了些什么?'周瑞家的道:'太太说:他们原不是一家,是当年他们的祖与老太爷在一处做官,因连了宗的。这几年不大走动,当时他们来了,却也从没空过的。今来瞧瞧我们,也是他的好意,不可简慢了她。便有什么话,叫二奶奶裁度着就是了。'凤姐听了说道:'怪道!既是一家子,我如何连影儿也不知道?'说话间,刘姥姥已吃完了饭,拉了板儿过来,舔唇砸嘴的道谢。凤姐笑道:'且请坐下,听我告诉:你老人家方才的意思我也知道了。论亲戚之间,原该不待上门来,就有照应才是。但如今家中事情太多,太太上了年纪,

五 两个老太婆——贾母与刘姥姥

一时想不到是有的。况我接着管事,都不大知道这些亲戚们;一则外面看着,虽是烈烈轰轰,不知大有大的难处,说与人也未必相信呢!今你既大远的来了,又是头一次儿向我张口,怎好叫你空手回去?可巧昨儿太太给我的丫头们作衣裳的二十两银子还没动呢,你不嫌少,且先拿了去用罢。'那刘姥姥先听见艰苦,只当是没想头了;又听见给他二十两银子,喜得眉开眼笑道:'我们也知艰难的,但俗语道:瘦死的骆驼比马还大些。凭他怎样,你老拔一根汗毛比我们的腰还要壮呢!'周瑞家的在旁,听见他说的粗鄙,只管使眼色止他。凤姐笑而不睬。叫平儿:'把昨儿那包银子拿来,再拿一吊钱来',都送至刘姥姥跟前。凤姐道:'这是二十两银子,暂且给这孩子们作件冬衣罢,改日无事只管来逛逛,方才是亲戚们的意思。天也晚了,不虚留你们了。到家该问好的都问过好儿……'一面说,一面就站了起来了。刘姥姥只是千恩万谢的拿了银钱随周瑞家的走至外厢,周瑞家的道:'我的娘!你怎么见了他,倒不会说话了!开口就是你侄儿!我说句不怕你恼的话:便是亲侄儿,也要说和软些,那蓉大爷才是他的侄儿呢!他怎么又跑出这样的侄儿来了!'刘姥姥笑道:'我的嫂子,我见了她,心眼儿爱还爱不过来,哪里还说上话来?'二人说着,又至周瑞家坐了片刻。刘姥姥要留下一块银与周瑞家的孩子们买果子吃,周瑞家的如何放在眼里,执意不肯。刘姥姥感谢不尽,仍从后门去了。"

(第六回)我们很详细地述说刘姥姥初到荣府的一段故事用意在:

(1)不详述这一段故事,则刘姥姥以后几次来荣府便没有根据,没有头脑。就是说:

(2)不详述刘姥姥先访周瑞家的,则无从找到平儿这一个重要的线索;

(3)不先打通平儿,则难以见到凤姐,纵见了凤姐,旁边无人说话,也不方便;

(4)不详述凤姐之与刘姥姥一段说话,则此后之关系便无从建立,本书没有收场。

现在我们要说到刘姥姥第二次进荣国府了。有一天,平儿出去有事,凤姐打发人把她找了回来，"平儿急忙走来，只见凤姐儿不在房里，忽见上回来打抽丰的那刘姥姥和板儿又来了，坐在那边屋里，还有张材家的、周瑞家的陪着，又有两三个丫头在地下倒口袋里的枣子、倭瓜并些野菜。众人见她进来，都忙站起来了。刘姥姥因上次来过，知道平儿的身份，急忙跳下地来，问：'姑娘好！又说家里都问好！早要来请姑奶奶的安，看姑娘来的，因为庄家忙，好容易今年多打了两担粮食，瓜果菜蔬也丰盛，这是头一起摘下来的，并没敢卖呢！留的尖儿孝敬姑奶奶、姑娘们尝尝。姑娘们天天山珍海味的，也吃腻了，吃个野菜儿，也算我们的穷心！'平儿忙道：'多谢费心！'又让坐，自己坐了。又让：'张婶子、周大娘坐！'又命小丫头倒茶去。周瑞、张材两家的因笑道：'姑娘今日脸上有些春色，眼睛圈儿都红了！'平儿笑道：'可不是！我原是不吃的，大奶奶和姑娘们只是拉着死灌，不得已吃了两盅，脸就红了。'张材家的笑道：'我倒想着要吃呢！又没人请我！明日再有人请姑娘，可带了我去罢！'说着大家都笑了。周瑞家的道：'早起，我就看见那螃蟹了！一斤只好称两个三个，这么两三大篓，想是有七八十斤呢。若是上上下下只怕还不够。'平儿道：'哪里都吃？不过都是有名儿的吃两个呢！那些散众也有摸着的！也有摸不着的！'刘姥姥道：'这样螃蟹今年就值五分一斤；十斤五钱，五五二两五，三五一十五，再搭上酒菜，共倒有二十多两银子。阿弥陀佛！这一顿的钱，够我们庄家人过一年的了！'平儿因问：'想是见过奶奶了？'刘姥姥道：见过了！叫我们等着呢！'说着，又往窗外看天气，说道：'天好早晚了，我们也去罢，别出不得城，才是饥荒呢！'周瑞家的道：'这话倒是！我替你瞧瞧去？'说着，一径去了。半日方来，笑道：'可是你老的福来了！竟投了这两个人的缘了！'平儿问：'怎么样？'周瑞家的笑道：'二奶奶在老太太跟前呢！我原是悄悄的告诉二奶奶：刘姥姥要家去了，怕晚了赶不出城去。'二奶奶说：'大远的！难为他担了些东西来，晚了就住一夜，明日再去！'这可不是投上二奶奶的缘了？这也罢了，偏生老太太又听见了，问：刘姥姥是谁？二奶奶便回明白了。老太太又说：'我正想个积古的老人家说话儿，请了来，我见一见！'这可不是想不到的投上缘了？说着，催刘姥姥下来前去。刘姥姥道：'我这生像儿怎好见的？好嫂子！你就说我去了罢！'平儿忙道：'你快去罢！不相干的，我们的老太太最是惜老怜贫的，比不得那些狂三诈四的人！想是你怯上，我和周大娘送你去。'说着，同周瑞家的引了刘姥姥往贾母这边来……平儿等来至贾母房中，彼时大观园中姊妹们都在贾母前承奉，刘姥姥进去，只见满屋里珠围翠绕、花枝招展的，并不知都系何人。只见一张榻上，独歪着一位老婆婆，身后坐着一个沙罗裹的美人一般的丫鬟在那里捶腿。凤姐儿站着正说笑，刘姥姥便知是贾母了，忙上来陪着笑，福了几福，口里说：'请老寿星安！'贾母亦忙欠身问好。又命周瑞家的端过椅子来坐着！那板儿仍是怯人，不知问候。贾母道：'老亲家！你今年多大年纪了？'刘姥姥忙起身答道：'我今年七十五了。（原书注湄：当改作八十一）'贾母向众人道：'这么大年纪了，还这么硬朗，比我大好几岁呢！我要到这么年纪，还不知怎么动不得呢！'刘姥姥笑道：'我们生来是受苦的人，老太太生来是享福的。若我们也这样，那些庄家活也没人做了！'贾母道：'眼睛牙齿都还好？'刘姥姥道：'都还好。就是今年左边的槽牙活动了。'贾母道：'我老了！都不中用了，眼也花，耳也聋，记性也没了。你们这些老亲戚我都记不得了。亲戚们来了，我怕人笑我，我都不会，不过嚼的动的吃两口，困了睡一觉，闷了时，和这些孙子孙女儿玩笑一回就完了！'刘姥姥笑道：'这正是老太太的福了！我们想这么着也不能！'贾母道：'什么福！不过是老废物罢了！'说的大家都笑了。贾母又笑道：'我才听见凤哥儿说，你带好些瓜菜来，我叫他快收拾去了。我正想个地里现结的瓜儿菜儿吃。外头买的不像你们田地里的好吃。'刘姥姥笑道：'这是野意儿，不过吃个新鲜。依我倒想鱼肉吃，只是吃不起！'贾母又道：'今日既认着了亲，别空空的就去，不嫌我这里，就住一两天再去。我们也有个园子，园子里头也有果子，你明日也尝尝，带些家去，也算是看亲戚一趟！'"（第三十九回）刘姥姥认识了贾母，一连在大观园中盘桓了几天，参加了贾母的两次宴会，深得贾母的欢心，凤姐因此也格外优待她，把她的女儿巧姐认给她，遂结下深切的关系。——这便是刘姥姥二进荣国府的一段故事。

　　刘姥姥三进荣国府是正当荣府已被抄，凤姐病在床褥，精神恍惚，心情不安，奄奄一息的时候。这时平儿正在给凤姐捶腿，"见个小丫头儿进来说是：'刘姥姥来了，婆子们带着来请奶奶的安！'平儿急忙下来，说：'在哪里呢？'小丫头儿说：'他不敢进来，还听奶奶示下！'平儿听了点头，想凤姐病里必是懒待见人，便说道：'奶奶现在养神呢！暂且叫他等着。你问他来有什么事？'小丫头儿说道：'他们问过了，没有事，说：知道老太太去世了，因没有报，才来迟了。'小丫头说着，凤姐听见，便叫：'平儿！你来，人家好心来瞧，不要冷淡人家。你去请了刘姥姥进来，我和他说说话儿！'平儿只得出来，请刘姥姥这里坐。凤姐刚要合眼，又见一个男人、一个女人跑到这里来了。连叫两声，只见丰儿、小红赶来说：'奶奶要什么？'凤姐睁眼一瞧，不见有人，心里明白，不肯说出来，便问丰儿道：'平儿这东西哪里去了？'丰儿道：'不是奶奶叫去请刘姥姥去了？'凤姐定了一会神，也不言语，只见平儿同刘姥姥带了一个小女孩儿进来，说：'我们姑奶奶在哪里？'平儿引到炕边，刘姥姥便说："请姑奶奶安！'凤姐眼睁一看，不觉一阵伤心，说：'刘姥姥，你好！怎么这时候才来？你瞧，你外孙女儿也长的这么大了！'刘姥姥看着凤姐骨瘦如柴，神情恍惚，心里也就悲惨起来，说：'我的奶奶！怎么这几个月不见，就病到这个分儿？我糊涂的要死，怎么不早来请姑奶奶的安？'便叫：'青儿！给姑奶奶请安！'青儿只是笑。凤姐看了，倒也十分欢喜，便叫小红招呼着。刘姥姥道：'我们乡村里的人不会病的，若一病了，就要求神许愿，从不知道吃药的。我想姑奶奶的病不要撞着什么了罢？'平儿听着那话不在理，便在背地里扯她，刘姥姥会意，便不言语，哪里知道这句话倒合了凤姐的意，硬挣着说：'姥姥！你是有年纪的人，说的不错！你见过的赵姨娘也死了，你知道么？'刘姥姥诧异道：'阿弥陀佛！好端端一个人怎么就死了！我记得他也有一个小哥儿，这便怎么样呢？'平儿道：'这怕什么？他还有老爷太太呢！'刘姥姥道：'姑娘！你哪里知道？不好死了，是亲生的。隔了肚皮是不中用的！'这句话又招起凤姐的愁肠，呜呜咽咽的哭起来了，众人都来劝解。巧姐儿听见她母亲悲哭，她便走到炕前，用手拉着凤姐的手，也哭起来。凤姐一面哭着道：'你见过了姥姥了没有？'巧姐儿道：'没有！'凤姐道：'你的名字还是她起的呢，就和干娘一样！你给他请个安！'巧姐便走到跟前，刘姥姥忙拉着道：'阿弥陀佛！不要折杀我了，巧姑娘，我一年多不来，你还认得我么？'巧姐儿道：'怎么不认得？那年在园里见的时候，我还小，前年你来，我还合你要隔年的蝈蝈儿，你也没有给我，必是忘了！'刘姥姥道：'好姑娘！我是老糊涂了！若说蝈蝈儿我们村里多得很，只是不到我们那里去。若去了，要一车也容易！'凤姐道：'不然，你带了他去罢！'刘姥姥笑道：'姑娘这样千金贵体，绫罗裹大了的，吃的是好东西，到了我们那里，我拿什么哄他顽？拿什么给他吃呢？这倒不是坑杀我了么？'说着，自己还笑。又说：'那么着，我给姑娘做个媒罢？我们那里虽说是乡村里，也有大财主人家，几千顷地，几百牲口，银子钱也不少；只是不像这里有金的，有玉的。姑奶奶是瞧不起这种人家，我们庄家人瞧着这样大财主，也算是天上的人了。'凤姐道：'你说去，我愿意就给！'刘姥姥道：'这是顽话罢咧！放着姑奶奶这样大官大府的人家，只怕还不肯给，哪里肯给庄家人家？就是姑奶奶肯了，上头太太们也不给！'巧姐因他这话不好听，便走了去和青儿说话，两个女孙儿倒说得上，渐渐的就熟起来了。这里平儿恐刘姥姥话多，搅烦了凤姐，便拉了刘姥姥说：'你提起太太来，你还没有过去呢，我出去叫人带了你去见见，也不枉来这一趟！'刘姥姥便要走，凤姐道：'忙什么！你坐下！我问你：近来的日子还过得么？'刘姥姥千恩万谢地说道：'我们若不是仗着姑奶奶，'说着，指着青儿说：'他的老子娘都要饿死了！如今虽说是庄家人苦，家里也挣了好几亩地，又打了一眼井，种些菜蔬瓜果，一年卖的钱也不少。尽够他们嚼吃的了。这两年姑奶奶还时常给些衣服布匹，在我们村里，算过得的了！阿弥陀佛！前日他老子进城，听见姑奶奶这里动了家，我就几乎吓杀了！亏待又有人说，不是这里，我才放心！后来又听见说：这里老爷升了，我又喜欢，就要来道喜，为的是满地的庄稼，来不得,昨日又听见说,老太太没有了,我在地里打豆子,听见了这话,吓得连豆子都拿不起来了,就在地里狠狠地哭了一大场!我和女婿说:'我已顾不得你们了!不管真话诳话,我是要进城瞧瞧去的!我女婿女儿也不是没良心的,听见了,也哭了一回子。今儿天没亮,就赶着进城来了!我也不认得一个人,没有地方打听,一径来到后门,见是门神都糊了,我这一吓又不小!进了门,找周嫂子,再找不着,撞见一个小姑娘,说:周嫂子,他得了不是了,撵了!我又等了好半天,遇见了熟人,才得进来。不打谅姑奶奶也是那么病着!'说着,又掉下泪来。平儿等着急,也不等她说完,拉着就走,说:'你老人家说了半天,口干了,咱们吃碗茶去罢!'拉着刘姥姥到下房坐着,青儿在巧姐儿那边,刘姥姥道:'茶倒不要!好姑娘,叫人带了我去请太太的安,哭哭老太太去罢!'平儿道:'你不用忙,今儿也不出城的了!方才我是怕你说话不防头,招得我们奶奶哭,所以催你出来的。别思量!'刘姥姥道:'阿弥陀佛!姑娘是你多心!我知道。倒是奶奶的病怎么好呢?'"(第一一三回)接着平儿问计于刘姥姥,后来凤姐的神经又发,大家跑了去,凤姐清醒以后,便听刘姥姥的话,托刘姥姥回乡替他求神许愿,临行时,凤姐还把青儿留下,同巧姐在一块儿玩耍。这是刘姥姥三进荣国府的一段故事。

刘姥姥回乡不久,凤姐就死了;凤姐死了不久,她的至亲骨肉弟兄王仁便伙着贾府的一些败类贾环、贾蔷和邢大舅之流,设计出卖巧姐,而邢夫人贪于势利,王夫人碍于分际,几乎铸成大错,所幸平儿机警,苦苦地说动了王夫人,又巧刘姥姥从乡下来(第四次进荣国府),鼓励平儿设计带着巧姐,"扔崩一走",打破了他们的奸计,不久,贾府开复原官,贾琏本来去看他父亲的,此时也一同回来,刘姥姥才和平儿又把巧姐原璧送回,完了这段公案。这是刘姥姥第五次进荣国府的故事。

刘姥姥五进荣国府,乃是代表五个不同的阶段。初进荣国府只是描述她接识了荣国府的当权者凤姐的前后情形。第二次进荣国府接受了贾母的招待,畅游大观园;这两次入府都是当贾氏鼎盛的时候。第三次进荣国府,贾府因被抄,家道破落;贾母去世,熙凤卧病,气象愁惨。凤姐接见刘姥姥相对而泣,命巧姐出见行礼,形似"托孤"。第四次进荣府乃在凤姐已死,鬼魔作祟之时,刘姥姥以计脱巧姐于险。第五次进荣国府则是送巧姐回府。由此观之:刘姥姥进荣国府实是贾氏一门兴衰关键,可与贾母一生事迹相比拟。

贾母和刘姥姥,我们前面说过,乃是两个不同社会典型人物:她们,一个是贵族社会的老封君,钟鸣鼎食、颐指气使、仆从满前、富贵寿考的人物;一个是农民社会的老太婆,年事虽高,而胼手胝足、终身勤劳、不得一饱的苦人。一个是恤老怜寡、雍容宽厚;一个是勇于为善、富于同情、急公好义、诚实不欺、报德感恩、可以托孤。就性格言之,各有其独到之处;就社会地位言之,为贾母易,为刘姥姥难。因之,吾爱贾母,吾尤爱刘姥姥!

六　红楼梦的宝藏

我们既然讲了五次，红楼梦的写作所为何事，大概大家已有了相当的概念：头一篇——一面镜子——在我个人想来，乃是我对于红楼梦的研究的出发点，就是表明：我是从什么角度，从什么立场来看红楼梦（至于我这立场对不对，那是另外一个问题，我这立场，和前人大不相同罢了）。第二次至第五次讲演，完全是事实，不过由我把它们加以贯串、剪裁和叙述罢了。但只此五次而止还是不够，因为第一篇是方法论，第二至第五篇是材料的示范，但红楼梦的精义入神之处，还得大费大家的摩挲，画龙而不点睛，还是不能交代，我们应该运用第一篇的方法，利用第二至第五篇所说的故事以及全部著作的材料，分析这一伟著所遗留给我们的是些什么宝贵的文化遗产。依我看来，大致不外下述五件：

（一）透彻的观察力；

（二）对当时社会的批评精神；

（三）运用俗语增加文字上的生活力；

（四）超越的幻想力；

（五）天才的描写技术。

红楼梦的作者既然用写实主义的方法来描写他所生息其中的社会，自然要如实地、须眉毕现地把他所描写的社会放在读者的眼前。但这并不是一件容易的事，他一定要在这森罗万象、芸芸众生的社会中，找出它的最基本的因素来作为它的中心思想，那就必有透彻的观察力才行。曹雪芹是具有这种观察力的，因为他屡次郑重提出下述的一个观念：

（1）第四回说："那冯家也无甚要紧的人，不过为的是钱，有了银子，也就无话了。"

（2）同上回又说："人命官司他都视为儿戏，自谓花上几个臭钱，没有不了的。"

（3）第七回说："那宝玉自一见秦钟人品，心中便有所失，痴了半日，自己心中又起了呆意，乃自思道：天下竟有这等的人物！如今看了，我竟成了泥猪癞狗了，可恨我为什么生在这侯门公府之家，若也生在寒儒薄宦之家，早得与他交接，也不枉生了一世！我虽比他尊贵，可知绫锦纱罗，也不过裹了我这枯株朽木；美酒羊羔也只不过填了我这粪窟泥沟！'富贵'二字不啻遭我荼毒了！秦钟自见宝玉形貌出众，举止不浮，更兼金冠绣服，艳婢娇童，果然怨不得人人溺爱他，又恨我偏生于清寒之家，哪能与他交接，可知'贫富'二字限人，亦世界上大不快事。"

（4）第六十四回说："不过令人找着张家，给他十几两银子，写上一张退婚的字儿，想张家穷极了的人，见了银子有什么不依的！"（贾蓉语）

（5）第七十五回说："傻大舅……忽然想起旧事来，乃拍案对贾珍说道：'昨日我和你令伯母怄气，你可知道么？'贾珍道：'不曾听见。'傻大舅叹道：'就为钱这件东西。'"

以上所举只表现出一个观念，即：天下万事的根由皆在"钱这件东西"。这一观念，贯串了整个（至少前八十回的）红楼梦的思想，这是曹雪芹透彻地观察出来和深深地体验出来的。曹雪芹曾经生活在极荣华富贵的社会和家庭中，他是富有平等观念的，同时又富有极大的同情心，所以他享尽了荣华富贵，同时在另一方面，又感觉到这富贵的境遇阻碍了人类的交互情感，后来，他家道中落，身处贫苦，甚至喝稀饭度日子，必更感觉到这"贫富"两字害人不浅。他作红楼梦就是在这时候，所以书中充满对于贫富差别的憎恨。至于他对于所描写的社会，自然是抱着严厉的批评态度的，但他并不主观地要对旧社会加以攻击。但结果，这一伟著的本身，就是著者所生活其中的社会——贵族地主社会——的一种最无情、最深刻、最严酷的批评；一是对当时社会制度的批评；二是对当时人心世道的批评。它是社会的一面镜子，但这面镜子，从刘姥姥开始叙起，从一个农村"贫婆子"的眼中看出并由她的嘴描画出当时宫廷贵族——地主贵族和农民生活的悬殊；又从贾珍的庄头之一——乌进孝的年终送租课的一篇账目中，显露出当时地主贵族所拥有的土地是如何广大，他们每年所得的地租是如何的丰富；从贾雨村的门子所给他看的"护官符"看来，知道当时地主贵族对于地方政治拥有如何威严的影响力量，他们对于一般人民是如何恶霸？从尤氏眼中看出，口中说出贾珍之引诱豪贵青年嫖赌逍遥，则事之千真万确可知；从贾琏口中说出王熙凤之悍且妒，则其平日对于男女之事，"只准官家放火，不准百姓点灯"之蛮横行为，不问可知。这便是对于当时之社会制度的批评。至于贾府抄家，而所有亲戚都远避不敢露面，只有一个薛蟠敢于出入贾府；贾雨村受贾府之恩极重，而当朝廷命其查明实迹时，狠狠地踢了一脚，世道之险，人心之坏可知。贾赦谋买人之古扇而不得，贾雨村竟诬栽它的所有主亏空公款，没收财产入官，以劫取他所宝而藏之的扇子，致使"石呆子"倾家败产。世道之险，人心之坏可知。王熙凤因贾瑞之言语轻佻，遂百端引逗他，使他一步一步陷入逆伦犯分的地步，加之以极端的侮辱，致不惜置之死地。又因贪人之财，招权纳贿，破坏人家的婚姻，致使痴男怨女双双自杀，世道之险，人心之坏可知。凤姐死后，她的母舅、胞兄和着贾府的骨肉至亲——兄弟子侄——伙着她的婆母出卖她的女儿巧姐，只剩下一个婢妾——平儿，一个乡下老太婆——刘姥姥来救她，则世道之险，人心之坏更可知。这便是对当时世道人心之严酷的批评。所以我说红楼梦乃是当时社会的"一面镜子"，但这一面镜子，怎么能造得这样具有如许的光照力、透彻力和幻想力——它的光照力比现在几千度的探照灯还要明亮；它的透彻力比现在的几千倍的X光还能洞烛肺腑？它怎样能从人心的深处勾出它的隐秘？又怎样有如许的生动力？那就不外乎一种超越的幻想力。我们总括一句：红楼梦的宝藏有四：（1）对于当时社会之深刻的批评；而其所以能如此，则是：（2）善于运用俗语人文；（3）超越的幻想力；（4）天才的描写技术。待我慢慢说来。

中国几部有名的小说，如水浒、儒林外史等等，皆善于运用熟语，而红楼梦尤甚，红楼梦尤以前八十回为最，现在我随便举些在下面，如：

（1）"偶然一回顾，便为人上人。"（第二回）

（2）"刘姥姥看不过，乃劝道：'姑爷！你别喷着我多嘴，咱们村庄人家，哪一个不是老老诚诚，守着多大碗吃多大的饭。'"（第六回）

（3）"没了钱，就瞎生气，成了什么男子汉大丈夫了！"（第六回）

（4）"谋事在人，成事在天。"（第六回）

（5）"如今是你们拉硬屎不肯去俯就他。"（第六回）

（6）"只要他发一点好心，拔一根汗毛比咱们的腰还壮呢！"（第六回）

（7）"没的去打嘴现世！"（第六回）

（8）"也难卖头卖脚的！"（第六回）

（9）"贵人多忘事！"（第六回）

（10）"自己方便，与人方便。"（第六回）

（11）"瘦死的骆驼比马还大些，凭他怎样，你老拔一根汗毛比我们的腰还壮呢！"（第六回）

（12）"不和我说别的还可，再说别的，咱们白刀子进去，红刀子出来！"（第七回）

（13）"哪里承望到如今生下这些畜生来，每日偷鸡戏狗，爬灰的爬灰，养小叔的养小叔子，我什么不知道？咱们胳膊折了往袖子里藏。"（第七回）

（14）"宝玉因问：'哥哥不在家？'薛姨妈叹道：'他是没笼头的马……'"（第八回）

（15）黛玉借着雪雁送手炉给她，奚落宝玉、宝钗道："谁叫你送来的？难为她费心，哪里就冷死了我！"雪雁道："紫鹃姐姐怕姑娘冷，叫我送来的。"黛玉笑道："也亏你倒听她的话，我平日和你说的，全当耳旁风！怎么他说了，你就依，比圣旨还快些！"（第八回）

（16）"原来薛蟠……因此也假说来上学，不过于三日打鱼两日晒网！"（第九回）

（17）金荣笑道："……我可拿住了，还赖什么？先让我抽个头儿！"（第九回）

（18）"又拍着手嚷道：'贴得好烧饼，你们都不买一个吃去！"（第九回）

（19）"助纣为虐。"（第九回）

（20）"众顽童也有帮着打太平拳助乐的。"（第九回）

（21）"他是东衙里璜大奶奶的侄儿，那是什么硬挣仗腰子的！"（第九回）

（22）"你那姑妈只会打旋磨儿！"（第九回）

（23）"忍得一时忿，终身无恼闷。"（第九回）

（24）"若再要找这样一个地方，我告诉你罢，比登天的还难呢！"（第十回）

（25）"只怕打着灯笼儿也没处找呢！"（第十回）

（26）"金氏听了这一番话，把方才在他嫂子家的那一团要向秦氏理论的盛气早吓的丢在爪洼国去了！"（第十回）

（27）"凤姐……因说宝玉道：'你忒婆婆妈妈的了！'"（第十一回）

（28）"凤姐……心里暗忖道：'这才是知人知面不知心呢？'"（第十一回）

（29）"凤姐儿道，'你们奶奶（指尤氏）就是这样急脚鬼似的！'"（第十一回）

（30）"贾瑞听了，喜得抓耳挠腮。"（第十二回）

（31）"那贾瑞……直往那夹道中屋子里来等着，'热窝上蚂蚁一般'，……"（第十二回）

（32）"平儿说道：'癞虾蟆想吃天鹅肉！'"（第十二回）

（33）"常言道：'月满则亏，水满则溢。'又道：'登高必跌重'，如今我们家赫赫扬扬，已将百载。一日，乐极生悲若应了那句'树倒猢狲散'的俗话，岂不虚称了一世诗书旧族了？"（第十三回）

（34）"……眼见不日又有一件非常喜事，真是烈火烹油、鲜花着锦之盛！要知道也不过是瞬息的繁华，一时的欢乐，万不可忘了那'盛筵没有不散的'俗语。"（第十三回）

（35）"凤姐又道：'我比不得他们扯篷拉纤的图银子。'"（第十五回）

（36）"人家给个棒槌，我就认作针。"（第十六回）

（37）"你是知道的：咱们家所有的这些管家奶奶，哪一个是好缠的？错一点儿，他们就笑话打趣；偏一点儿，他们就'指桑说槐'的抱怨，'坐山看虎斗'，'借刀杀人'，'引风吹火'，'站干岸儿'，'推倒油瓶不扶'都是全挂子武艺。"（第十六回）

（38）"依旧被我闹了个'马仰人翻'。"（第十六回）

（39）"凤姐道：'呀！往苏杭走了一次回来，还是这里'眼馋肚饱'的！'"（第十六回）

（40）"那薛老大也是'吃着碗里瞧着锅里'的。"（第十六回）

（41）"明堂正道与他做了妾，过了没半月，也看的没事人一大堆了。"（第十六回）

（42）"我们二爷那脾气：'油锅里的还要捞出来化'呢！"（第十六回）

（43）"孩子们已长的这么大了，'没吃过猪肉，也看过猪跑。'大爷派他（指贾蔷）去，原不过是个'坐纛旗儿'。"（第十六回）

（44）"宝钗说：'咱们别在这里'碍手碍脚'。"（第十八回）

（45）宝钗悄悄的捱着嘴点头笑道："看你今夜不过如此，将来金殿对策，你大约连'赵钱孙李'都忘了呢！"（第十八回）

（46）宝玉的奶母李嬷嬷叹道："……那宝玉是个'丈八的灯台，照

见人家照不见自己'的。"（第十九回）

（47）"宝玉'有一搭没一搭'的说些鬼话。"（第十九回）

（48）"黛玉听了笑道：'……可知一报还一报，不爽不错的。'"（第十九回）

（49）"麝月道：'那些婆子都老天拔地服侍了一天。'"（第二十回）

（50）宝玉给麝月篦头，晴雯忙忙走进来取钱，见了他两个便冷笑道："哦！交杯盏还没吃，倒上了头了！"（第二十回）

（51）赵姨娘骂贾环道："谁叫你上高台盘了？下流没脸的东西！"（第二十回）

（52）"平儿咬牙道：'没良心的：过了河儿拆桥！明儿还想我替你撒谎呢！'"（第二十一回）

（53）"贾琏道：你不用怕他！等我性子上来，把这'醋罐子打个稀烂'，他才认得我呢！"（第二十一回）

（54）宝玉"正和贾母盘算要这个要那个。忽见丫鬟来说：'老爷叫宝玉！'宝玉呆了半晌，登时扫了兴，脸上转了色，便拉着贾母，扭的'扭股糖儿'似的，死也不敢去。"（第二十三回）

（55）"原来这贾芸最伶俐乖巧的，听宝玉说像他的儿子，便笑道：'俗语说的好：摇车儿里的爷爷，拄拐棍的孙子。虽然年纪大，山高遮不住太阳。"（第二十四回）

（56）"贾琮来问宝玉好，邢夫人道：哪里找猴儿去？你那奶妈子死绝了？也不收拾收拾，弄得你'黑眉乌嘴'的！"（第二十四回）

（57）贾芸答他的舅舅埋怨道："难道舅舅是不知道的？还是有一亩地、两间房子在我手里化了不成？巧媳妇做不出'没米的饭'来，叫我怎么样呢？"（第二十四回）

（58）林黛玉笑向宝玉道："呸！原来也是个'银样蜡枪头'！"（第二十三回）

（59）"趁着老太太还明白硬朗的时节做定了大事要紧，俗语说：

'老健春寒秋后热'。"（第五十七回）

（60）赵姨娘手指着芳官骂道："小娼妇养的！……我们家里下三等奴才也比你高贵些！你都会'看人下菜碟儿'！"（第六十回）

（61）"赵姨娘便说：……依我拿了去，照脸摔给他去，趁着这会子'撞尸的撞尸去了，挺床的挺床去了'，嗥一场儿，大家别心净，也算是报报仇！"（第六十回）

（62）"黛玉从不闻袭人背地里说人，今听此话有因，便说道：'这也难说：但凡家庭之事，不是东风压了西风，便是西风压了东风。'"（第八十二回）

（63）"凤姐道：'这些话倒不是可笑，倒是可怕的。咱们一日难似一日，外面还是这样讲究，俗语儿说的：人怕出名，猪怕肚壮……'"（第八十三回）

（64）"宝蟾道：'……奶奶要真瞧二爷好，我倒有个主意，奶奶想：哪个耗子不偷油呢？'"（第九十一回）

（65）"宝蟾把嘴一努，笑说道：'人家倒替奶奶拉纤'，奶奶倒往我们说这个话咧！"（第九十一回）

（66）"薛蝌遇见宝蟾，宝蟾便低头走了，连眼皮也不抬；遇见金桂，金桂却'一盆火'的赶着。"（第九十一回）

（67）贾政听了这话道："明说我就不识时务么？若是上下和睦，叫我与他们'猫鼠同眠'么？"（第九十九回）

（68）"那边李妈从梦中惊醒，听得平儿如此说，心中没好气，只得狠命拍了几下，口里自言自语的骂道：'真真的小短命鬼儿，放着尸不挺，三更半夜号你娘的丧。'"（第一〇一回）

（69）"贾琏喝道：'我可不吃着自己的饭替人家赶獐子呢！'"（第一〇一回）

（70）"平儿道：'……这会子替奶奶办了一点子事：又关会着好几层儿呢？就是这么拿糖作醋的起来！'"（第一〇一回）

（71）"倘或再有点事出来，可不是他们'躲过了风暴，又遇了雨

了？'"（第一〇七回）

（72）"宝玉对五儿说：'大凡一个人总不要酸文假醋才好。'"（第一〇九回）

以上各熟语是我从本书第二，第六，第七，第八，第九，第十，第十一，第十二，第十三，第十五，第十六，第十八，第十九，第二十，第二十一，第二十三，第二十四，第二十五，第五十七，第六十，第八十二，第八十三，第九十一，第九十九，第一〇一，第一〇七，第一〇九各回中征引来的；计：第二回一条，第六回十条，第七回两条，第八回两条，第九回八条，第十回三条，第十一回三条，第十二回两条，第十三回两条，第十五回一条，第十六回八条，第十八回两条，第十九回三条，第二十回三条，第二十一回两条，第二十三回一条，第五十七回一条，第六十四回两条，第八十二回一条，第八十三回一条，第九十一回三条，第九十九回一条，第一〇一回三条，第一〇七回一条，第一〇九回一条；计七十二条。书中运用这等熟语的地方，都很生动有力。这不独红楼梦为然，即水浒、儒林外史等各作也是如此。而红楼梦，尤其是前八十回，运用的尤多。古文中如左传、孟子等皆是善于运用熟语的。例如：

（1）"周谚有之：'匹夫无罪，怀璧其罪'，吾焉用此？其以贾害也？"（桓公十年）

（2）"谚曰：'狼子野心'是乃狼也！"（宣公四年）

（3）"初，伯宗每朝，其妻必戒之曰：'盗憎主人，民恶其上。'子好直言，必及于难。'"（成公十五年）

（4）"抑人有言曰：'牵牛以蹊人之田而夺之牛。'夫牵牛以蹊者信有罪矣，而夺之牛罚亦重矣！"

（5）令尹子瑕言蹶由于楚子曰："彼何罪？谚所谓'室于怒市于色'者，楚之谓唉！（昭公十九年）

（6）"夫檗王曰：'困兽犹斗'，况人乎？……"（定公四年）

（7）"鱼，我所欲也；熊掌亦我所欲也。二者不可得兼，舍鱼而取熊掌！"（孟子）

（8）"齐人有言曰：'虽有智慧，不如乘势；虽有镃基，不能待时。'"（孟子）

（9）"孟子曰：孔子登东山而小鲁，登泰山而小天下。故'观于海者难为水'，游于圣人之门者，难为言也。"

（10）孟子曰："大匠不为拙工改废绳墨；羿不为拙射变其彀率。"

光有了这种熟语的运用，只能使文字增加生动的力量，但文学上的真正伟大处还不在此，那就必须有一种超越的幻想力。所谓幻想力有两种作用：一种能从极复杂的现象之中，钩深致远，把握住它的最主要的因素，使著者所要描写的对象从庸俗的外观中脱离出来，达到一种超越的境界，红楼梦实具有这种幻想力。譬如：

"那傅试安与贾家亲密，也自有一段心事。今日遣来的两个婆子，偏生是极无知识的，闻得宝玉要见，进来，只刚问了好，说了没两句话。那玉钏儿见生人来，也不和宝玉厮闹了。手里端着汤，却只顾听；宝玉又只顾和婆子说话，一面吃饭，伸手去要汤。两个人的眼睛都看着人，不想伸猛了手，便将碗撞翻，将汤泼了宝玉手上，玉钏儿倒不曾烫着，吓了一跳，忙笑道：'这是怎么了？'慌得丫头们忙上来接碗。宝玉自己烫了手倒不觉的，只管问玉钏儿：'烫了哪里了？疼不疼？'玉钏儿和众人都笑了。玉钏儿道：'你自己烫了！只管问我！'宝玉听了，方觉自己烫了。众人上来，连忙收拾。宝玉也不吃饭了，洗手吃茶，又和那两个婆子说了两句话，然后那两个婆子告辞出去，晴雯等送至桥边方回。那两个婆子见人去了，一行走，一行谈论。这一个笑道：'怪道有人说他们家宝玉是相貌好，里头糊涂，中看不中吃的。果然竟有些呆气！他自己烫了手，倒问别人疼不疼，这可不是呆子？'那一个又笑道：'我前一回家，听见他家里许多人抱怨，千真万真的有些呆气：大雨淋的水鸡似的，他反告诉别人下雨了，快避雨去罢！你说可笑不可笑？时常没人在跟前，就自哭自笑的，'看见燕子就和燕子说话；河里看见了鱼，就和鱼儿说话；见了星星月亮，他便不是长吁短叹的，就是咕咕哝哝的。……'"（第三十五回）

宝玉这种态度不惟"两个""极无知识的"婆子，看着好笑，就是一般所谓读书人对之也是莫名其妙。这里包含着一个极重要的哲学问题和科学问题。当两军鏖战时，彼此都把注意力集中在生死斗争上，往往身上中了枪弹，鲜血淋漓，自己还不知道，也不感觉痛苦。并且依旧如好人一样活动，待人家一告诉他知道，他便登时感到痛苦不可支。这不惟是精神集中、意志集中可以贯穿金石的哲学问题，并且是自然科学的问题，一般人只知注重外表知识，哪里会领悟到此。贾宝玉教人躲雨，而不知雨也淋在自己身上；只注意玉钏是否烫手，而忘却自己的手被烫了。实因此理。所以黑格尔说："常识认为不合理的，便是合理的；常识认为合理的，便是不合理"，就是这个意思。无异曹雪芹在说：傅试安家的两个婆子都能批评我，那我只有做"呆子"，装"呆气"了！这种表现便是超越的幻想力的幻想结果。又如当"贾母攒金给凤姐做寿，在大观园大开筵席的那天，宝玉却穿着素服，带着焙茗跨着马跑到北门外水仙庵，借了香炉，烧了散香，向空含泪施了半礼，焙茗也忙爬下去叩了几个头，口内祝道：'我焙茗跟二爷好几年，二爷的心事，我没有不知道的，只有今儿这一祭祀，没有告诉我，我也不敢问。只是受祭的阴魂虽不知名姓，想来自然是那人间有一、天上无双的极聪敏清雅的一位姐姐妹妹。二爷心事，不能出口，让我代祝：你若有灵有圣，我们二爷这样想着你，你也时常来望候望候二爷，未尝不可；你在阴间保佑二爷，来生也变个女孩儿，和你们一处顽耍，岂不两下里都有趣了？'"（第四十三回）凤姐正在受贾母所领导的款待和祝寿，宝玉却偏偏地跑到城外去祭鬼，这是第一件不近情理的事。焙茗说，不知宝玉祭的是谁，这样一个闷葫芦叫人猜不透，这是第二件不近情理的事。而且焙茗竟望空祷告所祭之鬼保佑宝玉"来生也变个女孩儿和你们一处顽耍"，更是不近情理的事。但是这些不近情理，正是近情近理，将这一副一主一仆之情痴的画图涌现在读者面前。这便是超越的幻想力！又如：宝玉在一块山石子后头，悄问两个给他拿东西的小丫头"道：'自我去了，你袭人姐姐打发人去瞧晴雯姐姐没有？'这一个笑道：'打发宋妈去了。'宝玉道：'回来说什么？'小丫头道：'回来说晴雯姐姐直着脖子叫了一夜，今日早上就闭了眼，住了口，世事不知，只有倒气的分儿了！'宝玉忙道：'一夜叫的是谁？'小丫头道：'一夜叫的是娘！'宝玉拭泪道：'还叫谁？'小丫头道：'没有听见叫别人了！'宝玉道：'你糊涂！想必没有听真！'旁边那一个小丫头最伶俐！听宝玉如此说，便上来说：'真个她糊涂！'又向宝玉道：'不但我听得真切，我还亲自偷着看去的！'宝玉听说，忙问：'怎么又亲自看去呢？'小丫头道：'我因想晴雯姐姐素日与别人不同，待我们极好。如今她虽受了委屈出去，我们不能别的法子救她，只亲去瞧瞧也不枉素日疼我们一场！就是人知道了，回了太太，打我们一顿，也是愿受的！所以我拼着一顿打，偷着出去，瞧了一瞧。谁知她平日为人聪明，至死不变，见我去了，便睁开眼拉我的手，问：宝玉哪里去了？我告诉她，她叹了一口气说：不能见了。我就说：姐姐何不等一等他回来见一面？她就笑道：你们不知道，我不是死，如今天上少了一位花神，玉皇爷命我去管花儿，我如今在未正二刻就上任去了，宝玉须得未正三刻才到家，只少得一刻的工夫不能见面。世上凡有该死的人，阎王勾取了去，是差小鬼来捉人魂魄。若要迟延一时半刻，不过烧些钱纸，浇些浆糊，那鬼只顾抢钱去了，该死的人就可少待工夫，我这如今是天上的神仙来召请，岂可挨得时刻？我听了这话竟不大相信，及进来到房里，留神看时辰，果然是未正二刻，他咽了气，正三刻上就有人来叫我们，说：你来了。'宝玉忙道：'你不认识字所以不知道，这是有原故的。不但一花有一花神，还有总花神。但她不知做总花神去了，还是单管一样花神？'这丫头听了，一时诌不来，却好这是八月时节，园中池上芙蓉正开，这丫头便见景生情，忙答道：'我也曾问她是管什么花的神，告诉我们，日后也好供养的。她说：只可告诉宝玉一人；除他之外，不可泄了天机，就告诉他说：我是只管芙蓉花的。'宝玉听了这话，不但不以为怪，亦且去悲生喜，回头来看着那芙蓉笑道：'此花也须得这样一个人去主管，我就料定她那样的人必有一番事业，虽然超生苦海，从此不能再相见了'，免不得悲感思念。因又想虽然临终未见，如今且去灵前一拜，也算尽这五六年的情意……"（第七十八回）晴雯死了，宝玉问那两个小丫头：听见她说了什么话，已经是痴了，但那个伶俐的丫头,"见景生情",却诌出来说是怎样她念着宝玉,怎样做了花神,便是不近情理了。而那个小丫头竟诌出她做了管理芙蓉花的神,宝玉也居然相信,居然转悲为喜,赞叹不已,这更是不近情理了,殊不知这种不近情理,正是近情近理。儿童是最富于幻想力的,况宝玉这样聪明灵秀、具有夙慧的少年,幻想力更是超乎寻常。而他的丫头自然也有慧根,所以这种违反常理的想头,却是当时大有可能的事实,这种文心便是超越的幻想力。幻想力的作用结果并不幻想,而是写实主义的最必要、最犀利的因素。又如:我们在第二讲中所举的兴儿的话:"不是那么不敢出气儿;是怕这气儿大了吹倒了林姑娘;气儿暖了,又吹化了薛姑娘。"又如我们在第四讲内所举的,"宝玉接了又道:'等我们出去了,我叫几个小么儿来,河里打几桶水来洗地如何?'妙玉道:'这是更好了!只是你嘱咐他们提了水只搁在山门外头墙根下,别进门来!'宝玉道:'这是自然的!'"(第四十一回)妙玉之洁癖本不近情理;宝玉之逢迎妙玉之爱洁的心理,命小么打水来给她洗地,更是不近情理,而妙玉居然进一步只许他的小么把水放在山门外边,尤其不近情理。这些动作本身就是幻想的结晶,那么,把这种幻想的动作行为揣摩出来的幻想力,却不是幻想,而是写实主义的精神了。有了这种超越的幻想力,始可给文学产生出深刻而巧妙的描写技术。

描写的技术应分做两部分说:一部分是关于肉的描写,一部分是关于灵的描写。所谓肉的描写,就是描写人们性生活之肉的部分,例如:

(1)"这被打死的乃是一个小乡绅之子,名唤冯渊,父母俱亡,又无兄弟,守着薄产度日,年纪十八九岁,酷好男风,不甚好女色,这也是前生冤孽,可巧遇见这拐子卖丫头,他便一眼看上了这丫头,立意买来作妾,设意不近男色,也不再娶第二个了。"(第四回)

(2)警幻仙子告诫宝玉道:"……'再将吾妹一人,乳名兼美,表字可卿,许配与汝。今夕良时,即可成姻,不过令汝领略些仙阁幻境之风光尚然如此,何况尘境之情景哉?而今后万万解释,改悟前情,留意于孔孟之间,委身于经济之道。'说毕,便秘授以云雨之事,推宝玉入房中,

将门掩上自去。那宝玉恍恍惚惚依警幻所嘱之言,未免有儿女之事,难以尽述。"(第五回)

(3)"袭人伸手与他(宝玉)系裤带时,刚伸手至大腿处,只觉冰冷一片黏湿,吓得忙伸出手来,问:是怎么了?宝玉红涨了脸,把她的手一捻。袭人本是个聪明女子,年纪又比宝玉大两岁,近来也渐省人事。今见宝玉如此光景,心中便觉察了一半,不觉羞得涨红了脸面,遂不敢再问。仍旧理好了衣裳,随至贾母处来,胡乱吃过晚饭,过这边来。袭人趁众奶娘丫鬟不在旁边,另取出一件中衣,与宝玉换上,宝玉含羞央道:'好姐姐千万别告诉别人!'袭人含羞笑问道:'你梦见什么故事了?是哪里流出来的那些脏东西?'宝玉道:'一言难尽!'便把梦中之事,细说与袭人知了,说至警幻所授云雨之情,羞得袭人掩面伏身而笑。宝玉亦素喜袭人柔媚、姣俏,遂与袭人同领警幻所训云雨之事。……"(第六回)

(4)"金荣只一口咬定说方才明明的撞见他两个在后院里亲嘴摸屁股……"(第九回)

(5)"正在胡猜,只见黑魆魆的来了一个人,贾瑞便意定是凤姐,不管皂白,等那人刚至面前,便如饿虎扑食,猫儿捕鼠的一般,抱着叫道:'亲嫂子!等死我了!'说着,抱到屋里炕上,就亲嘴扯裤子,满口里亲爹亲娘的乱叫起来,那人只不做声;贾瑞扯了自己的裤子便硬帮帮就想顶人……"(第十二回)

(6)"贾瑞……心下方想到凤姐顽他,因此发了一回狠,再想凤姐的模样儿标致,又恨不得一时搂在怀里,胡思乱想,一夜不曾合眼。……他二十来岁人,尚未娶亲,还来想着凤姐不得到手,未免有些指头儿上告了消乏。"(第十二回)

(7)"谁想秦钟趁黑夜无人,来寻智能,刚至后面房中,只见智能独在那里洗茶碗,秦钟便搂着亲嘴。智能急得跺脚,说做什么,就要叫喊。秦钟道:'好人!我已急死了!你今日再不依我,我就死在这里!'智能道:'你想怎么样?除非等我出这牢坑,离了这些人才好呢。'秦钟道：'这也容易！只是远水救不得近火。说着，一口吹了灯，满屋漆黑，将智能抱到炕上，就云雨起来。那智能百般挣挫不起，又不好叫的，少不得依了。正在得趣，只见一人进来，将他二人按住，也不出声，……"（第十五回）

（8）"宝玉见一个人没有，因想素日这里（东府某处）有个小书房内，曾挂一轴美人，极画的得神。今日这般热闹，想那里自然无人，那美人自然是寂寞的，须得我去望慰他一回。想着，便往那厢来，刚到窗前，闻得房内呻吟之声，宝玉倒吓了一跳，敢是美人活了不成？乃大着胆子，舐破窗纸，向内一看，那轴美人却不曾活，却是茗烟按着一个女孩子，也干那警幻所训之事。宝玉禁不住，大叫'了不得'，脚踹进门去，将那两个吓开了，抖衣而颤。茗烟见是宝玉，忙跪下哀求，宝玉道：'青天白日，这是怎么说，珍大爷知道，你是死，是活！'一面看那丫头，虽不标致，倒白净些，微亦有动人心处，羞得脸红耳赤，低首无言，宝玉跺脚道：'还不快跑！'一语提醒了那丫头，飞也似的去了。宝玉又赶出去叫道：'你别怕，我是不告诉人的！'急得茗烟在后叫：'祖宗！这是分明告诉人了！'宝玉问：'那丫头十几岁了？'茗烟道：'大约不过十六七岁了！'宝玉道：'连他的岁数也不问问，别的自然越发不知了！可见她白认得你了，可怜，可怜！'……"（第十九回）

以上八条都是肉的描写，这种描写还是点到就住，不怎么色相，描写得最露骨的要算是下述几处了：

（9）"却说，巧姐儿出天花，贾琏和凤姐隔房，只得搬出外书房来安歇。……那贾琏分离了凤姐便要寻事。独寝了两夜，十分难熬，只得暂将小厮内清俊的选来出火。不想荣国府内，有一个极不成才、破烂酒头厨子，名唤多官人；见他懦弱无能，都唤他多浑虫。因他父母给他娶了一个媳妇，今年方二十岁，也有几分人材，又兼生性轻薄，最喜拈花惹草，多浑虫又不理论，只是有酒、有肉、有钱，便诸事不管了。所以宁荣两府之人都得人手。因这媳妇妖娆异常，轻浮无比，众人都呼她作多姑娘儿。如今贾琏在外熬煎，往日对这媳妇，垂涎久了。只是内惧娇妻，外惧娈童，不曾下得手。那多姑娘儿也有意于贾琏，只恨没空。今闻贾琏搬在外书房来，她便没事也要走三四回去招惹。贾琏似饿鼠一般，少不得和心腹的小厮们计议，多以金帛相许，焉有不允之理？况都和这媳妇是旧友，一说便成。是夜多浑虫醉倒在炕，二鼓人定，贾琏便溜进来相会，一见面早已神魂失据，也不及情谈款叙，便宽衣动作起来。谁知这媳妇有天生的奇趣，一经男子挨身，便觉遍体筋骨瘫软，使男子如卧绵上，更兼淫态浪言，压倒娼妓。贾琏此时恨不得浑身化在她身上。那媳妇故作浪语，在下说道：'你家女儿出花儿，供着娘娘，你也该忌两日，倒为我肮脏了身子，快离了我这里罢！'贾琏一面大动，一面气喘吁吁答道：'你就是娘娘，哪里还管什么娘娘！'那媳妇越浪起来，贾琏不禁丑态毕露。一时事毕，两个又盟山誓海，难舍难分，自此后，遂成相契。"（第二十一回）

（10）"这金桂初时，原要假意发作薛蝌两句，无奈一见他两颊微红，双眸带涩，别有一种谨愿可怜之意，早把自己那骄悍之气，感化到爪洼国去了。因笑说道：'这么说，你的酒是强硬着才肯吃的呢！'薛蝌道：'我哪里吃得来？'金桂道：'不吃也好，强如像你哥哥吃出乱子来，明儿娶了你们奶奶儿，像我这样守活寡，受孤单呢！'说到这里，两个眼已经乜斜了，两腮上也觉红晕了。薛蝌见这话越发邪僻了，打算着要走。金桂也看出来了，哪里容得？早已走过来，一把拉住，薛蝌急了道：'嫂子！放尊重些。'说着，浑身乱颤，金桂索性老着脸道：'你只管进来，我和你说一句要紧的话！'正闹着，忽听背后一个人叫道：'奶奶！香菱来了！'把金桂吓了一跳，回头瞧时，却是宝蟾掀着帘子，看他二人的光景，一抬头见香菱从那边来了，赶忙知会金桂，金桂这一惊不小，手已松了，薛蝌便得脱身跑了。那香菱正走着，原不理会，忽听宝蟾一叫，才瞧见金桂在那里拉住薛蝌，往里死拽，香菱却吓得心头乱跳，自己连忙转身回去。这里金桂早已连吓带气，呆呆的瞅着薛蝌去了。怔了半天，恨了一声，自己扫兴回房……"（第一百回）

肉的描写到了贾琏和多姑娘儿的勾当，可谓穷形尽相，丑态毕露，至矣尽矣，蔑以加矣。金桂之勾引薛蝌，和宝蟾合作去打薛蝌的主意，虽然还不曾如此这般,但她们的行动的目的,也只是"那回事",所以这种叙述也只是肉的描写。此外如贾琏之于鲍二家的、尤二姐;贾珍之垂涎尤三姐;薛蟠之于夏金桂和宝蟾以及关于其他一切性生活的言行,见之叙述的,也都是肉的描写。肉的描写在红楼梦一书中,绝不是得意之笔,就是说,这不是它的精彩的部分。这种描写是承袭明人小说的余波。明人小说对于肉的描写十九皆是赤裸裸的。这种也许就是所谓"暴露文学"的本来面目。我们不再多征引了。现在且说灵的描写吧。所谓"灵",就是精神,或意识,或是肉灵一致,或是内外交织的一种心理状态。我们知道:人类不只是有肉体生活或生理的或物质的要求,并且有精神生活,或心理的要求。所以我们观察社会,观察人生,不但是要着眼他的外部活动,并且要注意他的精神状态或心理状态。这一种工作在文学上就是心理的分析,用这种态度去从事人物的叙述就是描写。这种描写分成两种:(1)横断面的描写,就是说,把所叙述的整个社会之各阶层、各种类的主要人物的心理,做一横断面的解剖图,剥去他们所蒙着各种不同的形形色色的文明外衣,把他们内心中形形色色、千奇百怪、不可告人的心理状态赤裸裸地显示出来。(2)纵断面的心理描写,乃是把某一部分人或某一个人之为善为恶、为忠为奸心理状态的发展过程做成纵断面的解剖,赤裸裸地显示给人看。我们现在先说横断面的心理描写。谁也知道,宝玉最爱黛玉,黛玉自然也极爱宝玉。但两人"求近之心反弄成疏远之意",红楼梦是这样描写的:"且说宝玉因见林黛玉病了,心里放不下,饭也懒得吃,不时来问。黛玉又怕他有个好歹,因说道:'你只管看你的戏去,在家里做什么?'宝玉因昨日张道士提亲事,心中不大受用,今听见林黛玉如此说,心里因想道:'别人不知道我的还可恕,连她也奚落起我来!'因此心中比往日更烦恼加了百倍。若是别人跟前,断不能动这肝火,只是黛玉说了这话,倒又比往日别人说这话不同,由不得立刻沉下脸来,说道:'我白认得了你!罢了!罢了!'林黛玉听说,便冷笑两声道:'白认得了我!哪里像人家有什么配得上的呢!'宝玉听了,便向前来,直问到脸上道:'你这么说,是安心咒我天诛地灭!'林黛玉一时解不过这话来,宝玉又道：'昨儿还为这个赌了几回咒，今儿你倒又重找一句，我便天诛地灭，你可有什么益处？'黛玉一闻此言，方想起上日的话来。今日原自己说错了，又是着急，又是羞愧，便战战兢兢的说道：'我要安心咒你，我也天诛地灭，何苦来！我知道昨日张道士说亲，你怕拦了你的好姻缘，你心里生气，来拿我杀性子！'原来那宝玉自幼生成一种下流痴病，况从幼时和黛玉耳鬓厮磨，心情相对，及如今稍明时事，又看了那些邪书僻传，凡远亲近友之家，所见的那些闺英阃秀，皆未有稍及林黛玉者，所以早存了一段心事，只不好说出来，故每每或喜或怒，变尽法子，暗中试探。那林黛玉偏生也是有些痴病的，也每用假情试探，因你既将真心真意瞒了起来，只用假意，我也将真心真意瞒了起来，只用假意。如此两假相逢，终有一真。其间琐琐碎碎，难保不有口角之事。即如此刻，宝玉的心内想着，是：'别人不知我的心，还可恕，难道你就不想我的心里眼里只有你？你不能为我解烦恼，反来以这话奚落堵噎我，可见我心里一时一刻皆有你，你心里竟没我了！'宝玉是这个意思，只口里说不出来。那林黛玉心里想着：'你心里自然有我，虽有金玉相对之说，你岂是重这邪说不重我的？我便时常提这金玉，你只管了然无闻的，方见得是待我重，无毫发私心了。如何我只一提这金玉，你就着急，可知你心里时时有金玉。见我一提，你又怕我多心，故意着急，安心哄我！'看来两个人原本是一个心，却多生了枝叶，反弄成两个心了。那宝玉心中又想着：'我不管怎么样都好，只要你随意，我就立刻因你死了，也情愿；你知也罢，不知也罢，只由我的心，那才是你和我近，不和我远。'林黛玉心里又想着：'你只管你：你好，我自好，你何必为我把自己失了？殊不知你失我也失，不叫我近你，竟叫我远你了！'"（第二十九回）

人世间是偏生有这种磨难的。越是两下里要好，越是用心思，互相体贴，越会生出许多误会，许多猜疑，许多隔膜，遂致发生了许多悲剧。贾林两人的处境正是这样。而作者描写的细腻竟能把他们的心思曲曲传出，也就越显得是难能可贵了。底下一段，描写宝玉、黛玉、袭人、紫鹃四人的心理更是绘影绘声！"如今只述他们外面的形容：那宝玉又听见她说'好姻缘'三个字,越发逆了己意,心里干喧,口里说不出话来,便赌气向颈上摘下通灵玉来,咬咬牙,狠命往地下一摔道,'什么劳什子!我砸了你,就完了事了!'偏生那玉坚硬非常,摔了一下,竟文风不动。宝玉见不破,便回身找东西来砸。黛玉见他如此,早已哭起来,说道:'何苦来?你摔砸那哑巴东西!有砸他的,不如来砸我!'二人闹着,紫鹃、雪雁忙解劝,后来见宝玉下死砸玉,忙上来夺,又夺不下来。见比往日闹大了,少不得去叫袭人,袭人忙赶了来,才夺了下来。宝玉冷笑道:'我是砸我的东西,与你们什么相干!'袭人见他脸都气黄了,眼睛都变了,从来没气得这样,便拉着他的手笑道:'你合妹妹拌嘴,不犯着砸他,倘砸坏了,叫她心里脸上怎么过得去!'林黛玉一行哭着,一行听了这话说到自己心坎儿上来,可见宝玉连袭人不如,越发伤心大哭起来。心里一烦恼,方才吃的香薷饮、解暑汤,便承受不着,哇的一声,都吐了出来。紫鹃忙上来用手帕子接住,登时一口一口地把块手帕子吐湿,雪雁忙上来捶。紫鹃道:'虽然生气,姑娘到底也该保重着。才吃了药好些,这会子因和宝二爷拌嘴,又吐了出来;倘或犯了病,宝二爷怎么过得去呢?'宝玉听了这话,说到自己心坎儿上来,可见黛玉不如紫鹃。又见黛玉脸红头胀,一行啼哭,一行气凑;一行是泪,一行是汗,不胜怯弱。宝玉见了这般,又自己后悔,方才不该同他较证,这会子他这样光景,我又替不了他,心里想着,也由不得滴下泪来了。袭人见他两个哭,由不得守着宝玉也心酸起来,又摸着宝玉的手冰冷,待要劝宝玉不哭罢,一则又恐宝玉有什么委屈,闷在心里,二则又恐薄了黛玉,不如大家一哭,就丢开手了。因此流下泪来。紫鹃一面收拾了吐的药,一面拿扇子替黛玉轻轻地扇着,见三个人都鸦雀无声,各自哭各自的,也由不得伤心起来,也拿手帕子拭泪,四个人都无言对泣。"宝黛两人的用心各有不同,完全从反面着想,一方面处处为对方设想,不为自己打算;一方面却又各自将真意瞒起,胡起猜疑。到了不能解决、越走越远时,结果只有痛哭,袭人紫鹃各人看着各自的主人痛哭,也各随着痛哭,而其内心中所以哭的原因又各有不同,却都一一地表现出来。——这是何等伟大的、天才的描写技术啊!

六 红楼梦的宝藏 241

我们再看描写赵姨娘的心理：（赵姨娘是贾政的妾，她这个人做了姨太太，有点气不忿，在那种嫡庶之见极严的社会中，自然是被压迫者，自己又不争气，又无条例，又好惹是招非，这种既愚蠢且卑鄙的人）"且说赵姨娘因见宝钗送了贾环些东西，心中甚是喜欢，想道：'怨不得别人都说那宝丫头好！会做人，很大方。如今看起来，果然不错。他哥哥能带了多少东西来？他挨门儿送到，并不遗漏一处，也不露出谁薄谁厚，连我们这样没时运的，他都想到了，若是那林丫头，他把我们娘儿们正眼也不瞧，哪里还肯送我们东西？'一面想，一面把那些东西，翻来覆去的摆弄，瞧看一回，忽然想到宝钗系王夫人的亲戚，为何不到王夫人跟前卖个好儿呢？自己便蝎蝎螫螫的拿着东西，走至王夫人房中，站在旁边，陪笑说道：'这是宝姑娘刚才给环哥儿的。难为宝姑娘这样年轻的人想得这样周到，真是大户人家的姑娘！又展样，又大方，怎么叫人不敬服呢？怪不得老太太和太太成日家都夸她疼她，我也不敢自专，特拿来给太太瞧瞧，太太也喜欢喜欢！'王夫人听了，早知道来意了，又见他说的不伦不类，也不便不理他，说道：'你只管收了去给环哥儿顽罢！'赵姨娘来时兴兴头头，谁知抹了一鼻子灰，满心生气，又不敢露出来，只得忍耐着出来了，到了自己房中，将东西丢在一边，嘴里咕咕哝哝，自言自语道：'这个又算了个什么儿呢？'一面坐着，独自生了一回闷气，……"（第六十七回）

赵姨娘想借着宝钗给环哥儿的东西，去向王夫人讨好献殷勤，却"抹了一鼻子灰"，又不敢发脾气，只得回房来生闷气。赵姨娘在这以前，因贾环向芳官要蔷薇硝而得茉莉粉，要大闹一场，便对贾环说："有好的给你，谁叫你要去了？怎么怨他们耍你？依我，拿了去。照脸摔给他去！趁着这会子撞尸的撞尸去了，挺床的挺床去了，噪一场儿大家别心净，也算是报报仇！莫不成，两个月之后，还找出这个碴儿来问你不成？就问你，你也有话说：宝玉是哥哥，不敢冲撞他罢了，难道他屋里的猫儿狗儿也不敢去问问？"（第六十回）必趁着他们"撞尸的撞尸去了，挺床的挺床去了"才敢闹一场，因为"两月之后"大家不会"再找出这个碴儿来问"，其卑鄙可怜的心理如画！而作者之描写的技术也就更显高明了！

我们再看鸳鸯死时一幕："琥珀等进去正夹蜡花，珍珠道：'谁把脚凳撂在这里，几乎绊我一跤！'说着，往上一瞧，吓的'啊呀'一声，身子往后一仰，可巧的栽在琥珀身上，琥珀也看见了，便大喊起来，只是两只脚挪不动。外头的人也都听见了，跑进来一瞧，大家喊着，报与邢、王二夫人知道，王夫人、宝钗等听了都哭着去瞧；邢夫人道：'我不料鸳鸯倒有这样志气！快叫人去告诉老爷！'只有宝玉听见此信，便吓得双眼直瞪，袭人等慌忙扶着说道：'你要哭就哭，别忍着气。'宝玉死命地才哭出来了，心想：'鸳鸯这样一个人，偏又这样死法；'又想：'实在天地间的灵气独钟在这些女子身上了，他算得了死所，我们究竟是一件浊物，还是老太太的儿孙谁能赶得上他？'复又喜欢起来。那时宝钗听见宝玉大哭，也出来了。及到跟前，见他又笑。袭人等忙说：'不好了，又要疯了！'宝钗道：'不妨事！他有他的意思。'宝玉听了，更喜欢宝钗的话：'倒是他还知道我的心，别人哪里知道？'正在胡思乱想，贾政等进来，着实地嗟叹着说道：'好孩子！不枉老太太疼她一场！'即命：'贾琏出去吩咐人连夜买棺盛殓，明日便跟着老太太的殡送出，也停在老太太棺后，全了他的心志。'贾琏答应出去。这里命人将鸳鸯放下，停放里间屋内。平儿也知道了，过来同袭人、莺儿等一千人都哭得哀哀欲绝，内中紫鹃也想起自己终身一无着落，恨不跟了林姑娘去；又全了主仆的恩义，又得了死所，如今空悬在宝玉屋内，虽说宝玉仍是柔情蜜意，究竟算不得什么，于是更哭得哀切；王夫人即传了鸳鸯的嫂子进来，叫他看着入殓，遂与邢夫人商量了：在老太太项内，赏了她嫂子一百两银子，还说：'等闲了，将鸳鸯所有的东西俱赏他们。'他嫂子叩了头出去，反喜欢说：'真真的！我们姑娘是个有志气的，有造化的，又得了好名声，又得了好发送！'旁边一个婆子说道：'罢呀！这会子你把一个死姑娘卖了一百银子便这么喜欢了，那时候儿给了大老爷，你还不知得多少银钱呢！你该更得意了！'一句话戳了她嫂子的心，便红了脸走开了。刚走到二门上，见林之孝带子人抬了棺材来了，他只得也跟了进去，帮着盛殓，假意哭号了几声,贾政因他为贾母而死,要了香来,上了三炷,作了一个揖,说:'她是殉葬的人,不可作丫头论。你们小一辈都该行个礼。'宝玉听了,喜不自胜,走上来,恭恭敬敬叩了几个头。贾琏想她素日的好处,也要上来行礼,被邢夫人说道:'有了一个爷们便罢了!不要折受她不得超生!'贾琏就不便过来了。宝钗听了,心中好不自在,便说道:'我原不该给她行礼,但只老太太去世,咱们都有未了之事,不敢胡为,他肯替咱们尽孝,咱们也该托托她,好好的替咱们服侍老太太西去,也少尽点子心哪!'说着,扶了莺儿,走到灵前,一面奠酒,那眼泪早扑簌簌流下来了。奠毕,拜了几拜,狠狠地哭了她一场。众人也有说宝玉的两口儿都是傻子,也有说他两个心肠儿好的,也有说他知礼的。贾政反倒合了意。"

(第一一一回)

这一篇故事之中,有哭有笑,有真哭,有假哭,而哭的内容又各有不同,但各人的内心深处一段不可告人的真实相都一一涌现出来,这种心理描写的技术又何等高明啊!

又如本书描写司棋母亲见了金珠便忘了死女之痛、孙绍祖因贾府抄家便来向其岳父索债。听说,天子加恩,贾政袭爵,又让迎春归宁渭还可与之往来。金荣的母亲因惧金荣失学和失了薛蟠每年七八十两的津贴而劝金荣要忍耐;贾雨村因葫芦庙小沙弥出身的门子,知道他为官作宰的底细借故剪除他。种种心理都从极隐微、极幽秘之地,暴露出来。从横断面看,一部红楼梦可以说是当时人心的展览会。

至于纵断面的心理描写,有如贾政从雷厉风行地要做清官,经过了长随的全体辞职,李十儿勾着全衙门的吏胥实行怠工,不愿送节度使的礼,不愿"猫鼠同眠",终于对李十儿说"我是要保全性命的,你们闹出事来与我无干"的话,结果,便把官坏了。在这个事变的过程中,我们可以看出贾政的心理之转变的痕迹,而且可以看出他之心理是在官僚主义的环境中渐渐地屈服下去了。这便是纵断面的心理描写。又如,王熙凤初在荣宁两府露头角的时候,她的雄心比丈夫还强,要干就干,天不怕,地不怕,什么阴司地狱的报应都不怕,她的心事正是得意洋洋、一帆风顺。但到了贾府被抄，她所贪婪积攒的七八万金和成箱的地契文契都被没收，加上病魔纠缠，愧悔中来，从前的勇气消沉殆尽了，到了贾母之丧，势异境迁，在东府"威重令行"，不可一世的王熙凤，现在变成了一个可怜人。到了刘姥姥四进荣国府时，她竟然变成了一个信奉鬼神的人。这种精神状态，即心理状态之转变过程，都有它的客观的物质原因，这一层红楼梦也给我们描述了一幅很清楚的、历历可数的、升降度数的图画！

现在我们且拿袭人的一生心理的变化历史——从跟贾母转到跟宝玉，又转而嫁给蒋玉菡，之间的心理发展来研究一下，做个例子。我们知道，袭人对贾宝玉曾一再承诺说："刀压着脖子，我也不出去。""八人轿也抬我不出。"但是她终于被八人轿（也许是四人轿）并没用刀压着脖子，便抬了出去。这其间在心理上也经了许多变化，当宝玉下科同贾兰一阵出场，自己却失了踪时，"宝钗听了，不言语；袭人哪里忍得住，心里一疼，头上一晕，便栽倒了。"（第一一九回）这一疼一晕还是袭人的天真，还没来得及想到自己身上，到了家人把她救过来，抬回房去，心里便在转念头了，这时．她的当前问题，自然是：宝玉走了，我怎么办？死呢？守呢？抑或嫁呢？这正是天人交战的时候。以她与宝玉的关系说（假使从当时的伦理观点出发），曾和他同领过警幻所训云雨之事，她不应当恝然而去；以她和宝玉的历久的爱情说，她也不该转别的念头，但她哪里能够？

"原来袭人模糊听见说：宝玉若不回来，便要打发屋里的人都出去，一急越发不好了。到了大夫瞧后，秋纹给他煎药，他独自一人躺着，神魂未定，好像宝玉在他面前，恍惚又像是见个和尚，手里拿着一本册子揭着看，还说道：'你别错了主意，我是不认得你们的了。'袭人似要和他说话，秋纹走来说：'药好了，姐姐吃罢。'袭人睁眼一瞧，知是个梦，也不告诉人。吃了药，便自己细细地想：'宝玉必是跟了和尚去了。上回他要拿玉出去，便是要脱身的样子，被我揪住，看他竟不像往常，把我混推混扯的，一点情义都没有了。后来待二奶奶更生厌烦。在别的姊妹跟前，也是没有一点情义。这就是悟道的样子。但是你悟了道，抛了二奶奶怎么好？我是太太派我服侍你，虽是月钱照着那样的分例，其实我究竟没有在老爷太太跟前回明就算了你的屋里人。若是老爷太太打发我出去，我若死守着，又叫人笑话；若是我出去，心想宝玉待我的情分，实在不忍。'左思右想，实在难处。想到刚才的梦，'好像和我无缘'的话，'倒不如死了干净。'……"（第一二〇回）

袭人这一梦，和她在这梦前后的心理作用，已经表现她在这生与死，去与留的十字路口徘徊，自己对于宝玉的爱情和信念已经根本动摇，心头上已经要诌出另一套理论来为自己以后行动作辩护，自然会把宝玉往坏处想，并想到"怕人笑话"上来，"倒不如死了干净"一句，乃是设辞，不是决心，因为她有她的人生观。她的人生观是什么呢？就是"我是下人，不敢违拗"，因为薛姨妈"看见袭人泪痕满面"，"便劝解譬喻了一番。袭人本来老实，不是伶牙俐齿的人。薛姨妈说一句，她应一句。回来说道：'我是做下人的人，姨太太瞧得起我，才和我说这些话，我是从不敢违拗太太的。'薛姨妈听他的话，好一个柔顺的孩子，心里更加喜欢。宝钗又将大义的话说了一遍，大家各自相安。"（第一二〇回）袭人的逻辑是这样的：

大前提——下人对于主子是不敢违拗的；

小前提——王夫人是我的主子；

结论——她的命我是不敢违拗的。

薛姨妈把袭人的意思告诉了王夫人，王夫人便传了花自芳的女人进来，叫她去给袭人择配，不久她便进来请安，"将亲戚作媒说的是城南蒋家的，现在有房有地，又有铺面，姑爷年纪略大几岁，并没有娶过的，况且人物儿长的是百里挑一的"一番话，报告了王夫人，王夫人自然愿意，"便告诉了宝钗，仍请了薛姨妈细细地告诉了袭人，袭人悲伤不已，又不敢违拗呢！心里想起宝玉那年到他家去，回来说的，死也不回去的话，'如今太太硬作主张。若说我守着，又叫人说我不害臊；若是去了，实不是我的心愿'，便哭得哽咽难鸣。又被薛姨妈、宝钗等苦劝，回过念头想道：'我若是死在这里，倒把太太的好心弄坏了。我该死在家里才是。'"（第一二〇回）这是心理转变的第一步，但是当她"含悲叩辞了众人，那姐妹分手时，自然更有一番不忍说。袭人怀着必死的心肠上车，回去见了哥哥嫂子，也是哭泣，但只说不出来。那花自芳悉把蒋家的聘礼送给她看，又把自己所办的妆奁，一一指给她瞧，说那是太太赏的，那是置办的。袭人此时更难开口，住了两天，细想起来：'哥哥办事不错，若是死在哥哥家里，岂不又害了哥哥呢'千思万想，左右为难，真是一缕柔肠，几乎牵断，只得忍住。"（第一二〇回）于是袭人的心理又一变，也不死在哥嫂家里了。于是到了"迎娶吉日"只好"委委曲曲地，上轿而去，心里原想到那里再作打算。岂知过了门，见那蒋家办事极其认真，全部都按着正配的规矩。一进了门，丫头仆妇都称奶奶。袭人此时欲要死在这里，又恐害了人家，辜负了一番好意。"（第一二〇回）于是袭人的心理又一变。到此再无腾挪余地，至于"那夜原是哭着不肯俯就的"，怎奈"那姑爷却极柔情曲意的承顺"，自然要正式地和她一同领略她和宝玉所领略过的警幻所训的云雨之事，至此虽求死而不得矣！袭人的最初发心已差，此后便一步一步地从死的决心走到活的念头，但她这种心理的转变，从最初就是被求生的念头所牵引，始而恐怕弄坏了太太的好心，不肯死在贾府；继而看见哥哥办事不错，又恐怕"害了哥哥"，不肯死在家里；终而看见蒋家"办事极其认真，全部都按着正配的规矩"，又不肯死在婿家，于是袭人便不死矣！我们绝不是要用以前的伦理观念来责备袭人不死，或不守之非义，而是用冷静的头脑，客观的分析，研究她处在那样的礼教环境和她和宝玉的那种关系，又平素屡矢必死之念，而竟不死也守的心理变化的过程。这一点续红楼的作者真是供给我们一幅很逼真的纵断面的心理解剖图！这是它的伟大处！

至于本书之一般的描写技术也是高妙异常，也有可得言的。约而论之，也有四类。

（一）以此例彼的描写。譬如给人做小老婆的问题，我们从封肃因羡慕县太爷的势力而怂恿女儿将娇杏送给贾雨村做小老婆一事，也可连类而及之地想到鸳鸯的哥嫂因羡慕贾赦的富贵而劝鸳鸯做小老婆的用心是一样的；推论到司棋的母亲见了金子便忘了她的死女儿，并马上变更她不许嫁的心理也是一样的，等而上之，贾府把女儿送入宫内做嫔妃也和其他希望他们的女儿或姐妹等等做人家的小老婆，而自己享荣华富贵是一样的心理。

（二）反映的描写。以不同阶层，以不同类型的人物互相对照，使某一人物或某现象从反对方面，得到他或它应有的评价：（1）刘姥姥是个乡下老太婆；贾母是个贵族的老太婆。她们两个生活不同、贫富不同、贵贱不同、性情行为也各各不同。拿刘姥姥的言行和贾母对照起来，我们可以了解许多社会问题。（2）贾芸的舅舅、舅母对于贾芸那样的冷酷，不惟不赊香料给他，连一顿饭都不愿意留他吃，夫妇两个竟唱起双簧来，对付外甥，然而一个泼皮——醉金刚倪二——竟然慷慨把他的十几两银子解囊相助，并不要借约，也不要利息。这两种人物之恰恰相反的行为的对照，这在贵族地主社会中又是何等讽刺啊！（3）贾府上上下下几百口子，但到了深夜贼来，如入无人之境，只有一个平素被视为外人或赘疣的包勇奋勇御贼，则贾府一班用人相形之下，岂不惭愧，这又是多么富于讽刺的描写啊！（4）尤三姐一个女子竟能出污泥而不染，以大无畏的豪迈姿态，视贾氏兄弟如无物，以视尤二姐一流人水性杨花，既和贾珍不干不净，又以嫁了贾琏做二房为满足者，其相去天渊，为何如！

（三）以矛陷盾的描写法。譬如打仗，用你自己的武器打你；又譬如诉讼，用你至亲好友的人证、物证证明你的罪名，这叫做以矛陷盾的描写法。譬如：我说王熙凤淫与妒你不相信，今天我引她的丈夫贾琏的话做证据，你该可以相信了吧。我说贾府的家塾教育一塌糊涂，现在我拿金荣的母亲劝止金荣不要闹出家学一段教训，则贾府家塾之烂污，你该可相信了吧！又如：我说王熙凤恶毒你不相信，我现举贾琏的亲信小厮兴儿的话做证据，你该可以相信了吧。又如：我说金桂之淫乱与谋杀人命适以自杀，我现举她的亲信使女宝蟾的自供做证据，你该不能不相信了吧。又如：我说凤姐克扣姊妹们的月钱去放高利贷以自肥，你不相信，现在我举她平素最亲信的丫头平儿的话做证据，你该可以相信了罢！又如：我说王熙凤素日刻薄寡恩，你不相信，现在我举贾母临终劝她"修修福"的遗言以为证，便由不得你不信，这就是以矛陷盾描写法。

（四）以阴射阳的描写法。著者对于当时政治的腐败和只讲势利，一定是深恶而痛绝的，但是明目张胆的批评，当然是不许可的，于是就用形容阴司的贪污影射阳间的官吏，所以当宝玉去探秦钟之病，而"秦钟已发过两三次昏了，已易箦多时矣。宝玉一见便不禁失声，李贵忙劝道：'不可！不可！秦相公是弱症，未免炕上挺扛的骨头不受用，所以暂且拿下来松散些。哥儿如此，岂不反添了他的病？'宝玉听了，方忍住。近前见秦钟面如白蜡，合目呼吸，转辗枕上，宝玉忙叫道：'鲸哥！宝玉来了！'连叫了两三声，秦钟不睬，宝玉又叫道：'宝玉来了！'那秦钟早已魂魄离身，只剩得一口悠悠余气在胸，正见许多鬼判，持牌提索来捉他。那秦钟魂魄哪里肯就去，又记念着家中无人掌着家务，又记挂着智能尚无下落，因此百般求告鬼判，无奈这些鬼判都不肯徇私，反叱咤秦钟道：'亏你还是读过书的人，岂不知俗语说的：'阎王叫你三更死，谁敢留人到五更？'我们阴间，上下都是铁面无私的，不比阳间瞻情顾意，有许多关碍处？'正闹着，那秦钟魂魄忽听见'宝玉来了'四字，便忙又央求道：'列位神差！略发慈悲，让我回去和一个好朋友说一句话就来的！'众鬼道：'又是什么好朋友？'秦钟道：'不瞒列位，就是荣国公的孙子小名宝玉的！'那判官听了，先就吓慌起来，忙喝骂鬼使道：'我教你们放了他回去走走罢，你们不肯依我的话，如今只等的请出个运旺时盛的人来才罢。'众鬼见都判如此，也皆忙了手脚，一面又抱怨道：'你老人家先是那等雷霆火炮，原来见不得宝玉二字，依我们愚见，他是阳，我们是阴，怕他亦无益于我们。'……"（第十六回）这种描写对于当时官僚政治之腐败，可谓极攻击之能事，但这并不是曹雪芹的创见，而是从西游记脱胎出来的。

西游记上说：唐太宗为孽龙暨所杀冤鬼所缠，病势日益危险。"一日，太后宣众臣商议后事，太宗又宣徐茂公，吩咐国家大事，言毕，沐浴更衣，待时而已。旁边闪出魏征手扯龙衣奏道：'陛下宽心，臣有一事管保陛下长生。'太宗道：'病势已入膏肓，如何保得？'征云：'臣有书一封，进与陛下，如到阴司，付丰都判官崔珏。'太宗道：'崔珏是谁？'征云：'崔珏乃是太上先皇帝驾前之臣，先授兹州令，后升礼部侍郎，在日，与臣八拜为交，相知甚厚。他如今已死，现在阴司做掌生死文簿的丰都判官，梦中常与臣相会，若将此书付与他，他念微臣薄分，必然放陛下回来。'太宗闻言，接在手中，笼入神里，遂瞑目而亡。"（西游记第十回）太宗到了阴间，可巧路遇判官崔珏接驾，太宗遂将魏征之信交了与他，沿途冤魂如其兄建成、其弟元吉等等都来索命，幸亏崔判官唤一青面獠牙鬼使，随身保护，喝退了那些冤魂，见了十代阎王，十代阎王颇为优待，"命掌生死簿判官急取簿子来看，陛下阳寿天禄该有几何？崔判官急转司房，将天下万国阎王天禄总簿先逐一检阅，只见南瞻部州大唐太宗皇帝注定贞观一十三年。崔判官吃了一惊，急取浓墨大笔，将十字上添了二画，却将簿子呈上，十王从头一看，见太宗名下，注定三十三年，阎王惊问：'陛下登基多少年了？'太宗道：'朕即位一十三年了！'阎王道：'陛下宽心勿虑，还有二十年阳寿……'"（西游记第十一回）

  两个故事性质差不多相同，至少我们可以从它们抽出如下的论断：（1）阴间的政府制度一切都是阳间政府制度的仿本；（2）阴间政府的一般官僚之昏庸也是阳间政府的一般官僚之仿本；（3）阴间官僚也和阳间官僚一样，嘴里讲的或文告上说的是"铁面无私"，但是一遇到有势利的，那些诺言，便等于放屁，一点也不兑现。（4）阴间官僚甚至交通阳间官僚，擅改既定的案件，上下其手。这对于阳间政府是何等的尖锐而合理的批评。西游记全部都是披着神秘的外衣严厉地批评人间社会、人间政治腐败；红楼梦是直叙人间的事实直接批评人间社会的。

  上面所引，只是红楼梦作者偶一为之，但也许他认为这样是必要的。因为红楼梦全部叙述都罩上一件桃色的烟幕，故意把事实闪烁地加以渲染描写，除非有心人才可透过烟幕看出真正面目。至于借阴司听见"宝玉"二字使秦钟还魂一段故事批评当时的政治极为露骨，故师西游记的故智，借阴司以出之，此等叙述本身就表示著者所处之社会乃是一极不自由、极其蛮横的封建社会。以上种种就是我所说的红楼梦的宝藏。我们可以拿这些宝贵的东西逐一地和其他中国的近代小说和现代小说比较比较，看一看它们是否也有这等丰富的内容。俗话说得好：不怕不识货，就怕货比货，那么，红楼梦的真正价值便可估定了。

现在我们附带地说一说我对于红楼梦的前八十回与后四十回的见解。其实前八十回是不必讨论的了，因为我的六次讲演的目的只在阐发它的宝贵的遗产，即丰富的内容，间或也兼引后四十回，那却不是主要的目的。所以现在只需专论后四十回就够了，但也只是略而言之，不能详也。

后四十回是高鹗续的，它比前八十回晚出差不多有五十年。后四十回，就大体说，也是一部很好的作品。例如：八十七回叙述妙玉听琴；八十九回叙述林黛玉绝粒；九十六回叙述凤姐破坏宝玉、黛玉的婚姻而促成宝玉、宝钗的婚姻的"偷梁换柱"之计；九十二回叙述司棋要求自由择配，竟以身殉，而潘又安亦继之以死；九十八回叙述林黛玉的焚稿；一百〇七回叙述贾母分散余资，告诫子孙；一百十八回叙述平儿、刘姥姥独力救孤女之义侠行为。都是很好的作品，虽置之前八十回中，亦无愧色。但是，我认为后四十回有个显著的缺点：一个是叙述的生动性较之前八十回差得多，态度颇觉板重不灵，这或许它没有前八十回那样多多使用熟语。一个是思想与前八十回不一致，宝玉本是坚决地反对那些腐儒所高谈的文章经济的，尤其对于当时的考试制度——八股试帖取士——深恶而痛绝之，他对于林黛玉的倾倒，也就是因为这个，因为"林妹妹始终没有说过这种混账的话"，但在八十二回却有下述一段描述："黛玉微微的一笑，因叫紫鹃：'把我的龙井茶给二爷泡一碗。二爷如今念书了，比不得头里。'紫鹃笑着，答应去拿龙井茶，叫小丫头儿泡茶。宝玉接着说道：'还提什么念书？我最厌这些道学先生的话，更可笑的是八股文章，拿他诓功名混饭吃也罢了，还要说代圣立言？好些的不过拿些经书凑搭凑搭也罢了，更有一种可笑的：肚子里原没有什么，东拉西扯，弄的牛鬼蛇神，还自以为博奥，这哪里是阐发圣言的道理？目下老爷口口声声要我学这个，我又不敢违拗，你这会子还提念书呢？'"这段话与前八十回的意旨是吻合的，但是下面黛玉的答话便和前八十回不一致了。黛玉道："我们女孩儿家，虽然不要这个，但小时跟着你们雨村先生念书，也曾看过，内中也有近情近理的，也有清微淡远的，那时候虽不大懂，也觉得好，不可一概抹倒，况且你要取功名，这个也清贵些。"（第八十二回）所谓"这个"当然是指"八股文章"而言了。黛玉像这样的思想，在前八十回从没有发表过，而且也绝不像黛玉的声口。这是一。第八十九回："宝玉因问道：'妹妹这两日弹琴来着没有？'黛玉道：'两日没弹了。因为写字已经觉得手冷，哪里还去弹琴？'宝玉道：'不弹也罢了！我想琴虽是清高之品，却不是好东西。从没有弹琴的弹出富贵寿考来的，只有弹出忧思怨乱来的。再者弹琴也得心里记谱，未免费心，依我说：妹子身上又单弱，不操也罢了！'"琴不能弹出富贵寿考来，那么，说这话的人自然愿意富贵寿考了，这种庸俗不值一文的思想，如何出自宝玉之口？这也是前八十回从不曾有过的。这种思想，若果出自薛宝钗、史湘云、袭人辈之口，倒不足为奇了。在文学上续人之作，实在找不到十分满人意的，像高鹗的后四十回红楼梦还算是好的。因为每一个伟大的写实主义的作品都是他亲身阅历、亲眼观察而又有独到的见解，系统的组织的结晶，后人续作，十九都是驴唇不对马嘴，吃力不讨好，是则我们对于高鹗的后四十回之红楼梦，也就不可苛求，也不必苛求了。